或るスペイン岬の謎

柄刀一

The mystery of Spanish cape

Hajime Tsukato

光文社

或《あ》るスペイン岬《みさき》の謎《なぞ》

contents

⊙装幀　坂野公一（welle design）
⊙写真　Adobe Stock
⊙図版　デザイン・プレイス・デマンド
（『或るチャイナ橙の謎』）
まるはま
（「或るスペイン岬の謎」「或るニッポン樫鳥の謎」）

或るチャイナ橙《だいだい》の謎

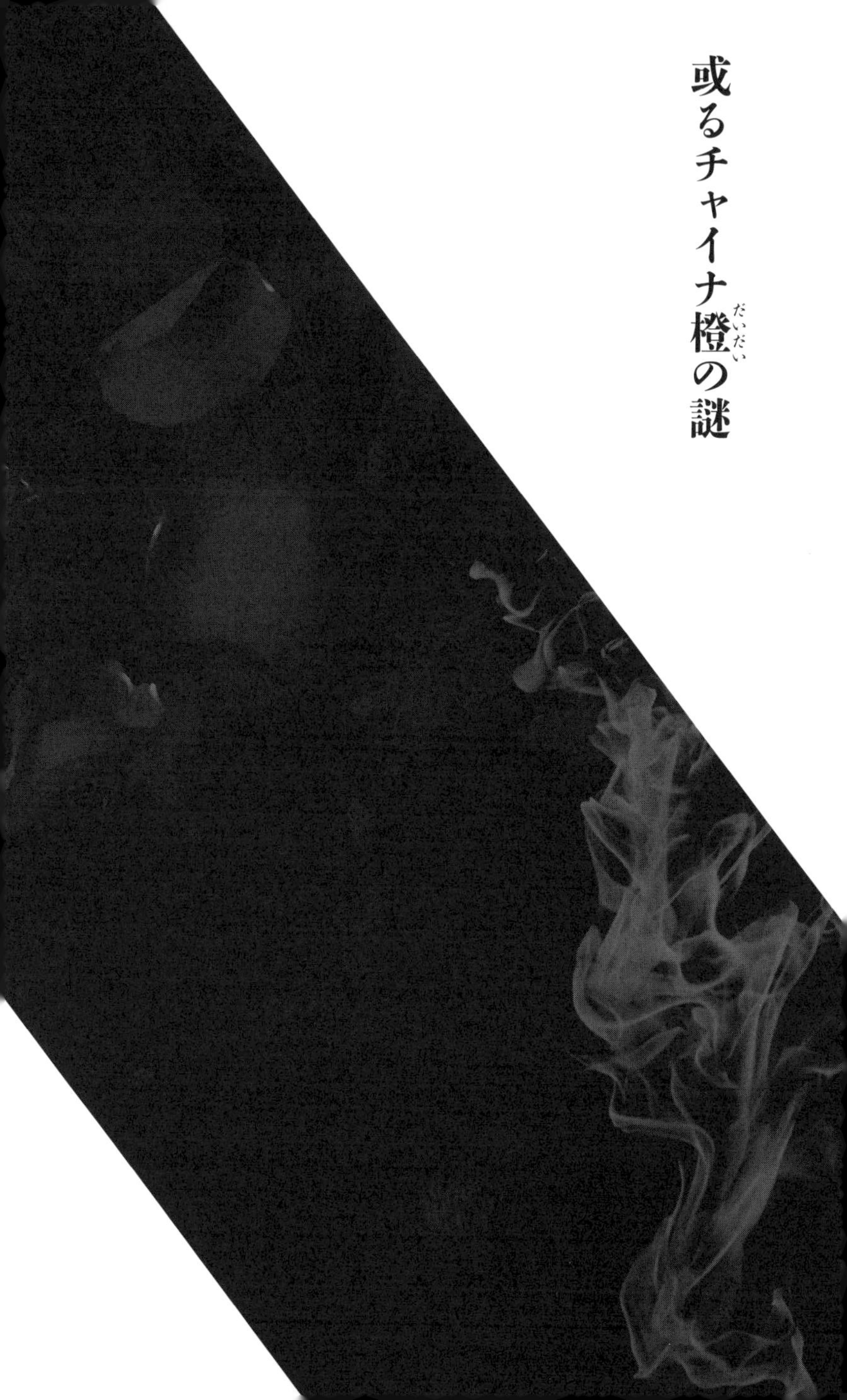

1

「なんだこれは？　あべこべになってない⁉　普通の部屋じゃないか！」

啞然《あぜん》となりつつ、中津川《なかつがわ》亮平《りょうへい》は叫んでいた。

午前中をかけた皆の取り組みが、無に帰している。

この第二応接ルームは、あまり広くはない部屋だ。高級感ある応接セットが置かれ、スタンドミラーやパーティションが立ち、凝った間接照明も配置されている。一時間少々前、それらすべての置かれている位置の奥行きを逆にしたり、左右反対になるようにした。どっしりと重い黒革張り肘掛け椅子は壁のほうに向けたし、ドアの脇にあったコートハンガーは、逆さまにして窓際の壁の隅に立てかけたりもしたのだ。なにもかも、日常とは逆の姿にしてあった。

それが――。

「元どおりの部屋か。これはこれで、パフォーマンスのつもりなんかな？」後ろで覗《のぞ》き込んでいる種田《たねだ》の声は、困惑しつつも不快そうだ。「物事をまた反転させた。裏の裏の表《おもて》が、俺の主張だ、みたいな」

「身勝手な話だ。一人でやったとしたらえらい労力をかけてるが、それほどのアート精神は感じられんよな。結果がつまらん。ふざけるなよ」

家具類の位置や性質の反転は、奈良総合芸術大学の学園祭における目玉企画と言え、二つの部屋で行なわれている。ここは、夜の会場になる予定で、メイン会場に当てられているのは造形デザイン学科準備室だ。かなり広くて物品も多く、そちらは左右対称というわけではないが、移動できる品は極力、あべこべとなるように想像力を使って動き回った。意見を戦わせ、倒立した物品が安定するように知恵を絞り、この時間だけでもそれなりの刺激に満ちていた。

サトゥルヌスの祝祭。

それを基《もと》にしたパーティー企画だった。気取って言えば一つの空間造形であり、映《ば》えスポットとしても注目を集める。

中津川の知るところでは、古代ローマ時代、特に庶民の間で人気の高かったサトゥルヌス祭は、すべてをあべこべにすることとバカ騒ぎが特徴だったとか。中でも、社会的役割の入れ替えをしたという点が大注目で、興味深い。なんと、奴隷とその主人の関係さえが、この期間だけは反転した。両者が、表面上は役割を入れ替えて振る舞ったのだ。主人たちは祝いの場であっても華美な服装をせず、解放奴隷がかぶる帽子を着用し、宴会の給仕などもある程度務めた。一方、奴隷は宴会に出席でき、主人に対して意見もできたようだ。

この祝祭はクリスマスに吸収されていったとされるように十二月に行なわれていたが、この大学では学園祭に合わせて、九月二十三日に開催される。今年は月曜日だが、秋分の日であるから祝日だ。

「それとも……」

中津川の横へ来て、種田は顎《あご》を大げさにさすりながら面白そうに苦笑した。

「あべこべにしたつもりやったけど、全部、オレらが見た集団幻想やったんか？　脳が浮かれとったんやな」

「酒宴の前に、もうその有様か？」

そう言う中津川にしても、浮つくような熱狂、充分に判《わか》っているつもりだ。そもそも、芸術大学などは日頃からカオスだ。道路工事のような音が響いてくれれば、奇声が飛び交い、二階の窓の外をキリンの着ぐるみの首が通り抜ける。泥遊び直後のような格好で歩いているオジサンが教授だったり、ストリーキングも、〝電撃的な閃《ひらめ》き〟や〝縞模様などをつける〟の意味を離れ、裸で道を走る人間を指し示すことに使うほうが自然になりそうでさえある。

ましてや、待ちに待った三日間の学園祭だ。作品の売り込みの場であるだけでなく、いつも以上にハレな空気が熱を帯び、創造力はリミッターを外されて悪ふざけ同然に加速する。

都市伝説のような噂もまことしやかだ。一時期〝ロシアのゴッホ〟の異名を取り、今ではもう一人のバンクシーとの評価も得ている世界的な覆面アーチスト、マサイティスが壁画を描きに来るとか、学生たちと同年代の時にはポップアーチストとしてホットに名を馳せていたキース・ヘリングが歩いているのを見た、などという毒にもクスリにもならない風説がどこからともなく流れてくる。キース・ヘリングは、一九九〇年に三十一歳の若さで他界している。これには学園祭に来ている先輩たちも、「エルビス・プレスリーかよ！」と失笑するばかりだ。

ただ、一つの伝説は、現実となって姿を現わしている。七十歳をすぎてなお、挑発的な表現活動を続けている、国際的な中国の書画家、徐原《シュー・ユアン》が来校しているのだ。日本でも何度か個展をひらき、日本通としても知られているが、一大学で講演をするというのはほとんど例がなく、格別の行事に違いない。

その徐原の講演会場の最終準備が進んでいるところだったのだ。

「あっ。もしかして、酒が盗まれたりしてないやろな」

夜の会場であるここだけでは飲酒が許されており、クーラーボックスを持ち込んでビール類が用意されている。

酒の無事を確かめるために中に踏み込もうとする種田を、「待て！　入るな」と、中津川は止めた。

「なんで？」

「酒がなくなったりしていたら、変に疑われる。この様子自体、みんなに見てもらうべきだ」

「まあ、そうやな……」

ここで、中津川のスマートフォンに着信が入った。同じクラスの蓮忠和《はちすただかず》からだった。

「橘教授《たちばなせんせい》、見つかったか?」

講演の準備をしていて、教授――三十九歳、女性――に尋ねたいことができ、捜したのだが見つからず、スマートフォンにも応答がないのだ。教授がいるかと思い、この第二応接ルームも覗いたのである。

『いや、まだだ。それがさ、あかないんだよ、準備室』

「え?」

『最初は教授室に行ったよ。でも、そこは無人だ。それで、準備室を見てみようとした。そしたら鍵が掛かってるんだ』

「鍵……。掛ける予定なんてないよな?」

『誰もそんなことしないだろう。だいたいさ、鍵は准教授以上しか持っていない』

「だよな。じゃあ、掛畑准教授《かけはたせんせい》に鍵を――」

『今、一緒にいるんだよ。先生に鍵をあけてもらったんだけど、それでもドアはあかないってわけさ』

わけが判らなくなってきた。

そっちに行くと伝え、中津川と種田は廊下を急いだ。妨害工作かと、祭りの代表を任じる中津川の中には懸念の芽が生まれる。第二応接ルームには鍵が掛からない。だから、室内の反転造形を無にして企画を妨げた。本格的な会場である造形デザイン学科準備室は、あべこべにされた物品がかなり多いので元どおりにするのは大変だが、その代わりこちらには鍵を掛けられる。部屋を誰も使えないようにすれば妨害としては有効だ。

――でも、鍵を使ってもドアがあかないってのはどうしてだ?

混乱の気配が近付いてきた。

物がぶつかり合う音がして、廊下の角を左に曲がると彼らの姿が見えた。ドアに体当たりをしていたようだ。こちらに気づき、蓮たちは動きを止めた。

――体当たり……！

事態の深刻さが伝わってくる。そうまでしないと入れない部屋になっている。そういう部屋にさせられている。

掛畑昇《のぼる》准教授の顔も、緊張を帯びて無表情だ。

「え～と」頭と気持ちを整理しようとして、中津川は順序立てて訊《き》いた。「この部屋には、出入り口が三つあるけど……？」

「もちろん、三つともダメなんだ」肩をさすりながら、蓮が応じた。「最初は橘先生の部屋を訪ねたけど、誰もいなかったから、この部屋へのドアをあけてみようとした。あかなかったから、廊下へ出てこのドアを次に試したんだ。これも、このとおりあかないわけさ。それで掛畑先生を呼びに部屋へ行った」

その先の説明は掛畑准教授が引き継いだ。

「私の部屋からも試したよ。でも、準備室へのドアはあかない。あのドアの掛け金が掛けられることなんて、まずないことだけどね。それでまあ、他に手がなくなったから、鍵を持ってここへ来た。だが、解錠されたはずなのに、ドアはあかなかった」

「室内からは誰の応答もない」蓮は言う。「それで、掛畑先生と相談して、ドアを破るしかないとなったところ」

四階では窓から入ることもできないのだから、確かにもう、この手段しか残されていない。

「先生、代わりますよ」

中津川は准教授と場所を代わり、蓮と息を合わせてドアに体当たりをした。

なにかが弾ける感触と、重たい反動。

ラッチ部分は壊れたようで、ドアは数センチあいたが、内側からなにかが抵抗している。

体当たりと蹴りを繰り返すと、ドアは少しずつあいていった。人が通れる幅はでき、中津川は一歩ほど室内に進んだ。しかしその足はすぐに止まる。

「どうした？」

動かない中津川に、蓮が不審そうに声をかける。

「橘先生はいないのかい？」

今度は掛畑准教授が言って、中津川の横へ出て来た。しかしその足も止まった。

すぐに目につく床の中央に、異形の物があるからだ。

脚をこちらに向けてうつぶせになっている人体——としか見えない。身につけているワンピースは、橘美登《みど》理《り》教授の今日の服装に間違いない。でも、その服装が……？

さらなる異変も目に飛び込んでくる。体に突き立っているのは、刃物では？

「橘先生……？」

か細く呼びかけながら、掛畑准教授が恐る恐る近付いて行く。

——あっ、もしかしたら……。

ちょっとした閃きが、中津川の硬直を解いた。

惨事に見えるこの様子は、橘教授が仕掛けたパフォーマンスではないのか？　言ってしまえばドッキリ企画だ。自分の体も使ったインスタレーション。こうしたことをするタイプの先生ではないが、学園祭という大舞台ならば……。

簡単には引っ掛からないぞ、との思いで、中津川も横たわる人体に近付いた。

冷静に見てはっきりしたのは、ワンピースを、前後逆、後ろ前に着ているということだ。白いワンピースの胸元に、カラフルな市松模様のあるデザインなのだが、今は背中にそのデザインが見えている。そして、服としてはその腹部に、人体としては背中のやや下辺《あた》りに、刃物が垂直に突き刺さっている。

……その周りを汚すのは、本物の血だとしか思えなかった。人形ではなく、生身の人体であることも間違いなさそうだ。

続いてギョッとさせられるのは、後頭部の頭髪の間から、ブロンズ色の鼻が見えていることだった。一瞬、顔が上向きなのかと思えるが、そこが後頭部なのは間違いない。色といい、作り物の鼻なのではないか……。

本物の顔は床に接しているはずで、覗き込むようにしていた掛畑准教授が、「うっ！」と呻《うめ》いて鼻と口を手で覆った。よろめくように遠ざかる。うつぶせの顔の様子は、中津川の目にも入ってきた。焼けただれているようだ。髪の毛の一部が変に縮れているのも、燃えたせいに違いなかった。異臭も急激に意識させられた。

中津川は、文字どおり後ずさりながらその場を逃れた。そしてさらに気がついた。ローファーが、左右逆の足に履《は》かされている。

カオスは最高潮を迎えたのか——。

家具調度が反転している密室の中で、服装をあべこべにされて、担当教授が死んでいる。

2

南《みなみ》美希風《みきかぜ》とエリザベス・キッドリッジは、奈良総合芸術大学の四階、展示サロンにいた。

壁際には学生たちの立体的な作品が並んでいるが、空間自体はすっきりとした印象で、広い窓ガラスから眺望が楽しめるカフェテリアともなっている。

中ほどの席に、エリザベスと並んで座っている美希風は、カメラマンとしての自分のポートフォリオ——作品集を見せているところだった。旅行中も、売り込みの機会を逃さないために、カメラ機材一式と一緒に持ち歩いている。後ろからは、べたで恥ずかしいけれど去年のクリスマスシーズンから付き合っているという恋人同士である学生、滝沢生《たきざわしげる》と三崎操《みさきみさお》が覗き込んできていた。本気で感心してくれている様子に、美希風の表情は自然とほぐれている。

最後の一枚に写っているのは地元北海道で撮影できたもので、夕映えの中、木の洞《うろ》から可愛い顔を出している野生のエゾモモンガだ。

その特上のキュートさに、三崎操は、まさに黄色でもありピンク色でもある歓声をあげているが、エリザベスはこう評した。

「可愛いからといって簡単には手は出さず、自然との距離は厳格に保ちたまえよ、美希風くん。婦女子に対しても同じだ」

「……最後の一言は、人聞きが悪いですね、ベス」

エリザベス・キッドリッジ。アメリカ、ニュージャージー州に住んでおり、職業は法医学者にして検死官だ。年齢は四十をすぎたところで、美希風より少々年上。今日は、自然素材のジャケットとパンツの着用に及んで活動的だ。しっかりとした目鼻立ちに、セミロングに切り揃《そろ》えられたアッシュブロンドの髪が、硬質の魅力を与えている。

東京で開催された世界法医学交流シンポジウムへの出席に合わせて、長期休暇を取り、主に日本を巡っている最中だ。

心臓に重い疾患のあった南美希風少年を再起動させてくれた恩人は、臓器提供者《ドナー》と、その心臓移植手術を成功させてくれたエリザベスの父親、ロナルド・キッドリッジであると言えるだろう。ロナルドは引退したところなので、エリザベスは、日本に多い父親の友人知人への挨拶《あいさつ》回りもしているのだった。

フリーランスであり、家庭も構えていない美希風は、ガイド代わりにエリザベスの旅行に時には付き合って、撮影の対象と各地の見聞を広めている。今回、彼女とは久しぶりに顔を合わせた。エリザベスが、台湾など、海外の知己《ちき》のもとを巡っていたからだ。そして、この長期休暇も残り二日で終わりになる。夕刻から向かう紀伊《きい》半島の南、滝沢邸が最後の交流地点になる予定だ。帰国するエリザベスを見送るのもいいだろうと思っている美希風は、滝沢邸で行なわれる、スペイン風の豪壮な祭りにも、カメラマンとして逃せないものを感じている。

滝沢邸の主《あるじ》がエリザベスの旧友で、その息子が滝沢生である。学園祭へ招待したいからとここで待ち合わせをし、この先、自宅への案内をしてくれる。

「今度は、滝沢さんの作品を見せてもらおうか」

ポートフォリオを閉じて、美希風は立ちあがった。

「ミサ——三崎さんとのコラボ作品なんですよ」

標準的な体形の滝沢は、軽めの茶色に染めている髪の毛が少し長く、自信のほどと照れを抑えるような表情を二つながら、整った顔に浮かべている。日頃は作業着同然の軽装だそうだが、今日は一張羅《いっちょうら》だというオレンジ色のジャケット姿だ。造形デザイン学科四年。立体造形専科。自己評価は、「のめり込めば黙々と作業をするほう」ということだった。

三崎操は、同じく造形デザイン学科の四年で、二次元造形専科生だ。背は高いほうで、ミントブルーの服は、襟《えり》がケープのように大きいのが特徴的だった。黒髪をおだんごにまとめている。

四人は、サイズが実物の二分の一ほどの、彫像の前に立った。女性の上半身像だ。粘土をこねあげる指の跡が活《い》かされ、裸婦像なのかどうかははっきりとしない。三崎操がモデルだという。顔は写実的なので彼女だと判る。

「この繊細な装飾品が、三崎さんの作品なのかな？」

エリザベスに問われ、三崎は、光沢のある貝殻素材を使った細工物だと、螺鈿細工《らでんざいく》のことを説明した。土台には杉材を用いているという細工物は、彫像の額と胸部にあった。エリザベスが表現したとおり、繊細極まるそれは透《す》かし細工になっていて、額のはティアラ風で、首からは胸飾りとしてさがっている。

これあげられた勢いのあるブロンズ像とその繊細華麗な装飾が、乱れた調和で見る者を刺激するような、危ういバランスを保っていると感じられた。

そうした美希風の感想には、

「人物像は初めてだったので、僕のほうは悪戦苦闘でしたけどね」と、滝沢は恥ずかしそうに苦笑した。

「三崎さんの特長はつかみたいし、人体の感触、体温などもリアルに伝えたい」

粘土を相手にするかのように手を動かす滝沢に、エリザベスは感慨深げに言った。

「ずいぶん、手で探ったのだな？」

まつげを伏せつつ笑い、頬を少し赤らめている三崎の横で、美希風がすぐに訂正を加えた。

「今のは、〝で〟が余計ですよ、キッドリッジさん。手探りした、でいいと思います。慣れない手法を手探りした、ですね」

「そうか。微妙なものだな」

それこそ微妙な笑いの中、美希風は、西向きの窓の外に視線を巡らせた。少し先でゆったりと敷地を占める二階建ての建物は、工芸科の校舎だそうで、その奥から遠方へと、生駒山《いこまやま》の山裾へと連なる豊かな森林が広がっている。四年制のこの総合芸術大学には、全国から二千人ほどの学生が集まって来ているという。

今は、三日間の期間で行なわれている学園祭の最終日で、九月二十三日、午後一時十五分。気持ちよく晴れ、外は暑そうだ。

左右にのびる広いプロムナードは、学園祭の主会場から離れているとはいえ、やはりそれなりに人影があった。見学者の一団らしい、笑顔を交わす三十代の男女。大きなキャンバスを抱えて歩く男子学生。我が道を行くという意気で自転車を走らせている、ツナギの服を着た女子学生。

美希風は、東京の武蔵野《むさしの》にある美術学校の写真科を卒業しており、芸術大学の雰囲気が折に触れて甦《よみがえ》ってくるのを感じていた。漠然とどこかにある不安に対して余裕を見せるかのように、熱中できるものを探していた頃だ。写真科は他の学科に比べてそうでもなく、美希風もその傾向だったが、多くは個人的な祭りに陶酔するかのように弾けていた。学生たちは皆、美意識や価値のあり方がかなりバラバラでありながら、時には相乗効果で熱気を放つ、電子レンジの中の分子のような存在だった。

この大学での突飛なエピソードや伝説も、滝沢や三崎らから幾つも聞かされた。クセの強すぎる教授の奇行。学生たちのとんでもないパフォーマンス。

ドアがあく音がし、美希風はそちらに首を巡らせた。

弾けることと今は無縁そうな、一人の老人が入って来た。

枯れた風格を、オーラのようにまとっている。

講演に招かれている、中国の国際的な書画家、徐 原《シュー・ユアン》その人だった。齢《よわい》、七十二。作務衣《さむえ》を外出着にアレンジしたような濃紺の衣服を、着流すという風情で痩身《そうしん》にまとい、ゆらゆらと動く。

白髯《はくぜん》を長くのばしているが、頬骨や秀でた額にはたくましさが見て取れる。両眼の周りには細かな皺《しわ》が多い。

山東省《さんとうしょう》出身であり、〝東 徐《ドン・シュー》〟（東に徐あり）と讃《たた》えられて名を轟《とどろ》かせる大人《たいじん》だった。反骨や反体制の思想は、インスタレーションなどの行動芸術でも知られる彼の、創作活動の基底に抜きがたくあるようだ。数年前、天安門《てんあんもん》事件の追悼式では、当局に目をつけられながらも、式典開催の十分後には道路に大量の赤い顔料が広がり、隠されていた数多くの白い風船が飛び立つというパフォーマンスを実行した。燃えている枝や、その炭でキャンバスに描くドローイング、火薬の爆発を、制御と自在の間で扱う単色画アートなどでも知られている。世界各国の文化賞、国際交流基金賞など、受賞や褒章の歴史は業績の一部にすぎない。

入室して来る彼に従うように、他に二人の人影もあった。

三十代の後半だそうだが、もっと若く見える中国人女性の春玲《チュン・リン》。グレーのスーツスカート姿で、細身。輝く黒髪が腰まで届いている。徐原のマネージャー兼助手兼通訳といった役回りで、サラリーマンが使いそうな、愛想のない黒いブリーフケースを軽く抱えている。通訳するのは日本語だけではなく、英語はもちろん、フランス語、イタリア語、ロシア語と多国籍で、まさに才媛だった。

しかし、切れ者ぶりを見せつけてエリート感を振りまくような様子はまったくなく、祖父を慕うように徐原には接している。笑顔が人懐っこい。

もう一人は、五十前後の年齢である日本人男性、佐藤《さとう》学部長だ。きっちりと撫《な》でつけられた頭髪に、太い縁のメガネ。体格もいいのだが、美希風の見るところ、芸術大学の学生あがりではないだろうと思える杓子定規《しゃくしじ》さがあり、神経が細く、細かなことに気を回すタイプのようだ。

今も、その手の話題をしていたと見える。

「芸術の学府であっても、いえ、だからこそとも言えますが、一方で規律を遵守する体質を自然に身につけさせるべきでしょう。窮屈さは感じさせないように、そのへんはうまくやって、いつの間にかその枠組みが衣服のように馴染んでくれるのがいい」

学部長は徐の同意をかなり期待している様子だが、まず春玲が、

「制服のように、ですか?」

と言い、その後は通訳を介さずに、老大家が、

「ゆとりのない靴の中では、爪は曲がるものなのですよ。爪はね」

そうぼんやり口にしたものだから、煙に巻かれたような学部長は、次の言葉に詰まっている。

徐原にまつわる爪のエピソードを、美希風は思い出していた。文化大革命の時代の話だそうだ。芸術が否定され、知識人も大弾圧されて粛清された時代。徐原の父親は細密画家だった。彼も、一家も狂乱の時代を生き抜いたが、社会を覆う暗雲のもとでの極貧生活は苛烈《かれつ》だった。十歳頃から徐原はそれを体験し、父親の姿も目に焼きつけてきた。父親は、自分の腕を鈍らせないため、自分が信じる芸術を髪の毛一筋でも世に残したいがため、身を潜めつつも創作活動を続けようとした。

植物から染料を採《と》り、手製の顔料を少量作り出しもしたけれど、一片の紙さえ入手するのは困難だった。だから木の葉に描き、ちぎれた壁紙に描き、身近に常に存在する爪にも描いた。父親は、「なんとか食べられれば、爪は自然にのびてくれる無限のキャンバスだよ」と言っていたそうだ。

「橘教授とは連絡がつきましたか?」

春玲にそう問いかけられた滝沢は、スマホ画面を覗きながらちょっと眉をひそめた。

「まだみたいです。変だなあ……」

東京国立近代美術館で開催される個展への作品搬入時期に合わせて、徐原は来日していたが、その彼を学園に招くなどという破格の依頼を成功させられたのも、学長と徐の間に親交があったおかげである。そして、学長の古い学友の一人が、滝沢生の父親だった。そうしたことと関係があるのかないのか、学生代表の世話役が滝沢生だった。高校時代に中国人の友人がいて、中国語をかなり話せる三崎操も、サブでついている。

「もう一度手洗いに行って来ようか。年寄りってのはどうも……」

徐はその後を中国語で言ったが、春玲はそれをあえて通訳しなかった。

学部長のスマートフォンにメールが届いたらしく、文面に目を通していくが、その顔が困惑に塗り込められていく。

ほとんど時を置かず、滝沢のスマートフォンにも着信があった。

「どう？」と、様子を確かめるように応じた彼の表情も、「はあ？　なにを……」と戸惑ううちに青ざめていった。

「バカな……」メール画面をにらみつけるようにしている学部長も愕然《がくぜん》となっている。

「どうしました？」

美希風が問うと、滝沢は呆然《ぼうぜん》とした顔でようやく口を動かした。

「橘教授が死んでいるって……。殺されたみたいです」

3

物品の多くがあべこべに展開されている造形デザイン学科準備室は、生《せい》と平和が反転している中心地でもあるようだった。

発見者たちや警備員らが集まっている現場で、怪異な遺体を目の前にする美希風は、あたかもがらんとした講堂にでもいるかのような感覚に陥っていた。人声は遠くにあり、高い天井に反響し、空疎に取り巻くぼんやりとしたざわめきになっている。

美希風も午前中に挨拶を交わした橘美登理教授が……たぶん……うつぶせで亡くなっている。背中を刃物で刺されて……？

衣服は前後や左右が入れ替えられ、遺体の後頭部には鼻が造形されているようだ。

発見者たちが口々に語った話によって、美希風は現場とその周辺の様子も頭に描き出せ始めている。

この準備室は、学生たちがサトゥルヌス祭の準備を進めている最中に美希風も数分見せてもらっていた。

広さはテニスコートよりも少し狭い程度か。東西方向にやや長く、南側の中央にドアがあり、美希風たちが今いる廊下へ出られる。そのメイン出入り口の正面、北向きに窓が一つあった。

西側の壁に接してスチール棚があり、学生が共有して使う道具類が載せられている。その手前にも、同じような用途の木製の低い棚があった。道具類は、上下逆さまにされたり、前後を逆にされたりしている。遺体が横たわっている部屋の中央には、大抵は作業机として使われるソファーセットがあったのだが、今は右側に寄せられている。三脚の椅子はどれも上下逆さまにされ、それはテーブルも同じで、天板を床に着けており、誰かがテーブルの脚の一本に逆さまにしたペン立てをかぶせていた。

椅子が寄せ集められている東側スペースには、有名になった先輩たちの作品や、教材となる造形物が置かれ、これらも、一定の敬意は払われつつもあべこべにされる洗礼を受けている。

西側の壁の奥には、隣室へとつながるドアがある。この隣室が、橘美登理の教授室であった。

北側には窓があるわけだが、その東側では建物は奥へとのび、ここが掛畑昇准教授の部屋になる。ドアは、北側の壁の東寄りにあってよく見えていた。

まとめれば、この準備室の出入りに使える開口部は、次にあげる四ヶ所。廊下に面しているメイン出入り口、教授と准教授の部屋へのドア、そして、窓。発見時、このどれもが施錠され、幾つかは封鎖されていたという。

「廊下は通行を規制して、人の出入りは防ぎました」

呆然となっている人々のざわめきの中から、美希風の耳は、新たな情報としてその言葉を拾った。発したのは警備員で、かなりの高齢。相当にやせているのだが、頰髭《ほおひげ》は豊かで、そこだけはハードボイルドな感じである。

「亡くなっているとは思うのですが……」学部長に報告している声は嗄《か》れ気味で、弱々しいと聞こえる

〈現場略図〉

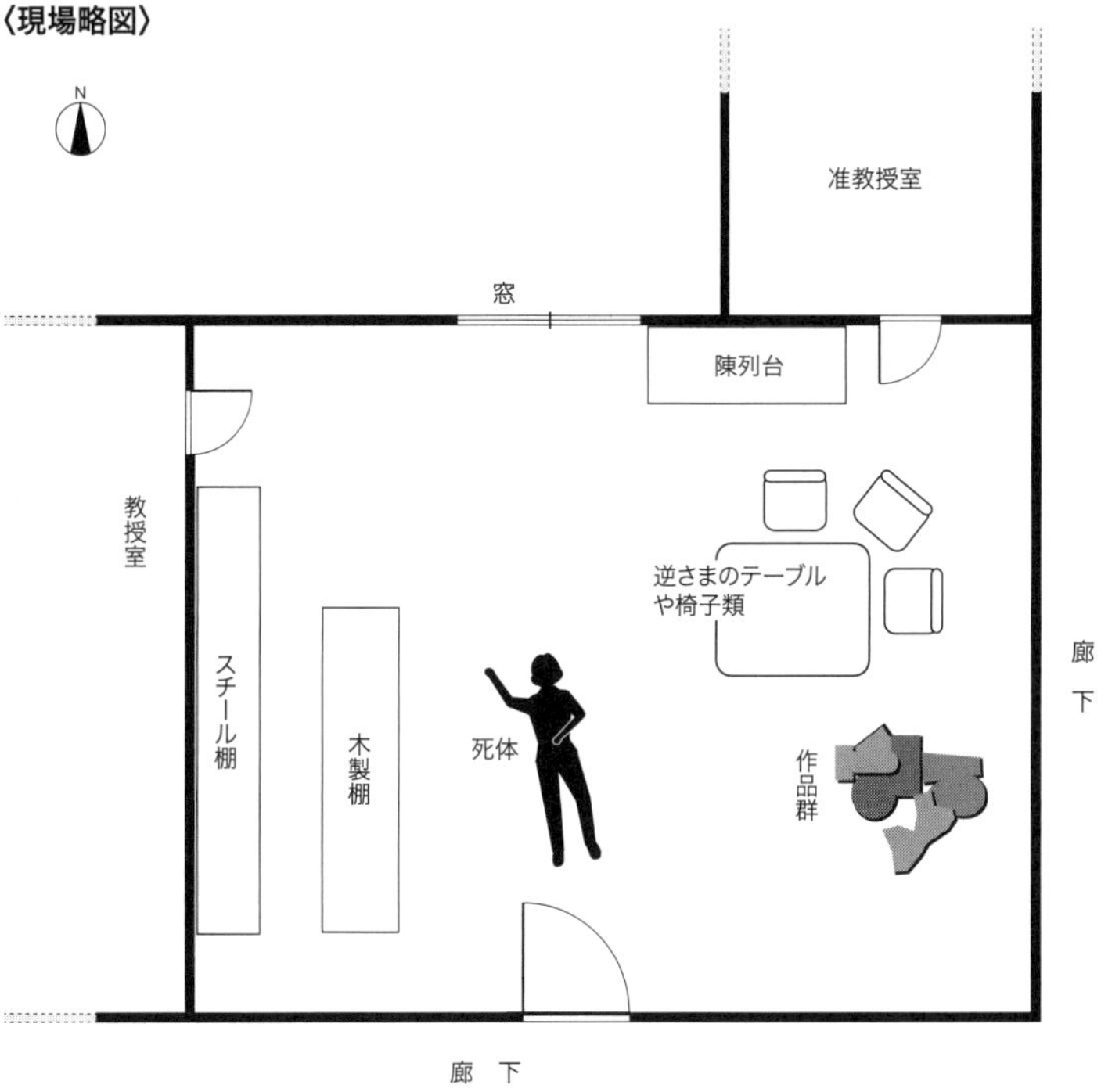
N
准教授室
窓
陳列台
教授室
逆さまのテーブル
や椅子類
スチール棚
木製棚
死体
作品群
廊下
廊下

ほど、調子は控えめだ。「学長にご報告したところ、とにかく救急車を呼びなさいとのことでした。警察への通報はその後まで待つように、と」

「ああ、そうだな。そうだな」

強張った顔の学部長は、落ち着きなく頷《うなず》いている。

「蘇生の余地がないか、調べる必要はあるだろう」

小さく言ったエリザベスがスルスルと室内へ進んで行く。

「キッドリッジさんは本職、法医学者ですものね」

滝沢が声にしたが、一拍遅れて室内に飛び込んだ学部長が、エリザベスの前にゴールキーパーの如く腕を差し出した。

「触れないで！　現場に手を加えたなどと、後で問題になっては困ります」

「心得ている。……しかし、体温と脈拍は調べなければならない」

しゃがんだエリザベスは、被害者の右の手首に触れた。しかし、この右腕がまた変なのだった。背中のほうにねじあげられており、自然にそうなったとは思えない。背中の苦痛の原因、刃物へ手をのばそうとしたのだとしても、この姿勢や角度は不自然だった。

「残念だが……」エリザベスが言った。「心肺停止直後で生存に期待が持てる、という段階ではないな。三十分から一時間ほど前には死亡していただろう」

さらに遺体の顔を覗き込み、

「顔……、作り物ではない、人の顔に間違いないが、焼けただれている」

美希風の後ろで、女性たちが息を呑んだ気配だ。

学部長の体が死角を作っているので、美希風は、室内に二、三歩進み、遺体やその周辺に観察を加えてみた。この部屋の床は、基本的に、コルク模様のピータイルであるが、一部、絨毯《じゅうたん》やカーペットも敷かれている。例えば、ソファーセットが置かれていた中央部には、アラビア絨毯が敷かれていた。それをひっくり返す時に美希風もちょうど居合わせていた。裏返しになった絨毯の上にある遺体の左肩の近くには、スマートフォンと、二、三本の花が落ちている。嗅覚が捉えたのは、かすかなものだが、人体や毛髪が焼けたための異臭のようだ。顔の下には、銀色の四角いトレー状の物が見えており、その上で火を燃やすなりして顔を損傷させたのだろう。

窓の右側には、大きめの換気扇があって回っているので、美希風は振り返ってその点を廊下にいるメンバーに尋ねてみた。

発見者の一人、蓮忠和《はちすただかず》が、「私たちは換気扇なんて動かしていません」と答えてくれた。「あんな部屋の奥までは誰も行っていませんよ」

サトゥルヌス祭の準備を終えて出る時も、換気扇はいつもどおり止められたままだったことを複数の者が認めた。犯人が動かしたということだろう。焼ける人体が発する臭気に、犯人もさすがに耐えられなかったのであろうし、炎の熱や煙で火災警報装置が作動してもまずいのだから。

窓の左側の高い場所ではクーラーが働いている。

換気扇の下にある陳列台には、美の女神ミューズの石膏像が置かれていて、いつもならば当然、この室内を見守ってくれているわけだ。しかし今は、後ろを向かされている。古代、ローマの神殿にあったサトゥルヌスの像は、日頃は縄で縛られたり亜麻布を巻かれたりしていたと伝えられていて、サトゥルヌスの祝祭ではそれらから解放されていたという。

この準備室のミューズはあべこべだ。この大学の奇祭の最中は、ロープで縛られ、亜麻布で目隠しを施された。

エリザベスの観察報告が続く。

「刃物が刺さっている箇所、出血量がずいぶん少ないな。染み広がる血液が作ったにしてはちょっと奇妙な血痕も見受けられる。衣服を脱いだり着せられたりしたようだから、まだなんとも判断のしようはないが」

エリザベスは姿勢を変えながら検死を続けていき、学部長はハラハラしながら監視している。

「後頭部に鈍的外傷《どんてきがいしょう》。鈍器は球面を持つ物で、そのせいもあって出血量は少ないが、ひどい傷だ。これが致命傷でも不思議はないな」

「では、息絶えた後の体に刃物を突き立てた可能性もあると？」

美希風の問いに、立ちあがってからエリザベスは頷いたが、

「自殺の可能性は排除してしまっていいのでしょうか？」

そう声を発した者がいる。

廊下に立っているその男は、美希風を含めて皆の視線を集めた。

掛畑昇准教授だ。三十代の後半のはずだが、お坊ちゃんめいた顔立ちで、肌も白く、つやつやしている。服装は黒をベースにしており、男性用の巻きスカートとも言える、和風柄のボトモールで下半身を包んでいる。いつもこのようなファッションだという。

滝沢や中津川亮平がサトゥルヌス祭について説明してくれていた時、「本物のサトゥルヌスの祝祭は、主人と奴隷の役割が逆転したりするわけで、この準備室の中では、先生たちと我々学生の立場も入れかわるんですよ。普通の大学だったら、教師が軽い服装をして、学生たちが背広にネクタイと服装もチェンジして役割交代をはっきり視覚化できますけど、うちの先生たちは普段から我々と変わらない服装をしていますからね」と残念そうに笑っていたのを美希風は思い出す。

「自殺？」

何人かがそう声をあげたが、掛畑准教授は学部長に顔を向けた。

「念を入れる必要もあるのではないかと。なにしろ、人が出入りできない密室状態だったのですから」

それなりにざわめきが起こる中、美希風はエリザベスに尋ねた。

「自殺の可能性はどうでしょう?」

「相当に薄いな。後頭部のほうの傷が死亡原因と仮定してみよう。どこに頭をぶつけたのかは今のところ不明だが――。ああ、学部長さん、大丈夫だよ、それを探して歩いたりしない。自殺だとすると、自ら思い切り頭をぶつけにいったことになる。それが致命傷になったとしたら、その後どうやってナイフを刺したりできる? あるいは逆か? 最初に背中に凶器を刺しておき、それから頭の後ろを強打した」

「そんなことできるの、バケモノだけやな」

と、こっそり吐き捨てたのは種田勝《まさる》だ。小柄でかなり細身だが、ドレッドヘアーに派手な服装をしており、学友にはボンバーと呼ばれているらしい。

エリザベスは、結論めくような見解へと続けていた。

「そのような極端な仮説は、出血状況、きれいに横たわっている遺体の姿勢からして論外と否定できる」

「でも……」種田が、滝沢たちの顔を見回しながら言った。「目ぇ細めてぼんやり見たら、仰向けになった橘先生、自分で腹を刺したように見えへん?」

突飛な見方だったが、美希風には注意を引かれた部分もあった。奇妙な角度の右腕の意味だ。遺体が仰向けだとしたら左腕になるが、それは、刃物を腹に突き刺した後、その近くに力なく留《とど》まっている
――と見えなくもない。

――この奇怪な遺体は、自殺したように見立てられているのだろうか。

「見えなくもないけど」滝沢が意見を返した。「それにどんな意味があるの?」

「ここは、あべこべの祝祭の場やで。自殺が徐々に、他殺へと変異していってる途中かも」

「ふざけないでよ」

三崎操がたしなめる声には、怖いこと言わないで、というニュアンスもないではなかった。

「オレらにしてみれば、非常識で不健康なことでも、これをやった奴にとっては、美意識に満ちた信念なのかもしれへんやん。この部屋での自殺は他殺、っていう、反転構造を表現したい、ねじくれた悪乗りパフォーマンスやな」

「それを仕掛けたのが、橘先生自身ということもあるかな?」

もそっと発せられた徐原の声は、奇妙な音色《おんしょく》で皆の口を閉ざさせた。

「自殺は他殺。生は死。サトゥルヌスとは、英語でサターン。違ったかな、春玲?」

「そのとおりだと思います」

「この空間で、橘先生はある発想に拘泥《こうでい》、試みたい衝動に……耽于《タンユー》(溺れた)。神への捧げものとなるべく、身を投げた、投じたのだ」

その後は日本語でまとめられなかったらしく、母国語で言って、春玲に訳させた。

「……自殺の願望が密かに募っていたなら」

「ここでの死は、生にならないか……」

そう言ってじっと遺体を凝視する師匠に、春玲はなにかを察したようだ。

「変なことに挑戦しないでくださいね、徐先生」

遺体の突飛さは非現実的な様相まで描き出し始めていたが、芸術的感覚が旺盛なここの人間ならば、今、脳内では滅多にない奇異さを求めて画像が動き始めているのではないかと美希風は想像した。

仰向けで腹を刺して自殺した橘美登理。その肉体が少しずつ、溶けて流れ、上部は沈み、換《か》わって後頭部や背中がコポッと浮上する——。もしくは、背中を刺された死者の衣服や靴が、浮遊する物質と化し、漂い踊り乱れて、自殺の装いに反転しようとしている……。

目隠しされ、盲《めし》いた後ろ向きの女神がいるこの空間は、不安定だった人間の意識を決定的に歪《ゆが》めるだろうか。

エリザベス・キッドリッジが、現実的にばっさりと告げた。

「動機の分析としてならともかく、実行は絶対に無理だ。先ほど言ったとおり、自力でこのように死ぬことはできない」

「では、事故死はどうでしょう?」密室の意味と不思議にこだわっているらしい掛畑准教授の発言だ。「衣服類のあべこべは措《お》いておいて、刃物による傷を検討した場合ですが」

常識的に、あれほどきれいに垂直に刃物を突き立てる事故など、想定できない。

誰もが考えているだろうそのことを、学部長が声にした。

「遺体や刃物の上に、なにも落下していないし倒れてもいない。刃物を刺す外力などないだろう。刃先を上にしていたナイフの上に倒れてしまったなんてことも想像しづらいな」

「絶対にないでしょうかね……。しかしそれを言いますと、学部長、犯人がいたとしたら、その人物がここから消え去るのも絶対に不可能と言えませんか」

エリザベスが意味ありげな視線を美希風に数秒投げかけた後、

「そこにいる男の前では、絶対に不可能とは言わないほうがいい。この手の謎に関しては」

事情を知る滝沢以外は、不可解そうに探る視線を浴びせてきたが、美希風は、観察して気になったことを口にのぼらせた。

「つい今しがた気がついたのですが、あのミューズ像を見てください。布を巻いて目隠しにしていたはずですが、その布が見当たらなくなっています。下に落ちているようでもない。お心当たりのある方は?」

遺体のある室内を覗き込める度胸のある者はそうしたが、布の紛失に改めて気づいたという表情になるだけで、誰からも明確な答えは返ってこなかった。

そこへ、学長がやって来た。

美希風は廊下へ出る前に、解錠してもあかなかったというドア周辺を観察してみた。ドアに室内側から密着して、コピー機を細長くしたような大きさの四角い機械——のちに、焼き物用の小型の電気炉だと知らされた——が置かれていたらしい。キャスターにストッパーを掛けたということだ。固定されたキャスターが、徐々にひらかれたドアに押されてつけたかすかな跡が、床に弧を描いている。

徳田《とくだ》学長は、体格が大きなわけではなかったが、上質の背広に包まれた胴回りの厚みは堂々としている。白髪の毛量《もうりょう》は、半分にも満たないようだ。滝沢の話では、丸い顔にはほとんどいつも温厚な笑みが浮かんでいて、なにかの拍子に学生にあめ玉を渡したりもするそうだが、今はさすがにその顔も引き締まっていて目の光が厳しい。

学部長や准教授たちと、硬く短い挨拶《あいさつ》が交わされる。

「法医学の専門家が診《み》てくれましたが、死亡は間違いないそうです」

エリザベスを示した学部長から報告を受けて、学長は彼女に一揖《いちゆう》した。

自殺か事故ではないかとの検討をしていたところだと説明を聞きながら、学長は室内に入って遺体を確認し、

「これは……」

と絶句した。

学部長は少し性急な口調になり、

「痛ましい姿ですが、まだ殺人事件とは断定できません」

数秒して「しかしこれはもう、やむを得まい」と、心痛の色を濃くした学長は、警備員に警察への通

報を指示した。

指示の内容は、口外無用へと広げられて皆にも伝えられた。最上階の北東側隅という場所が幸いしたともいえるだろう、何事かと集まって来ているのは数人にすぎなかった。

「特に学生さんたち。SNSなどで発信してもいけないよ」

きつい調子にならないように気を配ったらしい口調に続き、

「橘教授に間違いないのかな?」

気分も悪そうな顔色の学長は、学部長らに意見を求めた。

「違うと考えるのは無理があると思いますが……」

学部長がそう答えている後ろで、壁を背にしている学生らが小声で交わしている言葉が美希風の耳に入ってくる。

「Aらしき死体の顔が見分け不能にさせられていたら、大抵はAじゃないもんだろ、ミステリーでは」

そう口火を切ったのは蓮《はちす》だった。滝沢や中津川らと同じ学部の学生で、第一発見者たち四人のうちの一人だ。ほぼ長方形である横に長いレンズのメガネをかけ、髪を金色に染めている。

蓮の発想、美希風にもよく理解できる。被害者のすり替えは、フィクションでは定型である。しかし……。

「確かに、わざわざ顔を焼くなんて残酷なことをした理由は、それなのかもしれないな」滝沢が応じた。

「たまたまの小火《ぼや》みたいな事故でああなったとは見えないし。犯人は一刻も早く逃げたかったはずなのに、顔の損壊に時間をかけている」

「よっぽどの理由があったってことだよな」

中津川亮平も言う。彼は、七分袖《そで》の黒いジャケットを着、細々《こまごま》と金属片がさがっている首飾りをしていた。左右を刈りあげる髪形だ。

下級生らしい女子が三人いて、三崎操にこっそりと声をかけていた。

「ミサミサ先輩。橘先生は死んでないってことなんやろか？」

それを期待したいという思いのこもった囁《ささや》き声だが、三崎は、「その可能性はあるんだろうけど、橘先生と全然連絡つかないらしいよ」と気づかわしげに答えられるだけだった。

顔見知りの死という事実を避けられれば、多少は安堵を得られるという心理ではあろうけれど、人ひとりが死者となってここに横たわっているという現実は変わらない。

また、被害者が橘美登理教授ではないとしたら――

「蓮よ、ミステリーっぽく考えればだな」種田もその論点に気づいたようだ。「自分を被害者に見せかけた奴が犯人ってことやろ？　だったら、橘先生が犯人ってことになるやん」

「いや、そこまでは……」

と蓮が言った切り、言葉が途絶えた。

大人たちの検討も、被害者が特定できるのか、といった論の大詰めのようだった。

「橘教授以外の誰かとなれば、似た年格好、体形の女性ということになる」学長は、学生たちにも視線を巡らせた。「心当たりなどあるかね？」

誰もが記憶をたどるように首を傾《かし》げ、滝沢が、「確かに、ポンと思い浮かぶ人はいませんね。先生たち学校関係者や、学生たちすべてで」と控えめに答える。

行方を絶っている者がいないか調べる必要がありますかね、と学部長が気を回すが、掛畑准教授は淡々と言った。

「被害者の指は無事のようでしたから、指紋照合はできるでしょう。橘先生か否か、警察はまずそれをすぐに割り出すと思われますよ」

救急車のものであろうサイレンの音が、かすかに聞こえ始めていた。

エリザベスが、ふと言いだした。

「ご遺体の傍らには、三本ほど花が落ちていた。変わった形の花だ。近くに花瓶《ベース》はなかった。他殺であるなら、犯人が被害者に与えたものなのか？　それにしては奇妙な点が……」

彼女の言葉が途切れたので、三崎が質問部分に答えた。

「あれは花ではなく実で、仏手柑《ぶっしゅかん》です。仏様の手の形をしたミカンですね」

漢字を伝え、説明も加える。インドが原産で、中国を経る時に、仏様が手を合わせているようだと、〝仏手〟の美称が与えられた。

「人の指が揃っている形をしていたな」エリザベスが、一応は納得する。「オレンジ色の実。……指先が細い指だな」

中津川がこそっと言う。「オレにはちょっと気味悪く見えた」

「近くの花屋さんで初めて目にしたので、買ったのです」三崎は続けている。「中国からいらっしゃる徐原さんをお迎えするのにいい花実《かじつ》かなと思って」

「それはありがとう」白い髭を揺らして、徐原が微笑した。「おめでたい花実だね」

「そのおめでたい花実を、燃やした者がいるな」

エリザベスの言葉に、驚きを浮かべた顔が並ぶ。美希風もその一人だ。

「一つだけ、黒焦げになっていた」

美希風も、黒くなっているのは目にしていた。

「黒いスプレーを吹きかけたといった様子ではなかった。実は変形していたからな。焼け焦げていたんだ。ご遺体の頭部からは離れていたから、その時の火に巻き込まれたとも思えない」

場が、少なからずざわついていた。

——仏の手との名を与えられている植物を焼いた者がいる？

「そ、そういえば、橘先生……」三崎が、自分の思いつきに当惑するかのように、怖々と話しだした。「わたしの名字の橘は――橘も柑橘《かんきつ》類ですけど――太古から霊験あらたかと伝えられる不思議で貴い植物だって、時々言ってました。『古事記』や『日本書紀』にも出てきて、なんだかの皇子《みこ》だったか……」

「垂仁《すいにん》天皇の命《めい》で探しに行く男がいるんだよな」と、滝沢が助け船を出す。

「つかわされたその人が、常世国《とこよのくに》から持ち帰った植物が、不老不死をもたらす霊薬とされたんですね。それが橘らしい。……ただ、それが今の橘の起源であるかどうかは不明みたいですけど」

シャープなデザインのメガネに触れながら、蓮が追加するように言った。

「そうした由来もあるから、京都御所の中のなんだか殿《でん》では、左側に桜、右側に橘が植えられている。雛人形の飾りもこれが元だろう?」

「文化勲章のデザインも、橘の花の、白い五弁だ」美希風も言った。

頷く三崎が少し青ざめたのが奇妙だった。

「五弁の花です……。橘先生は、自分の背中には、五弁の花に見える小さなアザがあるっておっしゃってました。……そのアザが消えない限り、自分は死なないのよ、って」

角度的に遺体は見えなかったが、美希風は現場室内へと視線を向けていた。「ナイフのような物で背中を刺されているけれど、とどめを刺すなどという理由ではなく、まさか……」

一瞬静まった廊下で、中津川が口にしていた。

「オレも、その話聞いたことある。橘先生、人体デッサンの時、そんな話をするよな。……オレの印象だと、もっと背中の上、肩甲骨の間あたりにあるんじゃないかって印象だったけど。――あれだよ、先生の身振りや話の調子からの印象にすぎないんだけどさ」

「不老不死……」

春玲が呟《つぶや》き、

「やっぱり、あれやな」と、種田は腕を組んだ。「この部屋では死があべこべになって、橘先生……か誰か、あの被害者が生《せい》の兆候を消さないから、恐れをなした犯人は不死を封じ込めたんや」

奇態なイメージを浮かべた者が、何人いるだろう。殺された遺体が、肉体や衣服を溶解させて自殺者に変じようとし、あまつさえ、死の裏から生が顔を覗かせ続ける――。それは犯人の頭の中にあった狂える幻影なのかもしれない。

美希風が口に出したのは、現実的な観点だった。

「でももし、あの凶器の傷によってアザが消されていたら、被害者を橘美登理教授と断定する手掛かりの一つが消されたことになる」

それが、死後に刃物を振るった理由であろうか。

美希風は、三崎操に向き直った。

「刑事さんに事情聴取を受ける段になったら、アザのことは伝えるべきだと思います」

かなりの緊張の色を浮かべつつ、三崎は、やっぱり？　という顔になっている。

救急車のサイレンがはっきりと耳に届いていた。

4

救急隊員の邪魔にならないように、美希風たちは場所を移動することにした。行き先は決まっている。造形デザイン学科準備室とは別に、もう一ヶ所、あべこべの部屋に何者かが手を加えた部屋があるというのだ。第二応接ルームだ。

廊下を曲がったすぐ先だった。

先に到着していた面々の顔が見える。

徐《シュー・》原《ユアン》。春《チュン・》玲《リン》。中津川亮平だ。

ドアがあけられ、三人は廊下から室内を見ている。

半ば場所を譲ってもらい、美希風とエリザベスも室内に視線を走らせた。横には、案内してくれた種田勝がいて、後ろには滝沢生《しげる》と三崎操、蓮忠和《はちすただかず》もいた。

「全部、元どおりにされていたんですよ」

中津川の言うとおりだ。室内は、なんの変哲もない家具や調度類の配置になっている。

奥行きのある部屋は、わずかにドレッシングルームの佇《たたず》まいも見せ、落ち着いて出番を待てる控え室といった趣《おもむき》である。

「カーテン以外は、ですが」

正面にある窓の外には、広い緑地を隔てて学生寮があるらしいが、確かにその窓を奇妙な物が覆っている。左右に一枚ずつさがっているのは、透明なビニールのようだ。

「なんです、あれは？」

尋ねた美希風に、種田は得意げに、

「不意に思いついて、オレが作ったんすよ。カーテンってのは、つまり遮光する物。その存在理由を反転させたわけっす」

「なるほど」

「即席で作ったんですけど、苦労しました。パンチで何ヶ所か穴をあけて、カーテンレールのリングに引っかけてね」

「こんなことをした犯人は、カーテンだけは復元しなかったのか」

種田は肩をすくめる。

「カーテンを見つけられんかったのかもね。オレ、カーテンをからっぽのデスクの抽斗《ひきだし》に押し込んだから。……いやあ、それより、ビールが無事かどうか、はよう調べたいよなあ」

酒類を詰め込んだクーラーボックスは、長椅子の陰に見えている。夜の部は、六時三十分から開始の予定だったという。アルコールを管理する意味もあり、所定の時間がくるまでここは立入禁止区域にされていた。橘教授を捜すというアクシデントがなければ、この状況の発見は六時半になっていただろう。

「あれはなんだろう？」

エリザベスが指差したのは、長椅子の上に載っている衣服のような何色《なんしょく》かの布だった。

「仮装用の衣装ですよ」中津川が答えた。「猫田《ねこた》って奴は、下戸《げこ》なのに、酒の神バッカスに扮します」

こうしたイベント内容を、徐原は微笑しながら聞いている。

ここで種田が、表情を改めて言った。

「待てよ。家具類は動いているけど、カーテンに手ぇ出せへんかったのは、これをやったのがポルターガイストだからとちゃうか」

蓮が苦笑いする。「無理やりだな。なんでこの部屋でポルターガイストだよ」

「ここはかつて、マドンナ国中《くになか》さんの仕事部屋だったやん」

「おい、やめろよ」

滝沢が語気鋭く止め、他の者もたしなめるような視線を浴びせる。

「その人は？」

と春玲が尋ねたので、仕方ないとばかりに中津川が説明し始めた。

「助教だった方《かた》です。国中万尋《まひろ》先生。三十代後半の年齢でした。まあ、美人なのですが」種田が深く頷いている。「気持ちもさっぱりとして、笑顔の多い先生で、人気は絶大でした。女子にもね。……でも、亡くなってしまったんですよ」

「どのような状況で？」

美希凪は反射的に尋ねていた。過去の人の死から殺人の動機が生まれるというのは珍しいことではない。

「えっ」美希凪の勢いに少し驚いてから、中津川は続けた。「災害ですよ。去年の九月の末でしたね。旅行先で大雨災害に巻き込まれたんです。急な増水で地下のお店に閉じ込められる格好になり、お友達と、店の方と一緒に……」

それは辛《つら》い最期だったろうと、胸が塞《ふさ》がる。

「学内全体のショックでした……」三崎が小さく言っていた。

美希凪としては確かめざるを得ない点がある。

「その国中さんと、橘教授の関係は深かったですか?」

「いやあ……」

言いつつ、他の面々と目線で記憶を突き合わせた中津川は、

「それは特に感じませんでした」と答えた。「同じ職場の仲間として、普通に仲は良かったですけど。橘先生は元々、人とあまりべたべたするほうではないし」

「すると、国中さんが亡くなった後、橘先生に特に変化もなかったのですね? 気になることが起こったりしていませんでしたか?」

学生たちはしばらく言葉を交わしたが、注目すべきことはなにも思い浮かばないようだった。

国中万尋の事故死には変な噂も立たず、すべては粛々《しゅくしゅく》と進行し、喪の時間はすぎていった。彼女の研究資料や蔵書、私物が持ち帰られた後、この部屋は予備的な応接室へと役目を変えた。助教のポストは今のところ空席だという。

「ここは違うな」

徐原が静かに吐き出す声は、深く味わった作品への論評を語っているようだった。

「霊も犯罪も関係しない。あちらの部屋とはまったく違う。大きな悪意の気配はまるでない。あちらの事件とは関係のない別人がやったのだろう」

美希風も同感だった。不穏さや暗い精神性などが、勘に働きかけてこない。若干、息を潜めて動き回っている人間の気配の残像を感じるだけだ。ほぼ通常どおりの室内なのだから当然ではあるが、注意を引く点も異変も、なんら目につかない。

「でも……」中津川には疑問が浮かんだらしい。「サトゥルヌス祭用の模様替えをした部屋それぞれに、ミソをつけた奴が一人ずついるってことですかね」

「それぞれ、性格が違う」エリザベスが見解を口にした。「被害者が発見された部屋は、室内の道具立てそのものはほぼ祭り用のままなのだろう？　犯罪手段に必要な品を動かしているだけだ。祭り用の演出を利用したともいえる。しかしこちらの部屋は、祭りの根底そのものに異議を唱えているかのようだ」

同意する何人かの声が重なった。

「妨害したのか、反対の意思表明なのか」はっきり苦々しげに言ったのは、蓮だ。

「ここまでやるってのはご苦労様だけど、そうまでさせる理由は謎だな」滝沢が考え込むように言う。

「部屋を元どおりにするって……」

「いずれにしろ」美希風は、懸念口調で提案した。「こんなことをした人は早く名乗り出るべきだ。準備室での犯罪まで疑われて、罪をかぶることになりかねない。みんなに伝えたほうがいいよ」

家具をあべこべにする作業には、ここにいる主要メンバー以外にもう数人が加わっているはずだった。無論、祭りに参加しようとしている学生はさらに多い。その誰もが、このような干渉をしてきても不思議はないだろう。

悪戯《いたずら》だったと名乗り出る者がいれば、それでこの部屋の謎は方《かた》がつく。

たぶん……だが。

到着した警察に順番に聴取に呼び出される関係者が待機する場は、展示サロンだった。

これまでの時間を使い、美希風は、情報を聞き集めて事件の全体的な流れを頭に入れていた。

今年のサトゥルヌス祭の実行委員である学生は五人。滝沢生、三崎操、中津川亮平、種田勝、蓮忠和である。同じ学部の他の学生も数人加わって、二つの部屋の〃飾りつけ〃は十一時頃から始まった。正午前には終わり、それから二つの部屋は、彼らの言葉を借りれば〃聖域〃になったらしい。祝祭儀式の場であり、協力して作りあげた空間アートでもある。鍵を掛けることまではしないが、立ち入ってはいけないという暗黙のルールだ。

正午からはもちろん、それぞれが昼食を摂《と》り、それが終わるとすぐに徐原の講演の最終準備に取りかかった。講堂で二時から行なわれるこの一大イベントの世話役は、総合絵画学科の教師や学生たちで、サトゥルヌス祭の実行委員はそのサポート役だった。

予定では、講演が終わった四時以降に、準備室でのサトゥルヌス祭の幕が切って落とされることになる。その部屋の中では、学生がタメ口で教授たちに直言できる。女装する男子学生もいるし、逆再生すると意味のある歌詞となって聞こえる歌を披露する者もおり、もちろん、アートとしての創作を発表してもいい。六時半からは第二応接ルームがメイン会場になり、八時で終了。学園祭自体も九時で閉幕となる。

滝沢生は、美希風たちを自宅へ案内するために六時すぎには大学を出なければならず、美希風たちとすれば気の毒に感じていた。恋人の三崎操も気の毒だと思ったが、彼女も気にしていない様子だった。どのみち、夜の部にちょっと参加した後は、アメリカの姉妹校から来るゲストたちとのミーティングや食事会の世話役として、彼女は働かなければならないそうだ。

彼らは講演準備を進めていたが、その最中に、ちょっとしたイレギュラーな出来事が起こる。相談事だ。徐原が用意した映像資料の翻訳版を橘教授が用意しているはずだったが、それが見当たらない。他にも、橘教授から移動するように言われていた大型スピーカーの位置はこれでいいのかとか、予備のスタンドマイクもその場所に置いておけばいいのかなど、細かな確認事項も出てきたのだ。それで連絡を取ろうとしたのだが、ＬＩＮＥに返信がない。電話番号を知っている学生もいたのでコールしてみるが、これも不通。教授の助手である川田《かわだ》は学園祭の所用で外出中なので、橘教授当人を捜すしかない。

男子学生三人がその役を担い、四階まで来たところで二手に分かれた。

蓮忠和は、橘美登理の教授室をノックしてみた。返事はなかったが、ドアはあいたので入ってみた。学生たちにとって、溜まり場になることもあるほど橘教授によく招かれる教授室は、入室するのにほとんど抵抗はないようだ。教授の姿はなかったが、蓮は奥へと進んでみた。ここまで連絡がつかないという事態に不安を感じ始めていたので、しっかりと見回りをする気になったのだ。もう一つ理由があった、と蓮は語る。教授のスマートフォンに電話をすると、着信音が教授室の奥から聞こえてくる気がしたという。

幸いにというべきか、確認してみると、デスクの後ろに教授が倒れているということもなかった。そして気がついたのだが、着信音は隣室から聞こえているようだ。それで、準備室のドアをあけようとした。しかし、ノブは回るのにあかない。意外の念に打たれながら声をかけてみたが、これにも反応はなし。仕方なく廊下へ戻り、そこのドアから準備室に入ろうとしたが、ここでもあかないドアが立ち塞がる。耳を澄ますと、着信音はやはり準備室内から聞こえている。呼び出しを切り、非常事態を意識し始めた蓮は、掛畑昇准教授の手を借りることにした。

准教授はメインドアの鍵を持っているし、彼の部屋にも、準備室に通じるドアがある。

ノックに応えて入室させた蓮から事情を聞くと、掛畑昇は自分の部屋から準備室へ入ろうとした。しかしこのドアもあかなかったのだ。困惑を深めつつも、掛畑は机の抽斗《ひきだし》からメインドアの鍵を見つけ出し、廊下へと出た。掛畑によると、錠が解除される感触はあったが、ドアを押しあけることができない。もちろん、蓮が試みても同じだ。困惑もここに極まって、中津川亮平に事態を電話で伝えたという。

そこで、第二応接ルームの異変に憤慨していた二人も合流することになり、最終的には蓮と中津川とでドアを押しあけた。そして、世にも奇妙な遺体の発見に至る。


展示サロンの長いテーブルの一方に、美希風、エリザベス、そして、徐原と春玲がいる。彼らと向かい合って、滝沢、三崎、中津川、種田が並んでいた。掛畑昇准教授と蓮忠和が、別室で事情聴取の真っ最中だ。

「……すると、正午以降、橘美登理教授の姿を見た人はいないわけですね」

それぞれの前には、小さなカップに入ったコーヒーが置かれてあり、それを一口飲んでから美希風は情報をまとめた。

「ざっとみんなに訊いた限りでは、そうですね。今のところ」

滝沢が答え、中津川も頷いている。

正午前に準備室での〝飾りつけ〟が終了したのを見届けた後、橘は教授室に入り、それ以降、確たる目撃情報がない。

「はっきりせんなぁ」ボンバー種田が腕を組んだ。「橘先生が実は無事なのに、死を悼んで泣き伏すというのも変やし」

「無事ならどこにいる?」中津川がはっきりと言う。「姿を隠しているなら重要容疑者ってことになる」

「こういうことはないかしら」春玲が、長い髪を背中へ払いながら仮説を口にした。「橘先生も被害者なのよ。二人めの。衣服を奪われているのだから。意識がないか、亡くなっている状態でどこかへ運ばれ、隠されている」

「先生に疑いをかけさせるためね」三崎が、有力な説じゃないかという顔になった。

「できるかな」エリザベスは懐疑的だ。「学園祭で浮かれている最中とはいえ、構内をこっそりと、人ひとり運んで行くなんて」

「近くに巧妙に隠したとも思えないし」と、滝沢も言う。「警察が現場周辺に捜査の網を広げているけど、人を見つけたなんて話は聞こえてこない」

「密室が確かなら……」三崎が探るように言った。「橘先生にしろ誰にしろ、犯人なんていないことになるけど……」

「被害者の身元確認については、身内の証言が有力になる」エリザベスがそこを指摘した。「橘教授にも家族はいるだろう。ご遺体を見てもらえば、肉体的な特徴を検証できる」

いや、それが……という空気が漂い、滝沢がまず口にする。

「五年ほど前に旦那さんを亡くしてから、独り身で、家族はいないはずです。両親や兄弟姉妹、親戚筋の話は聞いたことないですね」

「恋人は?」

と春玲が訊くと、三崎が首を横に振りつつ、

「いないはずですよ。亡くなったご主人のことをずっと思っていて、今でも結婚指輪を外さないほどです」

「指輪……」エリザベスが気がついたように言った。「指輪は、ご遺体の右手の、この……」彼女がつまんで見せたのは薬指だ。「指にしかなかったぞ」

「指輪も、左右入れ替えられたのですね」

どこか寂しそうに三崎が言った後、美希風は、

「それらを橘教授が自分でやったとは考えられませんか？　服を後ろ前に着て、指輪や靴も左右逆にする。サトゥルヌス祭に合わせて自主的に仮装しようとしていたという見方です」

と思いつきを口にしたが、言葉の途中から学生たちは否定的な身振りだった。

「橘先生は、もうちょっとクールな感じやから」

「そういった乗りはないですね」

種田と中津川の意見は、皆に共通するようだった。

美希風はさらに質問を重ねた。

「では、橘教授の、サトゥルヌス祭に対する賛否の姿勢はどうでした？　強く反対していたとかは？」

これへの答えも否定的なものばかりだった。大賛成で浮かれ騒ぐということはなかったが、反対する態度は見えなかった。何度も行なわれてきているサトゥルヌス祭に、ずっと普通に協力的であったという。

「わたし……」かなりためらってから、三崎が伏し目がちに言った。「あの被害者、橘先生ではない気がするのよね……」

「え？　遺体を見たの？」滝沢が顔を向けた。

「一瞬ね。駆けつけた直後に、あいていたドアから……」

「ああ。僕も一瞬は目がいった。……でも、一瞬のことだろう。距離もあって、角度も……」

「だから直観みたいなものだけど……」

春玲の通訳も介してここまでは聞き役だった徐原が口をひらいた。

「直観や観察を狂わせるために、服装があああなっていたのではないかな」

佐藤学部長などが特に、徐原たちには別室を用意しようとしたが、徐原と春玲は彼ら学生と一緒がいいと、ここに留まっていた。

今の徐原の見解には何人かが同意の面持ちになったが、徐原当人は意見の上書きをした。

「それでも、直観が深い意味を持つ場合があるが」

滝沢が、三崎の横顔にそっと視線を留めた。

「橘先生に死んでいてほしくないという思いが、そういう直観に姿を変えて感じられているんじゃないのか」

「そうかもしれないけど……」

美希風も、直観は軽視しないほうだ。飛躍、空想にも近い仮説の網羅も推測には重要と考える。しかし、やみくもに発想の道筋を増幅させても、自ら可能性の迷宮に入り込むだけだ。基本的に、現実的要素や検証された事実がある程度揃《そろ》うことで、閃きに論理的な足場が与えられるだろう。警察の初動捜査が方向性を導くはずだ。

その点を種田も、

「警察が教えてくれるやろ」と口にし、椅子に寄りかかった彼のドレッドヘアーが揺れた。「もう、指紋照合も済んでるんとちゃう?」

「どのみち殺人事件だ」中津川が顔を曇らせる。「いや、密室の謎は残っているけど、とにかく、人が死んだ重大事件だ。もう、学園祭の最終日もなにもないな。このままお流れだろう。くそ〜。徐原先生の講演なんて千年に一回の機会なのに、無念すぎる」

「本当に残念です」三崎が身を乗り出すようにして頭をさげる。「せっかくいらしていただいたのに。申し訳ありません」

「あなたたちが謝ることではありません」と、徐は応じた。「千年寿命があれば、何回でも来るつもりですけれどね」

老いぼれがどうとかいう内容を、中国語で続けたようだ。

「こうなるのだったら……」一瞬考え込んだ滝沢が、徐原に遠慮がちに目を向けた。「講演でお話しになる予定だった重要部分を、ピックアップしてここで教えてもらうことはできませんか？　我々だけで聞いちゃうのはもったいないけど。SNSを使っている広報で広く伝えることもできます」

徐原は春玲と相談をし、春が答えた。

「公表については、講演を大学側がどうするかという最終判断を待ってから決めるとして、講演内容を紹介するのはかまわないとのことです」

原稿でも取り出すためだろう、春玲がブリーフケースに手をやったが、徐原がゆるりとした仕草でそれを止めた。

「肝心な部分は、日本語で言えるように頭に入っている」

聞き手たちが居住まいを正した。

「芸術は、人のソウルに不死性を与えるものだと思っているよ、私は」

眉間をこすり、徐原は語り始めた。

「芸術など創造物によって、人は、避けがたい死という宿命に打ち勝つことができるのだ。有限の命を超えていける。ソウルと芸術性を、また、やむにやまれぬその瞬間の思想を、何世代も伝え残していけるのだ。それは、この徐原を含め、生み出した個人よりもずっと尊いものに違いない」

美希風は当然ながら、目の前の高齢な芸術家がくぐり抜けてきた中国の苛烈な歴史のことを思った。

「個人は芸術によって、世界の大きさにまで広がり得る無限の可能性を獲得し、時も超えられるわけだ。しかしだ、広がり得る作品を、すべて自分と同一視してはならない。己のソウル以外一切認めないならば、それは独裁だ。気持ちと手業《てわざ》のありったけを注いだ、自分そのものであった作品が、他者となって離れて行く時に、わずかな寂しさを覚えることもあるのではないか」

ある者は多少の含羞《がんしゅう》を浮かべ、ある者は重々しく頷いている。

「それこそが大事なのだ。自分の血を持ちつつも、作品は世界のものになるのだ。その喪失から次作を生み出す力が生じるという以上に、独立した作品にどのような評価を加えられようと、それを容認しなければならないという覚悟も生じる。絶賛もやがて、酷評へと変わっていくかもしれない。名作中の名作とされてきたアメリカの古典映画、『風と共に去りぬ』が、今では人種差別的だとの批判を受け始めているようだね。長い時を生きれば、時代の荒波を幾つも受ける」

嗄《か》れてきた声に湿り気を与えるかのように、徐原は、唇や喉元をもぞもぞと動かした。

「そしてまた、それにも価値がある。時の中を生きるようになった自分の分身が、価値の新解釈を生み、批判の血に塗《まみ》れ、過去を問い直し続ける。自分が死んだ後の、作品にまつわる刺激的な言動、その予測のつかなさこそが未来だ。未来世界を掻《か》き回せる創造物を残そうとするのは、有限の命しか持ち得ない生命体の本能かもしれない」

美希風は思った。サトゥルヌス祭の部屋に遺体を残した犯人は、どのように未来を掻き回すつもりだったのか。

誰も口をひらかないうちに、ドアがあき、二人の人物が入って来た。

掛畑昇准教授と、蓮忠和だ。

「お疲れさん」エリザベスが声をかけた。「事情聴取から解放されたんだね」

「なんとか……」音を立てて引いた椅子に腰を落とした蓮は、疲れ切った様子だった。

「どんな感じなん?」種田は身を乗り出し、中津川が「厳しく訊かれるのかい? 新発見がなにかあった?」と勇んで尋ねる。

答えたのは准教授だ。スカートでも扱う感じでボトモールをさばき、姿勢よく着席した。

「刑事さんの目で凝視され、何度も訊かれるうちに、いらぬ不安が生じてきますね」彼が指先を当てている白い頬は、言葉ほどには強張っていなかった。「被害者の特定を急いでいるようですが……」ここで視線が、エリザベスに向けられた。「キッドリッジさん、楠木《くすのき》という女性の警察医をご存じですか?」

「……あっ」エリザベスの顔が明るくなった。「ノキか。父が州《ステート》の大学……州立医大の講師をやっている時期があってね。その時の教え子だ。法医学に興味があり、わたしとも、よく議論をした。彼女が警察医になった時も、メールでやり取りしたよ」

「その楠木さんが、今回の事件を担当しています」

「そうなのか」エリザベスは懐かしさが溢れる目をしている。

蓮のほうは、滝沢にも真剣に問いかけられ、事情聴取の様子を答えていた。

「指紋を採られて、その件に質問が集中するんだから、マジでびびるよ」蓮は指先をこすり合わせている。「お前たちも、現場の変な場所から指紋が見つかったら、容疑をかけられるかも、だぜ。……うん、俺は、あちこちのノブに触っているからな」

記憶にも生々しいだろう体験を、蓮忠和は語り始めた。

5

刑事たちの視線が時々自分の金髪に向けられるようで、蓮は落ち着かなかった。

——まさかこの刑事さんたち、髪を染めている奴は不良だ、なんて思ってないだろうな。

そんな時代錯誤なはずはない、と言い聞かせて、自分を安心させようとする。しかし、言っちゃ悪いが、この刑事たちはどこか田舎《いなか》くさい。

——あのね、名字の蓮から、蜂で、ハニーブロンドに染めてんの。まいったか。

内心で吠えても、自分が、指先や膝が震えそうなほどびびっている自覚はあった。

立たされているのも、白いシートで覆われている遺体がすぐ目の前にある場所だ。廊下と準備室の敷居である。

ここである必要も、判らないではない。自分が、そして途中からは掛畑准教授が加わって移動して歩いたドアの位置関係が、ここからは一目で見渡せるからだ。

中年刑事が、左手奥の、棚の陰にあるドアを指差して言う。

「あそこのノブは拭き取られたようで、橘先生の教授室側のノブから、あなたの指紋が採取されただけでしたよ、蓮さん」

益田《ますだ》と名乗った刑事だった。現場の責任者で、警部補らしい。典型的な中年体形にはたるみがあり、顔つきにも精彩がないが、自分のメガネと似た四角張ったメガネをかけているのが蓮の神経に奇妙に障り、落ち着けなかった。

「あのドアをあけようとしたと、伝えたはずです。話したことが証明されたということですよね？」

蓮は、「なにか疑わしいことがあるんですか？」とか、「他には一切触れてませんからね」といった言葉が溢れてきそうだったが、多弁は後ろ暗さの裏返しと取られそうで、口から出すのは思い留まった。

「ええ。そうです、そうです。あなたの供述が確認できたとお伝えしているだけですがね」

未成年者か子供にでも言い含めるバカ丁寧な口調であり、これもこれで気に障る。落ち着かない。

「そして、このドアです」

すぐ近くのドアに、益田警部補は目を向けた。

「このノブも拭き取られており、廊下側のほうに、蓮さんと掛畑さんの指紋が発見されました。これも供述のとおりですね」

蓮の横に立っている准教授は無言で、黒い影のように静かだった。

「掛畑さん。あなたの部屋からこの準備室に入るドアのノブは、こちら側はきれいで、あちら側にはあなたの指紋だけ。これも供述どおり。あのドアは、滅多に使わないのでしたな？」

「何ヶ月前に使ったのか、はっきりしないほどです」

「どうしても再確認させていただきたいのですが……」益田警部補は、小指の先で頭皮を掻いた。「犯人は長時間、この現場で行動していたはずです。火を使い、ドアを塞ぐために重たい器具も動かしている。その物音に、あなたはまるで気づかなかったのですな？　犯行時間帯、あなたはほとんどずっと、あの自室にいたという話ですが」

「言いましたように、私はあの仕事部屋にいる時は、常に音楽を流していましてね。集中するための、日頃からの習慣なのです。そのせいでしょう、これはという隣室の物音は思い出せません」

　蓮は頷いていた。掛畑准教授が自室で流す音楽は有名だ。かなりの音量で、在室かどうかは、その表示プレートを見るより早く、漏れてくる音楽で判るのが常だった。昼食を食堂で終えて十二時二十分頃に自室に戻って来てから、学生の作品への問い合わせやアートプロダクションへの声かけという仕事に集中していた、と掛畑昇准教授は供述していた。

　納得したのかどうか判らない顔つきのまま、

「犯人の使った火のことですが」と、益田警部補は聴取内容を次へと移した。「火薬類は、この準備室に常備されている品なのですか？」

「いえ。危険物ですから、さすがにそれはちょっと。特別ゲストである、徐原《シュー・ユアン》さんが用いる画材ですよ」

「ああ、中国人の有名アーチストさんですね。……画材？」

　准教授は、徐原の作画パフォーマンスを説明した。それから、

「講演で実演してもらう予定でしたので、それまでここで一時的に保管していたのです。準備室ですし、控え室にも近く、校舎の一番隅ともいえますから、関係者以外の者が通りかかることもない」

「この箱ですね」

ぼそぼそと囁くように言って、杉本《すぎもと》とか巡査長と呼ばれていた若い刑事が木箱に近付いた。やせているというよりも、どこか貧相な印象さえ与える男だ。

部屋の左手にある木製の棚の一段めに、その箱は置かれている。小型のキャリーバッグ程度の大きさで、歴史を感じさせる彫刻が施されている品だ。取りつけられているちょっとした錠が、壊されていたらしい。

准教授と蓮は頷き、益田警部補は、杉本刑事があけた箱の中を覗き込んだ。

「ふむ。顔の下に敷かれていたプレートも、ここにあった物のようですね。同様の物が幾つかある」

「まず間違いなくそうでしょう。火薬は、においや煙の少ない、独特の調合になっているそうです」

「着火装置もあります」

杉本のぼそっとした報告を掻き消す勢いで、廊下には、刑事に案内された新たな人影が現われていた。

「もっと早く駆けつけられず、申し訳ない」

白衣を着た、三十代後半と見える女性だった。艶々《つやつや》とした額の下、ずり落ちて見えるほど大きなメガネをかけている。

「いえ」益田警部補が応じる。「じっくりと検死してください、楠木医師《せんせい》」

准教授と蓮が場所をあけ、警察医は現場室内に入って行った。

警部補はすぐに、蓮たちに体を向け、

「凶器の刃物についてお訊きしたいのですよ。刺激的すぎるかもしれませんが、ちょっと見てくれますか」

合掌した後、屈《かが》み込んだ楠木がシートをめくるところだった。凶器はまだ、遺体の背中に刺さったままだ。

「それには及びません」視線を逸らして掛畑准教授は言った。「発見した時に見て、記憶できています。あのナイフは、デッサンや造形など、授業で使うこともあるモチーフです。ナイフと言いましても、刃はつぶしてあります。模擬ナイフですね」

「それでもあのとおり、体重やら力をこめれば人体に突き刺さる」杉本刑事がぼそっと言った。

楠木警察医の声が聞こえる。

「途中で聞きましたが、本当に衣服があべこべですね。発見時からこうで、誰もいじってはいないのですね？」

「死亡を確認するために脈を取った程度です。外国から来ていた検死官がいたそうで」

「外国？」

「女性です。名前はたしか、エリザベス・キッドリッジ」

「ベスが⁉」声も体も弾んで、楠木は立ちあがりそうだった。「ここに？　日本にいるのですか？」

少々驚きつつ、益田警部補は、学生の知り合いに招待されたようだと説明した。

「奇遇だわあ。それはぜひ――」途中で楠木は、口調を改めた。「それはまあ、職務を果たした後ですね」

益田警部補も質問を再開した。

「模擬ナイフも、この準備室に置かれていたのですね？」

「いつもそうですし、今日は、あの鏡餅《かがみもち》に刺してありました」

「かがみ――」一瞬当惑してから、警部補は窓際の陳列台に目を向けた。「あれですね」

後ろ向きにされたミューズ像の左側に、二段重ねでパッケージされている鏡餅がある。下段の餅の直径は二十数センチあるが、今は、サトゥルヌス祭に合わせて上下逆さまにされている。ミカンが一つ載せられていた。

「この季節に鏡餅？」杉本刑事が不思議がる。

「縁起物として、ですよ。中国からの客人を意識しまして。三崎という女子学生が熱心に手配してくれました」

「仏手柑を用意したのでしたな？」益田警部補が再確認をする。

「そうです。柑橘系つながりで、鏡餅の場合はミカン、つまりダイダイです」

「ミカンつながりで鏡餅まで出してくるのは強引では？」

冷《さ》めたようにそう言う杉本に、益田警部補は、

「ダイダイと発音してこそ意味があるんだよ、杉本。お前は、年越しそば、おせち、七草がゆなどにも謂《いわ》れがあるのを知っているのか？　ダイダイには、子孫が繁栄して代々続くようにという願いが込められている」

「語呂合わせでしょう」

ぼそっと反論する杉本刑事に、蓮はちょっと言いたくなった。

「語呂合わせにしても、鏡餅の鏡が、八咫鏡《やたのかがみ》に由来するんじゃないかって話は雄大ですよね」

「やた……？」

答えるように説明し始めたのは、楠木警察医だった。遺体の頭部の傷を検《あらた》めていたのだが、立ちあがり、なにかを探すように視線をゆっくりと巡らせている。

「鏡餅の由来は、三種の神器だったという説ですよね。八咫鏡、八尺瓊勾玉《やさかにのまがたま》、そして、草薙剣《くさなぎのつるぎ》。丸い餅は、大きな丸い鏡であった八咫鏡の形象を伝えている。天照大神《あまてらすおおみかみ》が天岩戸《あまのいわと》隠れをした時に、地上へ戻す役目を担った、あの鏡です」

「まあ」なにを思ったか、益田警部補はずいぶんと日常的なことを口にした。「丸は、円満の丸ってのも一般的だろ。円満だよ」

道具置き場である棚の陰を覗き込んだりしながら、楠木警察医が淡々と続けている。

「八尺瓊勾玉は、その名のとおり、勾玉ですね。八咫鏡と同じ役割で作られた。これがダイダイの由来となっている」

「でも、草薙剣は鏡餅には関係ないでしょう」杉本刑事は、力むこともなく言い返す。「鏡餅に、剣のような形をしたものなんてない」

「串柿《くしがき》ですよ」と、警察医。「わたしは関東の生まれ育ちなので馴染みがなかったのですが、こちらではあれを供える所もあるでしょう」

「ああ……」

「柿を刺してまとめている串が、草薙剣を写している」

「その草薙剣を意味していたのですよ、模擬ナイフは」と、掛畑准教授が説明を挟んだ。「串柿はこの時季、さすがに手に入らなかったので。ところが、そのナイフでダイダイを鏡餅に突き刺すことになってしまった。鏡餅の上に載っているダイダイを、上からナイフで突き刺す」

今も、逆さまになっている鏡餅の上にはミカンが一つ載っている。

「そこまでやるのは縁起が悪すぎると、三崎さんを中心に止《と》める人たちも多かったですが、ヒートアップしていた男子の何人かが勢いでやってしまいました」

「その男子生徒の名前は？」益田警部補が低い声で訊く。

「種田さんや、鮫島《さめしま》さんかな」言ってすぐ、准教授は、話題を好感触なものへと切り替えようとしたかのように、「中国からのゲストにとっては、ミカンはもっと縁起がいい品ということも考慮に入ってました。ミカンは中国語で、〝橘の子〟と書くそうなんです。そして、特に南部の方の発音では〝橘〟と〝吉〟がよく似ている。それでミカンも、春節の時季に飾られる縁起物なのだそうです。……あ、いえ、この話は二、三人にしただけですから、橘教授の名字まで意識していた人は少ないと思いますが」

そうだよな、と蓮は思う。今の知識は、蓮も初めて聞いた。

――それにしても、仏手柑を焼き、〝橘〟に刃を突き立てた者がいるということか……。

「どうやら、これのようですね」

楠木警察医の報告口調が聞こえた。彼女は、部屋の右側に集められている造形作品の一つを見つめている。人体を抽象的に表現した焦げ茶色の立像《りつぞう》で、等身大に近い大きさだ。かなりの重さがあるため、今回のあべこべの祭りでもまったく手を触れていない。

「この頭部が、ご遺体の後頭部の傷と一致しそうです」

「鑑識もそこから、被害者の血痕を検出しましたよ」

益田警部補に楠木は頷いて見せ、

「すると、後頭部への打撃は一度だけとはいえ、事故とは考えにくいですね。躓《つまず》くとか、貧血などが理由で倒れた場合、この高さで頭をぶつけただけでは、被害者が受けたような激しい傷にはなりません。倒れたことで勢いが増すもっと下のほうに、衝突する場所がなければ」

「つまり……」

「何者かに力任せに押されて、ここに頭部をぶつけたのでしょう」問われることの先回りをするように、楠木は間をあけずに続けた。「解剖を済まさなければ、死因ははっきりと申せませんけど。確かなのは、背中に刃物を突き立てられたのは死後でしょう」

「アメリカの検死官も、そう言ってたそうです」

満足そうな警察医は、大きなメガネを立像に向けてしげしげと見つめ、呟いていた。

「鈍器が立っている」

蓮は、彼女から少し離れた場所に置かれているもう一つの人体造形に意識を向けていた。稀《まれ》に講義で使うこともある、橘美登理教授の作品だった。それは一見、ロダン作を思わせる、指跡も鮮やかなブロンズ像である。しかし材質は発泡スチロールなのだ。見事な造形と塗装で、人間の感覚の曖昧《あいまい》さやフェイクの効果を伝えてくる。犯人はこの像の鼻を切り離して、被害者の後頭部に載せたのだ。

もちろんその像に関する情報は、すでに警察に告げてあった。

廊下を二人の男が進んで来て、近くの刑事に、「どんな具合です?」と声をかけた。徳田学長で、後ろには佐藤学部長も付き従っている。

素早く動いて、益田警部補が応対に行った。その丁寧な姿勢を見ながら、杉本刑事がぼそっと言う。

「気ぃ、つかってるなぁ」

ああ見えて、学長が県下の大物であることは蓮ももちろん知っていた。文化財指定委員であり、文教施設振興会のアンバサダーであり……。

「お前だって知ってるだろう」年輩の刑事が杉本に小さく言う。「徳田さんが安全連絡協議会の議長で――」

「そして、本部長のお兄さん、でしょう」

「縁故関係のつまらん情実で遠慮しているわけじゃあないぞ。あの兄弟は有能で、まずまずまっとうだ。協力して広域犯罪に迅速な手を打てたこともある。実績があるんだよ」

噂は本当だったらしいと、蓮は内心思っていた。学長は有力者にあめ玉を配るとも耳にしていたが、この話は、実際行なわれている根回し方法の隠喩なのか、それとも裏付けなどない中傷なのだろうか。単に、言葉のままの事実ということもあるかもしれない……。

そんなことを思っていると、なにかが気になった様子の佐藤学部長が、腕時計を見てからこちらに足を進めて来た。

「掛畑くん。そういえば川田くんはどうなった?　もうとっくに着いている時刻だろう?」

准教授も、あっという顔になる。

「そういえば、なんの音沙汰も……」

蓮も腕時計を見てスケジュールを思い出した。時刻は二時半すぎ。助手の川田オサムは、アメリカの姉妹校から来るゲストたちを迎えに関西国際空港まで出向いているのだ。ここへは一時半には戻っている予定であった。

何事かな？　という顔で、学長と益田警部補が寄って来ていた。

事情を知ると、「川田……」と呟いた益田警部補が、鑑識の係官から証拠保全袋に入ったスマートフォンを受け取って来た。

「橘教授のスマホですがね」と、警部補は説明する。「被害者の傍らに落ちていた物です。指紋はすべて拭き取られている」続けて彼は、蓮に視線を移してきた。「あなたからの呼び出しは三回記録されている」

急に心臓が跳ねた。狼狽《ろうばい》したら、いらぬ疑いを招くと思い、緊張感を抑えた。

「言ったでしょう。橘教授を捜していたから、電話で呼び出したって。回数も三回で、証言──僕の言ったとおりでしょう。確認されたってことですよ」

益田警部補は、少し苦笑している。

「確認されたと、お伝えしたまでです。それで……」目つきが真剣になり、袋から出したスマートフォンの電源を入れる。操作し、「ああ、やはり。川田という人からの着信履歴がある。十四時十五分にですね」

益田警部補は、相手を呼び出すようだった。

川田オサムは、若草山《わかくさやま》に近い国際フォーラム会館の広々とした駐車場で困惑していた。

橘教授から電話があったのが、十二時二十分頃。『わたしのほうの友人は来られなくなった。契約や友情にかかわるから、そっとしておいてもらえればいいよ』というものだった。それから十数分して、今度はなぜかメールで、『学外の者には知られたくないアクシデントが発生している。本校の不正といわれても仕方ない内容だ。予定より一時間ほどのばして、彼らには市内観光でもさせておいてほしい。追って連絡する』との文章が届いた。

奈良市は観光地には事欠かないとはいえ、メリッサ女史は鹿を怖がってしまったし、他の若い教員たちも、いつまでも大学に行かないことに不審を感じ始めている。

先ほど橘教授に電話をかけたが応答なし。アクシデントへの対応で大忙しなのだろう。しかし、不正とは穏やかでない。いったいどんな事態なのか……。

集中力を奪うような暑さのもと、そっと汗を拭うと、スマートフォンが鳴った。

教授からで、急いで出たが、声は聞き覚えのない男のものだった。

「——警察?　ええ、はい。……はあっ!?　教授が!?」

微塵《みじん》も信じたくない、衝撃の悲報だった。

6

美希風たちはまとめて現場近くへ呼ばれ、廊下に立ったままで、それぞれ手短に事実確認の質問をされた。刑事に呼ばれるまで美希風たちは、掛畑昇准教授と蓮忠和から、事情聴取の内容や警察の動きをかいつまんで伝えられていた。

美希風たち関係者への聴取を進める一方で、警察は、助手の川田オサムと連絡がついたことで生じた問題の対応にも追われていた。

川田にはどうやら、偽のメールが送られていたらしく、このメールの内容が学内を浮き足立たせる騒動を引き起こしたのだ。不正が発覚しそうなアクシデントが発生していると告げられていたからだ。警察は、学長たちを問い質《ただ》した。学長らは、寝耳に水との驚きを示し、懸命に否定した。学内の疑惑に橘教授が触れてしまったのならば殺人の動機に成り得るのだから、警察は厳しく臨んだが、どうやら不正のにおいは嗅ぎ取れなかったようだ。

「漏れ聞いたところでは、橘教授のスマートフォンにはそのメール文は残っていないみたいですね」

美希風が言うと、エリザベスは、

「だからこそ、今までは波風立っていなかったのだろうな。推《お》し量るに、メールを送ったのは犯人だろう。送った後に送信記録は消去した」

その考えに及んだから、警察も偽メールだろうと推察し始めている。それに振り回されたことに、気まずそうな空気も生じさせていた。

「内容はでたらめで、川田さんが戻って来るのを遅らせることが狙いではないですかね」

「その目的はなにかな？」

エリザベスが尋ねてくるが、美希風は、

「残念ながら、今のところさっぱりです」と答えられるだけだった。

佐藤学部長が警察に、「徐《シュー・》原《ユアン》先生が無関係なのは確実なのだから、もう解放してはどうかね」と抗議をしたが、彼の火薬が犯行に使われているので訊いておきたいこともあると説明されれば、口をつぐまざるを得なかった。

もう一人、軽く抗議をしたのが掛畑准教授だ。抗議といってもその様《さま》はおっとりとしているほどで、家族に品良く愚痴をこぼしたふうにも感じられた。

「私の部屋には鑑識の方《かた》がずいぶんいて、入室を断られましたが……」

彼は音楽に逃げ込みたくなったようで、音楽専用端末とイヤホンを取りに行ったのだ。

益田警部補が応えた。

「現場での鑑識捜査はほぼ終わったので、周辺に目を配ってもらっているだけですよ。あなたの仕事部屋を特に怪しんでいるわけではありません。橘教授の部屋にもいますし、もう一つの、あべこべに手を加えられている第二応接ルームも対象になっている。皆さんの指紋を提供してもらったので、しっかりと捜査をしませんとね」

準備室内には若い男性刑事と白衣の女性――警察医の楠木がいるだけで、その警察医が笑顔で廊下に出て来た。

「お久しぶりです、キッドリッジさん。楠木です」

場所柄はともかく、挨拶は必要だろう。

「嬉しい驚きだよ」エリザベスも笑顔だ。「ノキと呼んでもいいだろうね」

「うわっ。日本語がすごく上手に」

「短期集中で学んだのだが、おかげで……。まあ、それはいい」

「ノキと呼んでくださってもちろんかまいません」

それから楠木は、益田警部補に顔を振り向けた。

「キッドリッジさんは本当に優秀な検死官なのですよ。参考意見を訊くのはかまいませんよね」

返事も待たずに、二人は室内に入った。シートをかけられた遺体は残っており、このチャンスを想定して、楠木警察医が運び出しを止めていたのかもしれない。

遺体のそばで一緒に屈み込みながら、楠木が言った。

「益田警部補さん。大前提はお伝えしておきますけど、このご遺体は女性ですからね」

「賛成だね」エリザベスも言った。「少なくとも、表面的な肉体はそうだ」

楠木が丁寧にシートをめくる。

「年齢は、三十代から四十代前半」

「うん。……この様子だと、橘教授だったら背中にあるらしい、花弁のようなアザは確認できていないね？」

「鋭器を抜いていませんからね。着衣の下は未確認です。解剖室へ戻ってから検《あらた》めます。指紋は先ほど採りましたから、橘教授であるかどうかは間もなく判明するでしょう。……それで、この血痕なのですけど」

楠木警察医は、模擬ナイフが刺さっている箇所を指差した。

「縁《ふち》のほうに、見慣れないぼやけた感じがありますよね」

「ああ。気づいていた」

「これ、頭髪が押し当てられた跡ではないでしょうか。よく見ると、そうした痕跡に思えてきます」

頭髪……と呟いたエリザベスは、問題の箇所を最大限拡大しようとするかのように顔を近付け、凝視していた。

「なるほど。血液が付着していた髪の毛が押し当てられたらしい複数の筋がある。血に塗《まみ》れていた頭部が接触したのだろうな」

——血に塗れていた頭部。それが押し当てられた。

新たな事実を、美希風は頭に入れた。血に染まった頭部といえば、被害者のものだと思われるが……。

「血液の同定検査をすれば、状況は確定的になるでしょう」

楠木警察医がそう指摘した後、エリザベスは立像の一つに目を留めた。

「あの像の頭部だな、被害者の後頭部が衝突したのは」

「それは間違いないかと」

確かに形状が一致する、と認めた後、エリザベスは美希風に目を向けてきた。

「美希風くん。君もご遺体に目を通しておくかい？」

ちょっと場がざわついた。特に、刑事や大学の関係者の間で。その彼らを対象に、エリザベスが、余裕の表情を浮かべて説明を加える。

「その男はこう見えて、セミプロとして捜査に協力するポストにいるのだ。そうだろう、美希風くん」

「まあ……」

「北海道警察で、警察官ではないがやや特例的な特別捜査官扱いになっている。彼は札幌在住なのでね。それで北海道警察の嘱託になっているのだ」

「特別捜査官ってのは、薬学や情報工学などのスペシャリストが任官するものだろう」益田警部補が美希風に尋ねる。「あなたの場合は、協力を仰がれるということかな。どのような分野の専門家なんです？」

「物理的に体系立った犯罪現場に対する解決能力を有する者、となっています」

「……なんだね、それは？」

警部補に限らない問いかけてくる視線を複数浴びて、美希風は答えにくかった。

「いわゆる、不可能状況犯罪が対象ということです。密室も含めた不可能犯罪ですね」

「密室――」

改めてその事実を突きつけられたかのように、益田警部補は室内を見回した。

エリザベスが続けた。

「そのような犯罪は滅多に起きないが、彼が推理役として臨場すれば、解決率は百パーセントだそうだ――そう、彼の姉が言っていた」

「そういえば、ここで前に」中津川が囁くように周りの学友たちに言っている。「キッドリッジさんがそのようなこと、言っていたな」

「ここは言うまでもなく、管轄外ですが」

美希風は手控え口調だったが、滝沢生《しげる》は学長相手に果敢に声をかけた。

「父から聞きました。世界的なブラックアウトの日、琵琶湖畔《びわこはん》で二人が殺害される事件があったでしょう？　南さんとキッドリッジさんの二人が短時間で解決しなければ、被害はどこまで広がったか判らなかったということです」

美希風の見るところ、学長は〝短時間で〟という部分で真剣味を持ったようだった。益田警部補は、〝百パーセント〟のところだ。

関係良好をアピールするかのように学長に近付いた警部補は、場所を移動して、二人で何事か相談を始めた。

「密室である以上……」掛畑准教授が、囁くようにして美希風に声をかけてきた。「他殺説も足踏みしてしまうでしょうからね」

徐原も興味深そうに言う。

「南さん。殺人犯が意図的に作り出した密室というのは、実際にあるのだね？」

「ありました。私の、その点での経験の原点は、密室に拘泥《こうでい》せざるを得なかった犯人による連続殺人でした。規模こそ違え、今でも発生しています」

警部補たちの所に、鑑識課の責任者がなにかの報告をしたようだ。それから警部補がどこかへ電話を入れると、学長と二人で美希風たちの前に戻って来た。

視線で警部補から了解を得る素振りを見せ、まず徳田学長が皆を見回して口をひらいた。

「被害者は、橘教授と断定されたよ。デスクの上の、ノートパソコンなどの主要な箇所から検出した指紋と一致したそうだ」

学長と同じ沈痛な表情が一同に広がる。哀悼するように目を閉じる者、唇を嚙《か》む者……。

覚悟していたとはいえ、重い事実だ。

次に口をひらいたのは益田警部補だった。

「で、やってもらおうか、南さん。ヒントでも拾えれば損はないしな」

美希風をせっつくようにして室内に入れた益田警部補は、学長も閉め出してドアを閉じた。室内には五人が残った。美希風以外には、エリザベス・キッドリッジ、楠木警察医、益田警部補、そして、杉本と呼ばれている若い刑事だ。

「では、失礼して……」

一応白い手袋をさせられた美希風は、遺体の横に屈んだ。シートはほとんどが外されている。左右が入れ替えられている、ダークブラウンの、踵《かかと》の低い婦人靴……。引っ掛かるものはなにも感じられない。

「警部補」エリザベスが声をかけていた。「言うまでもない基本だが、学園祭ということもあって部外者でごった返しているとはいえ、外来者が犯人とは考えられないな」

「準備室とその周辺の事情に通じている奴が犯人なのは明らかです。ここがしばらく無人になることも知っていたんでしょう。鍵や施錠の状況も知っていた節がある。なにより、中国人芸術家の道具箱が壊されている。あの中に火薬が仕舞われていたのはご存じですか？　……そう、犯人もそれを知っていて、錠を壊してまで目的を達したのでしょう。

犯人は身近にいますよ」

美希風も、遺体を検めた経験は何度もあるが、流血などの禍々《まがまが》しさにはまったく慣れない。模擬ナイフが刺さっている箇所も直視できなかった。捜査官であれば避けて通れることではないだろうが、美希風は、必要を感じなければ無理をしないことにしている。

ただ、これを尋ねてみた。

「この凶器に指紋はなかったのですね？」

「すっかり消されているそうです」杉本刑事がぼそぼそと答えた。

右手の指に、シンプルな結婚指輪。左手の薬指の付け根には、長年指輪をはめていたらしい痕跡がわずかに認められる。派手なネイルではなかった。

後ろ前に着せられている衣服にも、勘を刺激されるものは感じないが……。

無残な頭部には視線の焦点を合わせず、左側に落ちている仏手柑に目をやった。

「仏手柑の一つは、焼かれているのですね？」

これにも杉本刑事が、「そうなんですよ」と応じる。

美希風が立ちあがると、楠木警察医が、

「もういいですか？」と確認してきた。

ありがとうございました、との、美希風の返答を受けて、警察医は遺体を運び出しましょうと警部補に伝えた。程なく、搬送用ストレッチャーを押して、警官たちが入室して来る。

遺体と共に現場を出る時、楠木警察医はエリザベスに軽く頭をさげた。

「またお会いできる時間があるといいですけれど」

「仕事抜きでね」

遺体と入れ替わって鑑識官たちが姿を見せる。唯一調べられていなかった場所を検めるためだ。遺体の下の小さな絨毯や床だ。裏を向けて敷かれていた絨毯に、まさに虫メガネレベルで分析の目が加えられていく。しかし、血痕もなにも、注目すべきものは一切発見されなかった。それは、絨毯の表も、床面も同じだった。

作業をしながら、他の部屋からは今のところ意味のありそうな発見はないと報告していた鑑識官班長に、退室する時、「もうなにを動かしてもいいな？」と確認してから、益田警部補は美希風に合図を送った。

——さて。

美希風のスイッチも自然に入った。相手にするべきは密室の謎だ。自分のフィールドという気になる。

まず向かったのは、窓だ。北向きで、内窓と外窓、どちらもロックが掛かっている。なんの痕跡も見つからず、実に日常的な様子だった。

窓をあけて、外壁を確認する。上も下も、四方すべて、なんの取っかかりもない平面だった。窓枠を含めて、注意を引かれるものはない。

——それに人通りもある。

左右にのびる眼下の道には、途切れることなく人の姿がある。これでは窓から脱出することなどどだい無理な話だ。

窓を閉めた美希風は続いて、窓の右側の高い位置にある換気扇に観察力を移した。今は止められているが、事件の最中には動いていた。回転力は、動力でもあるし、糸などを巻き取って回収するには打ってつけのエレメントだ。

スイッチは古めかしく、紐《ひも》を引っ張るものだった。換気扇を動かして神経を集中したが、見た目にも音にも異常は感じられない。止めてから、間近で観察してみようと思った。逆さまになっていた椅子を一脚持って来て、それを足場にする。換気扇の下には、作り付けの陳列台と棚があり、陳列台にはミューズ像がある。思い出して、美希風は訊いてみた。

「この像の目隠しに使われていた布は見つかりましたか？」

益田警部補の答えは、未発見とのことだった。

換気扇にはどう注意を凝らしても、気になる物は見つからなかったが、他の重要な痕跡が見つかった。

棚の一番上を覆っている薄い埃《ほこり》だ。それには一切の乱れがない。

　換気扇に細工をしようとした場合、肘を乗せるのにちょうどいい高さに棚の最上段がある。というよりも、肘を乗せずにするのは困難だ。不自然な高さに両腕をあげて作業をするにしても、腕を届かせようとすれば胸元が棚に接する。埃を微塵《みじん》も動かさずにここで人が行動するのは不可能である。

「トリックには関係ないようですね」美希風は椅子をおりた。

　犯人は、換気扇に通常の働きをさせたということだ。炎を使った時に出た多少の煙と異臭を排出するために。

「次はいよいよドアを」

　益田警部補らが場所をあけてくれて、美希風は真っ直ぐに廊下側のドアへ向かった。

　美希風は姿勢を低くし、ドアノブを観察する。ノブの真ん中につまみのあるシリンダー錠。突入によって、ラッチ部分は壊れているが、壊れ方に不自然な点はない。錠そのものにも問題は見当たらないが、それも当然で、観察すべき焦点はドアがあくのを内側で邪魔していた障害物のほうである。

　それでも基本条件から確認していく。

「解錠は、掛畑准教授がした。鍵は他にもあるのでしょうね？」

「橘教授も所持していた。部屋で見つかっている。机の抽斗《ひきだし》にあり、教授の指紋だけが付着している。あとは、マスターキーが、警備室と事務局にあるらしい」

　その後に、杉本刑事が付け加える。

「ノブや錠周辺を鑑識が調べても、問題はなにもないとのことでしたよ」

「そうでしょうね。注意を引かれるのは、小型の電気炉と接触していた床の傷かな」

「そう」

　今は、電気炉は邪魔にならない場所に置かれている。ドアをすっかりあけるためと、鑑識作業のためだ。しかし発見時に美希風も目にしているが、電気炉は確かに、ドアに押しやられた場所にあった。その位置まで、ピータイルの床に、弧を描いて二、三の傷も見られた。キャスターを使えば一人でも動かせるが、ストッパーを掛けると相当の重さを感じさせる。電気炉が接していたドア表面にも傷があり、これも自然なものだった。

下に隙間がないことを確かめてから、美希風はドアをあけてみた。ちょっと意表を突かれた光景といえようか、ドアのすぐ外まで関係者がまた集まって来ていた。徳田学長と徐原が、真っ正面に立っている。

「解錠した後も、このドアが重たい障害物で塞がれていたことは、計三人の人たちの体感で確認できているわけですよね」

その三人の顔が見えるので、美希風はあえて声に出してみていた。

掛畑准教授はゆっくりと頷き、蓮は二度三度と強く頭を縦に振った。中津川は、思い出したように肩をさする。

ここも窓同様、偽装工作の余地はないと美希風は判断した。心理的にも、犯人が居づらい場所だ。犯行当時、ここは人が頻繁に通る条件ではなかったが、いつ通りかかるかは判らない。そのような危険な場所で、手間や時間のかかる工作は行なえないだろう。

美希風は、そのドアをあけたまま次の検証場所へ向かった。学長と徐の目の前でドアを閉じることに警部補がためらっていると、まるで捜査官のような顔でエリザベスが廊下へ問いを放っていた。

「被害者は橘教授だそうだが、動機はなんなのだろうな？　心当たりのある人はいないのかい？」

顔を見合わせたり、考え込む表情になったりした者はいるが、答えが返ることはなかった。そこでエリザベスが言葉を足す。

「芸術論争や、ええ……研究の成果を巡って争っている者がいたとかは？」

「いいえ」准教授が、端整な顔を変えずに穏やかに答える。「不和なんかどこにもありません。論文でも、コンテストへの作品斡旋などでも、問題はなにもありませんよ。公平で、クールで、欲がない人だったと思います」

「そう。欲がないから金銭トラブルもないし、まして、恋愛トラブルもあるわけがないな？」

学生たちを見回す佐藤学部長の語気は、完全なる否定以外のものを求めてはいなかった。

「知る限り、どちらもないですわな」種田が、無頓着なほどの口振りで言った。「私生活のことは、そりゃあ判らんですよ。でも、心配事抱えている気配なんてなかったし、デートを楽しみにしている様子も、そんな話題も全然出ぇへんかった。もちろん、そんな感じやから、学内でも浮いた噂はなし」

滝沢は慎重な口振りで、

「親身になってくれる先生でしたけど、公私の線引きはドライなほどでしたね。終了時刻がきたら、ただちに帰る、みたいな。プライベートな時間を大事にしているという印象でした」

「では、そのプライベートな時間で、異性関係が充実していたってこともあるのね？　デートが待ち遠しかったのかも」

そう想像を語る春玲に、三崎操は顔を向けた。

「それはないと思います。橘先生は今でも、貴也《たかや》氏一筋なんですよ」

「亡くなったご主人のこと？」

「そうです」

そのようなやり取りを耳に入れながらも、美希風は、封じられたドアを観察していた。掛畑准教授の部屋へと通じるドアだ。ここと教授室へのドアには、錠はなく、掛け金——業界の正式用語では打掛《うちかけ》錠《じょう》が設置されている。使われることはほとんどなかったそうだが。

今はそれが掛けられている。金属の細長い板——閂《かんぬき》バーの先端には小さな突起があり、美希風はそれをつまんで動かしてみた。その、長さが七センチほどの閂バーは、戸枠に支点があって回転する。しかし真下まではさがらない。ほぼ水平なところで止まっている。その位置から上向きに百八十度回転させて、ドア側にある受け金にかませる作りだ。

そしてドアの前には、金属の塊《かたまり》が、どんと置かれている。レールを短く切断したような形で、高さは五十センチほどだ。

近くにいる杉本刑事が伝えてくる。

「学生たちは、金床《かなとこ》とかアンビルって呼んでましたよ。鋳金《ちゅうきん》などで、金属を叩くのに使うとか」

「ハンマー台ですね」

美希風は、礼の会釈も兼ねた頷きを返し、かなり年季の入っているその金属台を持ちあげてみた。五キロほどの重さだろう。

「ドアのどこにも隙間は見えないし、糸が通ったとしても、これを何本かの糸で引き寄せることなど絶対に無理だ」

独り言でもあり、杉本刑事の耳も意識している呟きだった。

「でしょうね」杉本は髪を掻き回しながら言った。「鑑識も、その底面には油もワックスも、なにも塗られていないと言ってましたよ」

「電気炉ほどの重さはありませんが、このドアには掛け金がある。その両方で突破しづらくしているし、こちらへ入って来られるまでの時間を相当に稼げますね」

この調査に杉本刑事は興味がありそうだったが、動機に関して語られている廊下側にも体を向けた。

佐藤学部長が、橘先生は休暇なども積極的に取るほうで、でも主に、休みは旅行に費やしているようだったが、と語っていた。

「中国にも来てくれましたかね」

春玲が言うと、滝沢が応える。

「日本以外のアジアや東南アジアは、ずっと若い頃に行っていたみたいです。今はもっぱら、ヨーロッパも含めたユーラシア大陸ですかね」

続く三崎の声は、やや心痛の色を帯びた。

「教授の旦那さんは五年前、フィンランドの北のバレンツ海で亡くなったんですよ。客船の事故で。遺体も見つかっていないって……」

「それ以来」掛畑昇准教授が言った。「橘先生は、孤独なボヘミアンだったと思います」

まさにそれだったと同意するように、三崎は、

「旅行先の写真を何枚か見せてもらったことがありますけど、観光地のなんかなくて、どこか寂しげなものばかりでした」

「不意に亡くなった恋人は、やはり忘れがたいかなあ?」

中津川が顔を向けたのは、三崎ではなく滝沢だった。意味ありげな空気も感じられる中、滝沢は、

「そうかもな」と、素っ気なく応じただけだ。

准教授室へのドア周辺にはピンとくるものがなかった美希風は、最後のドアに向かおうとしていた。

しかし次に聞こえてきた言葉で、ちょっと足を止めた。

「あの像の創作意図にも、旦那さんの死の体験が関係しているらしいですよ」

と、蓮が指差したのが、鼻を削《そ》がれていた立像だったからだ。

「顔を上に向けて上昇していく姿ですけど、水面に浮上するところにも見えるでしょう?　……希望であり、解放でもあるそうです」

サトゥルヌス祭にあってその像も、壁に向かって立たされている。

そのそばを離れ、美希風は教授室へのドアの前に進んだ。

エリザベスが論じているのが聞こえる。

「橘教授自身に殺される理由が見当たらないなら、巻き込まれてしまったとの見方もできるな。例えば、サトゥルヌス祭を妨害しようとしていた者がいたとする。第二応接ルームのほうで行動を終えたその者は、ここへもやって来た。そこに、教授は、はち……はちわれ……」

「八割れは、猫の柄です」三崎がそっと助言した。「鉢合わせ、ですね」

「鉢合わせしたのだ。止めようとして争いになり、命を失うことになった」

聞き手たちの間では、それはありそうだという空気が漂いだした。

そうした中、美希風の集中力は教授室へのドアとその周辺にあった。ここも掛け金は掛かっており、ドアのすぐ前に転がっているのは、倒れた花瓶だった。たしか、これに仏手柑が生《い》けられていた。

――んっ。

――ここだ。

美希風の直観が囁きだした。

似てはいるが、他のドア周辺の条件とはなにかが違う。

実用本位ではあるが厚みのあるカーペットが、ドアの下まで敷かれている。濃紺色の花瓶は、陶磁器ではなく合金製のようだった。胴体部分はビールジョッキを思わせる太い円柱形で、口の部分で窄《すぼ》まっている。ごつく四角い持ち手が付いていて、これもビールジョッキを思わせた。口はこちらに向いているというよりは、やや左側斜めに向けて転がっている。

カーペットのかなり室内側に濡れた跡が広がっているのは、花瓶の中の水が捨てられたためのようだが……。

――氷？　ドライアイスに類する物？

氷の斜面を作って花瓶を転がした？　それは無理だった。あの形状では転がらない。そのうえ、花瓶は真横を向いておらず、斜めに止まっている。

他の二つのドアの前には相当に重みのある品が置かれていたが、花瓶は違う。ただ、軽い物にしても、内開きのドアのすぐ前にそれが置かれていれば、そのドアから出た者はいないと証拠づけていることになる。

そこに細工があれば……。

だが、花瓶だけの問題ではない。掛け金が掛かっているのも確かなのだ。錠と花瓶が、脱出不可能性を二重に突きつけてくる。

美希風は花瓶を持って移動し、廊下の面々にそれを見せた。

「仏手柑が生けられていた花瓶ですよね？　これから花を抜いたり、水を捨てたりした人はいませんね？」

誰もが、無関係だと応じる。

花瓶を元へ戻した美希風に、益田警部補が近付いて来ていた。

「犯人が仏手柑を手に入れた時に、水を捨てて花瓶を放り出したのではないかな。あるいは、加害者と被害者が争って、花瓶が落ちたのだ」

「それも有り得ますね。……ただ、他の意味があるような気がしてなりません」

「警部補」杉本刑事が口にする。「花瓶には指紋がないとのことでしたよね。アクシデントで転がっているだけではないのでは？」

「そうか……」益田警部補は顎をさすった。「それがあったたな」

「それと、南さん」

ドアの左側、ノブの下にある錠を観察している美希風に、杉本刑事は情報提供をする。

「その掛け金の先端の下のほうに、わずかなへこみがあったそうですよ」

「ほう……」

美希風は、閂バーを回して垂直に立て、目を凝らしてみた。右側先端の端に、ほんのかすかに傷みがあるようだった。手を離すと、バーは左側へと倒れた。水平になったバーを上下に弾くと、バネの反動を感じさせて弾むように動いた。固定のされ方は甘いようだが、さりとて、外されたり破壊力を加えられたりした痕跡は皆無だ。

美希風は立ってドアから距離を取り、全体を広く眺めた。注意力と想像力の糸を張り渡す。カーペットによってドアの下にはまったく隙間はない。

――水分による染みには囚われるな。他になにかあるはずだ。

かすかな異変が視覚に引っ掛かってきた。

ドアの左側のすぐ近くに、スチール棚の側面がある。道具置き場になっている棚だ。美希風は、近付いて確かめた。

――やはり、高くなっているな。

錠よりは少し高い位置にある棚板だ。左側に長くのび、各種道具類が載っている。棚の高さは自由に決められるタイプだった。四隅に立つ支柱に等間隔で穴があいており、好きな場所でネジ止めして棚板の高さを決める。

その棚板の、ドアに近い側がわずかに高くなっているのだ。固定穴一つ分、反対側より高いためだ。横に長い棚であるから、その傾斜角はかすかなもので、棚板が水平でないことにもすぐには気づけない。

「見てください」美希風は、二人の刑事の注意を喚起した。「棚のこちら側が、若干高くなっていますよね」

数秒かかって、二人は、「確かに」と、それを認めた。寄って来ていたエリザベスも、じっくり眺めてから同意した。

「元からこうだったのか、皆さんに訊いてもらえますかね」

この場所は、廊下からは死角になって見えにくい。益田警部補が、ややしぶしぶ、准教授と少人数の学生を室内に招じ入れた。

「この棚は、以前から斜めになっていましたか?」

「そんなことはなかったと思うけど、気づかなかったということもあるかも……」

滝沢は戸惑いながらそう言ったが、三崎はもう少し断定的だった。

「サトゥルヌス祭でここの物も後ろ向きにしたりしましたけど、なにも気づきませんでしたよ。こうなっていたなら、あれだけ人数がいたのだから、誰かが気づいたはずです」

「そうやな」種田も言う。「こんなふうになっていたとは、オレは思わんね」

「すると……?」

杉本刑事が、ぼそっと尋ね、先を促してくる。

美希風は、花瓶を拾いあげて考える。

十秒ほどしてから、美希風は益田警部補に視線を合わせた。

「実験してみてもいいでしょうか、警部補さん?」

「トリックのアイデアを、実際にやってみるのだな?」逸《はや》るようにエリザベスが言う。

「過激なことでなければかまわんだろう」

益田警部補の了解を得て、美希風は動いた。

「では、私は教授室に行きます」

隣室へ出た美希風は、ドアをあらかた閉め、隙間から腕を出して花瓶を問題の棚板の縁《へり》に載せた。花瓶は、底を壁に向けて、室内側に真っ直ぐ倒れた格好だ。そうして、棚板の縁ぎりぎりに置かれている。

見ている者は皆、なにをしようとしているのか察したはずだが、同時に、共通の疑問で頭を占められもしただろう。これでは、花瓶はドアから離れる方向に転がるだけだ。それに連動して、さらになにかが起こるのだろうか？

細かく調整して、美希風は、「では、やってみます」と宣言してから手を離し、素早くドアを閉めた。

花瓶がゆっくりと回転する——傾斜の高いほう、ドアのほうに向かって。

「ええっ？　斜面をのぼる⁉」「どうしてぇ⁉」「あべこべやん！」

口々の驚きが交錯している中、半回転ほどした花瓶は縁《へり》を越えて落下していた。次の瞬間、花瓶の底面が閂バーを上から叩いていた。弾かれた反動でバーは跳ねあがり、トップの位置を越えると、「ああっ⁉」という声が重なる中、ドアの受け金へと倒れていく。

落下した花瓶は、厚いカーペットによって損傷も受けず、音も殺され、一度弾んだだけでドアの前で停止した。

掛け金は間違いなく掛かっている。

「どんな感じです？」

ドアの向こうから美希風の声が尋ねてくるが、一同は声を失っていた。

ノブが回され、ガチャガチャと動かされるが、無論、ドアはあかない。

「あれ？　掛かりましたか？」美希風の声だ。「一発で……？」

「あ、ああ……」返事をしつつ、エリザベスが進み出た。「錠は見事にロックされたよ、美希風くん」

掛け金を外されて、美希風は準備室に戻って来た。

我がちにと、彼に質問が浴びせられる。

「謎解きのほうが謎やん」種田の言葉どおりの表情を誰もが浮かべている。続けて彼は、「これもまた、あべこべやな」と呟いている。

「引っ張ったりしていない」とは、三崎操だ。「磁石でもないでしょう？」

エリザベスも、あれこれと性急に尋ねるが、美希風が答えたのは、花瓶を手にしていた益田警部補が、「自分の目が信じられないが、現実に起こったのだよな。どういうことなんだね?」と問いを口にしてからだった。

美希風は花瓶を受け取り、

「重心の問題ですよ。斜面を物が転がるのも、その方向は重心が決めているとも言えます。物は、重心を中心にして安定したいのです。この花瓶の場合……」

花瓶は、棚板に載せられた時と同様に、横向きに倒された。

「この持ち手を見てください。とてもがっちりと大きい。ですから、重心は極端に持ち手側に寄っている。私はこれを、ドア側にくるようにして棚の上に載せたのです」

美希風は、今一度そうして見せた。

「上向きにある持ち手が、こうして、真上より少しドアのほうへ傾いています。そして、手を離せば……」

バランスを取ろうとしていたがそれに失敗したかのように、花瓶は先ほどと同様に――また、「おおっ」と声を漏らす者もいた――ゆっくりと棚の外側に向かって回転していく。

美希風はそれを止めて、花瓶を手に取った。

「イメージで喩《たと》えれば、斜面の傾斜が花瓶を引っ張る力よりも、持ち手が重力に引っ張られる力のほうが強いということですね。つまり、犯人の計画はこのようなものだと思われます。

棚の傾斜はわずかなものですから、見過ごされることは期待できる。気づかれたとしても、仮に傾斜がドアのほうに下っていれば、誰もがすぐに物を転がしたのではないかと推察するでしょうが、傾斜が反対ですから簡単には思考は進まない」

「まあな……」とエリザベス。

「実行時の利点も当然あったのです。普通に傾斜を転がす方法だと、物はすぐに落下するので、腕を引っ込めた犯人がドアを閉めるのが間に合わない可能性があります。棚板が普通に水平の場合も、落下速度がわずかに早かったのでしょうね。しかしこの方法、この傾斜角度なら、花瓶の移動速度がゆっくりなのですよ」

「確かに」杉本刑事がはっきりと言った。

「何度か試みる必要があったかもしれない点が欠点ですけどね」

美希風はそう評価も加えたが、固まっていた空気がほどけたような空間で、益田警部補は満足げに唸《うな》っていた。

「でかいぞ、この発見は。犯人の逃走経路も確定した」

一同は廊下で待機していた面々と合流し、今のトリックの解明がまた興奮も新たに伝えられた。

他とは違う反応を返したのは、徐原だった。

「それができるからといって、それが実際に実行されたとは限らないが」

白髯の中の唇は微笑んでいるが、両目は静かに遠くを見つめるように窄《すぼ》められている。

美希風も同様の表情を返した。慎重さを欠いた満足が危険なことは承知している。

「先生」春玲が半ばにらむようにした。「裏読みというよりも、それは揚げ足取りと言われるものだと思います。多管閑事《ドウオグワンシエンシー》ですよ」

「対不起《ドウイブチー》。すまん。余計なことを言った」

「私は、充分に確かなことと考えますな」益田警部補は、声に力を込める。「迷いなく、殺人事件の捜査本部を起《た》ちあげられる。曖昧な発言で恥をかくことも避けられますよ」

廊下の窓から外を眺めて一息ついている美希風に、エリザベスが、問いかけの声を送ってきた。

種田勝がずいぶんとはしゃぎ気味に、密室の工作は重力もあべこべにした感じやな、と騒いでいたのが頭にあるのだろう。

「被害者の衣服などを逆さまにした犯人は、施錠トリックでもそれを意図したということはあるのかな？」そう訊き終わった途端、彼女は自答した。「いや、それはないだろうな」

「ええ、ないと思いますよ。あのトリックは苦し紛れのものでしょう。知識を総動員し、閃きにたどり着き、試してみたという性質だと思います。咄嗟《とっさ》の試みが、たまたまああいう結果になったのでしょうね」

二人は揃って、廊下の先に顔を向けた。なにか少し、騒がしい様子だ。学生たちがいるが、鑑識官や刑事の姿もある。

第二応接ルームの前だった。近付くと、中津川が響かせる声が美希風の耳に入ってきた。

「犯罪の容疑じゃないわけでしょう、えっ、刑事さん？」

「まあだから、この場でけりがつけばなによりなんだがね」

そう答える益田警部補に、美希風は尋ねてみた。

「なにがあったんです？」

溜息を鼻から出すようにして、警部補は言った。

「この部屋で行なった指紋採取の、総合的な結果が報告されたのですよ。動かされていた家具類に付着していた指紋です。複層的に付着していますから鑑定はむずかしかったようですが、判明した限りでは、最後に触ったのは滝沢生さんであろうとのことでした。それで事情を訊いていたのですが、なかなか口が重く、そのうち、好奇心旺盛な学友たちが集まって来てしまったというわけです」

「指紋がべたべたと？」エリザベスはそこを取りあげる。「なるほど。犯罪者のすることではないな。しかし、本当に捜査対象とはならない事案なのか、調べないで済むことでもない」

強く頷いた警部補は、滝沢に鋭く目を向けた。

「後ろ暗いことでなければ、説明できるね？」

滝沢は緊張して顔色も悪く、美希風の見るところ、脂汗さえ滲《にじ》ませているようだった。

「犯罪なんて、そんなことではありません。とんでもないです……。学園祭のイベントに手を加えたくなっただけです。そうせざるを得なくて……」

「なんでだ？」と問い返したのは中津川だった。

「警察に言ったほうがいいと、何度も思いました」中津川の問いには、滝沢は直接答えなかった。「殺人事件と関係しているかもしれないと疑われるなんて……。それを思うと言い出しにくくもなって……。キッドリッジさんが、この部屋の逆さまを元に戻した者が準備室で教授と鉢合わせして殺人犯となったのではないかと推理していたのを聞いた時は、血の気が失せそうでした」

エリザベスは、旧友の息子を心配そうに見つめている。

「言ったらまずいことなのかね？」

警部補の問い質しになお沈黙する滝沢だったが、なにか直観が働いたのか、春《チユン・》玲《リン》が口にした。

「三崎操さんに関係することなの？」

効果は劇的だった。三崎が驚いたのは当然だが、滝沢は、春玲の言葉や恋人から体を逸らすように身じろいだ。

美希風たちも驚いていたが、エリザベスはすぐに発言した。

「警部補。よければ提案させてもらいたいが、これ以上はプライバシーに配慮した聴取にしてはどうだろう」

これは了承された。

「では、この第二応接ルームの中で行ないましょうか」

入室するように促されたが、滝沢は足を止め、ややあってから声を絞り出した。

「三崎さんにも聞いてもらうべきかと……」

三崎はためらってから、足を踏み出した。プライバシー重視を提案したエリザベスだが、付添《つきそい》の顔をして当然のように入室して行く。美希風も、それに続いた。


部屋の中には六人がいた。滝沢は長椅子に座り、向かいには益田警部補と杉本巡査長が席を占める。滝沢が座る長椅子の肘掛けに、エリザベスは腰を半分預けていた。美希風は立って、やや離れた場所から滝沢の表情を視野に入れている。

三崎操も立っていて、体に腕を回し、じっと壁を見ていた。

この部屋がかつて、国中万尋という助教の部屋であったことを話した後、滝沢は、息苦しそうに声を出した。

「私は、国中さんと付き合うようになっていたのです。まあ……かなり親密な恋人として……。ひらかれた校風とはいえ、この関係は知られるわけにはいきませんでした。……ただ、敷地内でも二人だけのつながりが持てる時がありました。それが、夜のこの部屋です。いえ、室内ではなく、外から見る光景としてです」

滝沢は窓へ向けようとした視線を、三崎の姿が目に入る前に止めたようだった。視線はまた、テーブルに落ちる。

美希風は、先ほどの中津川の思わせぶりな発言を思い出していた。「不意に亡くなった恋人は、やはり忘れがたいかなあ?」というものだ。滝沢と女性助教との関係を薄々察している者もいたのだろう。

「寮の私の部屋は、この窓のほぼ正面にあるのですよ。リビングの窓から見ることができます。夜……というより、季節によっては夕方からもう暗くなりますから、そうした時分のことです。彼女――国中さんがまだこの部屋に残っている時は、こういうこともしたのです。他の部屋の男子学生からは見られないように、この部屋の明かりは消す。でも、間接照明のように小さな明かりは灯《とも》っている。デスクライト、それを反射させるスタンドミラー、フロアスタンドの明かり……。そうした明かりの中にいて、窓ガラス越しに私の部屋に顔を向けている彼女は……」痛みを覚悟するように、滝沢は目を閉じた。

「とても綺麗でした」

本音を吐露した彼は、勢いを途切らせたくないように、

「僕……私には印象的な光景でした。何度も味わえることが幸福でしたが、その光景を自分の寝室でも再現できることに気がついたのです。枕元に、大きめの四角い鏡があるのです。似たようなフロアスタンドもあった。それで、デスクライトに似た小さめの照明も買いました。暗い部屋でそれらだけの明かりを灯せば、国中さんの部屋の窓が見せる光景が生まれました」

「ちょっとヤバめだな、それ」眉をひそめて、杉本刑事が呟いていた。

同じようなことを、種田勝も言うのではないかと、美希風は想像した。

「国中さんは亡くなったな」

エリザベスが言うと、

「はい」と滝沢は受けた。「彼女が亡くなった後も、私の寝室での限られた窓明かりの再現は続けました。この部屋は模様替えされましたし、思い出の痕跡は徐々に消えていきますから、むしろ、寝室に映し出される光景は手放せなくなりました」

「ふ……ん」エリザベスの榛《はしばみ》色の瞳は、滝沢に向けられてから三崎へと移った。「どうやら、男子寮は女性の立入が禁止されてはいないようだね」

「ええ」三崎が言った。「禁止されてはいません。推奨まではされていませんけど……」

三崎操は、滝沢生の寝室にも馴染みなのだろう。そしてまさか、ムードのある明かりの中に、彼の元の恋人が佇《たたず》んでいるとは思いもしなかった。

「今回のサトゥルヌス祭、少し気にはなりました」

滝沢の、こもりそうになる声は続く。

「この第二応接ルームも家具調度類が置き換えられます。左右を逆にし、奥行きも逆さまにする。彼女の私物だったスタンドミラーは運び出されていますが、ここが応接室になった時に、新たにスタンドミラーが持ち込まれました。おしゃれのセンスが全然違いますけど、鏡としての効果はもちろん同じです」

室内を見回して、美希風は言った。

「今、フロアスタンドがドア側の右手にあるということは、祭り用には窓際の左手に置かれていたということだ。スタンドミラーもそう。そしてそれらは、国中助教の部屋の時の様子に近いものになるんだね。――いや、違う」閃きが、声を少し高めさせた。「カーテンの問題があった。小さな明かりたちの配置は、左右逆なんだね」

「そうです……」

「時刻は六時半。部屋に明かりを点けても不思議ではない。でもその時すでに、滝沢さんは、私とエリザベスさんを自宅まで案内するために大学を離れる予定になっている。学友や三崎さんを言いくるめながら事態を都合よく制御することはできない。だから、あらかじめ打てる手を打った」

「ちょっと待ってもらいたい」益田警部補は理解が追いついていない様子で、美希風と滝沢を手振りで抑えた。「順序立てて話してもらおうか」

「……この部屋で行なわれるサトゥルヌス祭夜の部は、飲み会の雰囲気を増すためや、演《だ》し物の演出、撮影の効果のために照明が落とされることがよくあるのですよ」

滝沢は、重そうな口を動かす。

「小さな照明だけになるということです……。ええ、問題は、外が暗くなっていれば、窓ガラスが鏡になるということです。部屋全体の明かりが点けられていればまず問題ないでしょうし、それより前提として、カーテンが閉まってさえいれば心配することはないと、私は考えていました。でも……」

滝沢は一瞬、顔をしかめた。

「私は、準備室のほうでサトゥルヌス祭の準備をしていたのですが、それが終わった頃、第二応接ルームのカーテンを、種田が透明な物に替えたと耳にしました。気になってしまい、徐《シュー・ユアン》原さんの講演会の支度をしている最中に抜け出し、様子を見に行ったんです。まずい、と思いました。窓ガラスが鏡になれば、ちょうど、窓に向かって立った人は、国中さんの部屋を屋外から眺める格好になるのです。あの頃の間接照明の様子を知っている人ならば……」

当時の様子を三崎操は知らないが、恋人の寝室での照明の効果は知っている。それが、夜の部の窓ガラスに映し出される。助教の部屋での照明器具などの配置も思い出すだろう。偶然で済ませるよりも、もしかするとあったのかもしれない彼と国中助教との噂を思い出すのではないか。その瞬間の情景と心情に、美希風はやや慄然《りつぜん》とするものも感じた。

反転の祭りで左右が入れ替えられた明かり。それが夜の窓ガラスによってもう一度左右反転する。その刹那《せつな》の光景に真実が映されて——。

しかしそのような反転の構図より胸に迫るのは、三崎操の心に刺さる思いだ。恋人の寝室でムードある明かりが作り出す情景が、向かい側の窓の中にあったのだと気づいてしまう。その窓の中にあっただろう国中万尋の姿が、今は、窓ガラスに映っている自分の姿なのだ。と同時に、そうした時に国中万尋が立っていた場所に、自分が立っている。

恋人のかつての女と重なり合っている。霊との二重写しよりも、衝撃かもしれない……。

その衝撃をどこまで思いやれているのか、滝沢は、

「カーテンをセットし直そうかと思いましたが、そのカーテンが見つかりません。見つけたとしても、カーテンレールのリングみたいな物に一つ一つ掛けている時間ももどかしい。それに、カーテンはあけられればおしまいですからね。それだったら家具そのものを動かしてしまえ、と思いました。自分に都合の悪い物だけではなく、全体の有様を変えてしまえば、動機は完全に掻き消せると思えましたし……」

「うん」美希風は言った。「謎が大きければ困惑も大きく、その不気味さに対処が遅れ、部屋を元どおりにする作業も時間がかかる。三崎さんは夜の部には最初少しだけ参加して、後はゲストたちの世話役として忙しくなるから、六時半からの少しの時間だけこの部屋を混乱させておければよかったわけだね」

滝沢は黙ったままで頷いた。

「やれやれ」と、ぼそっと言う杉本刑事が頭を掻く。

美希風は、ある皮肉を思い、

「滝沢さん。殺人事件が起こって学園祭が流れるなんて知っていれば、あんなこともしなくてよかったと思ったろうね」

「そうなんですよ……!」滝沢は、顔を伏せて両手で覆った。しかしすぐにその顔をあげ、益田警部補に必死の視線を注ぐ。「で、ですから刑事さん、殺人事件になんて、僕はまったく無関係なんですよ!」

「まあ……そのようだねえ。若い男女の問題かい」

警部補は、滝沢に立つように指示した。

「でも一応、署まで同行願おう。調書は取っておきたいのでね」

杉本刑事が、容疑者のように項垂《うなだ》れている滝沢生を部屋の外へと連れ出して行く。

窓の外を見たまま立ち尽くす三崎操は、そのまま夜がくるのを待つかのようだった。

エリザベスが横に立つと、三崎は困ったように苦笑した。

「恋人の元カノ……元の彼女のことですけど、その相手がもうこの世にいないって、どうすればいいんでしょうね。……徐原先生の言葉を借りれば、その相手への彼の恋愛感情は、不死性を持っちゃったのかもしれません」

エリザベスがなにか言う前に、

「ああ」と、三崎は、自分の中に訪れた思いをつかむかのように胸の前で指を握り合わせた。「橘先生にとって旦那さんは、そういう愛情の対象だったんですね」

「それは幸福なことなのか？」

「……辛《つら》い呪縛でしょうか。でも、それを決められるのは当人だけなんでしょうね」

数秒すると、不安の色が兆してきた顔を、三崎はエリザベスに向けた。

「生《しげる》さんは、もちろん、犯罪には絶対に無関係ですよね？」

確かなものがほしいという口振りだった。

「すっかり疑いを晴らしていいさ。なあ、美希風くん？」

「ええ、無実でしょう。ほとんどフィクションのような想定ですが、持って回ったこのような画策がないことはありません。自分をあえて疑わせる手ですね。秘密が暴かれるけれど、その内容も行動も実に稚拙で、大それた犯罪容疑からは切り離されてしまう、という防衛手段です。でも今回は、そんな過剰なアクロバットも無意味です。偽装に動き回る危険と効果が釣り合いませんよ。心理的にも構造的にも効果はほとんどなく、必要もないのに自分から取り調べ対象になっているだけです。今回の犯罪は単独犯だと思いますから、誰かとの協力関係もないと考えていい」

三崎操は、頭と気持ちを納得させようとする素振りを見せた。

窓際を離れた彼女が廊下へと出て、美希風たちもそれに続こうとしたが、まだ残っていた益田警部補が目の前でドアを閉めた。そして、眉の間に皺を寄せつつそっと言った。

「実は、指紋の件でもう一つ、鑑識から追加報告がきているのですよ」

「問題でも？」と、美希風。

「教授室のほうです。被害者の指紋と一致している指紋は要所にあっただけで、もっと大量に、サイズからして女性のものと思われる指紋がもう一種類、室内中にあるというのです。しかも、かすれ具合などから、付着には数日間以上の差がある」

「それはつまり……」エリザベスの表情は引き締まった。「その指紋の持ち主こそ、あの部屋を常時使っていた者としてふさわしいということではないか？」

「そうなりますね」

「それはまずいのではないか？」左右の男たちに顔を振り向けたエリザベスのアッシュブロンドの髪が揺れた。

「まずいですね」と、美希風。「でも、まずかった、と過去形にできる。犯人は、指紋比べの対象となりやすそうな、ノートパソコンや鍵などに、被害者の指紋を付着させたということですね。だましてあらかじめ持たせたのか、死亡してから、品物を運んで指に触れさせたのか。……後者でしょうね」

「ちょっと思ったことはあったのだが」エリザベスは慎重を期す口調で、「顔の判別がつかなくなるように、犯人は炎を使っている。ならば、指紋を消すのにも、その炎を使えばよかったのではないかな。指先を焼いてしまうのだ。品物を幾つも運んで指に触れさせるよりもずっと短時間で済む」

「顔も指紋もなしでは、別人であることがあからさまだからではないですかね。被害者は橘教授ではないらしいなと、捜査方針が固まりやすい。しかし指の指紋を残しておけば、それを照合すればはっきりするという見通しから、逆に曖昧さが長時間生じ、その間《かん》犯人は追及をかわせると考えたのでは」

小さく頷いた後、エリザベスは、

「今回の指紋の新情報からすると、被害者は橘美登理教授ではないことになる。そうだろう？」と、驚きと困惑の色を覗かせた。「では、教授はどこにいる？　あのご遺体は、いったい誰だ？」

益田警部補は、唇を曲げ、苛立たしげにこめかみを掻いた。

「教授室に大量に残されている指紋を、関係者の指紋と照合しているところです。しかし、厄介な遺体ですよ。自殺か事故か、他殺か、渾然《こんぜん》として決め切れない現場であり遺体だった。そこが定まったと思ったら、また様相をひっくり返した。ただもんじゃないな、あの遺体」

美希風の脳内には、カメラマンとしてのイメージが浮かんでいた。ネガと、焼きつけられた写真。明暗反転の図だ。地と図がひっくり返るだまし絵。陰陽の入れ替わり……。

ついて回るサトゥルヌスの宴《うたげ》のイメージは、西洋の枠も浸食し、確かに秩序すべてを酔いつぶす狂宴をも思わせるようだ。

滝沢生も、それに惑わされたのかもしれない。

8

美希風とエリザベスは、一階にある未使用の小展示室にいて、撮影準備に立ち会っていた。

総務部広報課の動画クリエイション部署が、徐 原《シュー・ユアン》のミニ講演を録画する運びとなったのだ。道具箱の使用は警察にしばらく禁止されたので、作画パフォーマンスはできない。それでせめて、コンパクトな講話を残すのはどうだろうと、当人から申し出があったのだ。

ありがたい提案に、大学側は力を入れて準備を進めている。

「こんな大事な時に、役に立たない！」

佐藤学部長が、スマートフォンを握り締めて吐き捨てた。川田オサムのことだ。彼は、アメリカ人一行、二名の女性と三名の男性を無事に連れて来たが、橘教授の死を知らされて大変なショックを受け、言葉も満足に発せられないようになっていた。遺体は別人の可能性があると聞かされても呆けているようだ。

撮影が開始されそうなので、音を立てたりして邪魔しないように、美希風とエリザベスは静かに退出した。

「アリバイ調べの結果も出たな」

エレベーターのボタンを押した美希風に、そうエリザベスが言う。

「アリバイがないのは二人だけ」記憶を反芻《はんすう》するように美希風は、「ほとんどずっと仕事部屋に一人でいた掛畑昇准教授。もう一人は、種田勝さん。講演準備が始まってすぐ、服を汚したので、着替えに男子寮まで戻っている。三、四十分の不在時間がある。講演準備にかかわっていた学生さんたちは、数分ぐらいなら現場を離れられたかもしれないけれど、大部分は相互的に姿を確認し合える状況だった。滝沢さんは十分ほどの不在時間があり、この間《かん》に第二応接ルームでドタバタやっていたということでしょう。十分では準備室での犯罪は絶対に無理ですから、アリバイにおいても彼の無実は証明されたことになる」

「現時点では、種田という学生がなかなか怪しいな。殺害時に服が汚れたので、着替える必要があったのかもしれない」

「ですけど、ベス、基本的に——」

エレベーターが四階に着いたので、二人はおりて廊下を進む。

美希風は続けた。

「遺体の身元が確認できたと思ったら、それは欺瞞《ぎまん》で、橘教授ではなかったと判明した。こうしたケースでは、犯人はほぼ確定でしょう」

「……橘美登理教授、その人だな」

展示サロンに入った二人は、カフェカウンターのスタッフに預けておいた私物を受け取ってからテーブルに着いた。

顎の前で両手を握り合わせて、エリザベスが話を進める。

「三崎操たち、教授室に入る機会の多かった女性の指紋は無関係と判明した。小柄な男性、指の細い男性の指紋にも一致は見られない」

「何日間にもわたって自然に付着していた指紋が、橘教授のものと考えて間違いないでしょう。つまり、あの遺体が教授でないことは明白です。すると、橘教授が拉致されているか殺害されていない限り、犯人は橘教授だというのが筋です。……私は、この事件の核心は、今となれば被害者が誰なのかということに尽きると思います。学園祭ということもあって外来者も多いですから、被害者は学生や関係者の顔見知りではない可能性はあります。しかし、どうしてその人が、あのような姿で死ななければならなかったのか。その謎が、なにかとんでもないことを隠しているような気がするんですけどね……」

「犯人が、施錠するだけでは安心できずに、重量物で封鎖したのは、現場の中に長い時間いる必要があったからだろう。そして、する必要があったのは、遺体への細工のはず。服や靴をあべこべにすることだ」

「そう――」

美希風は言葉を切った。

「どうかしたかい？」

「よほどの必要があってしたことだと、改めて意識し直したんですよ。犯人にとっては相当の意味があった。危険を冒してもしなければならない合理的ななにかが……」

滝沢生は、三崎操が夜の部に参加できる短い時間だけをターゲットにした善後策に必死になった。犯人が必死になったのは、どのような時間に対してだったのか……。

この先の推考を進めるにあたって、第二応接ルームの件が解決したのは大きかった。膨大な仮説のネットワークをバッサリと切って捨てられる。準備室での殺人事件に集中することができる。

一息おいて、エリザベスは言った。

「ご遺体を調べているノキが、なにか発見してくれるかもしれないな」

彼女のその発言が予言となって実現したのは、時刻が五時半を回った頃だった。初動報告のために捜査本部に出向いていた益田警部補が、ある新発見の知らせを持って戻って来たのだ。

それより前に姿を見せていたのは、徐原と春玲《チュン・リン》、そして三崎操だった。ミニ講演撮影が終わり、一息つきにやって来たのだ。

中国人ゲストの二人は、そろそろ東京へ向かわなければならない時刻だという。徐原は無論、道具箱と一緒に移動したい旨だ。

「それが無理な場合、専門業者にお願いして責任を持って届けますが」

そう三崎は提案し、春玲も安心させるように、

「日本の物流制度は絶対的に信頼できますから、大丈夫ですよ」と言い聞かせる。

そんなところへ、益田警部補が現われた。彼は、三崎の顔を見て言った。

「滝沢生を連れて来たぞ」

「どこにいます？」と尋ねたのは美希風だ。

玄関ロビーで、待っていた学友たちが迎えたらしい。種田勝などは、「よっ、前科モン」などと笑っていたそうだ。無論、滝沢生には前科などつかないが。

三崎は駆けつけようとはせず、出したスマートフォンで連絡を取るようだ。

声をかけようとした春玲を身振りで制し、益田警部補は、美希風とエリザベスを離れた場所へ手招いた。

「楠木警察医から伝言ですよ。キッドリッジさんに伝えてくれ、とね」

「なんだろう?」

「まず死因ですが、後頭部の外傷が原因に間違いないそうです。即死であったろう、と。ワンピースの血痕の血液は被害者のものと一致。問題なのは次の点です。着衣で隠れていた部分も含めて全身を検《あらた》めた印象で、被害者は白人種ではないかと思ったそうです」

「白人……。確かに肌は白かったが、死体だしね……」

「楠木さんは、色の白い黄色人種ではなく、健康的に肌が灼《や》けている白人だろう、と」

「では、そうなのだろう。陽に灼けていない肌を見なくても気づくべきだったかもしれない……」

エリザベスは、やや表情を曇らせるが、美希風の思考は先に進んでいた。

「助手の川田さんがお連れしたアメリカからのゲストに、漏れや不審はありませんよね、警部補?」

「ああ、ない。それは間違いない。リストどおりだ。……それと、今さら言うまでもないが、遺体の背中には花びらを思わせるアザなどはない」

美希風は、誰かに話しかけるというよりも、自ら集中するために言葉を紡《つむ》いだ。

「橘教授が、自分とよく似た身代わりの死体を残したとしても、人種まで違うのであれば別人であることは程なく露見する。……そのとおりになった。指紋の偽装工作も簡単に瓦解する。密室トリックも、難攻不落などという質には程遠い。それも無理はないが……。この犯罪、時間稼ぎの要素がずいぶん多い……」

美希風は、後ろを向いて窓に面し、ますます独り言めいた。

「犯罪者は多かれ少なかれ時間稼ぎはする。でもこの事件では、そこに相当の力が注がれている。計画全体の意図だ。なぜ……」

数限りなくあった可能性の中のかすかな一点を、美希風の意識は拾いあげた。

「まさか……」

その小さな可能性は、意外なほど存在感を増し、周辺に散らばっていた細かな情報のピースを集め始める。筋は通っていくが、それは——

「あまりにも突拍子もないんですよ」

なにか閃いたのか？　と訊いてきたエリザベスに、美希風はそう応じていた。

「突拍子もないけれど、なにかを思いついたのか？」

「ええ」

「なんだね、それは？」益田警部補も一歩進んで問い質す。

頭の中を整理してから、美希風は言った。

「暴論じゃないとの根拠を得るために、楠木警察医に確認してもらっていいですか。被害者の右手の指輪が外れるかどうか、調べてほしいのです」


さほど時間はおかず、答えは返ってきた。

「楠木さんも気がついて、意味を考えていたそうだ。指輪は、どうしても外れないらしい」

展示サロンには、滝沢たち男子学生も集まって来ていたが、そんなことも目に入っていない勢いで益田警部補は美希風に伝えている。

「そうですか……」

美希風は、再び集中を始める。質問や先を促す声が矢のように飛んでくるが、それを背中で遮《さえぎ》るように窓に向かった。

弱まった陽射しは、場所によっては枯れ葉色の反射を見せ、学園の祭りは燃え切らずにもう残照の気配だ。

「第二の人生にしても……」疑問を丁寧に掘り起こすことで、真相が顔を見せる。「そうか……、そうか、資金だ」

身近にあるはずのない伝説が肌に触れる衝撃――。

「ゴッホ……」

「なんだって？」

エリザベスの問いも、今の美希風には聞こえない。

「三本指の署名……」

独り言の延長のように、美希風は語り始めた。

「被害者はどうやら、マサイティスさんではないでしょうか」

驚きさえ生じがたい、虚空に満たされたような反応が聞き手全員に共通していた。表情はどれもが、疑問符だらけだった。誰？　なに？　えっ、それって……？

そうした背後の気配にも気づかず、美希風は続けた。

「そして真犯人はやはり、残念ながら橘美登理教授ですね。関西国際空港など、海外への窓口に手配をかけるべきでしょう」

室内へと振り返った美希風は、ようやく、呆気に取られているような空気に気がついた。

「ああ……、動機は不明ですよ。あの部屋で両者になにがあったのかは、想像の域を出ません。一瞬暴力的になった、過失に近い死亡事件でしょう。……マサイティスさんですか？　そこが私の暴走的な妄想でないかどうかは、助手の川田さんに尋ねれば判ると思います。口をつぐみ続ける理由はないはずですから、状況を説明すれば話してくれるでしょう」

9

マサイティス。

ロシア人であるらしいが、詳細は不明。覆面アーチスト。

壁画などをゲリラ的に創作する路上アーチストであり、近年では、この系譜における世界的なカリスマであるバンクシーとも比肩する。

壁画だけではなく、絵画、リトグラフ、また環境芸術でも衝撃を与え、二〇一七年の二月、韓国における北朝鮮との国境に、見る角度によって境界線を越えている橋と映る錯視造形物を設置、映像を配信して世界的な知名度をあげる。その造形物は、北朝鮮側からの銃撃で破壊されたとも、自ら破砕したとも伝えられる。

〝ロシアのゴッホ〟と呼ばれている時期もあったが、ゴッホのどの時期の作風とも合致が認められず、理由は不明。フィンセント・ファン・ゴッホと本名が、あるいは風貌が似ているのではないかとの臆測も立つ。マサイティスの著名なシリーズは、ドストエフスキーの作品群を諧謔《かいぎゃく》的に、あるいは毒舌的なまでに痛烈にピックアップして絵画化した〝文豪スピーカー〟シリーズ。また、時期は限られているが、〝三本指の署名〟シリーズも知られる。後者は、油彩画やアクリル作品で、絵の具にまぶした自らの三本の指をなすりつけてサインとした作品群だ。

日本に関連しそうな大スケールの作品は、二〇一八年夏、東シナ海と接する日本の排他的経済水域上に、国境を思わせる赤い塗料（天然素材）の帯、長さ数百メートルを出現させたものだ。こうした時は当然ながら、専門家を揃えたチーム活動であったと推測されるが、大勢のスタッフを抱えていると見られるバンクシーとはここが違い、マサイティスは必要がない限り、単独ないし最小単位で隠密裏な活動をし〝孤狼〟とも評されている。

チェチェン共和国で暗殺された人権擁護活動家を追悼した壁画（のちに壁ごと切り離されて保管される）『ストリート・ガーディアン』は、国際的なオークションで四百万ドル（およそ四億四千万円）で落札された。ニューヨーク近代美術館ＭｏＭＡの向かいの通りに展示された『落書き展』の五作は、それぞれ百万ドル（およそ一億一千万円）で取引されている。

最も信頼ができてまとまりがいい、最新のマサイティス情報が映し出されているタブレット画面から、一同は視線を離して体を起こした。

展示サロンのテーブルに置かれているタブレットは滝沢生の物で、彼だけが着席し、左右に立っている美希風とエリザベスの間とその後ろに、本件で事情聴取を受けたメンバーらが顔を揃えていた。

三崎操、中津川亮平、種田勝、蓮忠和、徐原《シュー・ユアン》、春玲《チュン・リン》、掛畑昇准教授、佐藤学部長、徳田学長。それに加えて、川田オサムだ。

刑事は二人、益田警部補と杉本巡査長。

川田とは、ちょうど大学に戻って来たところで接触ができた。学生らとのミーティングがお流れになったアメリカからのゲストたちを宿泊先に案内したり、日本食料理店を見つけてあげたりして来たのだ。

美希風の推理を聞かされた彼は、精神的なダメージも残しつつ疲労困憊《こんぱい》している顔に、驚きの色を炸裂させた。

「女⁉　マサイティスさんが……！　そうかもしれないと、チラッとは想像しましたけど……間違いなく？」

川田オサムは、橘美登理教授が完全なシークレットで親友のマサイティスを招くプランを進めていたと認めた。しかし性別も含め、マサイティスの正体を川田は知らなかった。

一度だけ、オンラインで挨拶を交わしたことはあるという。その時も、相手はフードをかぶり、画面も暗くして、顔はまったく判らなかった。翻訳ソフトを通すことで、声も加工されていたという。

十二時二十分頃の橘教授からの電話で、川田は、「わたしのほうの友人は来られなくなった」と伝えられたという。それがマサイティスのことに違いなかったし、その後、警察から橘教授が殺されたとか、いや、犯人かもしれないと次には聞かされたりしてショックは抜け切れず困惑は極まり、マサイティスのことは意識の表面からほとんど消えていたという。

ともあれ、遺体の身元がほぼ確定したことで美希風の推理の根幹は認められ、橘美登理への逮捕状が請求されることになった。しかしその発布や指名手配にはまだしばらくの時間がかかるため、まずは関西国際空港に捜査官は飛んだ——というのが現状だ。

滝沢がタブレットを閉じると、佐藤学部長が目を剝《む》くようにして川田オサムに尋ねた。

「あのマサイティスと橘教授は、いつからそんな関係なんだ」

川田は、肩をすくめるような姿勢で答えていく。

「二、三年ほど前らしいです……。教授はロシアも旅していましたからね。そこで知り合ったとか。〈きょうだい〉のように仲良くなったと……。でももちろん、マサイティスの正体は完全に伏せられなければなりませんから、教授は周囲になにも口外しなかったのです」

美希風は言った。

「〈きょうだい〉のように、というのは、姉妹のようにという意味でルックスも似ていることを含んだ言い回しではないでしょうか」ああ……と、頷くような気配が広がる。「掛畑さんは、橘教授を評して孤独なボヘミアンと言っていましたね。そして、マサイティスは〝孤狼〟。通じ合う部分があったのではないでしょうか」

川田は特に、しみじみと項垂《うなだ》れるように頷いていた。

美希風は、思いつきも加えた。

「マサイティスさんが去年、日本の排他的経済水域で大掛かりなパフォーマンスを展開したのも、日本の友人ができて興味が深まっていたためかもしれませんね」

「しかし……」徳田学長が、重々しい顔で苦虫を嚙みつぶしたようになっている。「学長のこの私も知らされていないのに、そんなビッグな招待企画が……」

恐縮の色濃く、弁明する調子で川田は、

「で、ですけど、正式に招待したりすれば大変な騒ぎになります。マスコミ――世界中のマスコミが熱狂の渦みたいになって押しかけるでしょう。そんな騒動にはとても対処できないでしょうし、ゲストの安全だって保証できない。い、いえ、そもそも、ゲリラ的な活動をする覆面アーチストなのですから、注目など浴びずに動かなければならない」

「当然だね」と、掛畑昇准教授。

「待ち構えられるようなことがあったらいつでも引き返すというマサイティスさんの厳命だったので、橘教授は秘密厳守で私にしか知らせず、二人だけで準備していたのです。……でも、私の脇が甘かったのでしょうね、どこからともなく、マサイティスが来るという噂が広まって……。マサイティスさんが来ないなんてことになったのも、私が情報を管理し切れなかったせいではないかと思い、それもあって……」

マサイティスの件を進んで開示する気にはなれなかったのだろう。

川田は弁明調でありつつも、ご機嫌を取るように学長や学部長の顔を見回し、

「マサイティスさんのゲリラ的なこの講演が本校で成功していたら、その見返り……報酬は計り知れません。橘教授もそう言ってました。彼——彼女の壁画が校舎に残れば、本校は奈良の近代観光スポットのトップになるかもしれず、歴史に残っていく芸術的価値も抱えることになるでしょう」

その展望が目に見えたかのように、学部長らの顔色は如実に晴れやかになった。

「そうした画期的な成功をおさめるために無許可で行なったという事情であれば、問題視されることもないはずだと、橘教授は自信を持っていました」

芸術大学であればそれぐらいの融通は度量の内だろうと、美希風は感じていた。アートの神の微笑がすべてに優先する。

「マサイティスさんは、どこかの壁に絵を描くことになっていたのですか？」

少しおずおずと、それでも興味を隠せずに蓮忠和が川田助手に訊いている。

「どうも、そうらしい。教授は期待し、喜んでいた。どこに描く気だったのかは知らないけど……」

「徐原さんが講演を行なうホールの壁ではないでしょうか」

美希風が推測を言うと、えっ？　という顔が複数見返す。

「橘教授は、予備のマイクを用意させたそうですが……、スタンドマイクですね？　そのマイクはマサイティスさんに使わせる予定だったのではないですか、川田さん？」

「そ、そうです」

「つまりそれが、マサイティスさんをこの大学に招いた眼目だったのでしょう」

「それ、とはなんだね？」エリザベスが確認しようとする。

「徐原さんとの対論ですよ」

私との？　という目を、徐は春玲に向ける。場はざわめいた。

「対論……、討論を？」

掛畑准教授に促された形で、美希風は語った。

「タイプが正反対の国際的な芸術家が揃うというのが、偶然のはずがありません。徐原さんは多くの場で、一個の人間を超える永遠性こそが芸術の価値であり本質だとおっしゃっています。一方、バンクシーやマサイティスほどの超有名人になってしまえば、その名も一部の作品も半永久性を有しますけど、彼らのアートの本質は路上のペイントです。その瞬間にしか存在しない宿命を持ちます」

「それこそサイトスペシフィック・アートだ」

佐藤学部長が挟んだ用語を、美希風は話の接ぎ穂にした。

「その場、その時を活かしたアートですね。その場所の特性の中で意味を持つ。そこから切り離されれば意味のほとんどを喪失するし、明日には消されてしまうかもしれない。さらには、無関係の名もなき者が、ペイントを追加するかもしれない。しかしそうした短命性や、上書きや変容の覚悟の中に、グラフィティの神髄があります。無秩序とも思える変容が、新たな価値を生み続け、問題意識を新たにする。……私は、グラフィティのそのへんの在り方と、ネット上の集団書き込みとには違う意義があるかということに興味がありますが、まあそれは個人的なことです。つまり、まとめますと、正統的絵画作品対グラフィティの、乱入的な討論が行なわれるはずだったのでしょう。徐原大人《たいじん》であれば相手にとって不足はないと、マサイティスさんは日本までやって来たに違いありません」

徐原の皺《しわ》深き顔は、唇を結んで動きなく、視線はやや上のほうに向けられていた。

「そうなのか？」

佐藤学部長が川田に質《ただ》す。

「え、ええと、スタンドマイクは、脇の非常口近くに置くことになっていました。その戸口から、こっそりとマサイティスさんが入り、壇上の徐さんに質問を放つのです」

「すると、なんだ、マサイティスは正体を晒《さら》すことになるのか？」

さらに問う学部長の声には、若干の興奮も滲んだ。

思い量る様子で川田は、

「それはどうでしょう……。マサイティスさんは、映像に残す自分の姿をカムフラージュする時にいつも着込んでいる、フード付きの大きなマントを持参すると言っていました。声も、即応的に加工できるようです。口元か喉にマイクを装着して、翻訳した言葉を人工音声が発するらしいので。正体を大勢の前で意図的に晒すということはないでしょうけれど、最終的には学長たちに挨拶して、箝口令《かんこうれい》じゃないですけど、口外しないことを依頼したのかもしれません」

「もしくは、疾風のように消え去るかやな」種田が面白そうに目を光らせる。

美希風も、想定できることを口にした。

「突然、脇からマサイティスと名乗る者が質問を始めても、いきなりパニックになったりはしなかったでしょう。なにしろ大学の祭りの最中ですから、誰かがマサイティスに扮していると受け止めるほうが自然です。教員や警備員が止めに入りそうになったら、橘教授が事情説明して、討論は進むように図ったのではないでしょうかね。

そして、マサイティスさんがもし、壁画を描くとしたら……。橘教授の指示で、大型スピーカーの位置がずらされることになっていたのですよね？」

「はい。床置きの、かなり大きなラウドスピーカーです」椅子から見あげるようにして、滝沢が答えていた。

「つまりそれは、スピーカーの後ろの壁面を広くしたということです。場所としてそこがいいと、マサイティスさんから要望があったのではないでしょうか。学生さんたち聴衆の前で、そこにペイントが施されるはずだった」

「すげえ！」

芸術的な感興に目を光らせた中津川が、二の腕に鳥肌でも立ったかのように自分の体を抱き締めていた。三崎操は、興奮の衝動のように両手で顔を挟んでいる。

「そしてその壁画は、先ほど言いました変容の素材になる」美希風もその未来を思えば興奮を禁じ得ない。が、まずは苦笑が浮かんだ。「度胸と、大学の許可があればですが。これからのこの大学の学生さんたちが、マサイティスの作品に新たな価値を上書きし続けるのです」

大学関係者の目には、一様に夢見るような光輝があったが、そうした目の色とは程遠い一人、益田警部補が口をひらいた。

「で、事件はどのように起こったと推察したんだね？」

場の空気が一変する中、美希風も気息《きそく》を整えた。

「連れ立って歩くと、その人は誰ですか？　と橘教授は尋ねられ続けるでしょうから、二人は別行動を取ったはずです。そして恐らく、教授室で落ち合った。教授が誘ったのか、マサイティスさんが興味を示したのか、サトゥルヌス祭の飾りつけになっている準備室に二人は入った。そこで……、決定的に残念な、破滅的な出来事が起こった。なんらかの抑えがたい感情が、凶行を生んでしまったのです」

どうしても、どんなことが理由で？　と、切実に問わざるを得ない感情がどの顔からも溢れてくる。三崎、そして川田の目からも、教授に殺意がわいたなんて信じられないとの疑問が突きつけられてくる。刑事たちも一言《ひとこと》言いたそうだ。

「動機は、当人に訊かなければ判らないものですよ。川田さんは、なにか心当たりがありますか？」

とんでもないとばかりに、彼は勢いよく頭《かぶり》を左右に振った。

仕方ないな、という風情で美希風は、

「……こうした面での想像など意味がないですが、起こったとすればこのようなことでしょうか。価値の反転を誘引するあべこべのあの部屋は、それなりにマサイティスさんを楽しませ、そして刺激もした。作品やパフォーマンスを見れば明らかですが、彼女にはエキセントリックな面があり、時には過激です。その気性がわき立ったのではないですかね。男子学生の何人かがヒートアップして、模擬のナイフでダイダイを鏡餅に突き刺したように、マサイティスさんも衝動に目がくらんだ。それで、橘教授の作品である立像の鼻を切り取った。自分の作品の短命性が意識の基盤にあるマサイティスさんだから、他人《ひと》の作品に乱暴な手を加えることができたのかもしれませんし、教授の作品だとは知らなかったのかもしれない。知っていたとしたら、もういい加減、亡夫への思いから切り離されろという叱咤《しった》だったのかもしれない。でもどのような意図があるにしろ、橘教授はそれを許せなかった。……徐原さん、中国の歴史の中で、鼻を削ぐような刑罰は軽視できませんね」

春玲の助けも借りて、徐原は語った。

「耳や鼻を削ぐ肉刑だな。生涯消えない恥辱を与える、残酷な刑罰だ。恥辱の烙印《らくいん》だ」

「恥辱……。まさに橘教授もその思いに襲われ、感情は制御を失った」

その時の空気に触れたかのように、沈痛な表情が広がりだす。

しかし今の仮説も、美希風にとっては想像の一つにすぎない。

「あるいは、こういうことだったのかもしれません。マサイティスさんは、〝ライバル〟であった徐原さんの道具箱の錠を壊してまで火薬類を取り出し、徐さんを歓迎するために飾られていた仏の手、仏手柑を燃やし始めた。もっと過激な振る舞いにも及びそうだったのかもしれず、橘教授は必死で止めなければならなくなり、力加減を誤った。または、まったく逆に、橘教授の側から動機が作られたとの想像もできます。教授はマサイティスさんから作品を贈られていたのだけれど、それを売ろうとして、その行為にマサイティスさんが感情的になった、といったケースです。……真相は判りませんよ」

「そうだな」エリザベスが言った。「死を招く事態が起こった後へと、話は進むべきなのだろうな、美希風くん」

「はい」

いよいよ、具体性を帯びる事件の再構成だった。

「後頭部を強打してマサイティスさんが倒れた後、橘教授は我に返った。そして、助け起こすようにして無事を確かめようとした。こうした想像には根拠があります。橘教授の服に残されていた血痕ですね。遺体が着せられていた衣服は、背中に血痕があり、検死した二人がそれを、血に濡れた頭髪が押し当てられたものと鑑定しました。普通に服を着ていた場合には、その血痕は腹部にあることになりますから、床に座り込んだ橘教授が、倒れているマサイティスさんの頭を抱え込んだのは容易に想像できます。腹部に、被害者の頭部が触れる。『大丈夫？　しっかりして！』と、安否を気づかい、意識を取り戻すことを期待して橘教授は呼びかけ続けたでしょう。しかし、マサイティスさんは命を落としてしまったのです」

学生たちの顔にはそれぞれ、悲痛さ、無念さ、そして悔しさを感じさせる表情が不安定に浮かんでいた。

そうした時の橘美登理の胸中に去来するものなど、美希風にも無論量《はか》りがたかったが、

「殺意がなかったとしても、重大な犯罪を犯してしまったことは間違いありません」と、推論を進めた。

「仕事もなにも、今までの生活は奪われる。しかも、マサイティスを殺した女という罪の首輪をはめられれば、イエロージャーナリズムやアート界のカルトに追い回され続け、ひっそりと罪を償うなどという今後も期待できなくなるでしょう。……人生を奪われると感じた時に、橘教授はもう一つの人生に飛び込む決意をしたのではないかと推測することに、不自然さはないと思います」

「もう一つの人生……」掛畑准教授は、半ば問いつつも、察しがつくような気がするという表情もして

いる。

「厭世的《えんせい》、と言うほど暗いものではなかったけれど、橘教授は、日常生活にはドライなほどに背を向けて、旅という独行をする人だったのですよね」

「亡骸《なきがら》のない旦那さんの魂と旅しているような……」と三崎はポツンと言った。

「罪を逃れて、素性を隠しながら生きていくのならば、そっくりその生活に浸《ひた》り切ってもいいのではないかと思ったのではないでしょうか。刑罰も世のしがらみもない、追憶に沈潜していていい、いささか世捨て人のような……。しかし、世を捨てて逃亡するためには、着衣が問題でした。ワンピースの腹部にべったりと血が染みついているからです。この季節、コートで身を包んで隠すということもできません。その問題解決としてすぐに頭に浮かぶのは、被害者との衣服の交換でしょう。そしてこの時、遺体を自分の身代わりにすればよいというアイデアも浮かんだのかもしれませんね。二人の年格好はそっくりだった。マサイティスさんの髪も黒く、さすがに髪形は違ったでしょうが、それも、一部を燃焼させることでごまかせると考えた。教授であるらしい女性の遺体をまじまじと見て別人だと断定できる者もいないと踏んだ。さすがに、教授ではないのではないかと直観した人はいましたが。続いて衣服の件ですが、残していく遺体にただ自分の服を着せただけでは、不都合が生じます。傷もなにもない腹部に血が付着しているからです。これは、被害者の頭部を抱えていた橘教授が服を交換していったという様相を連想させやすいものです。

逃走後、自分が一定時間は手配されないことは、橘教授にとっては重要でした。日本国内を逃げ回ることが彼女の目的ではないからです。海外に飛んで姿を消すことは最低条件でしょう。バレンツ海の周辺の国を巡る不可視のボヘミアンになりたかったはずなのです、彼女は。そのためには、海外に通じる窓口に手配が回ってはいけません。なので、数時間は、自分が被害者だと欺《あざむ》く方法は有効だと思ったでしょう。そして、あべこべの部屋が発想を刺激する。ワンピースを後ろ前に着せて、背中に外傷を与えれば、血痕は当然となり、新たに染み出す血が頭髪の痕跡を消す。さらに利点があり、自分の背中には特徴的なアザがあると公言してきたので、それを知っている者は少なくない。遺体の正体が特定されかねないその特徴を、ナイフの傷が消したのだろうと理由づけることができる。もちろん、あの傷の位置にアザがあるわけではないのでしょうが、それを正確に知る者はいませんからね。また、凶器を抜く解剖時まで、着衣は脱がされないだろうから、日本人ではないと気づかれる可能性は低くできる、とも期待はできます」

「時間稼ぎには違いないが、その性質だな」

頭の中をまとめるように言ったエリザベスに、美希風は応じた。

「今のも多少は想像なのですが、計画の流れ、全体像からして妥当だと思います。この計画を進める決意をした時、橘教授は助手の川田さんに電話をかけた。ただ一人事情を知る人に、マサイティスさんは来られなくなったと伝え、その存在を少しでも頭の中から消すように仕向けた」

川田オサムは、幾ばくかの言い訳口調で、

「契約のこともからむから黙っているように……ということでしたから。世界的アーチストとの契約と聞けば、微塵も失敗できない大事《おおごと》さにひるみます……」

そりゃあ無理もないかとの顔色も見られる中、美希風は続けた。

「次に橘教授は、犯人からの偽メールを装って、川田さんの大学への到着を遅らせた。戻って来て聴取を受ければ、いつマサイティスさんの件を話してしまうか判りませんからね。しばらく外に留まらせる理由として大学内部の不正をにおわせたのは、川田さんの意識や捜査陣の見方をミスリードできそうな内容だからですね。川田さんを誘導して、とにかく一時間でも二時間でも、背景を知られることを遅らせようと橘教授は手を打ったのです」

「そのために、あべこべも利用した」

そう言う益田警部補に頷いて見せ、美希風は、

「そうした偽装演出に合わせて、靴も左右逆に履かせました。しかし、衣服の前後よりずっと重要なのが、実は指輪だったのですよ。マサイティスさんの指輪が外れないことに、橘教授は気がついたでしょう。ここをごまかさなければ、遺体の身元すり替えは成り立たない。被害者のあのシンプルな指輪は、宝飾品ではなく、結婚指輪でしょうね。そして、その種の指輪を右手の薬指にはめる国は世界に何ヶ国かあり、ロシアもその一つです」

あっと息を呑む気配の後、急速にざわめきが高まった。

「そこで!」つながりを知った滝沢はハッとしてそう声に出し、「それがあべこべの起点かぁ」と、杉本刑事はぼそりと言う。

顔を見合わせて驚きを口にし合う学生たちの中、

「しかし」とエリザベスが不可解そうに、「左手の薬指に、長く指輪が締めていたような跡があったぞ」

「私も一見そう思いました。そう思っていました」

「思っていた？　では、あれはなんだ？」

「指を切断した傷跡ではないかと思いますよ。楠木警察医の検案書にも、もうそれは書き込まれているかと思います。キッドリッジさんも、正規の検死をしていれば見定めたことでしょう。マサイティスさんは、数年前、自分の左手の薬指を切り落としたのではないでしょうか」

美希風の言葉は途中から、一同の様々な声に掻き消されていた。

「おいおい、なんでまたそんな！」

益田警部補は強く問い返す。被害者の正体に続いて、また突拍子もない推論が飛び出てきたとばかりに目を丸くしている。

「推理でそうなるのですか？　どうして？」三崎も混乱の一歩手前で、「切断……って」と、種田も信

じがたそうに唇を尖らせる。「事故かもしれないやん」

「マサイティスさんの、かつての異名はなんでした？」空気を静めるように、美希風は丁寧に言った。

「〝ロシアのゴッホ〟。その理由は不明。作風は違い、容貌が似ていたなどということもないと判ったわけですが、ではなぜ？　ゴッホの、あまりにも有名なエピソード、〝耳切り事件〟。マサイティスさんはエキセントリックな芸術家でした。ある時、耳ではなく指を切り落としたのだとしたら」

いろいろな意味でめまいを起こしそうな聞き手も見えたので、美希風は、すぐに言葉を継いだ。

「もう一つ、この想像の根拠はあります。マサイティスさんの、〝三本指の署名〟シリーズです。親指以外の四本の指。ここから薬指が欠ければ三本指です」

「あっ」と、滝沢が声をあげた。「あの署名の三本は、一本が極端に短くて細いから小指だろうと言われていた。薬指部分に、微妙に隙間があるようにも……！」

「で、では」蓮が、勢い込むような語調で、「〝三本指の署名〟は、本当に指が一本ない時に絵画に記されたと？」

「精神状態の乱れか、ハイテンションの破壊衝動か、彼女は指を切り落としてしまい、その、日常にはない形状を絵画の聖痕として残したくなったのではないでしょうか。もちろんすぐに、周りの人間が気づいて、拾った指ごと形成外科に駆け込み、接合手術が行なわれたはずです。指は無事に機能を保った。何割ぐらいの回復なのかは判りませんが。ただ、マサイティスさんは、作品を非日常化する〝署名〟を気に入り、しばらくはそれをサイン代わりにした……ということかもしれません」

掛畑准教授が、探るように言った。

「衝撃的な事件を知る者の口から、長い年月の間に情報が少しずつ漏れ、ゴッホ並のことをしたと言い伝えられるようになった。そういうことですね」

「恐らく」

エリザベスが、感心するよりも呆れたように、

「相当に距離が離れているような諸問題を、よく結びつけたものだな」

「もちろんベースは、数日間の都市伝説のようにこの学校に流れていた噂ですけどね。そこに、驚くほど奇妙に、そして意味を持ってばらばらのパーツが合致していった。うまく発想して機能もした密室トリックも、言うまでもなく、橘教授が次の世界へ行くための時間稼ぎです。簡単に他殺とは決め切れないので、橘美登理は加害者ではなく被害者だと思われ続ける。そして、指紋。遺体の錯誤を狙うのならば、指も損傷させて指紋を消したほうがいいのではないかとキッドリッジさんに問われたのですが、答えには修正を加えます。あからさまを避け、指紋の偽装工作によって被害者は橘教授だとある程度の時間ミスリードしておくほうが重要だったのだろうと答えたのですが、今では、指紋は残しておく必要があったのだとの見方にも至りました」

「残しておく必要……?」益田警部補は、心底不可解そうだ。「なぜだ?」

「芸術品の価値にまつわる定番ですよ。特に金銭的な価値ですね。有名作家が亡くなった場合、その作品価値は急騰しませんか」

どっ、と場の空気が揺れた。しばらくは鋭く声が行き交って騒然となっていた。

「そういえば、先ほど君は仮定の一つとして言っていたが……」

エリザベスの声を美希風は拾った。

「無理な想像ではないと思います。マサイティスさんは、親友の橘美登理に、二、三の作品をプレゼントしていたのではないでしょうか。橘教授は、それらの作品の価値が、自分の逃避行に破格の経済的な恩恵を与えると気がついたでしょう。一作だとしても、期待値は計り知れない。マサイティス急死の知らせが世界を駆け巡る時、橘教授は海外にいる。そして、匿名でオークションに出品できるルートを、時間はかかるにしても確保する。一作にしろ、二、三作にしろ、未発表作なのですから最低でも二、三

億円になるのではないでしょうか。生計を立てることに苦労をしながら諸外国を巡るような逃避行はしなくてよくなる」

「身分を偽造して、優雅な世捨て人になることも……」三崎は夢見るように呟いた。

「そのためには、マサイティスさんの死亡が確定しなければなりません。彼女は〝孤狼〟ですが、無論、気心の知れた厳選されたスタッフ、友人がいるはずで、配偶者もいるかもしれません。彼らは知っているでしょう、マサイティスが日本に行ったと。そして音信不通になる。程なく、橘教授と連絡を取っていたことが判明する。もちろん川田さんの供述も加わり、大学の準備室で死んでいたのはマサイティスではないかと推定されるでしょう。それを事実とする証拠が、指紋です。カリスマ的グラフィティアーチストの死を、世界が認めることになるのです」

しばらく声が絶え、美希風の話は推論の最終局面へと進んだ。

「今の世を捨てる決意をした橘教授は、心も殺し、親友の遺体の顔を焼いて刃物を突き立てたのです。切り落とされた立像の鼻を後頭部に載せて利用したのは、意趣返しというより……、このへんもまあ、想像でしかないのですが、腕を奇妙な角度に曲げたのと同様、常識外の振る舞いによる犯行との印象も醸し出すためではないですかね。理解しがたい犯行だ、と印象づければ、指輪の件などすべてに合理的な理由を探られて真相に迫られることを遠ざけられますから。

逃亡にあたり、マサイティスさんの服を着ることになりますが、流血は驚くほど少なかったとはいえ、襟元や背中の上部に血痕があったのでしょう。それで、ミューズ像から目隠しの大きな布を拝借し、ショールのようにして隠したのでしょうね。後は、マサイティスさんの、画材などが入った手荷物を持って大学を後にしたのです。自宅へ戻ってマサイティスさんの作品を——いや、貸金庫にでも……いややはり、目で触れられる自宅に飾ってあったでしょうね。それらをまとめて、海外への道に踏み出したはずです」

以上です、と美希風が語ったかと思えるほど、空気には一段落感が流れた。

急《せ》くことなく、しわがれつつも真綿のような感触の声で言葉を紡ぎ始めたのは、徐原だった。

「指紋の工作も、遺体の身元のすり替えも……、短命性は最初から織り込まれていた。あの犯罪現場に描かれていたのは、グラフィティだったのだな」

エピローグ

すっかり暮れなずみ始めている戸外で、南美希風とエリザベス・キッドリッジは、それぞれ手荷物を持ってバス停前のベンチに腰かけていた。大学前のバス停には、他に人の姿はない。

まだ構内にいる滝沢生が、間もなく来るはずだった。予定より列車は二本遅れることになったが、彼の自宅へと案内してくれる。

「橘教授のサプライズ企画が成功していたら……」エリザベスが、その光景を眼前に描くかのように言った。「この大学にとっての永遠の栄光になったろうな。日本有数の名所になり、学生たちの目は輝き続ける」

「それが、最悪の暗転をしてしまいましたね」

残念極まりないと、美希風は思う。大学関係者も、それはもちろん同様だろう。この大学が、マサイティス殺害の場として記録されることになるのだから。

しかし彼らも気持ちを切り替え、たくましく、巻き返しの運営計画に注力し始めている。追悼の思いを効果的に発信し続けられれば、マサイティス終焉《しゅうえん》の地となったここは、慰霊の聖地になりうるかもしれない。

美希風とエリザベスは、徳田学長からあめ玉をもらっていた。二人は今、それを舐めている。

橘美登理教授が、関西国際空港から出立したことは確認されていた。十五時五分発のマニラ行きに空席があり、それに飛び乗れたようだ。到着時刻は十八時三十分で、あちらの空港警察に協力要請するには時間がわずかに足りなかった。橘美登理は、人生の影へと回った旅を始めた。

美希風たちが校舎を離れる時、掛畑昇准教授の部屋からは、かなりの音量のクラシック音楽が漏れ出していた。

搭乗手続きの折、身軽な様子だった橘美登理が手荷物を預けたことは判っている。やや厚みのある四角い荷物であったといい、それは絵画作品なのかもしれなかった。

あめ玉を、右の頬の内側から左へと移し、美希風は、春玲の言葉を思い出していた。

「何億円もが手元にあったとしても……」橘美登理の先行きを、春玲は思い描いたのだ。「その旅は、凍りつくような海霧《かいむ》の中、波打ち際を一人で歩くようなものでしょうね」

真犯人も確定したため、大事な道具箱と一緒に、彼女らは東京へ発《た》てる運びとなった。個展のテーマは、表現の自由だ。

広い通りの向こう、大学正門に二人の姿が見えた。三崎操と滝沢生。他の学友は気を利かせ、二人だけにしたのだろう。

短く言葉を交わし、三崎は帰路である左側へと足を向けた。滝沢の視線を感じていたかもしれないが、ややうつむき加減になっただけで、彼女は離れていく。

滝沢は、こちらへと通りを渡り始めた。

「青春の一場面だったな」エリザベスは囁くように言った。「この世にいない恋人とつながる夜の光景。未練と沈黙。そんな情緒の様《さま》は、実に中国的だな」

「ええ。……えっ？　それはどうかな。日本的じゃないですかね」

「そうか？　ならば、まあ、東洋的だということだな」

今夜、もう一つ味わう祭りは、完全にスペイン的であるはずだった。

或るスペイン岬の謎

1

舞いあがる火の粉をレンズで追う。人型《ひとがた》のうなじから立ちのぼるそれは、躍動のほとばしりか、魂を意識する送り火か。手の甲、頰に、強烈に熱を感じながら南美希風《みなみみきかぜ》はシャッターを押していく。

目の前で燃えているのは、高さが四メートルほどの、手製の人形だ。聖女をイメージして作られている。跪《ひざまず》き、やや首《こうべ》を垂れて両手を胸の前で合わせている。素材や内部の空洞ぶりは、青森のねぶたを想像すれば判《わか》りやすい。それの、ごく庶民版を思い描けばいいだろう。

そうした紙人形が燃やされることが、祭りの最後の行事だ。

この人形の後ろには、同様の素材でもっと高さのある、水面から跳ねあがる何尾かの魚を象《かたど》った像も燃えている。他にも、二つ、三つ——。

連なる人形たちの炎の列が、黒々とした夜空を突きあげている。

「昔、カタルーニャの海辺の町で見た巨大人形祭りでは、最後に人形を海に飛び込ませていたよ」

背後から、滝沢厚司《たきざわあつし》が声をかけてくる。

炎の行列は、すさまじく音も発しているため、彼の声量は怒鳴り声にも近かった。

「だがこれらは、雨の中の行列も有り得るので防水対策をしてあるからね。それに海中投棄では、環境汚染対策が厄介だ。このほうが、まだ処理しやすい。それになんといっても……」

気持ちを溜《た》めた滝沢厚司は、視線を上昇させた気配だった。

「勇壮だ。気持ちを揺さぶるフィナーレにふさわしい」

「揺さぶられます。貴重な体験です」

大きく声を張って同意した美希風は炎のそばを離れて後退し、厚司と並んだ。この巨大人形火祭りを主催している滝沢家の当主が厚司だ。五十をすぎた年齢で、やせ型だが身長は高く、浅黒い肌で骨格のしっかりとした顔には、無造作に生えている黒い口髭《くちひげ》が疑問の余地なく似合っていた。

美希風の言葉には、興奮しているカメラマンとしての実感もこもっている。これほどの被写体は滅多にない。想像以上の視覚的な体験で、何人かに分身して走り回り、シャッターチャンスを逃さずにものにしたいところだった。今も、留《とど》まってはいたくないほどだ。

だから、

「この〝スペイン岬〟まで引っ張ってきてくれたキッドリッジさんには感謝ですよ」

と言い置くようにすると、美希風はまた炎の周りでフットワークを使い始めた。

主に紙と竹ひごで作られている巨大人形――ヒガンテスは、すでに原形をなくして溶けるように崩れかけている。

「あのじゃじゃ馬と旅をしてきたなんて、それこそ大変な体験だったろうな」と、厚司は苦笑の気配だ。

「あなたは忍《にん》の一字が似合う若武者だよ」

美希風はカメラを右に振り、ファインダーの中でエリザベス・キッドリッジの姿を捜した。炎の列を背景にして関係者や見学者たちの後ろ姿が黒く浮かびあがるが、影からさえ彼らの高揚ぶりが弾けて見える。反射的にシャッターを何度か切っていた。厚司の妻、アリシアは、炎に照らされて格好のライティングだった。踊っている。まさにラテンの血の乗りを感じさせて、四肢が跳ねている。足が地を蹴り、腕が舞い、豊かな褐色の髪が揺れて弾む。

厚司と同様にスペイン好きである駒生《こまき》龍平《りゅうへい》も踊っている。しかし彼の場合は、ソシアルダンスを思わせるゆったりとした動きと、自由闊達《かったつ》ぶりを窺《うかが》わせる表情とが独特な軽快さを生み出していた。その彼が、あまりにも自然に腕を差しのべた相手がエリザベス・キッドリッジだった。手を取られた彼女が驚いたことが美希風には伝わったが、はっきりとした顔色や態度にはほとんど表われていなかった。表情は、半分が観察者のような沈着さ、半分が微苦笑だった。

美希風はこの一瞬にもシャッターを切った。

エリザベスは、駒生に合わせてステップを踏み始めた。

そうした一団からは離れた場所で物静かに動いた人影に、美希風はレンズを向けた。厚司の義理の娘、秋美《あきみ》だ。炎の中に、なにかをそっと投げ入れたようだった。少し佇《たたず》んだ後、彼女はあまり目立たない薄闇の中に移動した。

「秋美さん、怪我の影響はないようで良かったですね」美希風はカメラの構えは崩さず、厚司相手に言った。「あまり浮かれ騒いではいないようですが」

「あんな責められ方をした直後ではな」

「……そうですね。ひどい言われ方だった」

二十歳《はたち》にも満たない娘が、火付けと罵《ののし》られていた。

「放火犯とは、言いがかりにしてもひどい」

「いや」厚司は言った。「秋美は本当に放火魔だったのだよ」

美希風はシャッターを切りそこなった。

一時間半ほど前の記憶が、痛く苦しい感覚も新たに押し寄せた。

和歌山県。紀伊《きい》半島の南端。時刻はおよそ午後の七時半。

滝沢生《しげる》の案内で、南美希風とエリザベス・キッドリッジが予定より遅れてこの地に到着した時には、辺りは暗くなりかけていた。学内の事件がらみで生は複雑な心境を抱えていたはずだが、二人の前でそうした動揺は見せずにいたし、愉快さもありつつ壮観である巨大人形の行列を見た時には、心底気持ちが切り替わったようだった。

気持ちが高ぶったのは、美希風も同じだ。

「思った以上の造形だ！　仕上がりだ！　スケールもある！」

スペインの祭りでの呼び方に合わせてヒガンテスと呼ばれている巨大人形が、町を練り歩く時間は終わっていて、十二体の人形は、ゴールである滝沢家の広い敷地に集まったところだった。

エリザベスも、見あげる像に感心している。

「素人なりに見事なものだな。日本人の器用さか」

彼女の服装は、自然素材のジャケットとパンツで、祭りで浮かれ騒いでも大丈夫だろう。

滝沢生は、いささか派手なオレンジ色のジャケットをまだ身につけていて、明るめの茶色に染めている少し長めの髪が、そろそろ夜風を感じさせ始めている微風に揺れていた。

服装ではエリザベスに似ている美希風は、カウボーイハット調のグレーの帽子をかぶっている。すでに、首から一眼レフデジタルカメラがさげられていた。

エリザベスとの旅行を通して、格好の被写体と何度か出合えたが、今日ここでの巨大人形火祭りがその最たるものになるのは間違いない。

スペイン瓦の屋根に、外壁はスタッコ（漆喰）仕上げというスパニッシュスタイルの滝沢邸の正面、堂々たる三連アーチの玄関前で、滝沢生が家族に引き合わせてくれた。

まずは、主《あるじ》の厚司。立派な口髭に引けを取らない、堂々たる顔立ちの持ち主だ。十歳近く歳が離れているが、エリザベスとはお互いが旧友だと認めている。親の仕事の関係で、厚司たち兄妹《きょうだい》は十代から二十代前半にかけて、ニュージャージー州に住んでおり、キッドリッジ家と近所付き合いをしていたのだ。滝沢家が住まいを日本に戻してからも、メールやポストカード、ビデオレターなどを通じての親交は続いたらしい。

エリザベスに遠慮なくハグする厚司は、歓待の笑顔だった。エリザベスも笑顔であるが、いささか堅苦しく、ゲストとしての挨拶を返した。

次に紹介されたのが、厚司の妻、アリシアだ。スペイン人で、身長は夫と同じほどあり、ダンサーのようにスタイルが良い。着ているワンピースはコットン素材だが、それでも体の曲線美を減じさせているようには見えなかった。目は満開の花びらをイメージさせて、大きく表情豊かだ。文字どおり、諸手《もろて》をあげて陽気に迎え入れてくれた。

彼女の横には、娘の秋美がいた。身長は百六十センチほど、黒髪で、整った顔立ち。ルックスはほとんど日本人だ。ただ、鼻筋の通り方と、虹彩《こうさい》の黒みの薄さに外国人の血を窺い知ることができるだろうか。左の手首にはシンプルながら三連のブレスレットがきらめいて、笑顔の華やかさが加わるとフラメンコでも舞いそうな雰囲気だった。その一方、大人しい思索的な表情も似合いそうである。

両者の再婚の事情は、生《しげる》から聞いている。生の実母は六年前に亡くなっていた。アリシアは日本人男性と結婚してスペインで暮らしていたが、日本に居を移してから程なく、夫が交通事故で急死。厚司とアリシアが再婚したのは二年前の十月で、生には秋美という義妹ができた。

最後に紹介されたのは、厚司の妹、滝沢葵《あおい》。四年前に離婚を経験した四十二歳。純和風な顔立ちだけれど、黒いスラックスの上に裾を出している白いロングブラウスを、細く黒いベルトで締めている様《さま》は、颯爽《さっそう》としていてセンスがいい。

抑制された声で、それでも微笑して、

「お酒もお料理も、存分に楽しんでいってください。兄の家のものですけど」

と他の者同様、美希風たちを歓迎してくれた。

一泊させてもらうことになっている二人は、それぞれの部屋に荷物を置き、すぐにまた外へ出るとヒガンテスを眺めながら祭りの話を聞いた。

といってもまず、切り出していたのはエリザベスだ。

「この催しの原型は、カタルーニャの巨大人形祭りなんだな」

真摯《しんし》な表情になっている秋美が、英語で説明しようとしたが、

「いや、けっこう」と、エリザベスは柔らかく制止した。「日本にいる限りは、母国語は極力使わないようにしているのだ。日本語でやり抜いてみる。……ただ、わたしの言葉づかいは、男言葉と分類されるもののようだね？」

「ま、まあそうですね」

「日本を中心に歩く今回の長期休暇を前に、わたしは集中的に日本語を習得することにした」彼女の目が、じわじわと厚司に向けられていく。「脇目も振らず集中したばっかりに、教師役の男がロクデナシの不心得者《ふこころえもの》であったことを見逃してしまった」

ロクデナシの不心得者である滝沢厚司は微妙な笑みを浮かべている。不心得者などという古風な言葉をよく覚えたものだと、美希風はある意味感心していた。宿敵・滝沢厚司にぶつけるべく、心中密《ひそ》かに温めていた単語なのかもしれない。

「その男は、丁寧な言葉づかいではなく、男言葉だけを教え込んだのだよ」

そう告げつつ厚司にクルリと体の正面を向けたエリザベスの勢いと険しい表情に、美希風は反射的に警戒感を覚えた。旅の始めに、こんな仕打ちをした男には股間に膝蹴りぐらいの返礼はさせてもらう、と息巻いていたエリザベスの姿は忘れられない。その返礼がこの旅の締めくくりであり最終目標であるかのような目つきだった。

今は、厚司の妻のアリシアは食事会の支度のために葵と共に邸内にいるので、エリザベスも遠慮しないかもしれない。

「ベス……」まさかな、とは思いつつ、美希風は牽制の声を出した。

厚司は攻撃的な気配を察知したのか、笑顔を保ったまま、腕や脚で体の前部を守ろうとする防御の体勢になっている。

この時、両者の顔を見比べながら秋美が割って入った。

「パパが？　どうしてそんなことしたの？」

「この世界が真理を囁《ささや》いてきたからだよ」

「宗教心を持ち出す詐欺師《さぎし》か、あんたは。よく、そんなたわごとがすぐ口に出るな。人を愚弄《ぐろう》する悪ふざけをしたかっただけだろう」

ちょうど、普段着に着替えた生《しげる》が顔を見せると、厚司は強引に、最初の質問に話を戻した。ことさら丁寧な言葉づかいで。

「そうなんですよ、エリザベスさん。バルセロナの守護聖女メルセの祭りですね。九月二十四日を中心に数日間、全国あちらこちらで巨大人形、ヒガンテスの行列が町を練り歩く。一日に何回も。町によっては違う聖女を祀《まつ》っていますが」

美希風はこの話の流れに乗ることにした。実際、知りたくて待ち遠しいことが目白押しだ。

「だから、先頭の人形は聖女風なんですね？」

跪いて両手を合わせ、祈りのポーズだ。〝紀伊ノ聖女〟と名付けられていると、生が教えてくれた。

「毎年新しいのを作って、火となって天へ昇ってもらうんですよ」

人形の土台は木枠で、車輪も木製。金属の部材以外はだいたい燃えがらとなるらしい。滝沢一家が制作した物だ。中心になったのは生。なにしろ彼は、芸大造形学科の四回生だ。

二体めの、魚群が上昇するような像を作ったのは、彼と芸大仲間だという。

「お義兄《にい》ちゃん。行列の様子、ちゃんと動画に撮《と》っておいたからね」

と報告する秋美に、生は指で丸を作って礼を言っていた。

すでにシャッターを切り始めている美希風は、問いを続けた。

「ここでは、六年前、二〇一三年から始められたのですね？」

「最初の年は、作った像を並べるだけだったがね」厚司が応じた。「バルセロナの祭りは九月二十四日だが、日程に関してはこちらは柔軟だ。二十四日に近い、休みの日に開催する。週末や祝日だね」

今日は九月二十三日。月曜日だが、秋分の日で祝日だった。

「ただ……」厚司の声がやや翳《かげ》った。「六年前の九月二十二日。病床にあった妻の由紀子《ゆきこ》が他界してね。だからお祭り気分ではなかった」

「そうでしたか……」美希風はカメラをおろし、足を止めた。

「だがそのうち、思いついたのだ。毎年九月二十二日の命日に、親族や友人が集まる。その機会に、お盆の送り火のようにしてヒガンテスを焚《た》きあげてはどうか、とね」

――スタートにはそうした意味があったのか、と美希風は静かに納得した。毎年夜空に上昇しては新しく作られる、聖女の像――。

「だが、供養の意味があるといったことは、外にはできるだけ伝えていない。しんみりさせたくないのはもちろん、遠慮もさせたくないからだ。純粋に炎の祭典として楽しめばいい。遠慮させたくないというのは、町民もどんどん参加するようになってきていたからでね」

この時、別の男の声が背後から聞こえてきた。

「私も、参加するようになった一人ですよ」

見れば、四十歳前後の体格のいい男だった。渋めのグリーンの人工皮革製シャツに包まれた体は引き締まっているし、全身から若やいだ気が発散されている。無造作な長髪や白い歯が輝く笑顔もその印象を強めているだろう。

　厚司と生が、言葉を重ねるようにして紹介した。厚司は息子と同じ芸大の卒業生なのだが、この駒生龍平も同窓だという。厚司の後輩、生の十五年先輩だ。お互い学生時代にはなんのつながりもなかったが、スペイン好きという共通点が、厚司と駒生を三年前に結びつけた。二人とも、バラと本に埋め尽くされたバルセロナの聖《サン》・ジョルディの日を楽しんで帰国する際、旅客機内で隣り合わせ、意気投合したうえに同窓とあれば、密に連絡を取り合うようになったのも必然だった。

「龍平さんが参加した三年前からは、祭りの規模も大きくなってアピール度もあがったのよね」讃《たた》えるように口にしたのは秋美だ。「協力を取り付けるために、あちこち奔走してくれたって聞いてます」

「いやあ、四年前からもう、規模は確立したようなものだった」なにやら反発する気配で厚司が言う。娘が異性を手放しで仰ぎ見ることへの本能的な拒否反応かもしれない。「五体のヒガンテスが町内を練り歩くことを、町に認めさせていたからな。人気が出たし、ＳＮＳを通して広く拡散した」

　駒生は微笑する。

「私は、すでにあった行事内容の上で調子に乗って踊っただけだよね」

「そんなことはありませんよ」と言ったのは生だ。「観光協会の協力を仰いだりネットでの呼びかけをしたりして、県外からの見学者たちもたくさん集めたじゃないですか。人口たった三千人程度の町なのに、観光事業になるというんで、町長たちも積極的になった。エリザベスさん、南さん、この年から町は、火祭り用に消防車も待機させてくれるようになったんです。人形を作って参加する一般チームの募集も始まった。そして、この周辺の海岸線は〝スペイン岬〟と呼ばれるようになりました。行事の名前は、〝スペイン岬の巨大人形火祭り〟」

「〝スペイン岬〟。いい命名だ」満足げな顔をして、駒生は厚司に顔を向ける。「どうして私たちは、こんなにスペイン好きになったのですかね？　どうしようもなく馴染んで、ハマっていった」

「厚司個人としては、この年代だから合っている相性なのだろうと思っている。もう少し歳を取れば郷愁になるだろう。……私は、やや郊外のカタルーニャの風情が好きでね」

生は父親の顔を覗き込み、

「鼻水が出なくなるのも快調でいい、って言っていたね」

「ふふっ、そう。私は鼻水が出やすいたちでね、この口髭にとっても厄介なのだが、スペインだとそんなこともなくなり、呼吸はずっと快適、睡眠にも楽に入れる。……とはいえ、どうしてか馴染むというのが本音で、人を納得させられる理由があるわけでもないだろう」

「大きな臓器の移植手術は受けていないかね？」

さらりと、二人にそう問いかけたのはエリザベスだ。

「移植……」駒生は彼女に目をやって、「ああ、あなたと南さんは、臓器移植を通じて知り合われたのでしたね。えっ？　で、移植とスペイン好きが関係あるので？」

「記憶は脳だけが司っているのではないというのが、最新の医学的な知見として現われ始めている。全身からのフィードバックと一体化して記憶の蓄積が形成されているのは確かで、ならば、反射的なシグナルや記憶物質も全身に存在している可能性も否定できない。情報伝達物質が全身に無数に存在しているのは確かなのだし。皮膚でさえ、万能のセンサーであるだけでなく、脳を介さない自立的な防衛反応をしていると判明してきている。各臓器は、その生体の生活環境を効率的に、自動システム的に学習しているのではないかな」

こうした研究分野の一説は美希風の耳も敏感に捉え、興味を懐《いだ》いているところである。自身、移植後健康的に過ごせるようになってから、自分にこんな一面があったろうかと不思議に感じる変化があった。

「そういえばそのへんのこと、ちょっと耳にした覚えがあります」軽く頷《うなず》きながら駒生が言う。「記憶の生体的な譲渡、といった感じですかね。でも、私は移植手術は受けていない。厚司さんもそうでしょう?」

「ああ、移植はもちろん、盲腸も手術していない」

ちょっとピントのずれた健康自慢をすると、娘が楽しそうに口にした。

「こうなると、前世の記憶って話になるんじゃない? 二人とも、生まれ変わる前はスペイン人だったのよ」

なんとなく、まあそれもいいだろうという、否定しない寛容な空気が広がる。エリザベスだけは、そのような非科学的な前世論と自分が提示した記憶論とは同列ではないという顔をしていたが、細かい口出しはさすがにしなかった。

人形の列の後ろのほうから、複数の歓声が聞こえてくる。

「お邪魔してしまったが、ヒガンテスを見学しているところだったのですよね」

一度、場の空気を変えるようにそう発言した駒生は、移動しつつ自ら解説を加える役になった。

「この作品を作ったのは、あちらに集まっている地元の男子高校生たちですよ」

示された像は、高さが三メートル半ほど。中央の男性像はガッツポーズをしているようだ。その周りを、ずっと小型だが仲間らしい男たちの像が取り巻いている。

「タイトルは〝オレらの力・超《スーパー》〟。ぜひ燃やしてほしいと頼まれた物です。火が点いて上昇気流が起こると、像の髪の毛部分が――ほら、昆布《こんぶ》みたく何十本もさがってるでしょう、あれが逆立って揺れるそうです。うまくいけばね」

この後の説明は厚司が引き取った。

「これには車輪はない。そういうタイプも幾つかあるよ。御神輿《おみこし》タイプだね。これはリヤカーに載せられて、高校生たちがワイワイと引っ張って来た。到着後はおろされて、ここにある」

駒生は、美希風に撮影時間を与えるかのように、エリザベスに小声で話しかけていた。

「こう見えて私、義肢装具、再生医療、臓器移植などに興味がありましてね。日本でも、臓器提供の意識は高まっているんですよね？　スペインですと、臓器提供者数の割合は、たしか……百万人あたり四十人ぐらいだったと思います」

「先進諸国では、それぐらいの率も珍しくないな。だが、日本ではずっと少ないはずだ」

「百万人あたりにするなら」ファインダーを覗いたままで、美希風が答えた。「〇・六人ぐらいでしょう」

「〇・六⁉」駒生は驚く。「六じゃなく？」

「ドナーになってもいいと考える者の割合は増えているようだ」と、エリザベスが言葉を足していく。

「あるアンケートによると、四割ぐらいの人たちが提供してもいいと答えているらしい、と、美希風くんのお姉さんに教えてもらった。しかし、明確な意思表示をしている人となると一割ほどに激減するそうだ。運転免許証や保険証に記入していないのだな。家族間同士でもほとんど話題にしない」

「日本人らしい……と言うべきか。キッドリッジさんは、その口調が似合いますね」ポンと、気ままな賞賛のチップのようなそんな一言を放り込んで駒生は、「最近は実際のところ、一番興味が向いているのが義肢装具なんですよ。この春はシリアに滞在していまして」

「ほう。……地雷かな？」

「すごい！　鋭い。そのとおりです。なにも、紛争地帯に踏み込んだわけではありません。過激な反政府勢力から奪還した土地は広がっていますからね、そうした所にお邪魔させてもらっただけです。でも、内戦の現実からしばらく離れただけに逆に、と言いましょうか、警戒感薄く、残されている地雷に触れてしまう住民が少なくない」

……そして、命は助かっても脚を失う被害者が出る。

「勢いまかせで活発に動き回る、行動範囲が広い子供が……特に……」

それから二人は、人体再建技術を中心にした医学的な話に熱を込めていく。

ヒガンテスの見学を続ける美希風たちは、人形の列の中ほどまで来ていた。

「ここからは、燃やさないで保管するか持ち帰る人形たちです」秋美がそう解説してくれている。「この人形は、パパの飲み仲間チームが作ったんですよ。変なオジサンたちの作品にしては、色使いがきれいで可愛いでしょう?」

「確かに」と、美希風は認めた。

白い衣を着た女性の座像だった。女性でありながら、腕は、細めの白い翼になっている。素人作りなので美女とは言えないが、一応、人の顔は形作られていた。〝海の女神鳥《めがみどり》〟と名付けられたこのヒガンテスは、ちょっとした仕掛けもあって注目を集めたという。一人が引っ張り、像の両側にそれぞれ控える他のメンバーが像の腋《わき》の下にある棒を上下させると、細い翼が好意的に見れば羽ばたく動きとなる。

この演出に、町民や観光客は歓声をあげた。これに気をよくしたオジサンたちは、来年もこれに改良を加えて参加しようと、保管することに決めたらしい。

こうした説明を聞いていた時、美希風たちの後ろからダミ声が飛んできた。

「口をくちばしにすれば、女の口数も少なくなって助かるっていう意味づけにもなったのにな」

庭石に腰かけているのは、弛緩《しかん》した気配の中年の男だった。ゆったりとした深緑色のポロシャツとチノパン姿。あまり健康的ではない顔色をしていて、頬の皺《しわ》が深い。

すでに、缶入りの日本酒を呑《の》んでいる。

駒生が笑いかけた。

「小塚原《こづかはら》さんこそ、口は災いの元ですよ」

秋美が控えめな声で、男の素性を手短に教えてくれた。名は、小塚原安一《やすいち》。厚司の前妻の弟ということだ。生《しげる》にとっての叔父で、血はつながっていないが秋美にとっても叔父にあたる。

秋美が声の調子を高めて美希風に提案してきた。

「燃やさずに持ち帰る像は、もう移動し始めていますよ。写真を撮るならあっちのほうを先にしたら?」

「おお、そうですね」

そちらのほうへ、秋美がまず小走りで行く。

この時、怒声が響きわたり、それを浴びせられたのは滝沢秋美——彼女だった。

「まだ、火を見て楽しむ気なのか、あんた!」

その怒鳴り声に物理的にぶつかったかのように、秋美は体を震わせて急停止した。

彼女の前に立ち塞《ふさ》がるのは、やせているがその筋繊維に頑健さも残していそうな七十歳近いと思われる男だった。

秋美をにらみつけ、「火付けの手癖で着火しまくるのか!」と怒鳴りつける。

秋美は青ざめ、萎縮したように肩をすくめている。

「火祭りだの、なんだの、その炎の中に家《うち》の幻は見えないのか? いい気なもんだ!」

さらに叫んで詰め寄る老人と秋美の間に、男——その制服からすると地域の消防団の一員らしい男が割って入った。

「やめなさい」

と止めるが、老人は秋美の胸ぐらをつかむ。

「おいおいおい!」駒生龍平が美希風を追い抜いて進み出て行く。「私が相手になろうか? 酒の呑み比べなら受けて立つよ」

その瞬間だ、老人が秋美を突き飛ばした。

何人かは「あっ！」と声をあげたろう。周辺の空気全体が、同じように衝撃の息を呑んだ一瞬だ。

秋美は勢いよく倒れ、後頭部を低い石垣にぶつけた。

複数の女性の悲鳴も聞こえる中、男たちがどっとばかりに老人を取り押さえにかかる。

駒生は倒れた少女のもとへとコースを変えた。

「秋美ちゃん、大丈夫かい⁉」

美希風、エリザベス、厚司らも秋美のもとへと駆けつけた。

その場から引き離しながら、男たちが口々に老人を責め立てた。「いい加減にしなさいよ、赤木《あかぎ》さん！」「警察を呼ばれたいのか！」「これ以上は言いがかりだ、恥ずかしいぞ」

秋美を診《み》ていたエリザベスが顔をあげた。

「少し出血しているな。意識はあるが、しばらく横にして安静が必要だ」

近くにいた中年の婦人とエリザベスが、そっと秋美を抱え起こし、「ではこちらへ」と、厚司が生と並んで先に立った。

老人は門の外へつまみ出され、滝沢秋美の姿も邸内に消える。

辺りに漲《みなぎ》っていた祭りの高揚気分は一掃され、戸惑い混乱しつつ痛みを感じているような静けさが辺りを包んだ。

ただ小塚原安一だけが、なにも変わらない顔色と態度を続けている。

2

火祭りは盛りあがり、美希風の心臓ごと熱く高ぶらせたが、今は眼前でヒガンテスが次々に灰と化していく。魚群の像は、杉の幹も同然の真っ直ぐな火柱を、高く高く最後に立ちあげた。

皆の拍手をもって、炎の祭典は終幕を迎えた。後はこのまま自然鎮火させ、最終的には水の入ったバケツを持ったりホースをのばしたりして完全消火を確認する流れだという。天気予報では一時雨なので、それにまかせたいなという声もある。

カメラをおろした美希風は、材木に残る火を見つめながら、滝沢厚司から細切れに教えられた放火事件の話を思い返していた。

去年、二〇一八年の八月、二件の放火事件が発生した。同月の中頃に起こった一件めは、隣町の赤木家が被害に遭った。無人であったため、怪我人はまったくなし。月末に発生した二件めは、ここから東に向かった先にある新宮《しんぐう》市内で、集合住宅に火をつけられた。新宮市には、秋美が通っていた高校がある。

美希風の記憶は、先ほど終わった食事会の光景もたどった。酒を浴びるように呑んで騒いでいる男衆がいる食堂の一端に、滝沢家の者は集まっていた。秋美も顔を出していた。

止血用のガーゼを包帯で押さえていたが、それがかっこ悪いと、太いヘアバンドを上に巻いていた。服装も着替え、襟《えり》がおしゃれに波打っている水色のシャツブラウス姿になり、水晶のイヤリングも付けていた。顔色は悪くなく、食欲もあるようで、周りをひとまず安心させていた。

滝沢家は――そして秋美自身も、傷害事件云々《うんぬん》と騒ぎ立てる気はないようだった。

隣り合ったエリザベスと駒生龍平は、時に意見の相違で揉めながらも、話に花を咲かせている。

「小塚原叔父さんも途中参加のくちなんです」ビールを呑んでいる生が、ワイン蒸しされたアサリの汁を喉に流した美希風に囁きかけてきた。「祭りは好きな人ですよ、もともと。お酒が呑めるから」

今も小塚原安一は、料理にはほとんど手をつけず、胃袋をアルコール専用にしている。

「この人形行列の火祭りが好きになったのは、実母《はは》の命日の後も残ってたまたま参加した時に、カルソツを食べたからなんです」

「カルソッツ？」

「ネギを直火で炙《あぶ》って食べるスペイン料理です。叔父さんは、これが気に入った。他の、地中海風の料理も。カルソッツは主にカタルーニャ地方で広く知られている料理で、あちらで使っているのは長ネギに見えるけどタマネギらしい。うちでは長ネギです。表面を黒く焼いて、表の皮は剝《む》いて、ソースをつけて食べる」

「うーん、うまそうだ。野性味もあっていいんだろうね」

火祭りが鎮火しつつある時の炎で作るという。

「スペインの荘園主のお屋敷みたいに立派なお宅だけど、お仕事なにをしてるんだっけ？」

この問いかけに、生は、曰《いわ》く言いがたい苦笑を見せた。

「なにをやってるんだか、はっきりとは判りません。高級外車の輸入ディーラーをやっていた時の羽振りが一番良かったかな。今は、スペインやイタリアからの家具、雑貨、ＣＤなんかの輸入会社を経営しているはずです。相場を張る、ってこともやってるみたいです。母は専業主婦です。……まあ、あの男の人たち三人は……」

生が視線を巡らせたのは、父親の厚司、芸大の先輩である駒生、叔父の小塚原だった。

「みんなどうも、定職ってのを持ってるのかどうか得体が知れない。駒生さんは、父の事業の手伝いをしている時もあります。でも基本的に風来坊みたいな人だから、その時々、その場所で、仕事を見つけているみたいです」

この町の旅館に一応は滞在中だが、滝沢宅に半ば居候《いそうろう》しているようなものでもあるという。

「小塚原叔父さんは仕事が長続きしないみたいで、今はちょっとしたビル管理の委託を受けているんだったかな。独身で、名古屋市在住です。以前、どうしても高級車のシトロエンを乗り回したいって言って父に交渉して、安値で入手したんですけど、結局一年と維持できずに手放したりもしたし……」

経済的に波のある叔父の生活ぶりを、生は気にかけている様子だった。

そんな彼に、テーブルの向こうから秋美が、大きく手を振りながら明るく声をかけてくる。

「食べてる〜？　お義兄《にい》ちゃ〜ん！」

「大げさだな。そんなにしなくてもちゃんと見えるし聞こえるよ」

生も笑い、兄妹仲はとても良さそうだ。

秋美は――周りの雰囲気を気づかって自分を鼓舞している様子が多少窺えたが、料理のコースを進める母親たちを手際よく手伝ったし、酔っ払いとも程よく打ち解けて場を盛りあげている。

そうした姿を、灰になりつつある巨大人形たちの前で思い浮かべて美希風は、

――信じがたいな。あの娘さんが放火犯とは。

と、そんな痛切な思いを苦く味わう。

彼女は自供したという。

事件のあらましを聞いた時、そのことはエリザベスも知っているのかと、美希風は滝沢厚司に訊《き》いてみた。細かなことは伝えなかったし、向こうも根掘り葉掘りは尋ねてこなかったらしいが、大筋は頭に入っているはずだという。赤木老人による暴力事件が起きた後、彼女が滝沢家の者に事情を特に問い質《ただ》さなかったのは、大筋を理解しているだけで充分で、それ以上立ち入る気にはなれなかったからだろう。

美希風自身、あまり深入りしていいものではないのだろうという裏の空気を察し、尋ねるのは遠慮していた。赤木老人が人騒がせな偏《かたよ》った思い込みをしているのだろうと思っていたし……。

目の前では蛍火《ほたるび》のように火の粉が舞っていて美しい風情があるが、風を受けて煙も広がり、きな臭さが鼻孔を突いた。

「南さ〜ん」

二組の足音が近付いて来た。滝沢アリシアと滝沢葵だ。

どうやらカルソッツの振る舞いは終わり、手が空《す》いたらしい。美希風としてもその料理を味わい、写真撮影もしたいところだったが、滝沢厚司から放火事件のことを聞いているうちに気が逸れてしまっていた。

「いらっしゃるかと思っていましたけれど……」イントネーションにはやはり外国人特有の癖が生じているが、アリシアの日本語はかなり達者だった。そして目ざとい。「厚司から、秋美が放火していたことを聞いていたのですね」

炎の残像から意識を切り離し、美希風は、さり気なく会話に応じる表情を二人に向け、「ええ、起こったことのあらましだけですが。厚司さんと二人で早々に、いい匂いに気づけばよかった」と穏当な話の方向に進むようにも配慮したが、話題は結局、事件のことになった。

「さっきの赤木さんですけど」華やかな顔立ちで髪も豊かな厚司夫人は、同時にいたずらっ子めいた活力も感じさせ、表情もダイナミックだった。「住んでいた家が焼失したわけではないんですよ」と、不満の色も濃厚に反論する素振りを見せる。「親が住んでいたけれど亡くなって、そのまま放置していた空き家だったんです。合意の上の補償ももうすっかり済ませているのに、時々蒸し返しては乱暴なこともする。被害者の立場にいればなにをしてもいいと思っているのかしら」

「あれでは、立ち直ろうとしている人からきっかけを奪うだけにもなりかねないわよね。気持ちも判るから、こっちは低姿勢になるしかないけど……」

呟《つぶや》くようにそう言う葵の、眉の細い瓜実顔《うりざねがお》には複雑な表情が揺れる。

確かに——と、美希風も想像する。自分の持ち家に火を点けた犯人が火祭りを楽しんでいると思えば、無神経とも感じられ、憤慨《ふんがい》の感情が爆発することもあるだろう。

だが一方で、滝沢家の者にとって今夜の炎は、厚司の前の妻にして生《しげる》の母親の魂への追悼の送り火でもある。

「葵さんも、すっきりはできていない？」アリシアは、夫の妹の本音を訊くタイミングと思ったようだ。

「まあ、無理もないけど。ごめんなさいね」

「わたしはそれこそ、そんなふうに蒸し返されるようにして謝られることはまったく望んでいないわ。簡単に心の整理のつくことではなかったけれど……」

美希風が浮かべる疑問の色に、女性二人は気がついたようで、アリシアが言ってきた。

「聞いてませんでした？　放火された二軒めの家屋のこと」

「集合住宅とだけです」

「この葵さんが所有しているアパートだったのよ」

「えっ……」

「アパートの一部は改装してお店にしていたのに、その店舗もね」

慌てないで、といった手振りを見せ、葵はすぐに言葉をつないだ。

「わたしの家や店を秋美ちゃんが狙ったということではないんですよ。わたしもそのアパートに住んでいましたけど、それらはたまたまで、秋美ちゃんはそこに入居していた学校の先生に恨みがあったんです」

「先生……。秋美さんの担任とか？」

「そうです」葵は、溜息を夜気に流した。「あの放火事件が秋美ちゃんの自供に従って調べられていくうちにはっきりしました。去年、秋美ちゃんが高校三年になってから担任となった水原《みずはら》という女教師が、秋美ちゃんをひどくいじめていたのです。まったく……。どういうんでしょう、教師がそんな……」

「水原は認めました」厳しい顔色のアリシアが長髪を掻きあげた。「理由やきっかけは曖昧《あいまい》に済まされていますが、まさか、うちの子に外国の血が半分入っているからでしょうかねえ。個人の感覚として気に食わなかったから、とまとめられるしかなかったようですが」

「そんな理不尽で幼稚な悪意をぶつけられてはたまったものではありません」葵も、自らがその被害者であるかのように厳しい表情だ。「秋美ちゃんは精神的に追い詰められ、ストレスによる障害で理性が曇ったのです。そして、あんな事件を起こしてしまったのです……」

心理的に塞いでいる苦境から逃れたくて、という放火の動機は美希風もちょくちょく聞く。

アリシアが言った。

「あの子は赤木の家に火を点けてしまいましたが、空き家であることを知っていたからということでした。それも、外壁に寄せかけられていた廃材に火を点けただけで、家がすべて燃えてしまうとは思ってもいなかったようですね。……水原の住まいに意図的に火を点けたのは確かですが、この時ももちろん、アパートには誰もいないことを確かめたうえでのことだったのです。ああ……誰もいないと言っても、葵さんは愛犬を亡くしてしまいましたけど」

「マーコをね。あれは辛かったですけど……。ですけどね、アリシアさん」

葵は義姉に真っ直ぐに視線を向けた。

「先程の問いに答えますけれど、被害を受けた者が加害者を見るような思いで秋美ちゃんを見ることは、今ではまったくありませんよ。彼女がどれほど苦しんだか知っています。罪の意識も反省の思いもとても深い。わたしは心の底から、悔い改めている秋美ちゃんを応援し、見守っていきたいです。秋美ちゃんが明るさを取り戻していく姿は嬉しいですし……」

そこで葵は、とぼけた調子で肩をすくめた。

「それに、兄には新しいアパート造りで全面的に支援してもらいましたしね」

「水原という教師はどうなったのです？」美希風は訊いてみた。

「県教育委員会から戒告処分を受けて、自主退職してこの地を離れました」アリシアは、葵に尋ねる目を向けた。「実家のある故郷《くに》に帰ったのだったかしら？」

「山梨だったと思いますよ。そこに越しているはずです」美希風はやや踏み込んでみた。

「放火は重罪ですけど、重い罪にはならなかったのですね」

「秋美さんは、なにしろ未成年でしたから」アリシアは軽く腕を組んだ。「自ら警察に出頭して罪を認めたというのが大きかったようですね。自首です。反省の態度が顕著で、大人の非道に追い詰められたという点も情状酌量の要素だったようです。そして、怪我人が一人も出なかった。それで、逆送《ぎゃくそう》……と言うんだったかしら、刑事処分相当とはならず、家裁で審判されて、短めの保護観察処分――」

「一般短期保護観察だったと思うわ」

「その観察期間も、春すぎには終わりました。今は通信教育を受けながら家事見習い中です」

「自首ということは……」美希風は、もう少し細かな情報も知っておきたくなった。「警察に疑われてもいなかったのですね？　改悛《かいしゅん》の情が秋美さんを動かした」

燃え残る炎の音が聞こえるほどの一瞬の静寂が訪れ、次いで葵が口をひらいた。

「彼女、警察に事情を訊かれたことはあります。いえ、疑われたりはしませんでしたよ。ええ、疑われたりしません。……ただ、わたしのアパートが燃えている現場で、わたし自身が秋美ちゃんの姿を見ていたのです」

滝沢葵は少し視線をさげつつ、過去を呼び起こす目になった。


その夜、葵は、緑茶好き仲間による月例の愛好会に出席して十時少し前に車で帰宅するところだった。彼女のアパート〝森の中パレス〟は、ちょっとした林が切り拓《ひら》かれたこぢんまりとした住宅街にある。ゆったりと生える木々に囲まれた左カーブに合わせて、彼女はハンドルを切っていた。

横に薙《な》いでいくヘッドライトの中に一瞬、木立に紛れるようにしてほっそりとした人影が見えたようだったが、葵は他にも気になることがあってそこに注意を向け切れなかった。

左手の木々の向こうに、奇妙な明かりがあるのだ。無論、日頃はそのようなものはまったくない。

……まさか、という思いは、不吉なざわめきとなって胸中に広がっている。その明かりは、揺らめく炎を連想させずにはおかない色とうねりを伴っていた。

道路が直線となって視界がひらけた時、家を呑み込もうとしている大きな炎が目に飛び込んできた。ショックが無意識にブレーキを踏ませていた。

住宅街のほぼ一番手前にある自分の家が半ば燃えている。

車をおりた葵の足が向かったのは、しかし自宅ではなく、人影のあった木立の方向だった。ヘッドライトに一瞬浮かびあがった横顔は、見知っている少女のものに間違いないとの確信が今になってわいていた。車道から彼女の場所まで、下草はそれほど深くない。彼女は、どこか呆然とした様子で燃え盛る炎を見つめている。いや、見つめているのかどうかも判然としない。意識の焦点もなく、ただそこに立ち尽くしているようにも見えた。

近付いて行くと、ようやく彼女の顔が――実にゆっくりとこちらに向けられてきた。

「こんな所でなにをしているの、秋美ちゃん？」
二、三秒してから、「あっ」という反応が生じた。
「どうしたの？　うちに来てたの？」

急いで問いながら、様子を観察した。怪我や火傷《やけど》は負っていないようだ。

「しょ、消防には電話した？」

「いえ……」と、小さく曖昧な声。

葵は車道へと駆け戻ってから、思い切った意識で自宅へと目を向けた。認めたくない現実が消えてなくなっていることをどこかで期待していた。見間違いでも夢でも、意識障害でも、理由はなんでもいいから——。しかし、虚しい希望は壮絶な現実に焼き払われる。住居が、和装の店が、〝森の中パレス〟が丸ごと燃えている。

走りながらスマートフォンを取り出し、１１９番を押そうとするが、ただでさえ指が震えているうえに、走っていては無理だった。立ち止まり、息を整えながら振り返った。するともう、滝沢秋美の姿は木々の中から消えていた。

そちらは、現実ではなく幻であったかのように。

「お隣りなど、他のお宅に延焼しなかったのが幸いでしたが、火災の事後処理は、それは大変でした……」葵は、当時の頭痛を思い出したかのように額に手を当てている。「警察や消防に聴取を受けますし、謝罪して、入居者との折衝や補償……」

美希風は黙って頷くしかなかった。緊張の連続であろう煩瑣《はんさ》な手続きの数々には想像も及ばない。

「あの夜、アパートの近くにいた秋美ちゃんのことは時々頭を過《よぎ》りましたが、それもすぐに消えてしまうほど、するべきことが多すぎました。彼女とちゃんと話せたのは、事件から二日後です」

ここでアリシアも口にした。

「葵さんから火事の当夜に、『火事現場近くに秋美ちゃんがいたはずなんだけど、無事に帰ってる？』と連絡を受けたので、娘にそれは尋ねていました。いたのは認めて、担任の先生に相談したいことがあって、なんとなく足を向けていたんだ、と理由を説明していたのですけどね……。わたしに嘘をつくなんて」

「秋美ちゃんが林の中にいたことを、何度めかの警察の聴取で話しました。警察はすでに放火を疑っていたのですね。秋美ちゃんには、怪しい人間を見かけなかったかと、主に目撃情報を求めていました。

……わたしが後日、秋美ちゃんに尋ねたのは、様子がおかしかった点です。呆然と炎を凝視していたような、あの気配……」

「彼女は説明できたのですか?」美希風は訊いてみた。

「恐怖だ、と答えました。火事を間近にすれば誰でも恐怖を感じるでしょうし、わたしもそれを身をもって知りました！　けれどだからこそ、それとはなにか違うものを感じましたし——実際、あの時秋美ちゃんは現場からは離れた林の中にいたんです——彼女自身、普通の人とは違う反応だったと認めました。自分は炎恐怖症らしい、と言うのです。あの時は失神しかかっていたようなものだった、と」

「炎恐怖症……」

葵は美希風に頷いて見せ、

「火事を目にした瞬間に意識が遠くなり、体が硬直していった。その時に自覚したということでした。ただ怖いのではなく、病的な恐怖が五体や感覚を襲ったのだ、と。以前からその兆候はあったとも言いました」

「そうなのです」恐怖の体験のある娘に同情を寄せつつも、なおアリシアの声ははっきりとしていた。

「五年半ほど前、わたしの前の夫は車の運転操作を誤って単独事故で死亡したのですが、車が火を噴きまして……炎の中で亡くなったのです。もちろん、その現場は、わたし同様秋美も見ておりません。でも、父親の車が炎上している映像がテレビ報道などで不意に流れることがありましたし、遺体の修復に関しての相談も耳に入ったでしょう。あの日から数日、娘は不眠に苦しみ、うなされることもあったのです。……しばらくは、火を忌避していましたね」

一息《ひといき》の間があいた。

「学校での化学の時間の事故もありました。放火事件の起こる二ヶ月ほど前です。実験で使っていた器具の炎が、秋美のクラスメイトの女子の髪に燃え移ったのです」

「それは……！」

確かに恐怖体験だと、美希風も思う。女性の髪が燃えあがり、焦げる毛髪の臭いと共に火の粉が辺りに散る――。飛び火は？　顔に火傷は……？

「その事故の直後、娘は急に髪を切ってショートヘアにしたのですが、今にして思えばあれは、あの子が意識していたのかどうかも判らないほど深い心理の底での恐怖の作用、必死の逃げ方だったのかもしれません。葵さんのアパート火災の時も、硬直が解けたようになってからはただ夢中でその場から逃げたということでした」

「体に激しい影響が出るほどの恐怖症かもしれないと秋美ちゃんが訴えたことで、カウンセリングも受けさせたのですけど、炎恐怖症であっても不思議はないだろうとの診断になったのです」

「そう診断された少女を、警察は追及することもないでしょうね。しかし……」美希風は、明らかになっている疑問に触れた。「炎恐怖症の娘さんが放火犯というのは、どうにも納得しがたい矛盾ですね。それはつまり、炎恐怖症というのは、放火犯の疑いから逃れるための言い逃れ、欺瞞《ぎまん》だったということですね」

女性二人は互いに答えを譲る気配だったが、結局、アリシアが首を縦に振る。

「そうだったのです」

「葵さんが面と向かって秋美さんと問答したのは、放火事件から二日後」美希風は言った。「秋美さんには対策を練る時間と準備期間があった。過去の出来事から炎恐怖症というストレス状態は信じてもらえそうだ。そう立案した彼女は、過去の心理状態なども偽り、演技力を発揮した」

「だましたのです、このわたしまで」アリシアは、検事側の人間の如き目の光と口調だった。「だまされました……。〝森の中パレス〟の火災の時も、担任に相談があったというのは嘘でした。娘はやがてすべてを白状し、恨みのある担任の住居を何度か偵察して……呪いを込めるようにして見つめ……と言っていました。そして、二度めの放火に至ったのです」

「つまりこういうことですね」美希風はまとめてみる。「アパートに火を放った後、秋美さんは林の中に半ば身を潜め、報復のかがり火を眺めるようにじっと佇んでいた、と」

「そうですが、うっとりと眺めていたなどということはまったく違うはずです」

アリシアは断固とした口振りだ。

「陶然と観賞していたのであれば本当に放火魔ですが、娘がそのような精神状態ではなかったのは間違いないはずです。娘はそう告白しましたし、わたしはそれを信じます。呆然自失していたのです、娘は」

アリシアは、自らに吠えかかっているかのようだった。我が子を護ろうとする雌ライオンすら想像させる目の光だ。

「可愛そうに、理性も心もバランスを欠いてしまって……、それでも最後に残っていた理性が惨事に戦《おのの》いたのでしょう。悪夢に吸い寄せられて思考が停止している感じだったそうです。秋美は、自分の罪に身をすくませていたのです。そして、罪と言うなら、最も愚かで罪深いのはわたしです。あのような犯罪に走るほど追い詰められていた娘に気づかずにいたのですから。なんと鈍感で役立たずな……。ただなんとなく――」

アリシアはそこで歯を食いしばった。言い訳じみて聞こえることを口にするのは一切拒もうとするかのように。

葵が、義姉の二の腕にそっと手を添えていた。

「罪の意識……」美希風はそのワードを頭に留《と》め、次の大きな局面に話を進めた。「しかし一方で、放火現場で見られてしまった自分のいささか異様な様子を炎恐怖症だったとして言い抜けようともした。それらの葛藤の末、罪の意識が勝って自首に至ったということでしょうか。きっかけがあったわけではないのですか？」

気持ちを整えるようにしてから、アリシアは、

「きっかけはありました。恐ろしいきっかけが……。事件です。放火事件では秋美が加害者でしたが、こちらの事件では被害者でした。襲われて、重傷を負いました」

「えっ⁉」

「ひどい怪我で」葵も深刻そうに言った。「意識を取り戻したのが三日後。意思の疎通が図れるようになったのがその翌日です。傷害事件というより、あれは殺人未遂事件ですよ」

――殺人未遂！

「娘は何日も入院しました。回復していく過程で、放火していたという事実を話し始めたのです」

アリシアは静かに続けた。

死にかけたことで、秋美の心は目覚めたようでした、と。

3

正門のほうからやって来る複数の人影が見えた。厚い雲が月や星の明かりを遮《さえぎ》っているせいというよりも、網膜を焼いていた高々とした火炎の行列が消えたための反動で、闇が深まって暗がりの詳細がつかみにくい。

そのうち、彼ら四名の顔ぶれが判った。滝沢厚司、エリザベス・キッドリッジ、駒生龍平、小塚原安一だ。厚司は、最後のグループだろう、見学者や関係者の一団を見送っていたはずだ。他の面々も似たようなことをしていたのか。

妻のくびれたウエストに軽く腕を回してから、厚司は美希風たちの顔を見回した。

「空気が張り詰めていたな。それに、気づかわしげに沈んだ雰囲気……。私の浮気話を論じていたのか」

「あなた。その話題だったら笑いながら地面に穴を掘っていると思いますよ」

「それなら手伝おう」

すかさずエリザベスが進み出て腕まくりをする。

「龍平くん、スコップを隠せ。いや、この女たちなら指で掘り進めるな」そして不意に、彼は真面目な口調になる。「秋美の事件の話だな。まだ途中かな？」

「襲われた事件のことを今――」

というアリシアの言葉を、酒臭い息と共に小塚原の声が遮った。

「途中もなにも、外の人間にべらべら話すことか？　自分たちからおめでたく、あざ笑われたり疑われたりしたいのか？」

「いや、ところがね、安一さん」厚司はいなすように、「この二人に相談しているとも言えるんだな、これが。南さんとキッドリッジさんの意見を訊いてみるのも有益かもしれないんだ」

「……そりゃまたどうして？」

「キッドリッジさんは、休暇中だが法医学者だ。それで助力を求められた旅行中の事件で、彼女とバディを組んだ南さんが事件解決に結びつく活躍をしたという噂は聞こえてきていた。そしてそれが噂だけではなかったと、生《しげる》から聞いたばかりだ。名推理ぶりを目の当《ま》たりにしたんだよ。あいつ自身も巻き込まれた、大学での数時間前の大事件でね」

「ふん。それで本気で期待しているのか、警察も目鼻を付けられずにいる事件に素人が役立つと？」

「一足飛びの解決などは夢のまた夢だろうね。だが、停滞している捜査状況に目新しい光が当てられるだけでも益があるだろう。先に期待が見えるようになるかもしれない」

駒生がエリザベスに話しかけていた。

「あなたと彼、どっちの力が事件解決には大きく寄与しているんです？」

「量より役割だろう。パエリアでは、サフランとオリーブオイル、どちらが大事だ？」

「うーん、あなたがサフランなんでしょうね。苦みがある」

「頭脳的な新戦力が、我々の脳みそを引っ掻き回すだけでも面白いと思うね」厚司は、そう言い続けている。「それに、何十年ぶりかで会えた旧友に、中途半端な隠し事はしていたくないんだよ」

小塚原は、勝手にどうぞという表情になっている。

一歩進み出たエリザベスは、真面目な顔つきだ。

「今、襲われた、と言っていたが、誰が？」

エリザベスにとってどこまでが隠し事にされているのかをざっと検《あらた》めた美希風は、滝沢秋美が自分は炎恐怖症らしいと弁じ立てたところから要約して話した。

「……それが、言い逃れるための作り事だったわけか」エリザベスは思案しつつ、「だが、葛藤が生じていたというのは事実じゃないかな。義理の叔母を巻き込んでしまった犯罪捜査を目の当たりにして、罪の意識もはっきりと生じていた。だから、第三の放火は犯さなかった」

「どうかな」薄笑いを浮かべる小塚原は、酒焼けしてしゃがれた声で、「注意を引きつけることになっちまったから、これ以上疑われないように、懸命に自重して身を守っただけかもしれない。反省ではなく、保身のための一時休戦だ」

多くの者が表情を曇らせて口をつぐむ数秒が生じ、それを破ったのはエリザベスだ。

「そういう見方も必要ではあるな。複眼的な検討とでも――」

「そうそう」小塚原が口を挟む。「俺は、脳みそを引っ掻き回すためとかいう意見を出しているだけだ。なにも、秋美をずる賢い犯罪者扱いしたいわけではない。ここにいる誰かの得になるか、そんなこわった翌日だった」


と？」

「話を進めるが」と、エリザベス。「秋美さんが殺されかかったって？　いつ、どんなふうに？」

「日時は、ほぼ一年前だ」眉間に曇りを残したまま、厚司が語り始める。「ちょうど、この火祭りが終わった翌日だった」

それはいささか因縁めくな、と美希風は耳を傾ける。

「九月の二十四日だ。前日の日曜から続く祝日だったな。つまり、二十三日の日曜が祭りで、祭りの後の気だるさが残っているような日の事件だった。場所は、この家の裏手だ」

えっ、という声を美希風はかろうじて呑み込んだ。エリザベスも、声こそ出さないが目を瞠《みは》っている。

そんな身近な場所で、重大犯罪が起こったのか。

「家にいたのも、ほぼこのメンバーだった。ああ、駒生龍平くんはぎりぎりで違うな。彼はスペインにいて二日後に帰国の予定だったのだが、早めることができて、あの日、伊丹《いたみ》空港からサプライズで、到着したと電話してきたところだった。十時五十分頃だったな」

そう、と確認する顔で駒生は頷いている。

美希風は、尋ねざるを得なかった。

「この敷地で事件が発生したのに、外部犯の可能性が強かったのですか？　でも、厚司さん、当日この家にいた人たちのことが丁寧に説明されたということは……」

「推察のとおりだ。あの事件は、犯人が身近にいるとしか思えなかった」

「しかすると、次の疑問もすぐに浮かんできます。襲撃を受けた被害者である秋美さんは、あのとおり健在です。それなのに未解決だという。彼女は犯人を見ていないのですか？　手掛かりになりそうなものはまったく提供できなかったという状況ですか？」

意味深な沈黙の後、厚司は応じた。

「あの事件には、特異な点が二つあった。一つは、秋美の記憶だ。頭部に重大な傷害を負った彼女は、何十分か前までさかのぼって、襲われた時の記憶を失っている」

今度は美希風は、唸《うな》り声をかろうじて呑み込んだ。エリザベスはかすかに呻《うめ》いた。

「記憶を……」

美希風は呟《つぶや》き、エリザベスが、自分でも医学的な知識をまとめようとするかのように、

「頭部外傷で記憶障害が発生するのは珍しいことではない。そもそも脳の機能的な変異で、記憶というものは魔法のような様相を見せる」

「新たな記憶が積み重なっていかないという事例も聞きますね……」と、静かに葵が言う。

「全身麻酔でも、処置する数分前からの記憶が消えてしまっているのはよくあることだ。外傷で脳にダメージが加わっても同様のことが起こる。逆行性健忘だな。原因は様々だが、数ヶ月から数年分の記憶をなくしているという症例もある。わたしが経験した頭部外傷のケースでは、数時間分とか丸一日分の記憶が失われていたことがある。数十分程度の記憶喪失なら、珍しいほど重度だとは言えないだろう」

「だがねぇ、そうした場合……」小塚原が不審そうに口を挟んだ。「一過性という単語がよくくっつくんじゃないのか?」

「それが望ましいね。回復する例は多い。しかしその場合も、すべての記憶が戻るとは限らない」

「どの程度戻ったかなんて、周りが判断できるか? 当人がそう言えば通ってしまうだろう。覚えていない、思い出せない――」

「小塚原さん」アリシアの声が鋭く遮る。「秋美が記憶喪失を装っているとおっしゃりたいんですか?」

「なんと言うか――」

「あの数日をご存じないでしょう。秋美が集中治療室にいた数日を。意識が戻ってからも、困惑して、不安そうで……! なにも覚えていないことに恐怖を覚えてさえいました。それはそうでしょうね、刑

事さんたちにも事情を尋ねられましたが、時間が丸ごと消えていて、なに一つ答えられないのですから」目に光を溜め、アリシアは高ぶる気持ちをかろうじて抑えているようだった。「病院ではちゃんと、専門部署でもあの子の記憶喪失の症状を調べて、診断してくれましたよ。退院してからも、外科と心療内科のある専門病院に通って――」

声を荒げたくないためか、アリシアは息を吸い込みながら口を閉ざした。

「あの娘は、炎恐怖症だって訴えた時も、カウンセラーって役目の奴をだまくらかしたろうが。なかなかの女優だな」小塚原は、顔を逸らすかのように邸宅のほうをぼんやりと見ている。「いやいや、記憶を失っていたのは確かだろうよ。病院ぐるみ、何人もの専門家を見誤らせ続けるのはさすがに無理だろうからな。でも、一年だぜ。一年経ってもまだ記憶が戻っていないとの確証があるかね？　いつ頃から か、けっこう思い出しているかもしれない」

美希風は、すっと問いを発していた。

「それなのに黙っている理由はなんです？　犯人のことは思い出せなくても、断片的な手掛かりを伝えることはできるでしょう。第一、心理的に、思い出せてきたことは良い兆候ですから家族に報告したくなるものだと思います。それすら黙っている？　……犯人をかばっているとでも？」

小塚原は、これには答えなかった。

「しゃべりすぎて喉が渇いちまった」そう言って髪の毛を掻き、邸宅に体を向けた。

「じゃあ、呑みに行きますか、小塚原さん？」小塚原の肩に、駒生が腕を回した。「ビールはまだ残っていましたよ」

その場から引き離されるように、小塚原の姿は玄関へと吸い込まれていく。

一瞥《いちべつ》を送った後、アリシアは決然と、

「かばう、ですって？　わたしは絶対に許しませんよ、娘に死の危機をもたらした者を」

その思いの一端を、美希風は想像する。三日間も、息を吹き返すかどうか危ぶまれる娘を見つめる親の恐怖はいかほどのものか……。

「娘の記憶が甦《よみがえ》るのを拒んでいるのは、あの子の恐怖心かもしれません。その恐怖とまた対面することを、あの子の本能が拒否している。そういうこともあるのでしょう、キッドリッジさん？」

「心因性の記憶障害というのも当然のように見いだされる。外傷を伴わなくても、そうした記憶封じは起こるほどだからな」

「……あの子の記憶が回復することを、本当に望んでいいのかどうか、わたし、迷いもします。殺されかけた衝撃を、また味わわせることにもなると思うからです」ためらいと懸念を口にしながらも、アリシアは、また、雌ライオンのような野性的な庇護《ひご》の気配を発散する。「でも、それほどの恐怖を――体と心を傷つけた犯人を許してもおけないでしょう。娘の記憶に頼らずとも裁かれるべきです。赤木にも、これ以上の手出しは許しません」

気持ちを静めようとしてか、彼女は一団からは少し離れて背を向けた。付き添うように葵も移動し、アリシアの傍らに立って背をさすり始めた。

「事件がいつ起きたかと言えば……」

厚司が、美希風とエリザベス、二人の聞き手の意欲を見て取るようにしてから口を切った。

「昏倒している秋美が発見されたのは、あの日の正午近くだった。そう、あの子はうつぶせで……」厚司の声が抑えられた。「この事件の特異な点の第二が、次の事実だ。発見された時、秋美は一糸も身につけていなかったんだよ」

伝えられた事態、その話が美希風の頭におさまり切る前に、厚司が慌《あわ》て気味に否定的な手振りを見せていた。

「いや、いわゆる性的な被害はまったくなかったんだ。それどころか、殴ったり蹴ったりの暴行の跡もほとんどない。首に、かすかにアザが見られて、首を絞められたかそこに力を振るわれて引き倒されたのではないか、ということだった」

「頭部の傷というのは？」エリザベスが訊いた。

「後頭部と、そのやや左側の二ヶ所だ。無残な傷だった。今でも傷跡は消えてはいないだろう。髪の毛が元どおり生えてくれて良かったよ。傷は、二ヶ所にある別々の岩に打ちつけられたものだ。大きな庭石の、秋美の身長に近い高さに一度。倒れていた場所のすぐ近くの、やや低い場所にある岩に二度め。正確に言えば、どっちが先だったかは判らんがね」

「発見の経緯は？」と、さらにエリザベス。

「どこから話そうか……。安一さんが秋美の姿を見たところからにすると、十一時四十分の少し前だ。雨が降りだす直前で——そう、あの時は急に雨が降ってね。最初はスコールのようで驚いた。まあすぐに、普通の降りになったがね。ほぼ十一時四十分のことだ。その数分前、秋美がパティオ……、と言っても中庭ではなく、恥ずかしながら我が家では裏庭をそう呼んでいるのだがね」

そう注釈ふうに言って、厚司は立てた親指で背後を示した。

「かなり広いものだ。そちらに秋美が歩いて行くのを、小塚原安一さんがトイレの窓からたまたま見ていた。その通り道は高さのある生け垣が脇に生えているから、建物の側面ではトイレぐらいからしか見えないはずだ。トイレから戻った安一さんと短時間、私は同じ部屋にいた。前夜の〝スペイン岬の巨大人形火祭り〟の関係者に、報告やら礼などを、いつもこの時間帯にしていてね。だいたい十一時半には終える。あの日も三十五分には終わっていた。協力してくれていた安一さんを部屋に残し、私はそれから洗面所へ行ってかなり時間を費やしていた。……細かく事情を言えば、うちの女性陣を含めて、私もそうなのだが、浴衣はともかく着物の着付けってのができなくてね、あの日の午後には葵に指導してもらうことになっていた。もちろんあんな事件が発生したから、午後の予定などは吹き飛んだし、火祭りの灰や燃え残りの処分も行なわれるはずが、あんな物が紛れ込んで発見されたもんだから……。まあこのへんは、後でまとめよう」

厚司は口髭に指先で触れてから、

「洗面所に長時間いたのは、この髭に手を加えていたからなんだ。午後に和装になるのだから、髭もその装いに合わせようかと思ってね。このボリュームでは武将の髭だろう。それで、もうちょっとスマートにカットして、武家ふうの趣にしようとしていたんだ。

で、部屋に一人で残った安一さんはタバコを喫《す》っていたらしいが、突然の雨に驚き、窓に寄って外を眺めもしたそうだ。しばらくコーヒーを飲んだりしていたが、そのうち気になってきたんだな。突然雨が降りだした時も、秋美が――傘は持っていなかったそうだ――慌てて戻って来た気配はなかった。家の中にいる様子もない。雨の中、まだパティオにいるわけじゃないだろうなと、ふと気になったらしい。もちろん、気配だけで帰宅したかどうかなんて察知できるもんじゃない。帰って来ていて、部屋にいるのかもしれなかったが、まあ様子を見に行ってもいいだろうと思ったのだな、その時の安一さんは。彼のこの気まぐれな気づかいが、秋美の命を救ったと言えるだろう」

そのとおりだろうと、美希風も胸中で同意する。発見時、滝沢秋美は全裸だったという。その体を激しい雨が打ち続けていたならば、低体温症で命に危険が及ぶ。まして頭部には重傷を負っていたのだから、発見が遅れれば状態の悪化は目に見えている。

「あの時発見に至らなかったら、どうなっていたか……」厚司は幾分かむずかしい表情で口髭を撫《な》でおろした。「安一さんが傘を差して外へ出たのが、十一時五十五分近くのことだ。秋美が歩いて行った道は緩い上り傾斜でね。パティオに出ずにそのまま進むと行き止まりになり、そこは一息つける場所になっている。石作りのベンチがあり、松や庭石が配されて景観も悪くはない。安一さんも、雨で視界の悪い広いパティオを闇雲に捜して回る気にはなれなかったんだな、一応見ておこうというつもりで休憩地点まで足を進めた。そして見つけたんだ、倒れている秋美をね」

仰天したと言うが当然だな、と厚司は言葉を続けた。

「文字どおり目を疑ったそうだ。秋美は素っ裸に見え、そしてそのとおりだったんだから。さらに、後頭部にはひどい傷があるらしい。呼びかけてもまったく反応がないから、意識不明の状態だ。慌てた安一さんは持っていた傘を秋美の体に差し掛けるように地面に置いてから、急を知らせに家に駆け戻った」

美希風は、質問を差し挟んだ。

「秋美さんの衣服はどうなりました？　発見されたんでしょうか？」

「うん」ちょっと間を置くかのような頷き。「見つかったよ。玄関ホールの隅でね。雨に濡れた状態で。私が洗面所を出て玄関ホールのほうへ移動している時だった。膝を突いて蹲《うずくま》るようにしていた安一さんが見えた。秋美の服をつまみあげているところだった」

4

「時刻は、もう少しで正午」

厚司は時刻を細かく伝えたが、エリザベスは他の細部を知りたがった。

「ちょっと判らない点があるな。玄関ホールに衣服はあったということだが、小塚原さんは外へ出る時もそこを通ったのだろう？　その時点で衣服はなかったのかな？」

「物陰にあったんだ。死角にね。すでに置かれていたが、目に入らなかっただけかもしれない。警察もそこは重視して安一さんに尋ねたが、いつから玄関ホールに衣服があったかは確定できなかった。——

まあ、実際見てみるのが早いだろう。玄関ホールに入ろう」

厚司を先頭に移動し始めると、感情を平静に戻したアリシアと、その横に並ぶ葵も寄って来た。

「秋美の服が見つかった場所を見せることになってね」

と夫に説明されたアリシアは、無言で頷いた。

大きなアーチと玄関をくぐり、あそこだよと厚司が指差したのは、テニスコートの半面ほどの広さがある玄関ホールの右側の手前だった。そこは、短い距離だが右側へとのびる廊下で、その先がトイレである。事件当日、小塚原安一が滝沢秋美の姿を窓から目にしたというトイレである。廊下に窓はないので、やや薄暗い。

その廊下の邸内側に二つ部屋があり、小塚原と厚司がいたのは奥の部屋であるという。

「準備室と呼んでいる」厚司が説明した。「訪問客を応接間に通すまで待機してもらう必要がある時に使う部屋だが、我々が雑務に用いる時もある」

滝沢家は概《おおむ》ねスペイン様式だが、玄関で靴を脱ぐことになっている。

皆がそうし始めたところで、美希風はふと思いついて尋ねた。

「靴はどうでした？　秋美さんの靴も一緒に置かれていたのですか？」

記憶を検《あらた》めるように三人は顔を見合わせ、葵が言った。

「靴は一緒ではありませんでした。靴箱の中も含めて、全部いつもどおりの状態でした。雨に濡れた様子の靴もないって、警察は言っていたはずです」

ねえ？　と同意を求める視線を向けられて、厚司とアリシアは頷いた。

「ここだよ」

トイレへの廊下の左側の角で、立ち止まった厚司は床を示した。その角には、一抱えもある大きな花瓶が置かれ、南国風の花が豪勢に生けられている。そしてその花瓶は、高さが一メートルほどある柱状の置物台に載っていた。

「当時ももちろんこんな感じで、この花瓶飾りの後ろに秋美の衣服はあった。スマホもあったし、ソックスや下着も含め、着ていた物一式がね……」

厚司の言葉が終わると、美希風は実際に歩いてみた。奥の準備室から出て歩いて来た体《てい》で、玄関出口へと向かう。花瓶のある場所は、視界の左側の端に当たる。

「……なるほど。見えませんね。気づかなくてもなにも不思議ではない。服はどんな色でした？」

「エンジ色に近いピンクだったな。そうした色のワンピースだ。白系統の色なら、目立ち方も違ったかもしれないがな」

「玄関からそこまで、水滴が少し落ちていたそうですけど、それも目立たないでしょう」

アリシアの言うとおりだった。床は黒に近い石板《せきばん》が敷き詰められており、水滴がすぐに目に入るとは思えない。

「だから」厚司は言った。「外へ出る時の安一さんが見逃していた可能性は高い。ただ戻って来た時には、逆の角度から見るわけだから、花瓶飾りの後ろ側も視界に入った。さらに、秋美の服が消えていることも知ったところだから、『ん？　あれは？』と注意が向いた、ということだ。近寄って検めている時に、私が奥から歩いて来ていたことになる」

美希風は考えをまとめつつ、

「見落としていた、と決めることもできないわけですよね。小塚原さんが外へ向かった時は実際、衣服は花瓶の後ろにはまだ置かれていなかったかもしれない。その後で置かれた可能性もある。問題の時間帯で、小塚原さん以外で玄関ホールを歩かれた方はいないのでしょうか？」

「最後に通ったのはわたしらしいですよ」と、葵が口に出した。「十一時二十分頃に、外へ出たのです」

そうそう、と厚司も言う。「あの爺さんを迎えに出てもらったんだ」

続けて、アリシアが、

「その前は、わたしと一緒だったわね」と、記憶をたぐる様子だ。「十一時の数分前ぐらいから、昨夜やり残していた調理場周りの片付けを始めたんですよ、葵さんと二人で。でもすぐに、急遽《きゅうきょ》来ることになった駒生龍平さんのお部屋を用意しなければと気づきましてね、後は葵さんにおまかせして、二階へ行きました。生《しげる》さんに手伝ってもらいながら、準備を進めたんです」

「わたしは……」と、再度、葵は自ら行動を語りだした。「二十分頃まで片付けをして、それから車に向かいました」

「ちょっと面倒なことを言ってきていた爺さん……いや、老人《アンシアノ》がいてね」厚司が、首筋を掻きながら説明役になった。「大きなサイズではないが、祭り用の人形を作ったから見ろと言うのさ。展示されたり、ネット公開されて当然だと思っているようだった。あの赤木さんと昵懇《じっこん》の老人だから、無下《むげ》にもできないしね」

そこからは葵が自ら説明した。

「二十五分頃に車中から電話した時には、あちらはまだ町も抜けていませんでしたから、こちらはのんびりと走りました。そうしたら、四十分頃です。雨が降ってきたって大慌てで電話してきました。小島《こじま》さんはどうやら、作品をルーフに積んでいたようなんです。雨対策をしていないから作品が傷むと言って、落ち合うのをキャンセルしてきたんですよ」

「終始、人騒がせで勝手な行動だった」

と不興げな厚司に、エリザベスは、

「赤木老人と親しいのなら、嫌がらせだったということはないのかな?」

「いや、それはない。小島さんはそういったタイプではないな。元々、信じ込んだ目先のことで動いてしまう、とぼけた爺さんなんだ。ただ葵は、無駄足ではなかった。引き返す途中で、火祭りの燃え残りを処分する廃棄物処理業者と行き会ってね。この業者は去年が初めての仕事だったから、葵は田舎道を案内して来たんだ」

「わたしがここへ戻ったのが正午近くのことでした。そして玄関ホールに入った時がちょうど……小塚原さんが秋美ちゃんの衣服を見つけた直後だったのです」

「そうなんだ」と、厚司。「私が安一さんをここで見かけ、裏で秋美が倒れていると聞いている時に、葵は戻って来た。……三人は蒼白《そうはく》さ。急いで現場に駆けつけた」

「本当に危ない状態で……」

そこまでは口にしたアリシアは、先を続けられなかった。

もう少し知ろうと、エリザベスが尋ねた。

「脈を取ったりしたのかな?」

「雨の中で、なかなか正確な判断はできませんでした」と、まずは葵が発見時のことを語り、アリシアは、「わたしが救急車に同乗しましたが、救急隊員の人が、脈が取れないな、と張り詰めた様子で報告し合ったりしていて、こちらも生きた心地がしませんでした。全身で祈っていましたよ」

まさに生死の境だったのだ。美希風は改めてそれを感じさせられた。その境を越えるかどうかで、運命は決定的に違いすぎる。

葵が言った。

「発見してから、秋美ちゃんを屋内に運ぼうと思ったのですけど、兄さんが、現場保存も必要だと、家からブランケットを取って来るように言って、それで秋美ちゃんの体を包んで救急を待ちました。ブランケットを取りに戻った時に、アリシアさんたちにも秋美ちゃんのことを伝えたのです」

「犯罪現場であるのは明らかだったし、雨ももう止みかけていた」厚司は低く言う。「それに、頭部にひどい傷だ。頸椎《けいつい》にもダメージがあるかもしれないし、へたに動かさないほうがいいのではないかと思ったんだ」

「適切な判断だと言える」エリザベスは落ち着いた声だ。「それで、夫人は、事態を知らされるまで二階にいたのだな?」

「そうです」アリシアは、その二階の奥を指し示すような大きな身振りをした。「最初のうちは、駒生さんをお迎えする部屋の準備をしていました。お泊まりいただくのがいつものことでしたからね。お客用の寝室は、葵さんと小塚原さんに割り当てていましたから、簡易ベッドのある予備室をゲスト用に模様替えしていました。生《しげる》さんと一緒でした。二人で動き始めて少しした頃、秋美が顔を出しました。『手伝おうと思ったけど、二人いればいいか。わたしはしっかりおめかしして龍平さんを驚かせてやるわ』と、そんなことを元気いっぱいに言ってすぐに姿を消しましたけど。今もそうですけど、あの頃は特に、駒生さんは秋美のヒーローであり、アイドルでした。憧れの人なんですよ」

美希風が、秋美が顔を出した時刻を尋ねてみたが、

「それははっきりしませんね」と、アリシアは少し考え込んだ。「十一時五分ぐらいだったかもしれません」彼女の表情は、曇りを増した。「でも、その頃の記憶も、あの子からは失われているのです……。最後の記憶は、駒生さんが帰国できると聞いて、心が浮き立っているところまでのようです」

少し沈黙が生じた後、厚司が思い出したように話を進めた。

「生は、途中で外へ走り出したんだよな」

「ええ、急に雨が降ってきた時に。本当に、変な天気でしたよね。空の向こう半分は青空なのに、こちら一帯の上はすごい黒雲で、スコールみたいになった」

厚司と葵が、同意の面持ちで頷いている。

「窓からその雨を見て、生さんは思い出したんです。祭りの道具で、倉庫にまだ仕舞っていない物があることに。中でも、借りているバッテリーだかコンデンサーだかは、絶対に濡らしたくないと、飛び出

して行きました。あの部屋はテラスに出ると、そのまま脇階段からパティオにおりられます。濡れるのもかまわず、駆けて行きました。時刻は、ですから十一時四十分頃のことですね」

「申し添えれば」と、葵が言葉を挟んだ。「倉庫は、秋美ちゃんが襲われた場所とはまったく逆の方向になりますからね」

少しかしこまった顔でアリシアは頷き、

「バッテリーでしたかの仕舞う品も、一人で動かせるから、母さんは絶対に来なくていいからねと言って、生さんは雨の中に消えました」

「絶対に、ですか」美希風は、反芻《はんすう》して確認した。

「ええ。わたしが手を貸そうなどと思わないように気をつかってくれたのだと思いますよ。あの日、わたしはあまり体調が良くなかったのです。風邪だったのか、喉が痛く、だるさを感じていました。それで、雨に濡れるようなことは絶対にするなという、生さんの思いやりだったのでしょう」

記憶のスイッチでも押すかのように、アリシアは、指先でこめかみを軽く叩いた。

「模様替えはほとんど済んでいたので、わたしは程なくその部屋を出ました。秋美はどうしているかと思って部屋を覗きましたけど、そこにはいませんでした。少し調子も悪くなっていたので自室へ戻り、ベッドに腰かけました。横になるかどうか、しばらくそのままじっとしていると、そのうち、階段を駆けあがって来たらしい足音がして、葵さんの動揺した声が響いてきました。『秋美ちゃんが大変です！』と」

「……いろいろと思い出すな」厚司は幾分眉をひそめた。「まあ、頭の中が整理されてもいくが」

「あと、もう少し知りたいのは、あんたの息子の行動だが」

とエリザベスが口にしたちょうどそのタイミングで、屋敷の奥から生が姿を現わした。

ずいぶん人声がするから来てみた、ということだった。一年前の事件の時の、それぞれの行動を話していたところだと厚司が伝えると、花瓶飾りのほうへ一瞬視線をやった生は、顔色の変化を最小限で抑えた気配だった。

「君が、雨の中を飛び出して行ったところまで聞いたのだよ」

エリザベスがそう言うと、生は瞬きを二度ほどし、

「うん……と、その先の話をしたほうがいいんですね？　……判りました。あの時は、突然の雨を見ているうちに、電動工具用のバッテリーが、延長コードドラムや塗装道具なんかと一緒に外に出しっ放しにしてあるのを思い出したんですよ。借り物もありました。それで、大至急仕舞おうと思って、ガーデンシューズを履いてとにかく走り出していました。

テラスの左端まで行くと、パティオにおりられる階段があります。それを使って倉庫へ向かったんです。ずいぶん濡れましたよ。カッパの代わりになるような、防水用にかぶれるなにかでもあればよかったのですが、そううまくもいかなくて。作業を終えて、来た道を引き返す感じで二階へ戻りました。シューズも戻さなきゃならないし。義母《はは》はもう、模様替えを終えて、部屋にはいませんでした。僕はすぐに、バスルームに飛び込みましたよ。可能な限り体を拭きまくりました」

美希風は、質問を差し挟んだ。

「お父さんが、長く洗面所にいたそうですが、バスルームというのは離れた場所ですか？」

「別の場所だ」と答えたのは厚司だった。「私が使っていたのは、一階のバスルーム手前の洗面所。二階にもバスルームはある。トイレや洗面所と一体だ」

「僕が使っていたのは、その二階のほうです」生は続けた。「そこでできるだけ服の水気を切ってから――ドライヤーも使いました、それから自分の部屋へ戻ったんです。部屋も二階にあります。着替えて少ししたら、葵さんが急を知らせつつ階段をのぼって来たのです」

礼を言ってから美希風は、当時の関係者たちの動きを頭の中でまとめた。

駒生龍平が空港から、帰国したと突然電話してきたのが十時五十分。

すべての時刻は〈頃〉であるが、この際、細部はかまわないことにする。

厚司と小塚原安一は準備室に入り、前日の祭り関係者への連絡を始める。

アリシアと葵は調理場の後片付け。二人で十一時前まで一緒にいて、ここでアリシアは、駒生用の宿泊部屋を調えようと思い立つ。生にも手を貸すように言って、揃《そろ》って二階の部屋へ。被害者・秋美はこの部屋へ十一時五分頃に顔を見せ、次に目撃されたのが三十五分。トイレへ行っていた小塚原安一が、裏庭《パティオ》に向かう彼女を窓から目にした。

葵は二十分に屋敷を出て、電話で小島老人と連絡を取る。四十分にキャンセルされ、その後《のち》、廃棄物処理業者と行き会う。

四十分の少し前。厚司は洗面所へ向かい、髭をカットして形を整えることに専念し始めた。

四十分、生は裏庭《パティオ》へ出て倉庫へ走る。アリシアは程なく自室へ。

五十五分、小塚原が裏庭《パティオ》の一角で瀕死の秋美を発見する。

屋敷に駆け戻った小塚原は秋美の衣服を見つけ、直後、厚司もその場へ。ほとんど時間を置かず、業者を案内して来た葵も事態に直面。三人で秋美のもとへ駆けつけ、葵は程なく引き返し、ブランケットを求めながら邸内の者に緊急事態を知らせる。

自室で体調を調えていたアリシアと、バスルームを出て同じく自室にいた生が異変を知る。

全員が滝沢秋美のもとに集まったのが、正午すぎ。

リスト化するようにデータを整理したところで、美希風は、そう整然とは一覧表化できない問題へと頭を切り替えた。

「動機はどうなのでしょう……。殺人未遂の動機。そして、着衣が奪われていたことの理由。それを推定させる手掛かりはあったのでしょうか？」

家族が襲われた理由を詳《つまび》らかに語るのは酷かもしれず、また、表現の手控えや指摘の遠慮なども生じるかもしれず、美希風は、

「警察はどのように見ていましたか？　なにかを重点的に調べていましたか？」と尋ね直した。

「これは私個人の、あまりにも独断に満ちた見解かもしれないが」そう応じる厚司の声は硬さを帯びる。「警察の捜査はなにか、集中力を欠いているような、真剣味が足りないような印象だった。そのうち、身内の誰かが口を割るだろうと、それを当てにしているような……」

「被害者の記憶が戻れば済むのだから、といった事件の様相も影響したのでは？」美希風はその点も指摘した。

「そうだな」厚司は、頭を強く縦に揺すった。「その影響は大きかったのだろう。しかしその当ては外れ続け、初動捜査の緩かった取り調べはなんの実も結んでいない」

被害者の記憶が戻れば犯人の正体は割れる。そして、その犯人は恐らく身近な範囲内にいる。だとすると、犯人は被害者の口を封じようとして再度襲撃する危険がある――と、警察は考えていたのだろうか。それぐらいの警戒感は持っていたのか？　しかし何事も起こらない月日が長く経過し、警戒の視線は遠ざかっていった……。

「担当の平泉《ひらいずみ》って刑事さんは有能そうだったけどね」と、生が印象を口にした。

「ああ、そうも言えるな」厚司は、美希風とエリザベスの間で視線を動かした。「女の刑事さんですがね。警部補さんだったな。口数が少ないが、熱心だ。じっくり慎重に物事を考えている様子だった。だが捜査の結果としては、秋美に殺意を懐く者などは浮かばなかったな。服を剥《は》ぎ取る理由も見当がつかなかった」

生は後ろをちょっと振り返る仕草をしてから、やや声を低めた。

「裸にしたことに関しては、警察は、わいせつ目的ってことから頭が離れない感じでしたよ。推理はいつも、その周辺をうろちょろしているだけって印象でした」

「わいせつ目的など……」エリザベスの声にも顔色にも、否定の色がありありだった。「靴も含めて衣類一式が持ち去られている状況にまったくそぐわない。衣服は離れた一ヶ所にまとめられていた。被害者の体と衣服一切を分離することが目的であるかのようだ」

美希風も自然に頷いていた。事件解明の鍵があるとすればそこだろう。両者を分離した理由だ。両者分離の問題。殺意というものは、当人以外の者の思考では正確にたどれないことが多い。しかし今回の、衣服を脱がして移動させた理由はそうではない。現場周辺に何人も人がいるという、犯人にとっては危険な環境で、それでも緊急性をもってどうしてもやらなければならなかったのだ。よほど切羽詰まった異変に追い詰められていたのだろう。この危機感や本能的な防衛意識は人間にほぼ共通しているであろうから、合理的な思考の手が届く可能性がある。

もっとも、殺意に関して言えば、犯人に明確にそれがあったのかどうかは未確定だ。犯人にその気はなかったのに、予想外に、人命にかかわる大事《だいじ》に至ってしまったという可能性も否定はできない。

美希風は、頭の隅に引っ掛かっていたことを口に出した。

「厚司さんがちらっとおっしゃっていたのですが、火祭りで残された灰の中からなにかが発見されたのですね？　それはなんでした？」

そうそう、と、思い出したように顔を見交わし合った一同の中から、葵が言った。

「駒生さんの肖像画です。生さんが描いたものなんですよ」

「駒生――」美希風は、自分の目が見開くのが判った。「駒生龍平さんの？」

「肖像画と言うと大げさですけど」多少照れた様子で生が説明する。「人物画の練習で描かせてもらった油絵ですよ。家族がモデルだと照れますからね。駒生さんは、絵になる顔立ちもしていますし。去年の正月に描かせてもらい、家に飾っておきました」

サイズは二十五号というから、縦は八十センチほどの長さになり、なかなかの大きさだ。この玄関ホールの左側、すぐ奥にある小部屋の壁に掛けられていたという。

「立派な額縁に入れられていたんですが、それごと燃やされていたんです。八割がた燃えていましたが、あの絵だとすぐに判りました。それが、灰の中に押し込んであったんですよ」

息子の言葉に続けて厚司が、髭に触れつつ、記憶をたどるように、

「あんな事件があったのだから、救急は来るわ警察は来るわで、その後の予定は壊滅的だった。塵芥《じんかい》処理業者も、よく長時間待っていてくれたよな。その中の一人が気づいたんだ、燃え残っている他の残骸とは様子が違う物がある、と。念のためにと思い、私と、案内役だった葵に声をかけてきた。それで見つかったというわけだ。——そうそう、ちょうどその頃、駒生くんが到着したよ。一時すぎだったかな」

生が、当時の悔しさを思い出したように、

「燃やされているあれを見た時は、ショックというか、恐怖みたいなものも感じましたね。どうしてこんなことを？　って。なぜこうまでされるのか、理解できない悪意を不意にぶつけられたって感じです。……あの作品は、廃棄するしかなかった」

無念やショックは察しつつ、美希風は、「その絵は、いつ燃やされたのでしょうね？　ヒガンテスの火祭りの時に、こっそり紛れ込まされていたとか——いや、違いますね」と発言してから訂正する。

「何度も見回っているはずだ」

「消火の確認のためにね」厚司は肯《うべな》った。「時間をあけ、何人もが見て回ったが、絵画など紛れ込んではいなかった。それに、翌朝だ。妻と二人で改めて様子を見て回ったんだが、その時も異状はなかった。生の絵が燃やされて灰の山に捨てられたのは、その後ということになる」

「平泉刑事はその件で、面白い仮説を言っていましたよね」生の目の色が集中力を見せた。「秋美が倒れていた地面の岩に、かすかに黒い変色が幾つか見つかったそうなんですよ、南さん。それを平泉刑事は、炎の熱でできた変色ではないかと考えたんです。科学的に検証しても、まず間違いないそうなんです。それも、その三、四ヶ所ある焦げ跡を結んでみると、四角い枠の形になると見えなくもない。それで平泉刑事は、僕の絵はそこで燃やされたのではないかと考えたんです。額縁とサイズも合う」

美希風は、これは妥当な説のように思えた。

続けて、「燃え落ちた破片や火の粉は、雨で流されますからね。熱によるわずかな変色だけが残った」と話を結んだ生に、美希風は声をかける。

「秋美さんが襲われる前にそれは行なわれていたのか。それとも昏倒させられた後でか……。それは推定できないのでしょうね？」

そうです、と残念そうな顔色を見せるのは生だけに限らず、他の者も同じだったので、「犯人はなぜそんなことを？」と訊くのも無駄だろうと思ったが、エリザベスがそれをそのまま声に出していた。

「犯人は、なぜそんなことをしたんだ？」

やはり、明確な答えは返らなかった。厚司は肩をすくめ、アリシアは、「確たることは……」と小さく言う。

美希風には、一つ思いついたことがあった。

「その行為は、駒生龍平さんか生さんへの攻撃とも受け取れますよね。生さんにはなにか、心当たりはありませんか？　あの頃、危険を感じた経験があるとか、他の作品を壊されたとか」

「攻撃……、いや……」生は後頭部の髪を掻き、首筋をさする。「作品を壊されたことはありませんね。脅しめいたメールなんてのもないし、誰かに狙われている感じなんて記憶にありませんよ」

「そうですか」

と応じながら、美希風は、駒生龍平にも尋ねてみるべきかと記憶に留めた。

この時、滝沢家の面々の様子を多少窺うようにしながら、エリザベスが口に出した。

「その事件の時、滝沢秋美は正体を隠した放火犯だったはずだな。彼女が、駒生龍平の肖像画に火を点けたとも考えられるのではないか？」

まさか！　と否定する表情や大きな身振りが場を支配する。

「考えられませんよ」中でもアリシアの否定ぶりは自信に満ちていた。「秋美が駒生さんに懐いている好感の思いはずっと変わらないものですよ。ファンが芸能人を追いかけ回すようなものですね。嘘偽りなく憧れているのです。あの事件の前も後も関係なく、親愛の情はすごく深いです」

生が苦笑交じりに言う。

「僕の描いたあの肖像画を、小部屋に飾ってから一番眺めてくれたのが秋美でしょう」

「そういう相手の肖像画に火を点けるなんて、有り得ませんよ」と、アリシア。「それに秋美は、この生さんとも大変仲がいいですからね。芸術家肌に憧れていますし、生さんは、本当に優しくていいお兄さんですから」

それでもエリザベスは、「しかしね、アリシアさん」と反論する。「あなたの娘は、担任教師の住まいに放火した。その建物が、すでに親族となっていた葵さんの資産であるにもかかわらずだ。そのような常識的な配慮などは判断力から消えてなくなるほど、当時の彼女の理性は視野狭窄《きょうさく》を起こしていた。そのような、見境のない精神状態だからこそ、犯罪を連続で犯してしまうのだ。放火に魅入られていた滝沢秋美にとって、憧れの人の肖像画もまったく意味をなくして、破壊衝動の対象になるのではないかな？」

「なりませんね」きっぱりと、アリシアは首を振る。「破壊衝動の対象がいきなり、義兄が描いた肖像画になるというのが有り得ないでしょう。いきなり、新たな狙いがそこに焦点を結ぶのですか？　火に魅入られていたとしても、その欲望を放つ場所は、自分も疑われてしまう自宅よりも他にいくらでもあるでしょう。広大に広がっています。それなのにわざわざ、手近な、大事な人たちの品に手を出すなど、見境がないどころか狂乱の異常行動ですよ」

「それに……」胸の前で指を組み合わせて、葵も言った。「犯罪のタイプと言いますか、質がまったく違うのでは……。隠れ忍んで建造物に火を点けることと、絵画を持ち出して裏庭で燃やすことでは……」

確かに。美希風もそれは感じる。手作り爆弾と花火での悪戯《いたずら》ほどの、質の違いを感じてならない。アリシアの見方ももっともだ。あのタイミング、場所で、秋美が付け火の衝動のままに行動したというなら、自己防衛の思考が欠如しすぎの愚行である。

こうしたことはエリザベスも同様に感じているだろう。あえて極論を出す役を買って出ただけで、本気の疑いは持っておらず、すでに落ち着いた表情をしている。

ただアリシアは、娘を弁護する勢いをまだ残していた。

「それにですよ、あの時期の心理を、秋美は後《のち》に正直に話しています。あの子は自白をするのですから。自分からすべてを話しました。恨みのあった教師以外の大勢の人を危険にさらしたという現実がじわじわと実感されてきて、罪悪感を直視するだけの目は覚めた、と。それからは、放火の罪は隠したいと怯《おび》えていたそうです」

次のアリシアの言葉に、美希風は聞き入った。

「罪を贖《あがな》うべきだと意識の切り替えができたのは、重傷から目覚めて、一日二日とすぎてからだったそうです。自分の命を懸命に救おうとしている人たちがいる。全力で救ってくれた。生かされたけれど、自分は死の淵から戻って来た価値があるのか、と自ら問い詰めていたそうです。それと同時に、記憶がなくなっていることの恐怖も感じていた……。それは罰だった。当然の報いを与えられている。それで、身動きできる体と記憶があるうちに、すべてを告白して、恥ずかしくない真《ま》っ新《さら》な自分になろうと決心したそうです、秋美は」

5

午後十一時少し前の屋外で、美希風は一人だった。滝沢の邸宅の南側、遊歩道にある木製のベンチに腰かけている。

火が消えたように……と言うけれど、まさにそのような雰囲気が敷地を覆っていた。炎を直視した後の闇。祭りで熱狂した後の、疲労や倦怠《けんたい》。様々な反動が、急激で深い眠りをこの屋敷にもたらしていた。美希風はそれほど強くなかったが、豊かな木々の無数の葉をざわめかせるには充分なようだった。背中から、闇の細波《さざなみ》が押し寄せてきているかのようだ。星や月の明かりは、厚い黒雲に遮られている。深い闇だ。庭園灯の明かりがかろうじて届いているだけのこの場所では、眺めるものとてないが、今の美希風にはそれでかまわなかった。頭の中の思いを追っているだけだから。

救急救命の現場で目覚めた後の秋美の心境を語った、滝沢アリシアの話がリフレインしている。ドナーの心臓をもらって健康体となって目覚めた自分の思いと響き合うからだ。

生きていっていいのだな、という思い。生かされたという感銘。

美希風は直接言われたことはなかったが、いつ止まるか判らない心臓を何年も守り、か細い希望の糸を手繰《たぐ》りながら必死の治療を続けて移植可能な時期を待っている患者に、このような言葉を吐く者もいる。「ああ、あんたは、人が死ぬのを待ち望んでいるんだね」と。

そうした無神経な態度に出合って、罪悪感や自責の念を懐いてしまう臓器移植希望患者《レシピエント》もいる。しかし美希風は、そこに悩むことはほとんどなかった。無理解や心ない非難を相手にしている余裕はない。

美希風は、ドナーの貴い思いだけと向き合っていた。

臓器を奪うわけでもなし。死にゆく自分の臓器を、死に瀕している人、病に苦しんでいる人に分け与え、役立ててほしい。それがドナーの至誠《しせい》、希望なのだ。当人の自由意志だ。それを、レシピエントはありがたく受け入れる。それだけの関係性だ。切実に他者を思えるその懐《ふところ》を想像もできない無神経な者が介在する必要はない。

忘れるわけがない。適合する相手が見つからず、このまま死の時を迎えるのかと、体力も気力も消え失せつつあった体が、移植手術が成功し、多少の制約はあるが自由な生活を送れるようになったあの時を。歩いて、観て、買って、働いて、味わって——。まだこうして生きていていい。

それを与えてくれたものへの感謝がどれほどのものか——。

その感動が共にある第二の人生を、薄っぺらく、無為に、だらしなく過ごしていいと細胞が思ってくれない。ドナーと関係者への深甚《しんじん》な感謝は、自分の生《せい》を照らす。そうしたことも自然に起こり得ると、美希風は実感している。

大勢からの救いで生かされていることに心の目をひらかされた滝沢秋美が、罪を認めて身を綺麗にしようとしたという心理も自然なひとつの流れであろう。

美希風は足音に気がついた。目をやると、すぐそばまで、ロナルド・キッドリッジ医師の娘が歩いて来ていた。

「燃焼し切ったようにもう寝ている者もいるが……」エリザベスは、ベンチの右端に腰をおろした。「わたしはどうも、目が冴えているな」

「まあ、同じく」

受け答えしながら、美希風は改めて、彼女の日本語の発音がネイティブに近いほど見事なことに感心していた。アリシア夫人が扱う語彙《ごい》の広さも感心の対象ではあるが、インドネーションはどうしても自然なものとはならない。

そして美希風は、数十分前、二人だけで客間にいた時に厚司が話した内容を思い出していた。厚司はなぜ、旧友エリザベスに、女性には特にふさわしいだろう丁寧な言葉づかいを教えなかったのか？

前にこの話題が出された時にはうやむやになったたし、今回も、いつの間にかなんとなくこの話題に移っていた。

「彼女の思考や性格にふさわしい言語を教えただけだよ」と、鷹揚《おうよう》に苦笑しながら厚司は答えた。思考方法や感性が、人生で使い続ける言語に否応《いやおう》なく影響されるのはご存じだと思う、と彼は続けた。「言語を用いて人は考え続けているわけですものね」と、美希風。「器であり、限界でもある」

そう。言語が国民性を作る、とも言われているだろう……そう語っていた厚司の言葉が、美希風の記憶の中を流れる……日本語は主語を曖昧にしてもオーケーで、文章の結論をぼかしても通じさせるところがある。まさに、前に出すぎない、空気を読んで協調する国民性を作り出しそうな言語だ。そこへいくと、米国語のなんという断言力。まずは動詞、結論が文章の先にくる。主体も含め、言い切る力だ。二項対立に陥りやすい言語体系でもあるがね。

そう聞いて美希風は、英語を使う時に、ボディーランゲージというレベルを超えて、必要以上に身振りや表情が大きくなってしまうことを思い出しながら、

「そういえば、儒教の国の言語は、上意下達の意思疎通にしっくりくるものになっているとか」と、記憶を引っ張り出した。

上か下か、だね、と応じる厚司。フランス語では、女か男か、だ。いや、男性名詞・女性名詞の使い分けがある国では多かれ少なかれそうだろう。スペイン語では、〈橋〉は男性名詞だから、頑丈さなどの形容に使われる。だが、女性名詞で扱うドイツでは、エレガントさやスマートさをイメージさせる。短時間の学習でも、こうしたイメージ変化は起こるらしい。

言語が、その人となりを作り、顕《あらわ》す。結論めいてそう言った厚司は、

「だから」と、あの時最後に続けた。「エリザベスの思考には、いわゆる女性らしい丁寧な日本語はマッチしないと思ったのさ。いらぬ変化を及ぼしそうだ。彼女にふさわしいのは、米国語かドイツ語、または、日本の男言葉だ」

「駒生龍平さんも、あの言葉づかいがキッドリッジさんには似合っていると言っていましたね」

「彼女には自然だろう。まあ時には、場違いさにたじろいだり、求められているイメージとの違いで迷惑も感じたかもしれないがね。だがそれを、言語体験としてフィードバック学習できる力量もある」

「なるほど……」

「日本人は、虫の音《ね》を、言語野のある左脳で聴くとか。それはエリザベスにもいつか感じ取ってもらいたかったがね。……ところで、南さん」

「はい」

厚司が口調を改めてしっかりと見つめてきたので、美希風は居住まいを正した。

「一言忠告しておくが、私の言葉をあまり真《ま》に受けないほうがいい」

そう放言して、彼は、かっかっかっと髭を揺らして笑った。


「どうかしたかい？」

ベンチの隣でエリザベスが不思議そうに尋ねてくる。

「思い出し笑いです。おかしなことがちょっと浮かんできて」

半分ほどは納得したようで、

「君は時々、そうした柔らかな笑いを浮かべていることがあるな。……そうした時、遠い星が目の中にある」

「自分にこんな感覚がわくとは思ってもみなかった……」エリザベスは、初めての光景を遠望するかのような眼差しをして——実際には、目の前には丈の高い生け垣があるだけだが。「今までこんな感情との付き合いは無縁と思っていたのに、突然やってくるとは……」

そこには、日本語でも米国語でも聞き間違いようのない情味があった。それはいわゆる……。

「え……、あの……」

「人間的な魅力に気づいたから、などという言い方はごまかしだ。素直に、男として見なければならない……。君はどう思う、美希風くん？　……迷惑だろうね」

「い、いいえ、そういうふうに見られるのは嬉しいですが、どう言うか……」

「まさか日本で、あんな男に出会うとは思わなかった。……駒生龍平」

「えっ、ああっ、駒生さんですか！　えっ、駒生さん？」

「ほとんど時間もかけずに恋愛感情を懐くなど、ロマンス小説の中だけの話ではないのか？　変な心理的な熱さは自問したくなるな。いまいましいほど制御しがたい、情感の揺れ……。美希風くん、君にはどうも、心のうちまでいつの間にか話させてしまうところがあるな」

「はあ……」

「こんな、人のロマンスを聞かされても迷惑なのは判っている」

「いえ——」

エリザベスは、ふうっと一息つき、

「話を変えよう」と、表情も引き締めた。「秋美嬢の事件の考察だ。今も君は、それを考えていたのではないかな？」

「そんなところです」

「推理の起点は、持ち去られていた衣服にあるだろうな。持ち去られた理由だ」

「同感です」

「君は真っ先に、どのようなことを考えた？」

「裸身を雨に打たせて、急速に体温を奪って死に至らしめようとしたのではないか、と。しかしこれはバカバカしい仮説です。動き回ってリスクを増やすより、その場でとどめを刺せばいいだけの話ですからね」

「それはそうだな。だがまず、前提を固めておく必要がありそうに思うな。この犯人は、昏倒した被害者が、死んでしまったと認識したのではないか。違うかな？」

「確かにそうです。その判断に同意します。救急車の中、専門家が専門の器具を使っても脈を測れないほどのバイタルですよね。素人が雨の中、生死を正確に見分けたとは思えません。そしてなにより、犯行後の隠蔽《いんぺい》措置に注がれた労力の多大さが、答えを物語っていると思います。相手が気絶しただけと思っているなら、まず助けようとするでしょう。そこまで良心的ではなくパニックになっていたとしても、その場から逃げ去って終わりではないですかね。衣服をすべて脱がしたり、燃やした肖像画を運んで隠そうとしたりするというのは理屈から外れすぎです」

「さらにこの点でもそれは明瞭だろう。気絶しているだけの被害者ならば、意識を取り戻して証言すればそれで犯人はおしまいだ。なんらかの隠蔽工作に飛び回るなどというのは無駄の極みだな」

「もう一つ前提を溯《さかのぼ》れば、秋美さんはちゃんと犯人を見ているはずです。高さのある岩に後頭部をぶつけられたのですから、犯人は秋美さんの正面に立って、揺さぶるなり強く押しやるなりをしたことになる。覆面をしていたわけでもないでしょうから――いや、覆面をしていたとしても、怒号も浴びたに違いないそれだけの接触があれば、相手が誰であるか確実に察することができる。それは犯人も知っている。それなのに、やがて誰に襲われたかを証言できる被害者を放置する一方、犯行をごまかすための細工に血道をあげている。完全に相反する行為で、これは、被害者はもう物言わぬ死者だと犯人が信じ込んでいたと考えれば簡単に整合性はつきます」

「自分は殺人犯になってしまったと怯えたからこそ、かなり込み入っていただろう隠蔽工作にも突き進んだわけだ」

「傷害ではなく殺人の罪ですからね……」

「だから犯人は必死だった。となれば、衣服を剝ぎ取った理由の想定がどれほど怪異でも軽視はできないと思うぞ。謎そのものが、いささか異常だ。で、思ったが、仮説を並べるにしても、項目を分類して検討するのがよさそうだ。効率的で、漏れが少ない。以前アメリカで、捜査官がこの手の犯人側の動機を分類して、五つしかないと決定づけていた」

「その第一は?」美希風の集中度は増した。

「衣服の内容物のためにそうせざるを得なかった、というものだ」

「その内容物がほしかったか、不利になるために持ち去りたかったか、ということですね。……その内容物だけを持ち去ればいいようなものですが……。咄嗟《とっさ》には持ち去れない状態にあった、ということでしょうかね。縫い込まれているとか、物そのものが微細であるために、発見が困難だとか。または、縫い込まれているという例のように、引き剝がして手に入れるのに時間がかかるから。こうした場合、衣類ごと持ち去って、人目を避けられる場所で時間のかかる作業をするということはあるでしょうね。……でも、そうした内容物や隠し持つ手段が、秋美さんとはまったくそぐわないでしょう。彼女は、秘密のネタを隠し持っている必要のある暗黒街の住人とか恐喝者ではないのですからね。それに、衣服の見つかった玄関ホール付近が、人目を避けられる場所とは到底思えない」

「もっともだし、第一の動機では、衣服の一式を持ち去る理由が弱すぎる。靴やソックスまで剝ぎ取る必要があるのかね。下着まで検《あらた》めなければならないほどのことか?」

エリザベスは、考え込むように少し間をあけ、

「この考えは、第二の検討項目の否定にもつながるな。第二の理由も基本的なものだが、被害者の服に犯人の血液が付いていて、それを調べられるのは致命的だからというものだ。しかしこの場合も、着衣の一切合切を持ち去る必要はない。下着から靴まで血まみれということは有り得ないからな。第三の理由は、今回のケースには当てはまらない。身に付けている物を奪って被害者の身元を判らなくさせる、というものだからだ」

「芸大の事件の時とは違って、検討するまでもありませんね。それに留意すべきは、秋美さんの事件の場合、衣服は持ち去られて消えたわけではなく、すぐ発見される場所に置かれていたという点です」

「その点も加味して、第四の理由も否定される。犯人の身元決定につながる衣服を被害者が着ていた、とする仮定だからだ。例えば、友人の家に泊まって、犯人となったその友人の服を借りて着ていたケースなどだな。今回の事件では無視できる」

思考を集中した先に見えるものがあり、美希風は、

「衣服そのものを求めたという第五の項目も今回は無視できる」

というエリザベスの言葉にかぶせるように口をひらいていた。

「第二と第四を重ね合わせて考えれば、もっと慎重さが必要な気もしますね。第二の仮定では血痕だけを扱っていますが、他にも、付着する物、転移する物はあるでしょう」

「衣服全体にわたって付着するのかい？」

「におい、はどうです？　香水……葉巻……。これらも表面にしか移らないかな。でも、燃料はどうでしょう」

「ガソリンとか……、なんと言ったかな……？」

「灯油などですね。こうした可燃性の液体はにおいも強烈です。犯人は駒生さんの肖像画を燃やしたら

しい。他の物も燃やしたかもしれない。その時に、燃料を秋美さんの体にぶちまけてしまった。それは下着にまで染みとおり、靴にも滴《したた》った。人の体を移動させるのは厄介なので、衣服は持ち去り、裸身のほうのにおいは雨で洗い流してもらう。着衣一式はクリーニングでもしたのか、脱臭して放置した」

「ほう、面白い。しかし、その燃料にかかわることが判明すれば、犯人は自分の正体が明かされる危険があると感じたというのかい？　どんな燃料だ？」少し声を低めて、エリザベスは付け加えた。「バッテリーなどを移動させに倉庫に向かった生《しげる》くんに関係するとでも？」

「いえいえ、そこは慎重に。性急すぎますよ。……おやっ、ポツポツきましたね」

と、美希風は手のひらを上に向けた。

その身振りも参考に、エリザベスは馴染みのなかった日本語の意味に当たりをつけた。

「ああ、雨か。ポツリポツリと降ってきた、ということだな」

美希風は立ちあがり、エリザベスと一緒に屋敷のほうへと足を向けた。

「血痕……」美希風は、考えつつ声にした。「見つかった衣服から血痕が発見されたとはどなたも言っていませんでしたね。だから、血痕はなかったのだろうと思っていましたが……」

「正確なところを知ってもいいかもしれないな」

周辺の闇に広がる森林が数秒物音を消すと、ギター――フラメンコギターであろうか、その音色が遠くからごくかすかに聞こえてきた。厚司か駒生が弾《ひ》いているのかもしれない。

二人の進行方向には、小ぶりだが瀟洒《しょうしゃ》な建物があった。一階建てで、滝沢家の者は〝ちいさなお家《うち》〟とか〝ヴィラ〟と呼んでいる。改まったゲストの宿泊場所であり、時にはレンタルもするという。早くからそこには明かりが灯っていた。正面には窓明かりが目立つ。その中に滝沢秋美の姿が現れた。こちらに顔を向けている上半身だ。

向かって左側から淡い照明が照らし、後ろなどはけっこう暗い。昼間と同じく、彼女が水色のシャツブラウスを着ているのは見て取れた。

——んっ？

少し左側に動いた秋美の背後に、不意に人影が出現した。白い服を着て、秋美よりは背が高い。男だろうか、女だろうか？　秋美とは逆のほうに顔を向けているようにも見える。

仄暗《ほのぐら》い中に浮かぶその人影を美希風が見極めようとしていた時、秋美が奇妙な様子を見せた。距離があり、照明も充分ではないのではっきりとしないが、彼女の表情が険しくなったようだ。そして左腕で頭をかばおうとするような仕草。だがその瞬間、頭をがくんと揺らした彼女はそのまま前のめりに倒れていく。と同時に、背後の人影も素早く身を翻《ひるがえ》して背後の闇に消えていった。

立ちすくみ、まず美希風が声を出した。

「今のは——？」

「殴られた？　襲われたのか⁉」

美希風とエリザベスは、ヴィラに向かって駆けだした。

＊

滝沢秋美は、ヴィラに一人でいた。少なくともそのつもりだった。

思い悩んでいる時、ストレスを発散したい時、一人でここにこもることがある。がんがん音楽を鳴り響かせるのだ。今も、タブレットからはストリーミングした女性シンガーの熱唱が溢れ出てきている。

リビングダイニングの椅子から立ちあがった秋美は、外した包帯で後頭部の傷跡を押さえた。もう出血はまったくない。普通に寝ても、枕カバーに血が付くこともないだろう。

包帯をゴミ箱に捨てて、ヘアバンドをかぶり直す。

暴力はよくないと思うけれど、自分にはそれを責める資格はないと自覚しつつ、小さな溜息と一緒に椅子に腰をおろした。赤木のお爺さんの怒りは当然だろう……。

大人の人たちは、放置してあった家の解体費用もかからず、保険がおりさえしたんだから得をしてるんだよ、とか、根に持ち続けるのもたいがいにしたほうがいいとか、向こうを非難する傾向が強くなっている。でもとにかく、悪いのは自分だ、と秋美は繰り返し思う。家に火を点けるなど、とんでもない。

あの頃の心理を、きちんとした言葉で表わすのはむずかしかった。屈辱や、世界からの疎外感、自己否定感といった心身を責めるものを、灰のように、ないものとして吹き飛ばしたい思いがあった。自分で自分の命の火を消しそうなほど縮こまっている自己の芯に、炎を燃え立たせて奮い立ちたいという虚しい衝動……。それともあの時、自分はもう炎の中にいて心中していたのだろうか。

人間性が愚劣な加担者も、教育者の仮面も――赤木さんの奥さんは、『教育新世紀』というウェブ新聞を公表していた――なにもかもを冷たく突き放してつぶしたい。それ以外、なにも見えなくなっていた。家一軒を燃やしてしまい、自暴自棄にもなって担任の住居に火を点けた時――。みんな外出中だということは確認したとはいえ、同じパレスに住んでいるあの人たちの生活を少しでも思いやれたか？　葵叔母さんにどれほどの迷惑が及ぶかを考えられなかったのか？

秋美は頭を抱える。こめかみに爪を立てるほど身を硬くして。

子供でも判る、常識的な善悪の区別もなくしていたとは！　良識はどこにいっていたのだ。

秋美は、配信されている音楽のボリュームを目いっぱいあげてからアプリを切った。そして、タブレットを閉じる。

静寂が押し寄せた。鼓膜がしーんと震えるほどだ。

同時に、闇が鼓動を持ったように感じた。自分の心臓の鼓動をはっきりと意識し、その拍動がヴィラ全体と共鳴しているかのようだ。

そうした奇妙な静寂の奥に、ふと、恐怖のようなものを感じる……。辺りを見回してしまう。

……ちょうど一年ほど前、自分はどれほどの恐怖を味わったのだろうか？　重傷を負わされ、雨の中に放置された。なにが相手にそこまでさせたのか、それもまったく覚えていない。最初の頃は、気持ちがすくんで思い出したくないとも思っていたけれど、何ヶ月も記憶の喪失が続くうちに気持ちも変わってきた。知りたい。知っておくべきなのでは。知らなければならないのでは……。そうしなければ、なにか大切な一つの足場を無視したまま、いつまでも上辺だけの生活が続くような気がする。

平泉刑事……平泉理子《りこ》警部補は親身に応対してくれた。理を尽くして、「あなたは犯人と向き合っていたはずで、記憶が戻ればその顔と直面するのよ」と説明し、覚悟を問いかけてきた。

それでも知りたい。もうはっきりとさせたかった。犯人は身近にいるだろうと、言葉をぼかされながらも聞かされてきた。もしそうなら、その犯人は何食わぬ顔をしてずっとそばにいるのか？　そんなことをできる人がいる？　し続けているの……？　そしてわたしは、そんな疑いも持ちつつ変わらない態度を保とうとしている。

はっきりさせなければ、本当の家族ではないのでは……？

記憶が甦ってみれば、犯人は外部の者だったと判明するかもしれない。それですべてがすっきりする。

そうした気持ちと覚悟を知ると、平泉刑事はある提案をしてくれた。精神分析官に力を借りるのだ。催眠術のような方法で、失われてしまっている記憶を呼び覚ますこともできるという。その専門家は、捜査に協力した実績があって信用できる人物だといい、すでにリモートでの面談は済んでいた。確かに信頼できそうな、初老の女性だった。

そしていよいよ、明後日にはその女性の先生による本番のアプローチが行なわれる。でもこのことは、平泉刑事と二人だけの秘密だった。極秘中の極秘だ。なぜなら、犯人にこれを知られると危険だから。もし記憶が甦れば身の破滅だ、と犯人が危機感を懐けば、口を封じにかかるかもしれない。

だから、他の誰にも知らせない。保安態勢に集中できる前日ぐらいに、ご両親にお伝えしましょう、と平泉刑事は言った。

その日も目前だ。

さて……、母屋に戻ろうか。

秋美はタブレットを抱えて立ちあがった。

リビングダイニングの明かりを消すと、またちょっと不安感が押し寄せる。窓の外の風のざわめきが、気配を乱す不安感となってヴィラの周りを取り巻くのだろうか。まさか……中には誰もいないはずだけれど。

ドアが半分あいている寝室は、ほぼ真っ暗だ。

玄関スペースに進みながら、秋美は不安を払拭するつもりであえて考えた。口を封じるなんて、そんなドラマじみた過激なことが起こるだろうか？　あの事件では犯人の罪は、傷害罪か、重い場合は殺人未遂罪だという。その罪を逃れるために、より重い殺人の罪を犯すなんて、道理に合わない。

……でも実際のところ、犯人がなにを最重要と考えているのかは想像もできない。もしかするとあの瞬間に、どうしても隠しておきたいなにかを露《あら》わにしてしまっていたのかもしれないし……。

また顔を覗かせてしまった不安を、秋美は心の奥底に押し込めようとする。

――大丈夫。記憶再現トライのことは、絶対に誰にも知られていないという自信がある。ママの前でも――この秘密は、ママも許してくれると思う――おくびにも出していない。平泉刑事とのメールのやり取りも、がっちりとガードをかけてあるし、符丁《ふちょう》のような曖昧な言葉しか使っていない。

そう確信を込めて思おうとしたのに、不快感が突きあげてくるのを止められなかった。動揺したのか、タブレットを落としそうになり、体勢を立て直す。

血が急に冷えたかのように、不意に首筋が粟立《あわだ》つ。

振り返ろうとした時、暗い衝撃を頭蓋に浴びた。

美希風とエリザベスは、窓に取りつくようにして急停止した。窓ガラスには、雨粒が少しずつ水滴となって散り始めている。

覗き込んだ屋内には、滝沢秋美の姿があった。二、三メートルほど先の床に、前屈みに崩れる体勢で倒れている。

美希風は窓を叩き、「秋美さん！」と声をかけた。

反応はない。窓ガラスははめ殺しだった。

それ以上は物も言わず、美希風とエリザベスは、すぐ右手にある玄関口へ急いで移動した。

どこかカントリー調の玄関扉で、上半分がガラス窓になっている。あけようとした扉が、ガチャッと音を立てて抵抗する。

「鍵が……」

他人の家の扉をいきなりぶち破るわけにはいかないだろう。

「窓があかないか、見て来ます」

美希風の、思った以上に真剣に張り詰めた声をかけられた相手、エリザベスもまた、真剣に凝り固まった顔をしていた。

「気をつけろ、美希風くん」

「そちらこそ。もし犯人が飛び出して来ても、なにもしないで。無茶をしないでくださいね。回避して、観察すれば充分です」

美希風は、右手、ヴィラの東側に回り込んだ。雨は勢いを増し、屋根を叩く音が高鳴る。庭木の枝葉が、闇の奥で雨と風に打たれてざわつく。

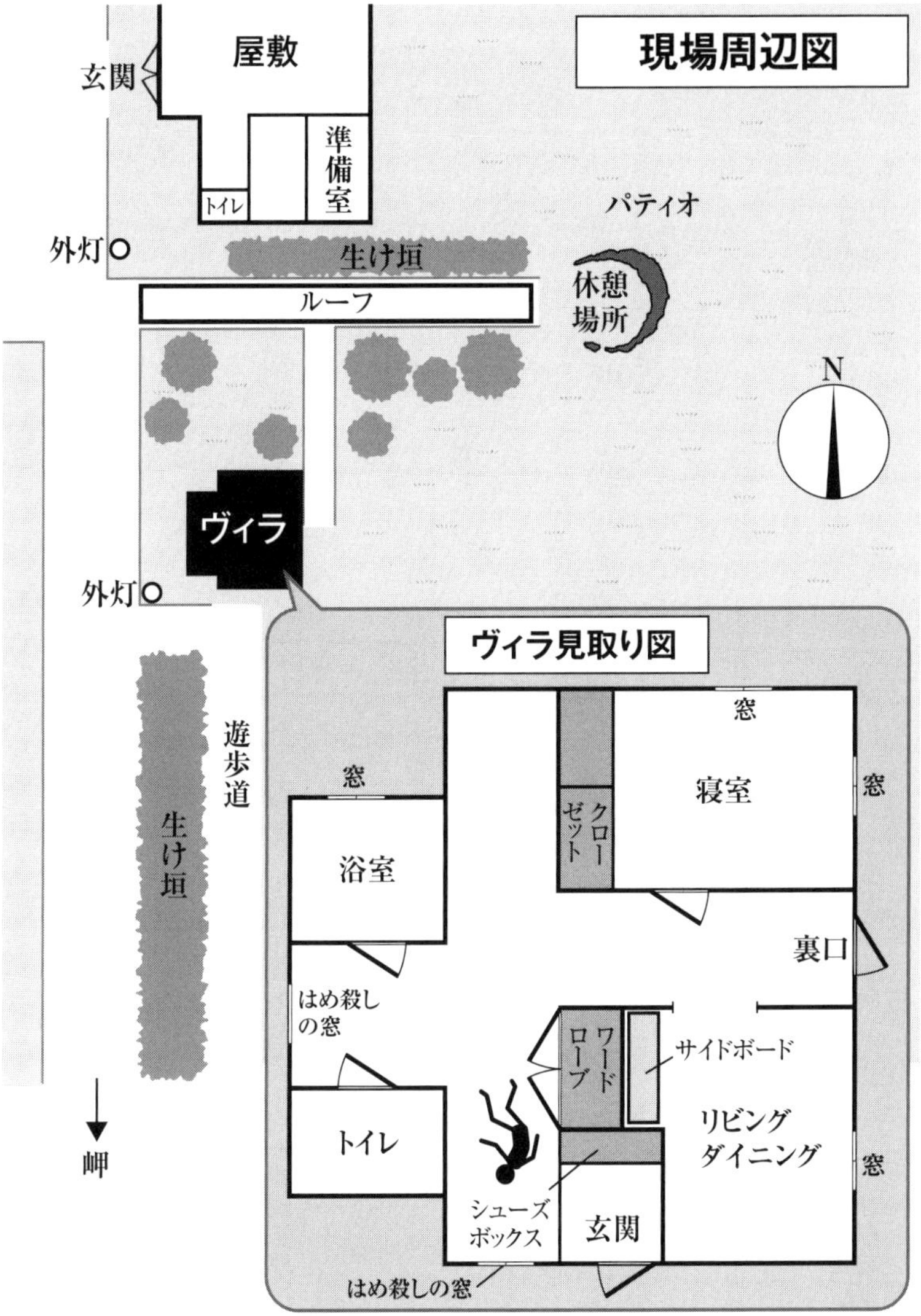
現場周辺図
屋敷
玄関
準備室
トイレ
パティオ
外灯
生け垣
ルーフ
休憩場所
N
ヴィラ
外灯
遊歩道
生け垣
岬
ヴィラ見取り図
窓
寝室
窓
クローゼット
窓
浴室
裏口
はめ殺しの窓
ワードローブ
サイドボード
リビングダイニング
トイレ
窓
シューズボックス
玄関
はめ殺しの窓

大きな腰高窓《こしだかまど》はカーテンがあいていて、リビングダイニングのものらしい。鍵がしっかりと掛かっていてあかない。そのすぐ先には――

――おっ。

脇道に通じる細い通り道が始まる場所に、裏口があった。素早く近付いて腕をのばしたが、ノブは回らず、扉はひらかない。その先には寝室のものらしい窓。だが、これも施錠されている。さらに進んで建物の角を左に曲がる時、美希風は慎重に顔を出して安全を確認した。

ヴィラの北側にまたすぐ窓があり、これも寝室のもののようだ。これもひらかず、入るのは無理だ。建物の西側は面積が小さくなる造りで、壁伝いに進むと、北向きに小さな窓があったが、縦格子《たてごうし》の柵《さく》がしっかりとはまっている。

角を曲がった西側は下り傾斜になっているので足元に注意しながら進むと、中ほどに、大きな一枚ガラスの窓があった。これは、はめ殺しだ。

南向きの玄関へと急ぎながら美希風は、最初に覗き込んだ窓からもう一度、秋美の姿を確認した。動いた気配がまったくない。一刻も早く手を打たなければ。

じれったそうに待っていたエリザベスに、美希風は報告した。

「裏口も窓も、すべて鍵が掛かっています」

かなり張り出している軒《のき》の下にいたエリザベスは、雨にはほとんど濡れていない。

「……すると、犯人はまだこの中にいるのか?」

「そう考えるべきでしょうね」

二人の頭に浮かぶ対策方針が、声となって短く飛び出し、交錯した。

「主《あるじ》の厚司さんに知らせるべきでしょう」と、美希風。「秋美さんが倒されていることも、ドアを壊したいことも」

エリザベスはスマートフォンを取り出したが、

「ドアを壊す許可など待っていられないぞ。彼女を診《み》て治療するのに一刻の猶予もない」

「犯人がいるかもしれないことを考慮すれば――」

「二人で大騒ぎして飛び込めば、犯人のほうが逃げ出すだろう」

「それを期待しますが、こちらの人数が多いほうが安全で有利なのは間違いないですからね。厚司さんたちに駆けつけてもらうのは急いだほうがいい」

電話帳をタップしたエリザベスは、スマートフォンを耳に当て、

「君は救急車の要請を」

頷いた美希風は、しかしスマートフォンを取り出す前に、玄関扉の窓ガラス部分を割ることにした。袖《そで》をのばして手を隠し、肘《ひじ》を窓ガラスに叩きつけた。続けて、割れ残っているガラスを屋内に払い落とす。腕を下向きに差し入れて探ると、ノブの中央につまみがあるタイプだった。そのつまみを縦に起こすとロックが解除された。

「寝入っているのか、まだ出ないな」と、後ろでエリザベスが焦《あせ》りながら小声で言う。

二人は屋内に入り、ガラスの破片に気をつけながら靴を脱いだ。

ようやく出た厚司に、エリザベスは緊急事態を伝えながら秋美の傍らに屈み込む。

「息はありますよね？」美希風は真っ先にそれを確かめた。

「大丈夫だ。大きな流血も見られない」

そこから先は専門家に任せた美希風は、屋内を検《あらた》めることにし、まず、左側の廊下に足を進めた。すぐ先にある突き当たりに、はめ殺しの大きな窓がある廊下だ。左右にドアがあり、美希風は、スマートフォンを出して119番を呼び出しながら、左側のドアをあけた。ここはトイレで、誰もいないのは一目で判った。上のほうに明かり取りの小窓があるだけである。

つながった救急窓口のオペレーターに、美希風は、なるべく大きな声を出して出動要請をした。エリザベスの声も大きい。こちらが二人とも外部に発信していることを知れば、犯人は襲って来ようとはしないだろう。自分の情報が知れ渡るし、捜索側の応援を火急に呼び寄せる結果になるだけだ。北海道で生活している美希風は、声を出しながらふと、熊よけの対策を連想した。

右側のドアの中は風呂場だった。金色の猫足デザインの脚で床に置く、クラシックで高級なバスタブが目立つここも無人だ。北向きの磨りガラスの窓には錠が掛かり、外には柵がはまっている。

通報を終えてスマートフォンを仕舞った美希風は、秋美とエリザベスがいる場所に近付いた。秋美の右腕のそばには黒いタブレットが落ちている。ヘアバンドが外されて、頭部が調べられているところだ。電話の相手に伝えられるその報告内容が、美希風の耳にも聞こえてくる。

「呼吸や脈がしっかりしているのは良い兆候だがね」

美希風は足を進め、リビングダイニングを覗いた。ドアはなく、開放部分から広く見渡せる。スイッチを探り当てて照明を灯した。一見したところ人影はないが、物陰を探らなければならないだろう。

長椅子と壁の間は狭いもので、やはり人は潜んでいない。次に東向きの窓を調べたが、先ほど外から確認したとおりしっかりと施錠されていた。残るのは、ウォールナット材で作られた高級なサイドボードだけである。人がもし身を潜めるとしたら、その空間は、下部にある物入れスペースだ。ひらき戸をあけると、棚で区切られた空間に灰皿やクリーニング道具などの調度が多少あるだけだった。

エリザベスの報告が終わりつつあり、

「……あの老人に倒された時の外傷しか、はっきりしたものは見当たらないが、この厚いヘアバンド越しだからな。ブラックジャックのような鈍器で殴られた時と同じ状態になる。……そう、裂傷が発生しなくても不思議ではない。陥没まではしていない。救急は呼んである。……ああ、早くな」

美希風は廊下を進んで、突き当たりの裏口ドアの前に立っていた。鍵があけられていれば、ここから犯人は逃げ去ったと考えられるだろう。……しかし、錠は掛かっていた。しかも、シンプルなものだがボルトをスライドさせる補助錠までがある。これも戸締まりされた状態だ。つまりこれは、裏口から逃げ出した犯人が外から鍵でロックしたということも有り得ないと告げている。

美希風は最後の部屋、ドアが半分あいている寝室に体を向けた。明かりを点けたが、中に入ることにあまり気が進まない。それでもどうにか足を運び、二つ並んでいるベッドの、奥のほうの陰を覗き込む。誰もおらず、ベッドと床の隙間も数センチしかない。

それから窓の施錠をどちらも確認した。このヴィラは、内側からすべて戸締まりされているということだ。

捜索すべき最後の大物、クローゼットが西側の壁面にある。堂々とした観音《かんのん》びらき戸の取っ手に指をかけた美希風は、固唾《かたず》を呑んでしまった。身構え、覚悟を決め、思い切って戸を引きあけた。——空《から》だった。ゲスト用のバスローブやスリッパはあるけれど。左側の戸の内側には楕円形の鏡があり、金色の彫刻細工で固定されていてエレガントさを醸《かも》しだしている。下の大きな抽斗《ひきだし》も調べてみたが、完全な空である。

他に家具といえば、南東の角に、年代物で装飾的なドレッサーと書き物机があるだけだった。この部屋に人はいない。

廊下へ戻ると、立ちあがったエリザベスが、口を結んで問いかける目をしている。

「どこも戸締まりがされていて、人影はなし。残る空間はそこだけです」

美希風は、秋美の左腕側にある、細長いワードローブを指差した。まさかと思いつつも、警戒の身構えを保ちつつ、二人で戸を引きあけた。隠れている者はいなかった。ポールには三つのハンガーが掛かり、戸の内側に鏡があり、二足のサンダルが置かれている。それだけだ。

二人が目撃した不審者が、錠もあけずに建物の中から姿を消している。

異口同音だった。

「そんなバカな……!」

6

雨の最後の一滴を赤く照らして、救急車は屋敷の前から離れていった。

見送る者の表情には、幾分、安堵の色もあった。滝沢秋美が、すでに意識を取り戻していたからだ。頭部へのダメージだから油断は禁物だが、今のところ重い症状はないようだった。

アリシアが救急車に同乗していた。厚司も自分の車で続こうとしたが、警察の要請で止められていた。

この地にいた関係者全員の聴取が済んだ時には、時刻は零時をすぎ、日付が変わっていた。無論、美希風とエリザベスへの問い質《ただ》しが最も執拗《しつよう》だった。

不審人物の背丈は? 性別は? 玄関のサムターン――施錠つまみは間違いなく回っていたのですね? 靴は秋美さんのだけ? 不審者が逃走する物音も聞いていない?

……もっとも、美希風の感じたところでは、奥山《おくやま》という中年の男性刑事らの聴取には、最上級の熱意や集中力があるとはいえなかった。真相は、被害者に訊けば大方《おおかた》判明すると高をくくっているのだ。

ヴィラには他に誰がいたのか?

この問いに答えが得られれば、確保すべき身柄は明白だ。不可解な脱出方法など、その重要容疑者の口を割って聞けばよい。

一年前の殺人未遂事件は、被害者の記憶が想定外の長期間にわたって戻ってこないという奇禍《きか》によって未解決となっている。しかし今回は、被害者はもう意識を取り戻しているのだ。有力な証言が揃うのは間違いない。その見通しが立っているから、担当刑事は、病院側との連絡のほうに気を奪われていた。

どうやら医師の判断もあり、秋美からの細かな聞き取りは明朝になってからのようだった。それからが本格的な捜査だといった空気感の中、滝沢邸での事情聴取も終了したのだ。

零時十五分。与えられている部屋のベッドの端に、美希風は腰をおろした。二、三秒して、疲労感が重く押し寄せてくる。しかし頭の中は、多すぎる刺激によって冴えていた。どれぐらいの時間で眠れるのかは、肉体と神経のせめぎ合いの結果になるだろう。

部屋は二階にある。一年前の事件の時、急遽《きゅうきょ》帰国してきた駒生龍平のために寝室へと模様替えをしたというあの部屋である。今日はベッドは二つ用意されており、美希風は窓際のほうを使わせてもらうことになっていた。パティオを眺められるテラスがすぐそばだ。

相部屋の相手である駒生が入って来て、明るい声を出す。

「秋美ちゃんに大事《だいじ》なくて良かったですよ、ほんと。大した傷もないようだし。とはいえ……」バウンドするほどの勢いでベッドに腰をおろしてから、慎重な口振りになった。「またこんな事件が起こるなんて……。どうして彼女が……。去年の事件が、やはりまだ関係してきてるんですかね?」

「そのようにも見えますけどね」

「同じ犯人なのかなあ。……キッドリッジさんと一緒に、秋美ちゃんの後ろにいた犯人を見たんですね?」

「一瞬で、照明も乏しかったんですよ。性別も判りません。秋美さんよりは身長がありました。白っぽい服を着ていて、中肉中背といったところ」

「我々の中では、彼女が一番背が低いですからねえ……」駒生は顔をしかめ、髪の毛を掻いた。「でも、根本的なところが信じられない。身近な誰かが秋美ちゃんを襲い続けているっていうんですか。あるとは思えないなあ、そんなこと！　動機もなしに襲う通り魔が、数秒だけここの空間に出現すると考えるほうが順当に思えますよ」

無茶な想像だが、現実よりも納得しやすい、と美希風も感じないではない。

「駒生さん。一年前の事件のことでお訊きしたいことがあります。いいですか?」

「ええ。もちろんどうぞ」駒生が顔を向けてくる。

「あの事件の前後、大方《おおかた》は前でしょうけど、ご自身、何者かの悪意を向けられているという感触はありませんでしたか?」

「悪意……。襲われるような? ああ、肖像画を焼かれるような、ですね。いやあ、それはないな。変なメールも電話もなかったし、尾《つ》けられているみたいな、そんなサスペンスドラマじみたこともまったくなかった。なかったですよ」

そうですか、に続けて、

「そういえば、予定より二日ほど早く帰国できたのでしたよね? どんなご事情で?」

「ははあ、知りたいですか」

浮かんだ駒生の表情は、瞬時のことながら多彩だった。つまらなそうな記憶に鼻白《はなじろ》み、それでも語ることを楽しむかのよう。顎をさすりながら、

「仕事がらみです。私、リサイクル業者を手伝っていたのですけどね。作業車の手配をまかせていた男が、だらしのないしくじりをした。アントニオって奴ですがね。しかも、尻をまくって責任逃れ。『はあ? 知らねえなぁ』どころか、こっちに責任をなすりつけてくる。この事態をリカバリーするのに数日はかかるという見通しでした。ところが状況は一転、アントニオは目の色を輝かせて手のひら返しです。こういう人間は日本にも……いや、世界中にいますけど、スペインの人たちは温度差が激しいんです」

美希風は、興味をもって続きを待った。

「こんなことがあったんです。車が故障して困っていた男に手を貸して、走れるようにしてやったんで

すよ、私。すると、なんと、この男がアントニオの親友だったんですね。とたんに、アントニオは私に、『ブラボー！　兄弟！』ですよ」

「ははは」

「とてつもなく大事な用事で車を走らせていたっていうんですが、サッカーのチケットを買うってだけの話なんです。でも、それに間に合うように車を直したってんで、私は英雄になったみたいです。彼らみんなが盛りあがって、この兄弟を助けなければ恥だ、っていう結束です。アントニオは私の肩を抱きかかえながら、『俺にすべてまかせろ！　車の手配なんてすぐだ！』って、本当に奔走し始めました。彼の父親まで出て来て、故障から直った車にモリッツをぶっかけながら、『なにも心配するな、リュウヘイ！　心置きなく国へ帰れ！』ですからね」

駒生はソックスを脱ぎながら、

「その勢いに押されるようにして、慌ただしい帰国となった次第です。ヒースロー空港に飛んでから、伊丹ですね。めでたしめでたし……とはならなかったのが、かえすがえすも残念」

それからわずかな沈黙を挟み、駒生は、奇妙に重みのある視線を美希風に向けた。

「私、自分から警察にパスポートを提出して、認印《にんいん》やらなんやらを見てもらい、話のとおりの便で帰国したことを確認してもらっていますよ。十時四十分着の便です」

美希風は頷くに留め、刺激的な話題は避けるようにしながら、帰国後の事件関係の体験を少しずつ聞き出した。駒生が明かりを消したのは零時半頃のことだった。

ちょうど同じ頃、二階の廊下を滝沢生《しげる》が歩いていた。部屋へ戻る前に、まずトイレだ。

彼のその耳に、機械的なベルの音が聞こえてきた。目覚ましのアラームのようだ。部屋の中から聞こえてきていて、どうやら、小塚原が使っている部屋からのようだった。間違いない、かなり大きな音なので、ドアに近付くとはっきりする。

ここは小さな和室で、大層な寝室はいらないと言って、叔父の小塚原が、用意された布団を自分で敷いたり畳んだりして使っていた。

スマートフォンに目覚まし時刻のセットをしていたのだろうが、その音がなかなか止《や》まない。それが気になって、生はその場を離れがたかった。廊下まで聞こえてくる音だから、他の人の迷惑になるかもしれないじゃないか。この部屋より階段側は葵に用意された寝室で、向かいには、南美希風と駒生龍平の相部屋がある。

叔父はいつもどおり酒をたらふく呑んでいたし、救急車が到着した時も起きなかった。警察が話を訊く必要があるからと、それで起こされたのだ。

ずっと眠っていただけだと短い供述をしただけで、秋美も意識を回復していると知ると、またすぐに寝室に戻っていた。

すでに深い眠りに落ちていたのか、目覚ましのアラームはようやく止まった。

その場を離れ、廊下の一番奥にあるトイレに向かいながら生はちょっと不思議に思った。こんな時刻に起きる必要があるのだろうか、あの叔父が……?

用を済ませて、自室前まで戻って来た時だ。左隣の叔父の部屋のドアがあいた。

ふらりと出て来た叔父は、服を着たまま寝ていた様子だった。その顔を見ると、生の動きは止まった。表情が尋常ではない。暗めな照明のせいかとも思い、位置も変えてみたが、印象は変わらなかった。皮膚は血の気の薄い灰色で、なにか不可解な恐怖と出合ったかのように、表情は半ば呆然と凍りついている。

何事か呟き、拳《こぶし》を握ったようで、そのままその手をポケットに入れた。そして、少し急ぐように階段へと歩いて行く。

生は声をかけるタイミングを失っていた。まあ当然ながら、酒の酔いは色濃く残っているが、病的という感じまではなかった。具合がとても悪いのか心配するほどではないだろう。ただ、表情の奇妙さが引っ掛かるだけだ……。

それに生は、叔父がなんと呟いたかを思い出すほうに気が向いていた。あまりにもかすかにしか聞こえなかったが……。

「あの莫迦《ばか》……」と、小塚原叔父は言ったようだった。

7

翌朝は気持ちよく晴れていた。昨夜の事件から現実感を奪うかのように。

確かに今、滝沢邸に集う者たちの頭の中では、ヴィラの出来事よりも現在進行形の懸念のほうが、切迫した現実感を持っていた。

南美希風とエリザベス・キッドリッジ、滝沢生が、岬の突端へと向かっているらしい一筋の靴跡をたどっている。この懸案の流れは、朝食の席から始まっていた。

深夜をすぎて病院から帰宅していたアリシアも顔を揃えていた。改めて、秋美は少なくとも身体的には元気そうだった、と調子も柔らかく報告がされていた。八時の朝食の席を七人が囲み、小塚原安一だけが不在だった。朝食を抜くこともままあることだから放っておけ、との意見もあったが、生が、一応声をかけてくる、と二階にあがって行った。小塚原が顔を見せないことを知った時、生の眉は気がかりそうに上下していた。

数分もすると、叔父さんは部屋にいない、との知らせが一同に伝えられた。トイレや洗面所でもないだろうとのことだった。玄関に、小塚原の靴がないからだ。

「もう、外に出てるって?」駒生は、少し面白がりながら不審の色も見せた。「あの小塚原さんが?」

厚司はスマートフォンを操作した。

「帰るなんて連絡も入ってないな」

ここで生が提案した。「ひととおり、外を見回って来てもいいんじゃ……」

尋ねたのは美希風だ。

「放っておけない感じですか?」

確信もなさそうに、ややもごもごと、生は昨夜の経験を皆に話した。目覚ましまでセットして小塚原安一が零時半に起きたこと。慣れているような、なにかに打ちのめされているような、奇妙な様子だったこと。あのまま外に出たのだとしたら普通じゃないし、まだ戻らないなんておかしい。

生が目撃した時刻以降、小塚原の姿を見た者がいないことも確認された。厚司が小塚原のスマートフォンに呼び出しをかけたが、電源が入っていないか……とのメッセージが返るだけだ。

葵が椅子を引いて立ちあがった。「見て回りましょう。外で寝入っていたりしたら、さすがに体調を崩しちゃうわ」

三チームに分かれて捜索が始まったが、ややあって、生とアリシア班が、美希風とエリザベスのもとへ急ぎ足で来た。

「靴跡が……」生は、報告するというより当惑しているようだった。「あの靴跡は変ですよ」

ちょうどその時、厚司がスマートフォン片手に近寄って来た。「秋美からだ」と彼が言うと、アリシアはそちらに足を急がせた。

残った生に案内されて、美希風とエリザベスは、屋敷の正面から南側へと向かった。ヴィラの前を通りすぎると、生け垣と灌木《かんぼく》地帯に挟まれた道がのびる。幅は数メートル。土の地面になっており、一人の靴跡だけが先へと続いていた。

ずっと先まで指で追い、生は無感情に言った。

「この靴跡……、戻って来てないじゃないですか。この先は行き止まりなんですよ」

靴跡の左側を、生と美希風が、右側をエリザベスが歩いていた。この道は、岬――〝スペイン岬〟の一部である断崖に通じているという。

「これが、小塚原さんの靴の跡だとの確証はないのでしょうね?」

念のために、美希風は生に尋ねた。

「靴底の型の識別は無理ですね。気にしたこともない。でも、単純な引き算からして、これは小塚原叔父の靴跡でしょう」

「そうですね」

「酔っている人間の靴跡らしく、多少ふらついているしな」と、エリザベスも観察結果を口にする。

「前後の間隔がやや広いから、のんびり歩いていた者のものではない。多少は急いでいる様子だな」

美希風は、前提も口にした。

「小塚原さんがここを零時半頃に歩いたとすれば、雨上がりの一時間後ぐらいですね。地面がまだ柔らかかったから、くっきりと靴跡が残った。あの後、降雨があったのかどうか、確かめる必要もありますが。零時半頃と仮定して、その後は地面が乾いていくだけだ。それでもまだ少しは柔らかいので、私たちの靴跡もこうして若干だけど残っていきます。小塚原さんがすでに引き返して来ているのなら、その靴跡は絶対に残っていなければおかしい」

前方にはまだ、小塚原安一の姿は見えない。

「実はもう一つ……」生がためらいがちに、「部屋の前で叔父さんを見かけた時、なにか呟いていたんですよ。はっきりとはしないのですが、『あの莫迦……』と言っているみたいでした」

「『あの莫迦……』」

「いえ、ほんとにかすかだったので、不確かです。ただ、それに近い言葉だったとは思います」

そこまで言って、生の足が止まった。左側にある生け垣の根本に目をやっている。美希風の目にも、紙くずのような物が見えた。

生が、腰を曲げてそれを拾おうとする。

「待った」美希風が止めた。「触らないほうがいいかもしれません」

生け垣はよく見られるマサキで、葉が密集していて厚さもかなりあり、人間にとっては壁も同然のものである。高さも相当で、身長よりずっと高い。そして、根本も地面すれすれまでが葉の茂りで、猫が通り抜けられるぐらいの隙間しかないであろう。その生け垣の下の隙間と地面の間に、半ば丸められた紙が挟まっている。落ちた物が風で吹き寄せられたといった具合だ。

覗き込んでいた生が、不思議そうに言った。

「でも、なんでしょう、これ？」

身を屈《かが》めて目を凝らした美希風にも、ありきたりの紙くずとは見えなかった。触るなと言った美希風だが、しゃがみ込むと胸ポケットからメモ帳に挟んだペンを出し、それで紙くずを少し広げた。

「なにか奇妙なのかね？」道の反対側から、エリザベスが興味深そうに訊いてくる。

「これは……」観察しつつ、美希風は、「二枚の紙が張りついているのか……？　表側には和紙が密着していたみたいです」

「和紙か……」じっと見ている生も、なるほどといった顔色だ。

「和紙のほうは水を吸ってほとんど透けてしまっているし、溶けてなくなっている部分もあります」エリザベスにもはっきり聞こえるように、美希風は声を張った。「和紙のほうには、水性のインクでなにかが書かれていたようです。ブルーブラックのインクですね。何行かの文章だったのかもしれませんが、もうまったく判読不能です。和紙が表面にくっついていたほうの紙は、通常の、まあ筆記用紙、西洋の洋紙です。こっちは文字が残っています。印刷物か、プリントアウトしたものでしょう。……この状態では内容までは読めませんけど」

「濡れているということは……」エリザベスが推測を立てた。「かなり前に落ちた物だな。小塚原安一が歩いた時刻と関連あるかな」

美希風は肯定的な口調で、

「雨で濡れたというほどではありません。でもまだ地面には湿り気が残り、生け垣からは水滴も滴ってくるというような時に、この辺りに落ちたのでしょう」

「丸められてか？」

それに答えようとした美希風は、ふと口を閉ざし、それから生の目を直視した。

「あなたが廊下で小塚原さんを見た時、彼は憤ってもいるようで拳を握ったのでしたよね？」

「ええ、そう見えました」

「どちらの手で拳を？」

「左ですね」

「それから手をポケットに入れた」

「はい」

「その時ではないでしょうか。小塚原さんは、この紙を握り締めたのですよ。あるいは、握り締めていたものをさらに丸めたのです。それをポケットに突っ込んだ」

「ああ……！」納得しつつ驚いている色が、生の顔で弾けていた。

「歩いて来るうちに、その紙はポケットからはみ出していき、ここで地面に落ちた。ポケットは左側、そしてここも、進んで行く小塚原さんの左側です」

うんうん、と、生は無言で頷く。

「もしかするとこれは……」ペンを仕舞いながら美希風は、ゆっくりと立ちあがっていく。「犯人からの呼出状だったのではないでしょうか」

「呼出状⁉」聞き手の二人は口を揃えた。

「奇妙な細工がされていますからね。普通じゃない。和紙の部分には小塚原さんが応えないではいられない呼び出し文が書かれていたのではないでしょうか。そしてその文章は水で流れ去ることも計算されていた。――あっ」

「どうかしたか？」と、エリザベス。

「生さんが耳にしたという目覚ましのアラーム。その目覚ましをセットしていたのは、呼び出した人物なのでは？　小塚原さんのスマホにこっそりと仕込んだ。ベルの音も大きかったとか。無理やり起こされた小塚原さんは、すぐそばに置かれていた一枚の紙にも気がついた。これももちろん、彼の部屋に忍び込んだ人物が残した物です」

呆然となった様子で、エリザベスも生も表情を張り詰めさせていた。

ややあってエリザベスが、極力口調を抑えて言う。

「時刻まで決め、手の込んだ呼出状を突きつけた人物がいる。そのような者が待ち受ける場所へ赴《おもむ》いて、小塚原が戻って来ていないというのなら、事態は深刻だ」


道はそろそろ終着点だ。波の音が聞こえ始めている。生け垣と灌木群に挟まれた道は、全長が五十メートル弱ほどの距離だった。

深く落ちる崖の突端には、多少は岩場もあった。ひらけてもいる。家の者は時々、ここからの眺望を楽しむという。この入り江は、二百メートルほど先で、高台から下っていく岩肌の海岸線で両側から抱え込まれていると言えた。

　この崖の上に小塚原安一がいないのは一目瞭然だった。それに加えて、生け垣はもうなくなっているが、両サイドが密生した植物で塞がれているのは変わりなかった。樹木に多少の隙間がある場所でも、そこは一面、草や低木が密生している。しかし枝一本折れておらず、いかなる動物も潜り込んでいないことは明らかだった。ここから人間が消えるためには、上か下に移動するしかない。

　突端に近付いていた生が、はっと息を吞んで後ずさっていた。

　そこは、岩場ではなく砂混じりの地面だった。先程までと同じ靴跡が二、三残っていた。立ち止まって、一、二度足を踏み換えたりしている様子はあるが、そのまま突端の岩の縁に向かっている。

「この先はもう……」

　生は怖々《こわごわ》と下を覗き込み、美希風も恐る恐る眼下に目をやった。

　荒々しい岩場は、場所によってはオーバーハングとも見える垂直の壁で、十メートル以上下で岸壁にぶつかる波の泡立ちがかすかに見える。

　幸いにと言うべきか、人の体が無残に浮いているといった光景は見当たらなかった。

　美希風は身を屈め、靴跡とその周辺を子細に観察した。争ったような形跡は皆無であり、足を滑らせたりしたような乱れも見て取れない。

　――まるで……

　なんの躊躇《ちゅうちょ》もなく、中空《ちゅうくう》へ踏み出して行ったかのようだ。

「生さん」崖の際から離れながら、美希風は訊いてみた。「小塚原さんはこの場所に馴染みはありましたか？」

「ええ。相当以前から、何度も来ていますよ」生の声がわずかに震えた。「叔父さんはここから落ちたんでしょうか……？」

応じたのはエリザベスだ。

「通常であれば、酔いを覚ましにふらりとやって来て、足を滑らせた事故というセンがすぐに思い浮かぶな。しかし昨夜……零時半頃もまだ、雲は残っていて、月明かりもなかったはずだ。ただ暗いだけなのに、わざわざここまでやって来るか？」

「それに、叔父さんは誰かに呼び出された感じなんですよね？」

今度の問いでは、生は美希風に目を向けていた。

「そう思えてなりませんが……。ただ、ここから転落したとしても、助かる可能性はありそうですね。落ちるのは水の上だ」

「いや、そうだ、南さん、潮位の変化があります。ここの地形では、潮位変化がとても大きいんですよ。それに今は大潮の時期だ。海面は最大で十メートル近く変化します」

「そんなに……！」

「両側から岬のように岩場が張り出してきている地形がありますよね」生は、二百メートルほど先を指差していた。「今は海面下ですが、堤防のような形であの両側はつながっているんです。地元ではそのまま、〝堤防〟と呼んでいますけどね」その左右の長さは百メートル弱。「引き潮が始まると、その〝堤防〟で外海とこの入り江は切り離されます。ここは巨大な溜まり水みたいになるんですよ。その水深が、最大で十メートルほどということです」

そうした情報を共有しつつ三人は、断崖下の岸になにか見えないかも含め、さらに入り江周辺に目を配っていった。

「では、零時半頃、海面はもっと上だったのですかね？」

「いえ、逆です、南さん。ええと……、正確な記憶ではありませんけど、この入り江の干潮のピークが零時半頃じゃないかな。入り江の底の、何ヶ所もの亀裂や穴から、徐々に海水は地中に抜けていくんです。半日ほどもかけて。――南さんは北海道の方《かた》でしたよね。オホーツク海に面しているサロマ湖や能取湖《のとろこ》は、かつては季節によって海とつながる汽水湖だったそうですよね。〝壺《つぼ》入り江〟と呼ばれることは、一日の中でそれが繰り返されるんですよ。もちろん、サロマ湖などは、地中に湖水は逃げていきませんが」

「そう。たしか、雪解け水が加わることで、春には海とつながったとか」

眼下の岸壁周辺にもなにも手掛かりはなく、三人は観察していた姿勢から腰をのばして突端から移動した。

「ここでは、外洋の潮が満ちてくることでつながります。分離されてからは海面はさがり、昨夜の零時半頃なら、海面は今より七、八メートル低かったはずですよ。そしてそれって、ほぼ海底です。凹凸のある岩が海面から覗いているって感じ」

生の顔色が、少し青白くなっている。

「そんな所へ落ちれば、確実に死にますよ」

若干の間《ま》の後、美希風は視線を生の目に合わせた。

「この事態を、まずはお父さんに伝えましょう。警察を呼ぶことになるでしょう。海難救助機関も、かな」

引き返そうとする動きの途中で、エリザベスが見解を口にした。

「何者かが小塚原をここへ呼び出した説が有力になった気がするぞ。そいつは彼の命を奪おうとしていた。だから、海面が一番低い零時半頃を選んだんだ」

「だとしたら」足を止めた美希風は、顎に手を当てて言う。「その犯人はどうやってこの場を去ったのか。……ほとんど有り得ない可能性だけど――」美希風は、樹木の上に目をやった。「まずは上部の検討。……無理でしょうね。木々の数は多くても、太い枝がほとんどない。のぼり伝わって移動して行くという逃走ルートは却下でしょう」

「いくら仮説にしても、それは取りあげる必要もないぐらいの常識外れだぞ、美希風くん。残るのは一般的な手段だな。回収できる結び方をしてあるロープを海面まで垂らし、伝いおりる方法だ」

「ただね、キッドリッジさん」美希風は、自分の意見の確実性を確かめる間を作るかのように、ゆっくりと一度、呼吸をした。「実のところ、犯人はこの場にいなかったのではないかというのが、僕の基本的な感触なのですよ」

「いなかった？　この場に？」驚きがちに言ってから、エリザベスは足元を見回した。「確かに、犯人がここにいた痕跡はないな。靴跡も、一つも残っていない。いや、待て――」

今度は、彼女は前方にのびる道に視線を投げかけた。「来た時の靴跡もまったく残っていない」

「そうなんです」美希風は言った。「靴跡を残さずに、犯人がここにいる方法はなにか？　雨が降りだしたのが十一時頃でしたね。その頃から、この岩場にずっとい続けるというのがそれです」

生とエリザベスは躊躇《ちゅうちょ》なく、否定の声を返した。

「それはない！　さすがにそんなこと、できないでしょう」と生は強く言い、エリザベスは説き伏せるように、「現実性も合理性も、まったく欠いているな。犯人がずっとここにいたのなら、小塚原の寝室にこっそりと呼出状を置くことができないだろう。小塚原は警察の聴取に応じているから、出入りした寝室の中を零時半前に視野に入れたのは明らかだ。その時には呼出状はなかった」

「そのとおりで、これ以外で靴跡を残さずにここへ来る方法は……」美希風は、〝スペイン岬〟のほうを振り返りながら言った。「海から来るルートですね。生さん、この下には、歩いて接近できますか？」

「いえ、干潮時でも無理です。〝堤防〟を作っている右側の岬を回り込んでしばらく行かないと、人が立てる場所はありません。そこから、満潮時に泳いで来るか、ゴムボートでも使って渡って来るか、それしか手段はありませんよ」

ですね」

「それだけの手間をかけて、最後はザイルでもよじ登って来なければここへは到達できないということ

「それも、ありそうにないな」

はっきりと懐疑を示すエリザベスに軽く頷き、美希風は、

「そうした方法論より前に、あの呼出状が——呼出状と仮定しておきますが、この仮定はかなりの確率で正しいと踏んでいます。通常の呼出方法ならば、その崖の上で出会った時、相手から呼出状を受け取って回収すればいいでしょう。消滅させるための、手の込んだ細工など必要ない」

「……………」

エリザベスと生は、美希風の推理の直撃を受けて無言だった。

「呼び出した相手、小塚原さんから、呼出状を受け取るのはむずかしくないでしょう。そうして当然の文面も、いくらでも細工できる。例えば、呼出状と引き換えに、小塚原さんが手に入れる必要がある品を渡すと約束しておくとか、あるいは、小塚原さんを脅かすのはこの一度きりだと、その呼出状に署名してやると書く、などですね。それに、殴打して意識を奪うという暴力的な手段も残っています。小塚原さんが呼出状を部屋に置いたままにする可能性もあったかもしれませんが、この場合は屋敷で処分すればいい話ですからね。これもまた、手の込んだ細工など無用です。

つまり犯人は、自分はその断崖の上では呼出状を奪い返せないことを知っていたんです。と同時に、絶壁から転落した小塚原さんが命を落とし、海を漂うことも犯人は知っていた。だから、和紙などを使った奇妙な呼出状を必要としたんですよ」

〝スペイン岬〟の上を、しばらくは、遠くの海鳥の鳴き声と波の音だけが満たしていた。

「犯人はここにいなかった……」

一種虚《うつ》ろな響きさえあるエリザベスの呟きに続けるように、美希風は説明を足した。

「犯人にはアリバイができるでしょう。小塚原さんが一人で断崖まで行った時刻。そして将来的に死亡推定時刻がかなり正確に割り出された場合、犯人にはアリバイがある計画なのです。そして現場状況。呼出状が偶然にもああして見つかることがなく、小塚原さんの靴跡だけが物証だった場合、起こった事は次の二つだと推定されるでしょう。真夜中に出歩いた小塚原さんが、不運にも足元を誤って転落してしまった事故。ないしは……、投身自殺ですね」

「どちらのケースでも犯罪ではなく、従って犯人も永遠に姿を隠せる」言いつつ、エリザベスは半信半疑でもあるようだ。「しかし、呼び出したここに、犯人自身はいなかったって？　いる必要がないとは……」

エリザベスは少し引き返して崖の際まで進み、周辺を慎重に見回した。

「岩が崩れたような痕跡はない。そうした罠があったとも思えないが……」

「なにか……」美希風は、考えがちに言った。「死を決定的にする罠が仕掛けられていたと思うのですけどねえ。今のところ想像もつきませんが」

三人は、胸苦しくさせる、謎多き断崖を離れて、来た道を戻り始めた。

「和紙とくっついていた洋紙は、なにか意味があるのでしょうかね……」

独り言にも近い声音で、生が気にかかることを口に出していた。

「文面がはっきりすれば、推理もスタートできるでしょう」

そうした言葉を交わしながらも、三人は通り道を再度観察していた。しかし、地面に手を加えてある形跡も、生け垣などの乱れも、異状はまったく見られなかった。が、落ちていた紙くずを視野に入れると、「あっ」と小さく、美希風が声を発していた。

「どうした？」エリザベスが訊いた。

「あの洋紙、もしかしたら偽造された遺書なのではないですかね」

「……説明してもらう必要があるな」

「文面は、自殺を思わせるものなのですよ。その表に、裏の文面が透けない和紙に書いた呼出状が……そうですねぇ、水溶性ののりで貼り合わせてあった。この紙をポケットにでも入れて海を漂えば、表面の呼出状は消え去って、小塚原さんにはなんの心当たりもない遺書が残ることになる」

生は唖然として口を半分ひらき、似たような反応のエリザベスは、

「おいおい、美希風くん」と、強張りがちの声を出す。「今、ゾッとするような寒気を感じたぞ。――この犯人は、とんでもない奴なのではないか」

美希風も言わざるを得なかった。

「そんな犯人だから、自信を持って不在の罠を張れたのかもしれません」


岬への道から出て視野がひらけると、思いもかけないほどの、生活感と呼んでも差し支えない現実の空気を、美希風は浴びるように感じた。

ヴィラの玄関扉のガラスを直そうとしている業者の姿がすでに二、三あり、威勢のいい声を響かせている。「ガラスの欠片《かけら》が一つも残っていないか、確認充分かぁ?」という注意がけの声も軽快だ。誰に訊いてもやむを得なかったと答えてくれるだろうが、ガラスを破った美希風としては肩身の狭さも感じた。

屋敷の反対側からも、厚司の会社の若手たちの声が響いてくる。「お～い、〝海の女神鳥〟ちゃんはどこに仕舞ったぁ? まさか昨夜、燃やして焼き鳥にしちまったんじゃないだろうな?」などと、笑い合ってにぎやかだ。彼らには、秋美は貧血で倒れて救急車で運ばれたがもう回復していると伝えられているはずだった。

何重もの現実感の隔たりに囲まれて美希風は、ぼんやりとした夢の中にいるかのように、感情から

生々しさが抜けていきそうに感じた。昨夜の謎めいた事件さえ、もうずっと昔の出来事のように思える。断崖の上での出来事の衝撃性がじわりと効いてきて、それも影響しているのかもしれなかった。

玄関前には、厚司とアリシア夫妻の姿がある。ちょうど電話を終えたところだった。あちらとこちらそれぞれが歩み寄り、厚司が早口に言いだした。

「なんでも早々に、頭部の精密検査をするそうだが、その後、秋美の病室に刑事たちが聴取にやって来る予定だそうだ。それで秋美は、頭の中をいろいろと整理しているようでね。まず、ヴィラはいつもどおり鍵が掛かっていたのは間違いないと言っている。解錠して入ると、当然ながら中は真っ暗で、人の気配はなかったそうだ。屋内すべてを点検して歩いたりはしなかったそうだが、まあそれが常識的な行動だろう。ヴィラを出ようとする頃、明かりを消していくこともあって、形容しがたい不安は感じていたらしい。ただ、襲われた時の具体的な記憶はなにもないそうだ」

「手掛かりはなしか……」生が小さく言っていた。

「頭部への打撃の記憶に対する影響がまた出たのかもしれないしな」と、エリザベスは推測する。「襲われた時の、数秒前の記憶から喪失してしまっている」

「去年の事件から……」アリシアは、謎をにらみつけるかのように眉間に皺《しわ》を刻んだ。「あの子の体には、見えない災厄が張りついているみたいだわ……」

美希風の想像力にもふと、その幻の災厄が入り込んできた。そいつは、ヴィラの中でも存在することなく滝沢秋美を襲い、断崖の上でも不在のまま人の体を投げ落とした——。

被害者である娘の体験談から注意力を少しずつ離した厚司は、美希風たちの顔色を読む余裕を取り戻した様子だった。

「そういえば……、アリシアから聞いたが、靴跡がどうとか……。安一さんは見つからなかったのか?」

三人は期せずして、水に飛び込む直前に大きく息を吸うような間《ま》をあけ、思い切って言葉にしたのは生だった。

靴跡は断崖の先で消え、人体の行き場所は遥か下の海底しかないことが伝えられた。深夜における生の目撃談と、地面に転がっていた紙片からすると、小塚原安一は何者かに呼び出されたらしいことも。

「確かに……」厚司は唾を飲み込むようにすると、息子の記憶の内容を裏書きした。「あの〝壺入り江〟のここ数日の干潮のピークは、零時半前後で間違いない。その一時間ほど後に、入り江に海水が入ってくる。……しかしどうにも、安一さんは助かりようがないのか……？　崖の上に犯人がいなかったのなら、なんとか……」

「可能性は一つではないかと」美希風は冷静に応じた。「断崖の上で小塚原さんは、何時間もじっとしているのです。そして、潮《とも》が満ちてきてすっかり上昇した海面にダイブする」

誰の顔にも希望の灯は点らなかった。今の推理はむしろ、悲劇を受け入れざるを得ない説得の力を有していた。

通報のためにスマホ画面に目をやる厚司に、美希風は問いかけた。

「一応の確認ですが、小塚原さんの水泳の腕前はどれほどです？」

「あれも、育ちとしては海の男だからね。達者なものだった。もっと若い頃、その崖の上から飛び込みをしたこともあるよ。……無論、干潮時にそんなことをすれば自殺行為でしかないがね」

厚司が緊急通報オペレーターに事態を話し始めると、アリシアが美希風に話しかけてきた。

「噂どおりなんですね、南さんは。厳密な推理が、するべきことを明確にしてゆく」

「……いえ、厳密さといっても……」

美希風の思考は、手応えを得てはいても、満足感に近いものを味わってはいなかった。

「本当の厳密さは、もっと慎重であるべきものです。例えば……」

美希風は、手にしたスマートフォンで、撮影済み写真を呼び出した。呼出状らしき紙片が警察が来る前に強風で飛ばされないとも限らないので、撮影しておいたものだ。

アリシアに見せながら、

「この紙くずですが、これは本当に、たまたまこぼれ落ちたものでしょうか」

「え……?」

「そう見せかけて犯人が仕込んだとしたら、推理は根底から崩れ去って、私はいいようにだまされているだけになります」

この人は本気で言っているのだろうか、といぶかしんで呆れるような視線を、アリシアは美希風に注いでいた。

「戦場で前方の敵と刀を交わしている時、背後にも注意を払っておくべきです」美希風は、苦笑を返した。「実際には敵はやって来なくても。それに、もう一つの推理の根幹である目撃情報。失礼ながら、生くん」

「は、はい?」

「あなたの目撃証言も、客観的な厳密さで言えば、無条件に信じていい真実とは限らない。あなた自身以外に、誰もそれを証明できないから」

「ちょっ――。嘘なんか言っていませんよ、僕は! て、天地神明に誓って、あれは見たままの事実です」

「天地神明――。まさにそうですね。あなたにとっては神の供述だ。少なくとも、自分で信じているとおりの真実を、自身の良心に宣誓して嘘偽りなく語っている」

「そ、そう。僕は、やましいことなどなにもしていない」

「そうですよ、南さん」アリシアは、むっとする寸前だった。「生さんは、人を欺《あざむ》くような偽りを口にする人ではありません。しかも、このような深刻な場面で」

しかし言ってから彼女は、美希風にとってはこれも、本心の吐露ではなく、紙くずのケースと同様の、慎重論の一例なのだろうと気づいていった様子だ。

実際、美希風の、生に向ける視線もアリシアにかける声も、穏やかなものに相違なかった。

「疑わしいと言っているわけではありません、私も。閉じた神の供述も、外部の人間にとっては真偽の判断がむずかしいということにすぎません。安易な妄信は恐ろしい、という自戒です」

エリザベスが、生の肩にそっと手を添えていた。

「大学での事件の時、君が調書を取られに連れて行かれただろう。君の恋人は不安がっていた。あんな時も理詰めに、君が裏をかくような画策はできないから無実だと説いて、この男は安心させてやっていたよ。不器用にも程があるだろう?」

通報を終えた厚司が、「警察から、海上保安本部へ連絡してくれるそうだ」と、気が重そうに告げた。

続けて彼は、漁協にも協力してもらおう、と、再び電話機能画面に指をのばした。

8

面会時間開始である、午前十時。総合病院の二階待合《まちあい》ラウンジには、滝沢アリシア、葵、エリザベス・キッドリッジ、駒生龍平の四人がテーブルを囲んでいた。

厚司と生、南美希風らは、小塚原安一の行方不明事件への捜査協力と、その身柄の海上捜索に加わっている。駒生は、泳げないし海は苦手だということで、こうして、秋美を見舞うグループに同行していた。

彼らの他に、ラウンジには見舞客の姿はなかった。四人の前には刑事が二人立っていて、こうした物々しい雰囲気が近付くことを敬遠させているのかもしれなかった。

中年男性の奥山刑事は、面相も強面《こわもて》だった。どんよりとした目の下には、隈《くま》にも見える肌の黒ずみがある。

「こむずかしく、持って回った臆測をするまでもない」奥山刑事は、鷹揚《おうよう》さに年季を漂わせようとしているような口振りだ。「丸まって落ちていた紙は、自殺した小塚原安一さんの遺書以上の意味はないでしょうよ。それで事態はおさまる」

溶け残っていた和紙を剝がして、洋紙の印字面は明らかになっていた。ある書籍の一ページだったのだ。スペインの詩人の作品集で、『フランシス・デ・ケベド　傑作集』。副題は、収録されている詩のタイトルから、『死を超えた絶え間ない愛』。この作品集の中の、ソネットの一部。


私の時代は苦しんでいます。

私の狂気が隠れる時間。

方法や場所を知ることができずに、
健康と年齢が逃げました！
人生は失われています、生きてきたものは助けになります、
そして、取り巻かない災害はありません。

昨日は去りました。明日は来ていません。

今日、ポイントは止まることなく進んでいます。

私は過去であり、将来であり、そして疲れています。

といった内容は、辞世の思いを託したとしても不自然ではない。この書物は、小塚原が使っていた和室の書棚にあり、その該当ページが切り取られていたことが判明している。さらに、薄くて上質なその紙片からは、鮮明な指紋として小塚原安一のものが検出されていた。彼の身の回り品から採取した指紋と一致していたのだ。

奥山刑事は、ボソッと付け加えた。

「和紙など、その辺に落ちていたものが濡れて張りついたのかもしれん」

駒生が澄ました顔で聞き返す。

「接着剤の類《たぐ》いは、まったく検出されなかったのですか？」

答えは得られなかったので、彼は続けた。

「呼出状というのも理に適《かな》っていると思いますけどね。普通に考えれば、電話かメールで呼び出すでしょうけど、記録が残ってしまう。電子機器というやつはね。小塚原さんのスマホは破壊されたとしても、電話局や通信事業所の記録は消せない。でしたら簡便な次の手として、アナログに、手紙やメモを見せるってことをするでしょうね。遺書だとするなら、なぜ、丸めて投げ捨てます？」

「よければ、付け加えさせてもらうよ、刑事さん」と、エリザベス。「いや、よくなくても言わせてもらう。小塚原の遺体は、海の中を何日も漂った後で発見されるというのが犯人の想定だろう。もちろん、永遠に見つからないことも普通に起こり得るから、犯人にとってはこれが最良のシナリオだ。発見された場合でも、長い期間海中にあったなら、ポケットにおさまっていた〝遺書〟もボロボロだ。和紙の部分は微塵《みじん》も残っていない。それでもかすかに、インクが染みるように残っていたり、接着の役に立つ成分が微量検出されたりするかもしれない。だが、文字が判読できるかどうかも怪しいほど傷んでいる〝遺書〟が見つかった時点で、自殺と決め込んでいる者や、自殺説で満足したい者は、〝遺書〟に違いない物が見つかったということだけを重要視し、他の些細《ささい》な点には目をつぶる。汚れ、で済ませてしまう可能性大だな。きちんと鑑識データが出揃っているはずの今でさえ、都合のいいものにしか目を配っていないようなのだから」

奥山刑事はかなり懸命に、憤懣《ふんまん》ぶりを押し殺している。

「ご高説、痛み入る。ではついでに、お教え願いたいな。自殺でないとしたら、誰がどうやって被害者を崖から転落させる？　不可能だ。崖の突端まで残された靴跡からは、小塚原安一さんの自由意志しか感じられない」

「でもですねえ」今度はアリシアが、冷ややかとも見える視線を刑事に向けた。「あの小塚原さんが自殺するなどとは、とても信じられないのですけどね。その根本《こんぽん》からすでに、大きな疑問です。いやに文学的な遺書まで用意して」

葵は、やや遠慮がちに訊いた。

「動機がありますか？　小塚原さんが自殺する動機なんて、ちょっと……」

想像しにくいな、というのはエリザベスもまったく同感だった。

「一年前の事件とすんなり結びつけられ……」

そこで、傍らの同僚から投げかけられる視線を感じ取ったのか、奥山刑事は口を閉ざした。明かしていい捜査内容の範囲から踏み出しかけたようだ。

「昨夜のもう一つの事件、ヴィラでの件で確認させてもらいたいですな」額《ひたい》の広いその同僚刑事が矛《ほこ》先《さき》を変える。「ヴィラの玄関扉の鍵は、二つあるそうですね。一つは秋美さんの供述どおり、彼女の服のポケットから見つかっています。それで、滝沢葵さん。もう一つの鍵がどこに保管されているか、ご存じでしょうか？」

「ええ」質問の趣旨に戸惑うように、葵は瞬きしている。「鍵は二つとも、リビングの電話台の横にある収納棚の抽斗《ひきだし》にいつもは入っているはずです。保管と言うほど厳重なものではないと思いますけど……」

「小塚原安一さんは承知していたと思いますか？」

「さあ」と、葵は首を傾《かし》げ、アリシアが、「知らなかったんじゃないかしら」と応答する。「ヴィラに興味ありませんでしたしね」

「ですと……」刑事はもったいぶって告げた。「秋美さんが襲われた時、アリバイがなくてヴィラの鍵の所在を知っているのは、葵さんだけということになりますな」

「わたし⁉」葵は腰を浮かしかけた。

ざわつく中、エリザベスは今発せられた刑事の言葉の意図を考えた。密室状況を打開するために、鍵の所在が関係するという思考だろうか。

どうやらそのようで、刑事は、

「襲撃者が煙の如く消えてしまったというふざけた事態には、このようにすれば説明がつくかもしれません」と語り始めた。「南さんとキッドリッジさんが駆けつけ、南さんがヴィラ周辺を見回りに出た後、襲撃者は玄関から普通に出て来たのですよ。そして、鍵を使って施錠した」芳《かんば》しくない視線がエリザベスに向けられ始めている。「そのことを、キッドリッジさんが黙っていれば密室とやらの完成です。まあ、キッドリッジさんが南さんの安否を気づかって、玄関前から移動して辺りを窺ったりしたのであれば、その隙に犯人が抜け出して闇に紛れたということも有り得ますがね。しかし最初に言ったように、キッドリッジさんと犯人の間で口をつぐむ成約が交わされたケースも有力でしょうね」

まったく見当はずれであるのは、エリザベスにとっては自明だった。あの時、南美希風の安否が気になっていたのは確かだが、気になったのは周囲すべてからの情報であって、辺り全般に気を配っていた。玄関前は離れずに。

玄関からは、日本の慣用句で言えば、ネズミ一匹出て来てはいない。虫の一匹も、火の粉の一粒も出て来てはいないのだ。

アリシアがちらりと視線を送ってきただけで、刑事の推理に気持ちを大きく動かされた聞き手はいないようだった。駒生などは、反論をぶちかましてやりなさいといった、面白がる顔をしている。

だがこうなると、わざわざ反論する気も起きなかった。こうした反応の薄さに顔をしかめた刑事は、自説を固めるかのように声を強め、

「アリバイに関しては、我々は今朝になって、赤木達史《たつふみ》のそれも調べましたよ。彼は昨日の夕刻すぎ、滝沢秋美さんに暴力を振るったのでしたね？　昨夜の十一時頃は、入浴を済ませて寝仕度《ねじたく》をしていたと、妻、同居している娘夫妻が裏付けています。滝沢邸にいた人たちに話を移すと、南さんとキッドリッジさんにはアリバイがある、としましょう。駒生さんと生《しげる》さんは、リビングでギターを演奏し合っていた」

駒生はこの間、記憶を反芻《はんすう》するかのようにギターの弦を爪弾《つまび》く仕草をした。

「厚司氏とアリシアさんは、夫婦の寝室で寝入ったところだったそうです。葵さんと、小塚原さんは、自室で寝ていたということで、アリバイがあるとは言えない。まあ、細かく異議を唱えるのであれば、夫婦間の供述に証拠能力はないとして、厚司氏とアリシアさんのアリバイも不確かだとするかもしれませんが」

この言葉の途中で、通路側から一人の女性が静かに近付いて来ていた。すらっとした体形を、黒いパンツスーツがさらに引き締めている。年齢は、四十の手前か。きっちりと固く梳《す》かれた髪は、後ろで小さく結ばれている。横長レンズのメガネの奥にある両目も、少し横長具合が強く感じられる鋭さがあった。

無造作にパンツのポケットに入れていた両手を出したところで、気配を察して二人の男性刑事が振り返っていた。二人の表情は微妙だった。肌合いの違いや煙ったさを覚えながらも、表向きは敬意を払っ

ているというふうである。

三人は近付き、しばらく小声で何事か話していた。様子からすると、女性のほうが立場的に上位にあるようだ。そしてそのうち、割り切れなさそうな視線を残して男たちは去って行った。

エリザベスは初対面だったが、他の者とは面識があるようで、目礼が交わされていた。

「刑事課の平泉と申します。昨夜は、この病院での聴取を担当しておりました」

エリザベス相手に、女は丁寧にそう名乗った。

エリザベスも名乗ると、一礼してから、平泉刑事は一同を鷹揚に見回した。

「今のアリバイの話は、忘れてくださってけっこうです。もっと根本的なことを言えば、ヴィラでの件に関しては、捜査で煩《わずら》わせることはもうなくなると思います」

空気が一新されたかのようだった。頭の中で、思い悩む対象がひっくり返されたも同然だ。だが、一新されたといっても、すっきりしたわけではない。むしろ、次の、大きな基本的な疑問が胸中に押し寄せてくる。

——まるで、捜査終了の宣言のようだ。

「実は、ヴィラで滝沢秋美さんが昏倒した出来事には、事件性はないと判断したのですよ。先ほど、刑事課の上のほうでそう結論づけました。担当医との話し合いで、昨夜遅くにはそのセンが有力視されていたのですけれどね」

性急に問いかけようとするアリシアと葵の声がぶつかり合った。驚きが声にこもっている。

「事件性がない⁉」「事件では——犯罪ではないということですか?」

驚いているのはエリザベスも変わらなかった。いつの間にか立ちあがり、平泉刑事との距離を詰めていた。

「秋美さんは、殴られていないと?」

「医学的には、それも有り得るそうです」

口々に疑問を発する他の三名も、皆、立ちあがっていた。

平泉刑事は一歩だけ下がり、落ち着くようにと手振りで制する。

「まあまあ。今、ご説明しますから。言ってしまえばこれは、重度の脳震盪《のうしんとう》がもたらす、ちょっぴり稀《け》有《う》な長期的な症例なのだそうです」女性刑事はそう語っていく。「頭部外傷が治ったとしても、引き続き、脳震盪の後遺症が長く続くことはよくあるそうです。頭痛やめまいは想像できますが、疲労感、不眠なども発症することがあり、音や光への過敏性、記憶障害、情緒的不安定なども起こり得る。これらを脳震盪後症候群と呼ぶそうです」

葵が訊いた。「記憶障害が、今回なにか……？」

「今回はそれではありません。脳震盪が起こす昏倒そのものの発症です。直接にはなんの打撃も受けていないのに、意識を失うことがあるそうです。大変な脳震盪を経験した患者には、稀《まれ》に、長時間経ってからこうしたことも起こるとか。担当医が昨夜じっくり秋美さんから話を伺ったのですが、三ヶ月ほど前にも、こうした意識喪失は起こっていたそうですね」

「あっ……はい」アリシアはたじろぐ様子で、顔色も少し青ざめた。

「ご友人たちと遊んでいる時に、急に昏倒したのですね。救急車が到着した頃には意識を回復していた。一応頭部の検査がされたけれど異常は認められなかった。不意に意識を失って倒れたのは、保護観察処分の決定が下される頃にもあり、この時はストレスが原因とされた。しかし原因は――遠因は、一年前の事件での脳震盪だったようです」

「あっ」エリザベスは、思い出して声をあげた。「そうした症例の論文を目にしたことがある。スキー場で転倒して頭を強打した娘さんだ。意識不明が何日か続いたが無事に回復し、経過も順調に思われていた。しかし何ヶ月か経った頃、理由が見当たらないのに唐突な意識喪失に見舞われた。原因は結局不明。ところが、これがまた発生する。原因が判明したのは、脳震盪専門の高度な研究機関を受診してからだった」

「キッドリッジさんは……」平泉刑事は幾分か目を見開き、エリザベスに視線を据えていた。「法医学者でしたね。医学的な専門知識も有している……」

エリザベスは平泉に軽く頷いて見せてから、駒生たちの顔を見回した。

「イメージとしては、こうだ。震盪とはつまり、揺れ動くこと。震動が起こっている。波が発生していると言ってもいい。この波が、頭蓋の中でずっと反響しているという恐ろしい状況だ。いろいろな角度から反響してきた波が重なり合った時、それは大きな波となるし、その波が生じた場所が意識のスイッチにかかわるポイントであれば、不意の昏倒が起こるということだ。安全装置が働いてスイッチが切れるケースもある」

「頭蓋の中の震盪か……」恐ろしそうに、駒生は呟いていた。侮れないのだな、という顔色だった。

平泉刑事が説明の先を続けた。

「今回は、打撃なき昏倒を引き起こしたきっかけがあったのではないかと担当医は見ています。夕刻――と言いますか、七時半すぎですね、赤木という老人に突き飛ばされて、秋美さんは頭部を負傷した。震盪も生じたのでしょう」

ハッとして、エリザベスは再び声を発した。

「セカンドインパクト症候群！　――その一種か」

平泉刑事がまた、目を少し見開いた。

「中野医師《なかのせんせい》――担当医ですが、彼もそれを口に出していましたよ」

「その症候群って？」アリシアが、エリザベスと女性刑事を交互に見やる。

エリザベスが応じて、

「脳震盪の後に短期間で二度めの衝撃を受けると生じる症状のことだ。重篤な症状を引き起こす危険がある。秋美さんの場合、脳にはすでに震盪が慢性的に続いている、と見ていい。そこに、石垣に倒れた時にセカンドの衝撃を受けたとしたら……。波及し合った悪影響が多少の時間をあけてピークに達し、脳をシャットダウンさせた」

すぐに、平泉刑事が安心させるように補足する。

「重篤な症状がないか確認するために、担当医は今朝一番で精密検査をしたのですよ。その結果、血腫《けっしゅ》などの異変は見つからなかった。問題はないとのことです」

アリシアは安堵の息を吐いたし、その思いは全員に共通するものであったろう。

「珍しい症例ということもあって、興味と興奮があったのでしょう、担当医は深夜遅くまで何時間も慎重に検討し、説明してくれました」

気持ちは判る、と思ったところで、エリザベスは我に返ったようになった。

「いや、しかし……。症例として起こり得ることは理解できる。だがね、だからといって、何者かに襲撃されて殴打されたことを否定できるのかな？　事件ではなく病変だと、なぜ決定できる？」

平泉刑事は慌てる素振りもなく、

「頭部の外傷的な所見が第一歩です。そういうことでした。確かに、厚いヘアバンド越しに表面の滑らかな鈍器で殴られた場合、裂傷が生じなくても不思議はありません。しかしそれにも限度があります。秋美さんの後頭部には、治ったばかりの中度の外傷がありました。ところが、この傷にもまったく出血がないのです。傷が悪化していない。倒れるほど殴られたのに、あの傷がまるでひらいていないというのは考えられないそうです。さらに、新たな内出血も確認できなかった」

内出血も生じていなかったと言われては、エリザベスも口を閉ざすしかなかった。

「頭部全体や、延髄《えんずい》から脊髄《せきずい》——こういった首筋にも異常はなしとのことでした。こうした所見から鈍器損傷の見立てを疑い、他の医療スタッフとも協議して、脳震盪後症候群の一パターンとの診断になったようです」

駒生が発想に自信ありそうな口振りで、

「電撃銃のような武器はどうです？　感電で麻痺させる」

と問いかけたが、女性刑事はたやすく弾き返した。

「そうした武器の場合、少なからず火傷の痕跡が残るそうですが、それも見つかっていません」

「なるほど〜」駒生は全面降伏のポーズで両腕をあげた。

「診断は確かなものだとしよう」エリザベスは、視線を平泉刑事の目に合わせた。「いや、そうしたいところだが、そうなると、次の疑問が立ち塞がるな。わたしと南美希風が目撃した人物はどうなる？あの襲撃者は、脳震盪の後遺症が見せた幻ではないぞ」

平泉刑事は、メガネをつまんで位置を調整した。

「ええ、それなのですよ……。現時点では、密室犯罪という問題はクリアーできたかもしれませんが、密室という謎が半分は解消したと言って満足はできないでしょうね。密室が半分だけなくなったという見方は意味がないからです。ヴィラに滝沢秋美さん以外の何者かがいたという密室事案は謎として残ってしまう。不可能性はそのままです。しかも、目撃者は一人ではなく、一人は法医学者で現場経験は豊富。もう一方《ひとかた》も、ある程度場慣れしているらしい。信頼度は高い目撃者たちと言えるでしょう。とはいえ……」

平泉刑事の目が真正面にあり、幾つもの問いを発していることはエリザベスにも容易に感じ取れた。感情的にはならずに問い詰めているし、目撃内容になんらかの変更が生じないか、確認を求めてもいる。

「平泉刑事。謎を解きたがっている者にとっては残念だが、わたしの供述は変わらないよ。襲われてはいなかったと、イメージを修正しても、目にした内容に不確かな要素は生じないな。雑な見間違いではない」

ふむ〜、と、平泉刑事は細く息を吐き、

「もう一方のご見解もお伺いしたいですね。もしや、という見方が現われないかどうか」

「電話してみたら」

と駒生が軽い口調で提案し、頷いたエリザベスはスマートフォンを手に取った。

「診断結果も伝えてみよう。その情報をあの男がどう処理するか。……かまいませんね、平泉刑事？」

「ぜひ。どうぞ。ここは携帯《ケータイ》電話を使用してもいいエリアです」


南美希風は漁船の上だった。滝沢厚司とその息子、生《しげる》もいた。老船長は、漁協ナンバー2の大ベテランだという。

小塚原安一が転落したと思われる絶壁の正面まで、岬を回り込んできたところだった。〝スペイン岬〟の断崖は物も言わず、どこか威圧するようにそびえている。

下から見あげるとなおさら、そそり立つ岩壁という動かしがたい堅牢さが、非情さまで持って視野を圧する。今朝《けさ》見た時よりも、海面は少し上昇しているようだ。

老船長の、かなりくせの強い漁師言葉で説明されたところによると、いま海面下にある〝堤防〟は油断できない暗礁であるから、漁船はそれを越えて入り江には入らないとのことだった。外洋を見て回ることになる。

遥《はる》か先、断崖の上には、警察職員の人影がちらりちらりと小さく見えた。

「催眠術でもあるまいし、安一さんはなぜ、絶壁まで真っ直ぐに……」エンジン音の中ではあまり聞き取れないほど小さく、厚司は言って断崖を見つめていた。「セイレーンかなにか、海の魔女に魅入られて誘い込まれたかのようだ……」

「遺書とされる、詩集の一ページだけど……」生は最初に美希風を見て、それから視線を父親に向けた。「あんなこと、叔父さんがするかなぁ？　急に、文学って、似合ってない気がするけど。本を切っちゃうというのは、やりそうだけどさ」

あの〝遺書〟は、滝沢夫妻が警察から見せられ、書棚にある詩集から切られたものだろうと進言していた。

「横着さは安一さんらしいとも言えるな」海風で、厚司の口髭がわずかに揺れている。「まあ確かに、詩の一部をふと記憶の底から引っ張り出したというのは、彼のイメージには合わないかもな。……だが、判らんさ。内面など複雑だ。照れ隠しのように、ナイーブさや趣味、ファン的嗜好《しこう》を表に出さない男もいるだろう。お前の母親から聞いたことがあるが、安一さんも若い頃はフランス映画にハマっていたりしたそうだからな。もっとも……」

船縁《ふなべり》をつかんで揺れを抑える厚司は、美希風に視線を合わせた。美希風も、足を踏ん張って揺れに耐えながら、厚司に顔を向けていた。

「そう受け取ってもくれるだろうと、犯人が計算したと見る必要があるんだろうな。南さんの指摘を踏まえれば、あれは遺書とは思えない。遺書なら丸めるはずがない」

生が思いついたように言った。

「照れ隠しなんじゃ？　叔父さんは急に、あの遺書が恥ずかしくなったとか。柄じゃない、と思って捨ててしまった」

応じて、美希風は言う。

「それならば、あの道では捨てないでしょう。見つかってしまいますから。投げ捨てるのに格好の海がありますよ。それに、バラバラにちぎったと思います」

「捨てたのではなく、落ちたのに気づかなかったのだとしても」厚司は、結論を語る口調だった。「崖の突端まで行った時、持参しているか確かめるだろう。ないことに気づいて、それならそれで仕方がないとあきらめるにしても、自殺を伝え残そうとしていた者が靴も脱がずに身を投げるかな？」

こうした会話の最中、操舵室にいる老船長が無線に出ていた。その声が高まり、美希風たちの耳にも届いた。

「なにっ！　見つかった？」

ハッとした三人は、老船長の声がよく聞き取れる場所へと移動した。

「山《やま》っちゃんの船か？」

興奮気味にしばらく交信してから、老船長があらましを伝えてくれた。水死体を発見した漁船には、まだ捜索の要請は届いていなかった。操業を終えて引き返して来る途中でたまたま、海上を漂う遺体を発見したのだ。引きあげられたホトケは、五十歳代と思われる男性。溺死というよりも、確かに岩場に転落したと思われる外傷がひどいという。

発見場所は、半島沿いに東へおよそ二十キロ。それほど沖へと出てはいなかったという。

「顔は見分けられるってんだが、見てみるかね？」

三人は意気込むことはできなかったが、もちろん、否定的な色も見せなかった。

老船長は黙ってスマートフォンの操作を始めた。相手と会話して、それから映像を受け取ったようだ。その画面を、美希風たち三人のほうに向ける。

左側を下にしている男の頭部――。下になっている側頭部には激しい傷がある様子だった。だが、伝えられているとおり、容貌は容易に見分けられる。濡れた髪が乱れて張りついている、小塚原安一の両目を閉じた顔だった。

厚司が、船の動きに揺すられながら、無言で頭《かぶり》を縦に振った。

「そうかい」

短く言って、老船長は相手側と言葉を交わす。

美希風は、つい、尋ねたいことを口に出していた。

「どれぐらい前に亡くなったのか、判りますか？」

やり取りしてもらって得た答えは、数時間以上は海に浸《つ》かっていたのではないか、というものだった。

無論、それ以上細緻《さいち》な推定などはできなかった。

電話を切ると、老船長は、消沈する三人を慰めるかのように前方を見たままで口にしていた。

「いやあ、よく見つかったなホトケさん。それもこんなに早く。見つからんでも普通だで。奇跡的だって。〝壺入り江〟内でしばらく漂っていたから、外で潮に流される時間が短かったんだろうさ」

もう一度老船長は、ホトケさん、よう帰って来なさった、と呟いた。それから、捜索対象者発見の知らせを、各所に無線で伝え始めた。

帰港するために大きく舵《かじ》が切られ、三人が踏ん張っていると、美希風のスマートフォンに電話の呼び出しがかかった。

「キッドリッジさんからです」

告げてから電話に出た美希風は、「実はつい今しがた……」と、小塚原安一の遺体を海上で発見したと相手側に伝えた。病院にいる彼女らにも、動揺と心痛の思いが広がっていくようだ。

発見時の様子や判明している事実を聞き取ると、若干の間をあけてから、エリザベスは、こちらにも大きな新事実があると口にした。

まずは、精密検査の結果、滝沢秋美に問題はないことが知らされる。船上の親子は安堵の視線を交わし、美希風は、電話をスピーカーに切り替えた。

『ある診断をもとにした捜査結果が、ヴィラの事件に新展開をもたらした』

「新展開とは、どのような？」

そうして、エリザベスから詳細な情報が伝えられてくる。

「脳震盪の——⁉」

内出血を含め、外傷が皆無であることから、脳内の病が昏倒の原因であろうと、医師と刑事たちは判断したという。

「昨夜遅くには、その判断を警察も共有していたのですね。だから、現場であるヴィラに修繕の手を加えることも早々に認めていたのか」

後遺症の重さが継続していることを知って厚司が、「秋美は本当に大丈夫なのだろうな？」とうろたえ気味の声を出すのをなだめすかしながら、エリザベスはまだ戸惑いを払拭し切れないような口調で、

『この件に関しては、犯人は人間ではなかったことになる』と、結論めかせた。

「頭蓋骨の中という完全なる密室に犯人はいた、とも言えますね。——いや、余計なことを言いました。でも、そうなると……」

『そうだ。わたしと君との目撃証言が謎として残る。こうなってみると、君の証言は揺らぐかね？ここにいる平泉刑事はそれを知りたがっているのさ。あの時ヴィラは、秋美さん以外無人だったと思うかね？』

「無人……。無人ですか——」

滝沢厚司と生、そして老船長も、奇妙なものを目にしていると感じたことだろう。問いの趣旨からして、南美希風は信用を問われているようなものだし、自信を持って明言した内容の修正にも苦慮する必要がありそうなのに、男の目は輝きを増していくようだった。美希風は気を漲《みなぎ》らせ、声の調子をあげてゆく。

「無人！　それならば筋が通ります」

『なんだって⁉』

エリザベスが驚きの声をあげるのも当然だろう。聞いていた誰もが、疑問の平手打ちを浴びたような表情だ。

『では、君は――』エリザベスが急《せ》き込むように言葉を返す。『とっとと自説を枉《ま》げるのかね！　自分はヴィラの中に、誰の姿も見ていなかった、と？　だがわたしは、見たものを否定できないぞ』

「でも、キッドリッジさん。目撃者が当てにならないことは、経験上よくご存じでは」

『その目撃者が自分なんだぞ。どう疑うと言うんだ。宣誓しても、わたしはあの目撃内容を堂々と繰り返す』

「そう……」美希風は、今朝方《けさ》の会話を思い出すかのように、ちらりと生に目をやった。「自分の信じる神に誓って、ですね。でもそれは、眼球の上における神の証言です。視覚情報の最終判断は、個々の脳髄がしますからね。そこでも神が証言してくれているかは慎重に見極めなければ」

なにかわめこうとしているエリザベスを、美希風は制した。

「キッドリッジさん。僕たちが目にしたのは人影であって、生身の人間であるとは限りません」

波の周期一つ分ほどの沈黙が生じた。

『……どう違う？　いや、違いは判るが、具体的にはなにを示している？』

「あのヴィラのような密室状況の謎に遭遇した時、すぐに幾つかの初期的な解答が思い浮かびます。その中の一つが、鏡です。右側――我々から見て、秋美さんの右側にワードローブがありましたね。その観音開《かんのんびら》き戸の左側、奥に位置する戸には鏡がありました」

『……それは事実です、平泉刑事。戸の内側には、縦に長い、やや大きな鏡があった。……美希風くん、それで？』

「秋美さんがリビングダイニングから玄関口へと歩いている時、すでにそのワードローブの戸があいていたとしたら……。角度にすると、百三十五度ほど。鏡の左側にある光景は、直角に反射して我々の目に届くわけです。さて、秋美さんはその前を手前へと通りすぎた。この時、彼女の姿も鏡に映ったはずですが、我々が彼女の姿を目で捉えたのはその直後からだった。この時は、鏡は彼女の背のほうにあって隠れていた。ああ――思い出してください、キッドリッジさん。あの時の、一ヶ所だけで灯っているぼんやりとした照明。彼女の背後のほうの薄暗さ。歩いていた彼女は、少し左側に体を揺らすように位置を変えました。その動きによって――」

『美希風くん。ちょっと待った。……平泉刑事の聞き取りによると、秋美さんは手にしていたタブレットを、その時落としかけたのだそうだ。それで、体勢が左側へと少し移った』

「なるほど。右手で抱えていたタブレットですね。その移動によって、彼女のすぐ後ろにあった鏡が――鏡に映る映像が我々の目にも届くようになったのですよ。秋美さんの背後、左のほうにいる人影が鏡面に浮かんだのです」

キッドリッジは思い出すようにしてから、

『トイレのほうだな。壁の角の向こうに、なにかがいても不思議ではない。しかしだ――』

エリザベスの言葉の途中で、美希風は先を続けた。

「そして次の瞬間、秋美さんは意識を失って急激に倒れ、この時、ワードローブの戸に肘でもぶつかったのでしょう。当然、鏡は弾かれた動きで背後へとさらにひらく。目撃者の目には、人影が身を翻したように見えても当然でした。反動で戻ってきた戸は、ぱたりと閉じたのですよ」

エリザベスは、一つ息を吸った気配だ。

『基本の形としては納得できる解説だな。しかしその説には大きな欠点がある』

「さすがに指摘が早い」

『距離とサイズの関係だよ、美希風くん。鏡に人影が映ったと言うが、そのように見誤らせる物はあの場には一切なかった。衣服も、人形も、肖像画もな。余計な品はなにもないすっきりとした場所だ。つまり、やはり誰かがいたからその姿が反射して見えたのだ。少なくとも、自分の目撃した内容の質からしてわたしはそう判断する。すると、考慮すべきはこの人物と鏡の距離だな。鏡との距離が離れれば、その人物の姿は鏡には小さく映る。当然のことだ』

「ええ」

『しかし我々が目にした人影は、まあ、等身大だった。そうだろう？』

「そうですね。だからこそ、秋美さんのすぐ後ろに何者かがいたと咄嗟に思った」

『つまりだ、鏡とその人物との距離は、さほど離れていなかったのだ。せいぜい、左側の壁の角のすぐそばの陰にいたというところだろう。それ以上離れれば、明らかに不自然なほどに小さな人影になる。そして、それ以内の距離にいるということは、言い換えればヴィラの中にいるということで、結局、その人物はどうやってヴィラから消えたのだという謎がそのまま残る。密室から消えた者が、やはりいることにならないか』

　聞きながら小刻みに頷いていた美希風が口をひらく。

「その最後の謎は突破できるのですよ」声は抑えられていたが、気持ちの高ぶりは増していることが聞く者たちには伝わったろう。「滝沢秋美さんが誰にも襲撃されていなかったという事実がもたらす推定によって、あの夜の時点での不可能犯罪二つが、一気に解決します」

『……二つ？　一気に？　……もう一つの不可能犯罪というのは、転落死のことだな？』

「そうです」

　美希風は、離れつつある入り江のほうを振り返りながら言った。

「なぜ小塚原さんが〝スペイン岬〟の断崖絶壁から転落しなければならなかったのか、それの説明もつく。トリックが解き明かせます」

　厚司も生も、唖然としている。急に、どこからそのような解答がわいて出てくるのか、想像もつかないという顔だ。美希風の言葉の正しさを危ぶんでさえいるようだった。

エリザベスとその周辺にも、同様の反応が広がっているらしい。

「とりあえずは、キッドリッジさん。ワードローブの戸があの時あいていたのかどうか、秋美さんに確かめてもらえませんか。そこが違っていては仮説もなにもないので」

9

病院の二階にある滝沢秋美の個室で、診断結果が家族らに対して丁寧に語られ終わった時、時刻は十一時になろうとしていた。医師の説明した内容は、平泉刑事が語ったものと相違なかった。最後に担当の中野医師は、脳震盪に高度医療を施せる病院を紹介して退室した。

エリザベスたち四人の他に、平泉刑事も残っている。

ベッドの枕元に立つアリシアは、娘の左手を大事そうにそっと握っていた。映画の一シーンのようだが、まったくの自然体だった。豊かな褐色の髪の輪郭が、窓からの陽光で輝いていた。

自販機でそれぞれ——平泉刑事以外の者——に飲み物を買って来た葵は、秋美の好みのピーチジュースをかいがいしく手渡したりしている。

小塚原安一の姿が見えないと今朝がた判明したことや、遺体が発見されたことは、秋美にはまだ知らされていなかった。しばらく母親たちと言葉を交わし、気持ちを平静にしてからおいおい伝えることになっているのだ。

ベッドの上半身側を起こして横たわっている秋美の、血色は悪くなかった。瞳は思索がちに潤んでいると見えるが、口元には笑みを浮かべようとしている。

「犯人がいなくて、よかった」

「大変な病気を抱えていることが判ったのよ。大事に治さなきゃ」

「判ったってことが幸いだよ。そうでしょう、龍平さん？」

「完璧な治療のためなら、世界中のどこの病院にも連れて行ってあげるよ」駒生は力強く親指を立てて白い歯を見せる。「病床で儚《はかな》げな君にも、おつな魅力があるけどね」

「やっぱり？」

笑い声が弾む中、エリザベスは切り出すことにした。ワードローブの件だ。すでにアリシアが、日頃の様子は説明してくれていた。玄関スペースにあるあの鏡は、身だしなみチェックにちょうどいいので、戸を閉めずにおくのも普通のことだという。あけておかないと湿気がこもりやすいという事情もあるそうだ。

「秋美さん」と、声をかけた。「知らなければならないことがもう少しあってね。聞いていると思うけど、わたしと南美希風は、あの時ヴィラの中に人影を見ているのだ。この謎もすっきりさせたいからね」

口元で傾けているペットボトル越しに、秋美はコクリと小さく頷いた。

「倒れたあなたのすぐ脇にあったワードローブの戸は、あの時あいていたのかな？」

「はい。あいていました。入った時からそうなっていて、そのままにしていたんです。そうなっていることも多くて、気にしませんでしたけど……」

語尾には疑問が含まれていた。

聞き手たちは第一歩の納得を得た表情だが、平泉刑事だけはポーカーフェイスだ。

「そう」落ち着いた声で、エリザベスは秋美に応えた。「それはそれでOKだ。もう一つ確認したいんだが、ワードローブの反対側に、人の姿と見間違えそうなにかがあったかい？　ぶらさがっていた衣服とか、光と影の模様とか」

秋美は、自分のほうが尋ねたいといった、半分呆《ほう》けた顔だった。

「なにもありませんよ。ないはずですけど。あそこは、ただの壁と通路です。……なにかがあったのですか？」

「いや、なくて問題ない。まったく、美希風くんはなにを言っているのか。亡霊でも立たせたいのか」

駒生が肘でエリザベスを小突き、すぐに声を出したのは葵だった。

「あなたはもう心配しなくていいのよ、秋美ちゃん。目撃証言のことは、大人があれこれ探るから。南さんは、大方《おおかた》のことが判っているみたいよ」

かなり安心した様子の秋美がペットボトルをサイドテーブルに置くと、さて、とピリオドを打つかのように平泉刑事が大きく息をして、エリザベスたちに向き直った。

「これから探ることは探るとして、秋美さんがなさったある決断を、保護者の方々には聞いていただきたいのです。あまり先延ばしにはできないので」

彼女はここで、再確認するように秋美とアイコンタクトを取った。秋美の表情が目に見えて引き締まる。眉間が少し狭まり、目には、重く真剣な光が宿る。肌も白くなった感があり、横からの陽射しがさやかな産毛《うぶげ》をチラチラと焼く。

そんな様子で、滝沢秋美は刑事に向かって頷いた。

「えっ。なんなの？」

娘と刑事を交互に見やるアリシアは、身構えるように厳しい気配で尋ねていた。

しかしこれをかわすように、平泉刑事は、淡々と説得する口調になる。

「ただし、今は、お父様の厚司さんが移動中で、きちんと時間が取れませんからね、話に参加していただける時まで待ちましょう」

それも当然だったが、切り出されるところだった大事そうな話も気にならないはずがなく、特にアリシアは先を知りたがって語気を強めさえしたが、最終的には納得して個室を後にすることになった。秋美には、心身をしばらく休める時間も必要だろう。平泉刑事は、この個室に目を配れる廊下で待機するという。他の捜査班と連絡を取りながら。

エリザベスたち四人は、ロビーで時間を過ごすことにした。例年であれば、厚司と手助けしてくれる男とで、〝スペイン岬の巨大人形火祭り〟の参加者や協力者にお礼や事後報告をする時間帯であったが、今回はそれどころではないので、アリシアが代わって必要な連絡を取っていくことになった。葵も手を貸していく。

そうした電話でのやり取りの内容を耳に留めて、「小塚原さんの死を知っている人は、もういるみたいだな」と、駒生が小さく言った。

「港を中心に情報は走るだろう」エリザベスは続けて、気になることを口にする。「それにしても美希風くんは、本当に、小塚原さんを死に追いやった犯人の姿に迫っているのか……?」

午前十一時四十二分。警察署の出入り口近くの狭い待合スペースに、南美希風と滝沢生は腰をおろしていた。生が描いた肖像画を燃やすために利用されたオイルについての情報は、すでに美希風に話されていた。靴箱の中にあった錆《さび》止め用オイルが使われたのだという。肖像画の燃え残りから検出されたオイルの成分が一致し、オイル缶からは指紋が拭き消されていたらしい。

そうした話の後は無言でいた彼らの前に、厚司が戻って来た。二人は同時に、糸に引かれたかのように立ちあがっていた。厚司は、遺体安置所に収容された小塚原安一の遺体の身元確認をし、所定の手続きを済ませて来たところだった。小塚原の身内と言えるのは、厚司たち家族しかいない。

刑事課はてんやわんやの様子だったが、三人には言葉もなく、静かに出口に向かった。まばゆい外光の手前、ドアがあいて外の温気《うんき》と室内の冷気が混ざり合っている中を通りすぎながら、厚司は呟いていた。

「安一さんは、姉と近い日付が命日になったな……」

駐車場で、三人は厚司の車に乗り込んだ。鼻をかみながらシートに座った厚司は、コーデュロイのジャケットからミントタブレットのケースを取り出し、「タバコくさい場所があって閉口したよ」とぼやいてから四粒ほど口に放り込んだ。

「南さんはタバコを喫《す》わないからいいがね」ぼやきの主《ぬし》は、文句めいた主張を続ける。「私が乗っていない時でもこんな狭い場所での喫煙は絶対に許す気はなくてね。灰皿には火薬が敷いてあるんだよ」

これは、「私の言うことを真に受けないほうがいい」と注釈を受けるまでもなく眉唾《まゆつば》だと判るが、次のは微妙だった。

「副流煙にしても、変な有害物質がこれ以上入ってくると、花粉症発症のレッドゾーンに達してしまうって」

後部座席の生は、話は五分の一ぐらいに縮小して聞いてください、といった顔をしている。

その表情を、やや気を揉むものに変えて生は、

「父さん。義母《かあ》さんから連絡がきてたろ？　秋美がなにか、大事な相談があるって。ここで聞く？」

「そうだな」

厚司は、それでもまずは、海上捜索に尽力してくれた人々のまとめ役に二、三電話を入れ始め、この間に生が美希風に小声で訊いた。

「小塚原叔父を葬《ほうむ》った犯人って、去年、秋美を殺しかけた奴と同じですか？　ヴィラの密室の謎が解けることで、犯人が絞り込めたりは……？」

ワードローブの戸はあいていたという報告も届いており、美希風が語った推理が形を取り始めていることは皆が知っていた。

「犯人を絞り込めるんだよ」その事実が苦痛であるかのような美希風の声だった。「ただ、殺意の発端は去年の事件に関連するのだと思うけど、そこは未解明だ。言ってしまえば、動機という極端に個人的な問題は論理的な推理の範疇外《はんちゆうがい》ではあるね。でも、そうであるにしても、今回のケースなどでは特に、無視はできない。あの事件が解き明かせていないのに昨夜の犯人のことを語っては、砂上の楼閣を創り出しかねないことははっきりしている。心情的な説得力が生まれないし、捜査の的を外す危険もある。人の名誉と人生にかかわるよ」

もっともだと、生は深く頷いた。疑われることの恐ろしさは、大学の事件で痛感していると言わんばかりに。そんなタイミングで、厚司は妻の電話をコールし始めた。

厚司にも時間ができたので、秋美の病床の周りに、平泉刑事を含めた五人は再び集まっていた。エリザベスは遠慮しようとしたが、なぜか、「あなたのご意見もあったほうがいいと思いますので」との平泉刑事の言葉で参加することになった。

エリザベスの参加は勧められたのだが、そうではなかった駒生龍平も当然のように後について来て、「ここまできて除《の》け者もないでしょうしね」と意見めいて言い、アリシアも、そして当の秋美もこれを拒まなかったので四人が顔を揃えることになった次第だ。

「いったいなんなの、秋美？」ズバリと、アリシアは訊いた。「刑事さんが知っているということは、いろいろと続いた事件に関係することなの？」

母親の目を見返して、秋美は、

「そう」と答えた。「戻ってこない記憶のことなの。わたし、記憶を呼び戻したいのよ。平泉刑事さんによると、その手段があるそうなの」

場の空気は、なかなかに混乱したといえる。一瞬の沈黙と性急な問いかけの声とが渾然《こんぜん》一体となった。

質問の矢の角度は様々であり、矢をつがえた弦の張り詰めぶりを無言で示す者もいる。

最初に答えるべき質問が一本に絞られた。

失われた記憶を再生する、無理のない手立てがあるのか？

「臨床心理学の専門家が行なうものです」と答える平泉刑事の目元は恬淡《てんたん》としていて、涼しげなほどだった。「催眠術を応用して、潜在意識にある記憶を解き放つのです。あえてリスクについてお伝えすれば、なんであれゼロとはいかないわけですが——」

「リスク？　リスクですって⁉」アリシアは顔色を変え、悲鳴にも近い声を発した。「危険のあることをさせられるわけないでしょう！」

電話の向こうでも厚司がしっかりとした説明を求めていたが、そのスマートフォンをアリシアは振り回して、どこかへ飛ばしてしまいそうだった。

「義姉《ねえ》さん」葵が、サッと手を差し出した。「スマホはわたしが預かっておくわ」

「え？　あ、ああ……そう」

葵は、スマートフォンを皆の前で集音マイクのように保持した。

「リスクがあるとすれば、記憶の混乱が起こるかもしれないといったことですが、これは本当にごくわずかな確率です」平泉刑事は続けた。「かつては、施術者の思い込みや予断などによって、捏造《ねつぞう》同然の記憶が植え込まれてしまったという事態もありましたが、これはもう大昔の話です。今では、安全で信頼に足るシステムが確立されています。アメリカでは司法の場でも有効利用されていますよ。そうですよね、キッドリッジさん？」

——なるほど、このためか。

エリザベスは、この場に招かれた意味を理解した。記憶再生法の補足説明のできる経験者と見なされたのだ。

「捜査が行き詰まっている時に用いられることはあるね。記憶をなくしている被害者に用いられることが多い。もちろん、他のケースも。裁判で証拠として扱われることはほとんどないが、難局を打開するためには大いに役立つ手段だ」記憶が鮮明になってくる。「わたしが接触したことのあるＦＢＩチームは、記憶再生活用法を、リコレクション・フォレンジックと呼んでいたな。フォレンジックというのは法医学の意味だが、彼らは、消された文字データや画像を復元する方法をデジタル・フォレンジックと名付けていた。その命名を、消えた記憶を復元する手立てにも転用した」

「リコレクションは、記憶とか思い起こすこと、といった意味ですね」と、葵が言う。

「精神医学の最先端の技量をもって、記憶を復元する法的手段だ」

平泉刑事は、親族か親友に向けるような眼差しを秋美に注ぎ、

「彼女から勇敢な相談を受けたのは、二ヶ月近く前のことでした。記憶を取り戻すための、なにか方法はないか、と」

「だって、ずっと不安に取り憑かれてる感じだし、悔しいし……」

と言葉を吐き出した秋美は、時々髪の房を引っ張りながら訴え続けた。知らなければいけないことではないのか。逃げ回っているようで、犯罪に負けている気がする。真実が見えれば、疑いを引きずりながらの、大事なものを欠落させたような生活も終わるのでは……。

「秋美さんの記憶が戻っても、それはもちろん証拠とはなりません」秋美の心情が聞き手たちの胸に届くのを待つような少しの間をあけてから、平泉刑事は語を継いだ。「こちらとしてはあくまでも、秋美さんのたっての希望に沿う道を探したのです。そしてそれは、一つの犯罪に白黒をつけ、真実を関係者全員に明かすことにも直結する。昨夜、秋美さんは脳にとっての負荷となる刺激を受けましたが、記憶が都合よく復活するということも起きませんでした。ですので、秋美さんの記憶を呼び覚ます施術計画は進めることになります」

『いやいや、そう簡単に進められても困る』厚司の声は厳しかった。『記憶再生法というのが外国の一部で活用されているといっても、一般的な治療ではないんだからね。臨床心理学の分析官にしても能力に差があるだろう。まして日本で、信頼できる分析官など見つかるかね。それになぜ、これほど大事なことから、我々保護者が今まで爪弾《つまはじ》きにされていた？』

「そうよ――」

アリシアも激高しそうになるが、これは秋美が手振りと懇願の視線で止めた。

「まず、分析官――臨床心理学者の先生のことをご説明します。高橋《たかはし》さんという女性で、ベテラン、アメリカで実績を積まれた方です。複数の警察組織から信頼を得、個人の依頼も受ける心理カウンセラーとして――」

「高橋珠実《たまみ》さんかな？」ふと記憶を刺激されて、エリザベスは言葉を挟んだ。「アメリカで、耳にしたことがある」

「その方です」平泉刑事は、ゆっくりと頷いた。

アリシアたちの問いかける眼差しにエリザベスは応じた。

「臨床の現場は見たことがないし、面識もない。しかし噂は聞いていた。確かに実績があり、迷宮入りしかけていた重要事件解決の時にも名前が出ていた」

「ドクター高橋は今現在、日本におられます」引き取るように平泉刑事が語る。「実は去年の十一月、非公式ながら警視庁から依頼を受けて、先生は見事に成果をあげられました。わたしは幸い、その時に知遇を得ていました。技能だけではなく、被験者に対する丁寧さや慎重さ、寄り添う姿勢になにより感銘を受けたものです。あの先生を知らなければ、わたしも、秋美さんにこのような手段は勧めなかったでしょう。ドクター高橋は、この依頼を引き受けてくださったのです」

その熟練の士の手腕を見てみたい。咄嗟に、エリザベスの心はそう騒いでいた。マジックミラー越しでも録画映像でもかまわない。興味を引くには充分の知的刺激であり、新体験となるだろう。

彼女のそんな欲求の上を通りすぎるように、平泉刑事の話は進んでおり、

「ただし、保護者の了承が得られれば、という条件で」

と、そこで刑事は指を二本立てた。

「わたしは、施術自体へのリスクはまったく感じていません。ですが、付随する大きなリスクが二つあると認識しています。一つは、記憶が復元できた場合に、秋美さんが殺されかけたほどの恐怖体験を思い出してしまうという点です。今は、好運にもそれが封印されている状態とも言えます」

スマートフォンから、美希風の声が聞こえてくる。

『記憶が封印されているのは、ショックを忘れ去りたいという安全弁が働いているから、とも考えられているわけですものね。その封印を解いて問題はないか』

「そこに問題ないと、確約できるの⁉」アリシアが即座に、その不安要素を突く。

「お約束できるのは、最後まで慎重に判断するということです。ドクター高橋はすでに一度、秋美さんとオンラインで面談し、記憶を復元させることの明確な懸念材料はないと見ました。この計画を進めることになれば、明日から直接の対面になります。ですが当然、性急なことはしません。施術する側とされる側の信頼関係がなによりも大事なことらしく、そうした関係性の構築からスタートするそうです。その後は、段階を踏んで記憶の底まで到達するのですね。もちろん、中止の判断も念頭に置くそうです。

……現時点で強く言っておきたいのは……」

平泉刑事の視線を受けた秋美は、身を乗り出した。

「そうよ。なにより、わたしがそれを望んでいるの。あの時のことを知りたくてたまらないの。平泉刑事さんからは、何度もそのことを問われたわ。覚悟を確かめられた。犯人の憎悪の顔を見て、暴力を振るわれるシーンを思い出すのよ、それで大丈夫？　って。大丈夫。知った真実で苦悩が始まったとして

も、それは、一年間先送りになっていたことにすぎないもの」

まだ言い募ろうとするアリシアを、次の秋美の言葉が沈黙させた。

「今のわたしは、ママが一番嫌う、嘘の人生を生きてるってことにならないの？」

平泉刑事は沈黙を逃さず、

「わたしが第二のリスクと見ます点は、保護者の方にもお伝えせずにいたことと関連します」と、次の要点へと話を進めた。「秋美さんの記憶が復元されるかもしれないということを、犯人には知られないほうが安全だろうと考えた結果なのです。保護者の方が、事実を知ったうえで情報を漏らすとは思えませんが、漏洩《ろうえい》事故は起こり得ます。情報を秘めている場所が増え、そして連絡網が広がれば、それだけ遺漏のリスクは何倍にもなって増えていきます。あくまでも、万が一を危惧《きぐ》し、万全を期したかったのだとご理解ください」

『秋美』

厚司の声は、低いながらよく響いた。

『……実は昨夜から、小塚原叔父さんの姿が消えていたことが判ってね』

大人たちの間には緊張の波が行き来した。

『岬から転落していたのだが、その遺体が先ほど海上で発見された。で、どうやら、その転落は何者かによって仕組まれたもののようなのだ。……判るね？　その何者かは、去年君を襲った犯人である可能性が高い。遂に人の命を奪ったのだ。凶暴な奴だ。その正体が暴かれるかもしれないと知れば、どんな手に出るか……』

さすがに秋美も考え込んだ様子だ。「叔父さんが……」と呟き、布団の上を凝視しながら唇を結んだ。

沈思の後《のち》、身の安全への不安とは違う方向性から秋美の応えは返ってきた。

「わたしが早く真実を思い出していれば、叔父さんの命が奪われることもなかったのでは？」

「やめるんだ」いつになく厳しい顔つきで、しかしそれでもどこかまろやかに、駒生が声を発した。「君に責任などなにもない。余計な重荷を背負うんじゃない。考えすぎるな。悲嘆など、黙っていても寄ってくるものを相手にするだけで充分だ」

口々に、同様の言葉がかけられた。

自分の思いを口にできる場所にしがみつこうとするかのように、秋美は布団に爪を立てている。

「わ、わたしが記憶を取り戻せば、叔父さんにそんなことをした人を突き止める役に立てるはずじゃない」

それは否定できない、とエリザベスも思う。役に立つどころか、犯人を名指しできるかもしれないのだ。

エリザベスは、平泉刑事に質《ただ》した。

「あなたがた警察は、記憶復元による彼女の証言が起訴事由《じゆう》にはならないことは承知しているんだね?」

女性刑事の両眼は、メガネのレンズと変わらないほど、素通しであるような硬質さを湛《たた》えている。

「捜査方針の目安がほしいのですよ」

「これほど革新的な取り組みに、前例重視に縛られがちな組織上層部が納得顔で融通を利かせているなんてことがあるのかな」

平泉刑事はどうも、孤立しつつ奮闘しているように、エリザベスには感じられてならない。

「……正直申せば、記憶を掘り起こそうとする今回の精神医学的な措置を、上司たちは見て見ぬ振りをしていると言えなくはありません。保護者が許可したとして、そこから先は滝沢家での私的なカウンセリング行為と見なすことができる。ただ、秋美さんは犯罪被害者であるし、わたしが臨床心理学者を仲介したということで、捜査班も安全確保には協力するという立場です」

「そしてうまくいけば、手柄は自分たちのもの、というわけでしょう」葵は、珍しく皮肉な調子だった。「両にらみしておく、つかみどころのない、鵺《ぬえ》体質ですね」

平泉刑事は、組織批判を避ける方向に舵を切った。

「それで、安全に対して万全を期す意味でもう一つ。秋美さんにはこの個室で一泊してもらいます。警護しやすいので。病院側の了承も得ています。わたしと、熱心に協力してくれる若手の私服とで見守ります。また、秋美さんの携帯電話《ケータイ》はわたしが預かっておきますので。彼女への電話等での接触もチェックできますから」

まだ多少の意見調整、そしてアリシアらからの注文などがありつつも、秋美が試みようとしているリコレクション・フォレンジックは進めようという流れになっていた。

駒生は微笑みながら、秋美の肩にそっと触れた。

「よく、やり通したね。外野も、心配したから騒いだんだけどね。これからは僕もチアガールになるよ。……飯は食べられてるかい？」

ベッドに身を屈めたアリシアは、駒生の姿も目に入っていないかのように秋美を引き寄せ、そのまましばらく抱き締めていた。

二階エレベーターホールの角で、エリザベスと駒生龍平は窓の外を眺めていた。アリシアと葵は、病院側と詳細を詰めているところだ。

決して良い景観ではないが、窓の外にはいかにも港町という佇《たたず》まいが眺められた。手漕《てこ》ぎの廃船を二階から吊りさげて看板にしている食堂があり、漁の安全を願うまじないか、民家の壁の多くには手書きの家紋めいたマークが勇壮に描かれている。

「小塚原さんが殺されたのであるなら……」エリザベスは、心にかかっていたことを口に出した。「その前後で、証人となる秋美さんの危険度が大きく異なるな。同一犯が小塚原さんを殺したのであれば、秋美さんの時の殺人未遂とは罪の重さがまったく違っている」

「口封じ、という乱暴な手段も現実味を帯びる」

駒生は、必要以上にしっかりと首を回してエリザベスの横顔に視線を留めている。話の内容は深刻なはずだが、さほど気が入っているようでもない。

「平泉刑事が秋美さんのスマートフォンを管理するというのは、賢明な防御手段だ。大金を支払うなどといった……なんと言ったかな、モンスターと同じ意味の発音だったと……」

「懐柔、ですかね」

「懐柔して彼女を味方につけて黙らせるというのは、秋美さん相手では現実味がないな。しかし、口をひらけば身内を傷つけるぞといった脅しなら、有効にもなりそうだ」

「駒生龍平を殺すぞ、とか」

「それがどうして脅しになる?」

「言ってくれますね」駒生は唇で笑った。「まあ、そうした手段も取れないから、我々も安全だ」

それから駒生は窓の桟《さん》に両肘を乗せ、真面目な表情になった。

「記憶が復元できた場合、彼女の身に確実に起こる負担のほうが、僕には懸念材料だな。襲いかかって来る犯人。頭を岩に叩きつけられる恐怖、激痛——。それらの悲痛極まりない記憶を、彼女は一生抱え込むことになる」

「本来なら忘れたい記憶、忘れていて幸いの辛い記憶を、わざわざ掘り起こすことになる」エリザベスは、スマートフォンを取り出していた。「美希風くんの推理力に……、火を点ける……というよりもっと、爆発的に気合いを入れさせるという表現が、なにかなかったか? 君といると、どうも集中力が削がれる」

「ハッパをかける、ですね。私も、貴方といると旅行プランのことばかりが頭に浮かぶ。キッドリッジさんは意外と、バチカン近くの巡礼路の一つのトレイルが似合いそうだな。あの風景と、空。靴はプレゼントしたいな。硬いこと言わずに受け取ってほしい」

エリザベスは、スマートフォンに目をやった。

「秋美さんの身辺の危険と、悪しき記憶の復元」エリザベスは、わずかに苦笑した。「電話での朝のやり取りで、美希風くんが言った言葉をここでも使えるな。両方を一気に解決する手段はある。当たり前ではあるが、記憶復元のアプローチが始まる前に事件を解決することだ」

「……まあ、そうですね。真相が判明し、犯人の身柄を押さえられるのなら、記憶を呼び戻す必要はない。……それを、南さんに期待すると？」

「解決する時は、今までの例ではさほど時間をかけていない。推理に役立つ材料を集める必要があるなら、できるだけ急いでもらいたいものだな。しかし、彼とて神ならぬ身」

「神――!?」

「真相を明かせなくても失望しないでもらいたい」

「そ、それはもちろん……」

半信半疑の駒生の前で、エリザベスは電話をかけ始めた。

10

滝沢邸の正面から出た南美希風は、滝沢厚司、エリザベス・キッドリッジと共に南へと曲がり、足を進めていた。時刻は十四時を回っている。

彼らは朝食はほとんど食べていなかったので、いささか慌て気味に、無理にでも昼食を摂《と》っていた。

それが三十分ほど前のことだ。駒生などは、人の家のキッチンでレパントという銘柄の酒を見つけ出して、脳にエンジンをかけるために三杯でも四杯でもいけ、と美希風に調子よく勧めてきたりした。美希風は、一杯だけもらっておいた。

エリザベスからハッパをかけられていたが、一年前の事件の真相究明になにが必要なのか、それはまだ五里霧中だった。

三人は、ヴィラを左手前方に見る三叉路《さんさろ》に来ていた。真っ直ぐ行けば、左手にはすぐに生け垣がそびえる、死を招いた岬へと通じるルートである。生け垣と外灯の間には、ヴィラへ行くための、緩いのぼり傾斜の細道がある。

それらの手前で直角に左へとのびるのは、裏庭《パティオ》への道だった。その、かすかなのぼりの道を、三人は進んだ。

この道には、雨除《あまよ》けが備わっている。個人宅のカーポートなどにある、片側からルーフを差しかけるタイプだ。右側から支柱が立ち、アーチ型の、半透明なブラウンのルーフが続いている。美希風は左に首を向け、屋敷の小さな窓に目をやった。

「あれが、トイレの窓ですね」返事を待つまでもなく、邸宅内で過ごしている者にとってはその事実ははっきりしている。「なるほど、この道を歩く者の姿が見えるのは、あの窓だけですね。二階は別にして」

すぐに、道の左手には生け垣が現われるからだ。岬への道に沿っている生け垣ほどではないが、ここの高さも二メートルほどはあった。一年前の事件当日、トイレの窓から小塚原安一がたまたま目撃した滝沢秋美の姿は、生け垣に搔き消されてしまうがパティオへと向かって行ったものと思われる。道の右側は、天然の野原に多少の植え込みを配しているといった景観だった。

「二階からも、ルーフがあるので見づらいがね」と、厚司は応じていた。

続けて、ところで、といった感じでエリザベスに声をかける。

「帰国の予定に支障は出ないのかい？　いてくれると心強いが」

「もう一泊させてもらうぐらいは、なんとか大丈夫だ。明日遅くまでに、成田《なりた》空港に着いていればいい。そっちの会社こそ、社長が出勤しなくて問題ないのかい？」

「火祭りの翌日は、この社長は休日にしてある。もともと、大して役に立っていない社長だしな」

礼儀としてどうかと思うが、エリザベスは簡単に納得して頷いている。

滝沢葵は一度、自宅兼店舗に戻っているが、店をあける気にもならず、程なく戻って来るようだ。生も、自主休校だ。火祭りの後の燃えがらは、廃棄物処理業者が持ち去ったところである。

エリザベスたちと歩きながら、美希風は胸中で、小塚原安一の事件に関して集まってきた情報を反芻《はんすう》していた。まずは、身元引受人として厚司が警察から受けた報告。

死亡推定時刻は、前夜零時頃で、前後二時間ほどの幅だという。死因は外傷性ショック。体中の激しい外傷は、転落死に特有のものであるらしい。海には、数時間以上、十時間程度浸《つ》かっていたのではないかと推察されている。血中アルコール濃度は高いが、今のところ薬物は検出されていない。

靴は、片方が足に残されており、問題の靴跡と完全に一致している。スマートフォンは未発見。遺体とその周辺からは特に注意を引く点や、疑問点などは見つかっていない。靴跡や断崖の突端部からも、手掛かりは得られなかった。

降雨状況も確かめてある。昨夜十一時頃にこの辺り一帯に降りだした雨は、二十分から二十五分の間にはやんでいた。その後、雨はまったく降っていない。

「美希風くん」エリザベスが、心なしかすまなそうに声をかけてくる。「また尋ねさせてもらうが、転落死事件のほうの真相や犯人は、まだどうしても明かす段階ではないのだな？」

「中途半端な糾弾をする権利などないですからね。というより、それは怖すぎる。尋問する権利を持っているわけでもない、こんな個人が、もし、犯人を名指しするならば、覚悟を決められるだけの確証が最低限ほしいですよ。確かに、秋美さんの記憶復元のことを思えば、重要容疑者の身柄を確保するのは重要だし、求められることだとは思います。でも、性急に動いて犯人の反論を許したり、黙秘権で時間を空費したら今後の捜査への悪影響は大です。ただ……」

美希風は、スマートフォンの入っているポケットを叩いた。

「今、私の頭の中にある推理は、客観的に言って傾聴に値するものと思います。それを無にするわけにはいかない。だから、スマホのメモに書いておきました。私が殺されたり、何日間も意識を失うことがあったら、見てください」

「おいおい……」物騒な仮定に、厚司は少なからずギョッとしている。

「ロックは掛かっていません」

「そこまで言うなら仕方がない」エリザベスは矛《ほこ》をおさめた。

――実際のところ美希風は、秋美の見舞いに行った場での情報をつぶさにエリザベスから聞いて、小塚原安一殺害の重要容疑者を一人に絞り込んでいた。しかしそれを明かす気にはなれないのだ。そこまで判っているならばそれを明かせ、と、今とは比べものにならない圧力が押し寄せるだろう。警察に注視されれば、胡乱《うろん》な者として扱われそうだ。しかし問題はそれ以上に、秋美事件と小塚原事件、その両方をつなぐ事件全体像への確信だ。確信の不足である。

三人は、ルーフのある通り道の終点に到着していた。生け垣も終わり、左側には広く視野がひらける。広大な裏庭――パティオ自体、緩く傾斜しているが、芝生というよりは丈のある草に覆われ、所々にサークル状の生け垣や庭木を点在させていた。屋敷の幅分、六、七十メートルほど離れた向こう側に、個人宅よりは事業所にふさわしいような大きさの倉庫が二棟、並んでいるのが見えた。

美希風とエリザベスがそうした光景を見回している間に、厚司が口をひらいた。

「安一さんは、秋美を襲った犯人に脅威と感じられるようになったから殺されたのだろうか……」

「そこが問題なのです」美希風は、端的に言う。「両者の関係性が」

「共犯だったとも考えられる」

とエリザベスは推測を口にしたが、美希風はこれには懐疑的だった。

「共犯とは思えないのですよね、僕は。真犯人と小塚原さんが二人で関与していたなら、あの事件はもっとスマートだったはずです。二人が手分けし、協力できるのならば、犯人たちにとって安全確実な、そして捜査陣営側にとっては堅牢な壁を持つ犯罪が結果として残ったはずです。でも、あの事件はどうです？　衣服をすべて剝ぐような突飛な行為に時間と労力を奪われ、そして、その衣服は近くに放置してある。……犯人は突飛な対処をせねばならず、窮余の策に奔走しているのです。僕は当初、秋美さんを襲った犯人と衣服を剝ぎ取った人物は別人ではないかとも検討してみましたが、これはまあ、余計な推理です。建設的な意味はなにもないものです。ただ、事件後の二人の結びつきを想定しやすくはしてくれましたね。小塚原さんが口を封じられたのだとしたら……」

「恐喝者であった可能性は濃いか」

「それよりも、キッドリッジさん、事後従犯的な関係性が窺える気がします。小塚原さんが断崖へと誘われる時の様子などからしてね。少なくとも、小塚原さんの意識では――金品を強請《ゆす》るような行為はあったとしても、秘密を共有している仲間のようなつもりだったのでは……」

「……だから犯人も態度を決めかね、一年も口封じには踏み切らなかった、か」

エリザベスは少し考え込んでいる。

美希風は、小塚原安一の口封じをしたのであろう犯人に、しかし凶悪さは感じられないのだ。転落死トリックを巡る一連の心理的様相が、それを信じさせる。この犯人が、一人殺したから二人でも大差ない、などと理性を放棄して暴走をするタイプとは、どうしても思えなかった。そして同時に、小塚原安一以外にも結びつきの強い、共犯者がさらにいるとは考えにくい。今、真犯人は単独犯となっている。つまり、秋美や自分に凶手が振るわれることに過度に怯える必要はなく、また最低でも、推理で浮かびあがっている重要容疑者一人をマークしていれば、身の安全は図れるはずではないか……。そのはずなのだが……。

「地理的な条件だけから判断するなら、外部犯説も有り得ないわけではなかったろうな」

辺りを見回しながら、エリザベスがそう論じた。

「門扉があるわけではないしな」厚司が首肯《しゅこう》する。「家の前を堂々と歩いて横切った者が、誰の目にも留まらなかったとしても不思議ではないし。それに、藪漕《やぶこ》ぎは必要かもしれないが、周辺の森から侵入することも、いくらでもできる」

「でも、外部犯説は完全に否定されますね」美希風は言った。「秋美さんの衣服は、わざわざ玄関ホールに置かれていたし、靴箱の中のオイルが使われ、小部屋に飾られていた駒生さんの肖像画が持ち出されている。不意に現われた来訪者ができることではない」

「犯人は身近にいるとしか……」厚司は、溜息を押し殺している。「秋美の記憶の門がひらく時、その姿が晒《さら》されるのかと思うとなぁ……。だが、あの娘《こ》の言うとおり、はっきり知りたくないことに蓋《ふた》をしたままでは、ごまかしの人間関係なのだろう……」

気持ちを引き締め直すかのように髭を撫でおろすと、厚司は体の向きを変えた。

「秋美が倒れていた場所はこっちだよ」

少し進むと地面は平らになり、そこが休憩場所と呼ばれるスペースだった。ちょっとした山水庭園といった趣だ。ほぼ半円形に地面を囲む黒岩が、行き止まりを形成している。右側から正面にかけては視線以上の高さがあり、左側にいくほどその高さは減じていく。右斜め前には、小さな松の木で日傘を差し掛けられたようになって石作りのベンチがある。庭石や、盆栽規模の草木《そうもく》の茂りも見受けられた。

厚司が示した地面は、左手の岩壁の前だった。秋美は、奥のほうに頭を向け、うつぶせだったという。

「頭部をぶつけられた場所は、ここと……ここ」

一ヶ所は、ごつごつした壁面の、秋美の身長より少し下。もう一ヶ所は、壁面と地面の間で盛りあがる岩塊だった。どちらからも鮮明な血液反応が検出され、傷の形状も一致を見た。秋美が倒れていた地面からも無論、薄まっているものとはいえ血液反応は広範に出た模様だ。

「焦げ跡が見つかったのはここだ」

厚司が指差したのは、このスペースの中央より少し奥。固い地面から覗く平らな岩が幾つかあり、「こういうふうに、何ヶ所か……」と、三、四ヶ所を指差していく。たどれば、四角い枠を形成するともいえる。

「今ではもう、なんの痕跡も見えなくなっているけどね。当時は黒い変色があった」

地面から目をあげると期せずして、美希風は左から、エリザベスは右から周囲に視線を巡らせた。

「人の目は避けられる場所ですね」美希風が言い、エリザベスも同様の意見を口にした。「犯人は当然、死角を選んだのだな」

美希風は、犯人の動きを再現してみた。血液反応が出たという壁面に向かって立ち、架空の人体を後ろ向きに叩きつける。壁面に沿って左側へと倒れていくその人体をさらに突き飛ばすと、もう一ヶ所の凶器である岩塊に頭部は衝突する。

架空の頭部や顔を確認し、その場で体をのばすと、壁面は低くなっているのでその先の景色は見えた。三、四歩左へ移動すると、パティオの大部分と屋敷が視野に入る。

近くに寄って来た厚司が、三十メートルほど先の屋敷を指差しながら、念を入れるように説明を加えていく。

「一階の左端が、私と安一さんがいた準備室だな」

二人が、巨大人形火祭りの関係者への事後報告を終えて少ししてから雨が降りだした。十一時四十分頃。この時、大きな窓のすぐそばに立ち、レースカーテンもあけて外を眺めていた小塚原安一は、しばらくしてから、秋美が外に出たまま帰って来ていないのではないかと気にかかるようになった。それでパティオへ向かったわけだ。四十分にはもう、厚司は髭のカットのために洗面所に向かっていた。

「二階の右端のほう、四つめと五つめの窓が、帰国する駒生くんのためにベッドルームに模様替えすることになった予備室だな」

昨日からは、美希風と駒生が使わせてもらっている部屋だ。

一番右端の窓は、厚司の書斎のもの。次の、二つめ三つめが、予備室と同程度に横に長い、厚司とアリシア、夫婦の寝室である。

廊下を挟んだ向こう側には、右端から、トイレ兼バスルーム、秋美の私室、アリシアの私室、生の私室、小塚原用の和室、葵用の部屋と並んでいく。

事件発生時、驟雨《しゅうう》を見ていてバッテリーなどが屋外にあるのを思い出し、生は予備室からテラスへ出たと供述している。テラスは右端まで達し——つまり、夫婦の寝室などからも出られるようになっている——そこから鉄製階段でパティオへとおりて来られる。

十分もした頃、生は同じルートを逆にたどり、予備室に戻った。それからバスルームで体を拭いたり髪を乾かしたりして私室へ向かう。

彼が予備室を出てからしばらくして、アリシアは、娘の姿を少し捜した後、自室で体調を調えていた。

十一時二十分頃まで調理場周りの片付けをしていたらしい葵は、その後、連絡を取りながら小島老人との待ち合わせ場所まで向かったが、キャンセルされた結果、廃棄物処理業者を案内する形で戻って来た。この正午頃に玄関ホールで、衣服を見つけたという小塚原、そして厚司と顔を合わせる。

「犯行には、十分ほどは必要でしょうね……」

関係者の行動表を頭の中で整理してから、美希風はぽつりと漏らし、再び犯人の動きの再現に移った。秋美が倒れていた場所は、岩壁が低く、屋敷の誰かに目撃されてしまう恐れがある。そのため犯人は、彼女の体を発見時の場所まで移動させた。

「そしてなぜか、衣服を脱がせる……」

エリザベスのその言葉は問いかけでもあったが、美希風にしろ厚司にしろ、検討に値する仮説は出せなかった。

傘を差した小塚原がここまで来て、意識不明の秋美を発見したのが十一時五十五分頃ということになっている。

こうしたことを確認し終えた時、エリザベスは小さな腕時計に目をやった。

「もうこんな時刻か。じゃあ、わたしは失礼して、葬儀の手配をする駒生さんに同行させてもらう」

「そうでした、そうでした」美希風は、ニヤつくことはなかったが、目元にはその色が多少こぼれていた。

「日本の葬儀の采配に興味を引かれるのでね」

「ほうほう、葬儀の采配にね。そうでしょうとも」

なにか言いたそうな言葉を呑み込むと、「駒生くんによろしく頼むと伝えてください」という厚司の言葉を受けたエリザベスはその場を離れ始めた。その道に、逆にこちらに近付いて来ている女性の姿があった。すれ違う時、二人は短く言葉を交わしたようだ。

歩み寄って来たのは、平泉理子刑事。小さく後ろで結ばれている髪は一分の乱れもなく、細いレンズのメガネの奥には、もう一つのレンズめいた無感情の目があった。

美希風は、初対面になる。

軽くポケットに入れていた左手を出してから、厚司に一礼し、彼女は美希風に観察するような視線を注いだ。

「刑事課の平泉と申します。あなたが、南美希風さんですね」

「ええ、よろしくお願いします」

平泉刑事は、男二人を等分に見やり、報告口調にも似て、

「秋美さんの警護は他の者が引き継いでいますからご安心を。県警のお歴々が間もなく転落死事件の現場へ臨場することになっていましてね、わたしもこちらへ回るように指示されたわけです。玄関口で駒生さんとお会いでき、こちらにお二人がいるとお聞きしてお邪魔してみました」

「小塚原さんの転落死は他殺の疑いが濃厚、となったのですね？」

そう言う美希風を、平泉刑事は見据えている。

「他殺だとしたら、不可解な謎が立ち塞がりますけれどね。南さん、あなたは、その謎に見通しが立っているとおっしゃっていましたね。その件はまだ上に報告していないのですが、ここでの臨場中にその内容を披露するということはできませんか？」

「言わなければ取調室に連行されるというのであれば別ですが、今は正直、本職の前で披露するほどの自信がありません」

平泉刑事は、薄い唇をしっかりと結んでいる。頭髪をゆっくり撫であげる間、様々な計算が脳内を過《よぎ》っているようだった。

「新鮮に響く要点のようなものはどうです？」彼女は、うっかりするとなんの熱意も持っていないと感じ取ってしまうほど抑揚なく言った。「印象に残る仮説かなにか。わたしが、捜査一課の面々に伝えます」

美希風は、この女性刑事の目の底に、複雑な葛藤や欲念が一瞬見えた気がした。長年環境に対して懐いていた諦めと蔑視を胸底に凍りつかせ、上昇志向と野心を飼い慣らして、転倒しないコース際ギリギ

リを凝視している。――そんな印象だったが、美希風は自分が人間観察力に優れているとも思っていないので、今のはなんらかの錯覚であろうな、と解釈しておいた。

「では、こちらから一つお伝えしてみましょう」平泉刑事は、丁重に言う。「遺書にするために小塚原さんが切り取ったことになっている詩集ですが、どこからもあの人の指紋が検出されていないのですよ。遺書らしきあの紙片は、殺意ある犯人の偽装でしょうね。あなたの迅速な推測は的を射ていたと見ていい」

「では私からは、靴跡の調子からしてそもそも、自殺とも事故とも思えなかったとお伝えします。検討済みの物証かもしれませんが」

「靴跡の調子？」

「少し急ぎ足でしたよね。事故の場合、小塚原さんは酔い覚ましか、ほとんど真っ暗なのに入り江を眺めるために出向こうとしていたことになります。こんな時は、のんびり歩くものではないですか？　自殺の場合もそうですね。足元や思いを踏みしめながら歩いていく。急ぎ足で進み、ほとんど間も取らずに死に踏み切るとは考えられません」

まずは厚司が納得顔を見せた。

「何者かに呼び出され、その場所に急いでいたというわけだ」

「なるほど。無理のない機会があれば口に出していい見方として、承《うけたまわ》りました」

「平泉刑事。お訊きしたいことがあるのですがね」美希風は、試すように尋ねてみた。「発見された秋美さんの衣服に、不審な血痕などなかったのですか？」

「それはあの時すでに、滝沢さんたちにお伝えしてありますよ。血痕はまったくなかったのです」

「まったく？　えっ、秋美さんのも？」

「そうです」

「そうだったかな……」厚司の記憶は朧《おぼろ》なようだ。「はっきりとは思い出せないが……」

「お嬢さんが生きるか死ぬかの数日間でしたからね、よほど重要なことでなければ耳を通りすぎていたでしょう」

当時の滝沢家の者たちにとっては意識に留めることでもなかったかもしれないが、美希風にとってそれは今、興味の中心になった。

「血痕も、血液反応もなかったのですね？」

「そのとおり」

「服はワンピースでしたね？　どのように脱ぎ着するタイプです？　ジッパーとか？」

「前ボタンです。小さなボタンが三つでしたね」

「いや、それはおかしい。変でしょう」美希風の声の調子が自然にあがった。「その服は、こう……、頭の上からすっぽり抜くわけですよね。後頭部周辺から大量に出血しているのに、血が一切付着しないなんて有り得ませんよ」

「ただ、前なら――」

そこで急に、刑事は口を閉ざした。さすがに部外者には伝えられない捜査方針にかかわることなのか、他に差し障りがあるのか……。

――前、とは？

美希風が内容を咀嚼《そしやく》する前に、厚司が思い当たったようだ。

「傷を負う前に服を脱いでいたら、という意味だな」被害者の父親は、眉をしかめていた。「脱がされていたら、という見方だ。あなた方警察は、あれはその種の犯罪だという方針に固執していた」

「わたしは違うのですけれどね」

「あなた方は、安一さんを執拗に取り調べていたね。若い頃の前歴も、なにかと嫌みに指摘されたと彼は言っていた」

「前歴……？」美希風は、遠慮気味に尋ねた。

「まあ……、本当に若い頃だよ。二十歳《はたち》そこそこぐらいまでかな。暴れ回って暴行罪、器物損壊。繁華街での客引き行為で厳重注意されたこともあったらしい。だが、いい歳になってからは、そのような無茶は一度もない。そうですよね、平泉刑事？」

「そうですけれどね……」

「その含みだ。刑事の大方《おおかた》は、安一さんに最初から目をつけていたんだろう。彼が犯人であれば、謎めいたことも少なく、解決も早い。安一さんが秋美に不埒《ふらち》なことをしようとして服を奪った後に、争いのうえで頭部の出血は起こった」

「なるほど……」美希風は、声低く言った。「小塚原さんは、秋美さんが死んだと思った。雨の中、なにも服を着せるような面倒なことをする必要はない。ただ、パニックになって服をどう処分しようか考えあぐねて玄関ホールまで来た時に、姿を見られてしまった。――そうか」美希風は思い至った。「となると、つまり警察は……」平泉刑事にしっかりと目をやった。「小塚原さんの今回の死は、自殺であれば筋が通ると考える。小塚原さんは去年の事件の真犯人であり、とうとう良心の呵責《かしやく》に耐えかねて命を絶った。これで二つの事件に煩わされることもなくなる」

厚司は、重たそうに頭を縦に揺すっていた。「そりゃあ、一時《いちどき》に厄介払いできて好都合だろうな。靴跡の歩幅や落ちていた紙片の意味は、自殺説を押し通そうとする者たちにとっては目に入れたくないものだ」
二、三回、呼吸をすると、「ああ、申し訳ない」と厚司は平泉刑事に軽い身振りと共に謝罪した。「あなたまでひとまとめにして語っては公正を欠くというものだな。あなたは多角的に捜査をしようとしていたし、慎重に話を聞いてくれた」

「小塚原さんを犯人とすることには、わたしは疑問を感じていました。アクセサリーの件で」平泉刑事のこの語りに、美希風は全神経を集中した。「秋美さんが身に付けていたブレスレットやペンダント。これらは衣服と一緒には見つからず、彼女の部屋の化粧台に戻っていました。小塚原さんがこのようなことをしますか？　アクセサリーをなぜか気にし、それをきちんと、秋美さんの部屋に戻すなどと……」

美希風は率直に、ありがたく感じた。

「当時から続く捜査方針を暗に認めてくれて助かります。細部の手掛かりも、当然重要ですし」

平泉刑事は、軽やかとも感じられる仕草で肩をすくめた。

「ここはスペイン領らしい。わたしどもの署の管轄外だし、わたしも、日本の慣習には縛られない」

厚司は幾分表情をほぐし、美希風に顔を向けた。

「こういった調子もあるし、この刑事さんの捜査はユニークだった。秋美の衣服を濡らしているのが、水道水などではなく雨水であるのを確認していたからね」

「正直申しあげて……」

平泉刑事は、感情を読み取りづらい目で美希風を見つめていた。

「ユニークさは煙たがられましてね。雨水であるという成分検査も、先輩などからすると、刑事ドラマの見過ぎによる過剰反応で、労力と税金の無駄づかいだということになるのです。現在、小塚原安一は自殺だと見立てている捜査官の中には、記憶復元プランが災いしたと主張する者もいます。このプランのことを小塚原さんは嗅ぎつけ、被害者の記憶が戻るのであれば逃げられないと観念し、命を絶ったのだ、と」

「あなたにとっては猛烈な逆風というわけだ」厚司は心持ち眉根を寄せた。「嗅ぎつけられた形跡はありましたか？」

「今のところまったくありませんよ」秘密が保たれていたことには絶対の自信がある口調だった。「秋美さんにも細かく尋ねましたが、気になる点はなにもなし。許可をもらって調べさせてもらったスマホにも、外部からの干渉の痕跡はありません。

申し添えれば、わたしは自己評価は低くないほうなのですが、南さん、あなたのように、不可能犯罪にも瞬間的に風穴をあけるような大胆な閃きには、どうも必ずしも恵まれてはいないようでしてね」

相手を評価するように心持ち目を窄《すぼ》めて口をひらいたのは、厚司だった。

「彼の力は大いに活用して、少しでも利を得たいタイミングということでしょうね。正直だ。平泉刑事、それもあなたの美点としておきましょうよ」

また少し肩をすくめる女性刑事に、美希風は尋ねた。

「秋美さんの衣服に、なにか特徴的なことはありませんでしたか？　染みとか、破れとか？」

「何人かで目を凝らしましたがね、なにも見つかりませんでした。アクセサリーでいえば、彼女が身に付けていたのはピアスだけでしたね。……なにか気になることがありますか、南さん？」

「細かなことですが、靴です。秋美さんの靴で、濡れている物はなかったと聞きましたが、そうですか？」

「ああ、そうでした。どの靴を履いていたのかは確認できませんでしたね」

「水気を拭き取ったとか？」

「いえ。どの靴も、靴底は日常的な土を残した状態で乾いていましたから。そもそも、濡れている地面を歩いていないということです。男物の靴も調べましたが、小塚原さんのもの以外で濡れた形跡のある靴は一足もありませんでした。……これは、小塚原安一犯人説を補強した事実です。彼は、秋美さんを担《かつ》いで連れ出したのではないかと見られたのですよ」

「こんな場所に運んで来たと？」厚司は不快そうでもあった。「どうしてまた？」

「もっと奥の森へ運ぶつもりだったのだろうと考えられました。ここで秋美さんに激しく抵抗され、地面におろすしかなくなった。そういう推測ですね。わたしは靴の件で他にもいろいろ可能性を検討しましたが、どういうことなのかははっきりさせられませんでした」

……美希風はようやく、大きな仮説を見つけた。当初それは、かすかな可能性としてほんの小さく思考の周辺部にあったものだ。

逆算するようにして、美希風には尋ねたいことが生じた。

「では、ソックスはどうでした、平泉刑事？　ソックスも衣類と一緒にあったのですよね？　染み込むほど、土に汚れていましたか？」

これには彼女も即答できなかった。

「染み込む？　雨で流れた程度にはきれいでしたが、それ以上の汚れ、ということですかね？　確かめてみたほうがいいですか？」

「お願いします。あとは、秋美さんの足の裏です。細かな傷などありませんでしたか？」

「それはありません。きれいなもので、傷一つなかった。これは体全体に言えることで、首にかすかに圧迫痕が認められただけです。……足の裏の傷をお尋ねになったのは、彼女が素足で岩場を歩いたりしなかったということの確認ですか？」

「そうです。そしてそれは、最終的に――」

美希風は一度、目を閉じた。頭がふらつきそうな感覚を避けるために、自身の中心を固定しようとするかのように。

そんな男の身近にいて、厚司と平泉刑事は空気が変わったのを感じた。厚司は思わず空を見あげたほどだ。突然、すべてを洗い流す勢いで雨が降りだすのではないかと危ぶんだかのように。

その視線を戻すと、美希風は幾分厳しめな、改まった表情をして、呟くように口にしていた。

「あの供述がネックだったんだ……」

「なんですって?」平泉刑事が聞き返す仕草で耳を寄せた。

美希風が返事をするまでには多少の間があいた。

「でも、覆すにも……」

厚司は詰め寄った。「なにか進展につながりそうなことなら言ってくれたまえよ」

さらにためらい、それから美希風は、二人に順に視線を向けた。

「私は今、危険な断崖に立っています。〈あの供述が嘘ならば説明がつく〉という断崖に」

「ならば、飛び込みたまえよ」まるでエリザベスのような、平泉刑事の口振りだった。「全面的に協力しよう。時間がないからね」

「時間が?」問い返してから、美希風は、その条件を思い出した。「記憶復元は明日行なわれる」

「今日の十六時までがベストと考えたほうがいいでしょう。秋美さん当人から話を聞き、確認しながらまとめあげる必要もあるでしょう? 恐らく、関係者が揃うのも望ましいはず。あの病院の面会時刻終了が十六時です。明日になれば早々に、施術場所に向けて移動が始まります」

「四時……。残り一時間半ほど……」

腕時計に視線を落としてそう言った厚司の顔には、無茶だろう、といった落胆の色がありありと浮かんでいた。一年後の四時の設定でもなければ、と。

平泉刑事は、無茶は承知でも手立てを求めるかのように、

「供述をひっくり返す難関が待っているのですかね?」

「ひっくり返すのは不可能です。その人物は、すでに口をきかない。小塚原安一さんの供述だからです」

厚司と平泉刑事は、あえぎ声で喉を震わせた。

「死者の……」囁《ささや》くような、刑事の声だった。

美希風は、平泉刑事と目を見合わせた。

「あなた方警察も、あの供述があるから、先の発想に進めなかったのでしょうね。……そうだ、そしてそれが、両方の事件の接点なんだ。小塚原さんは自分が目撃したことの意味に気づき、犯人の死命を握った。両者の関係は、どうやらそうしたもののようですね。犯人はその、真綿で首を絞められる関係にとうとう耐え切れなくなり、今回、彼を葬った」

「犯人に先手を打たれたか……」厚司はグッと奥歯を噛み、視線で美希風にすがりつく。「他に手はなさそうなのかい?」

美希風は、多方面に希望的な発想の触手をのばしたが、一番手近なところがまず口を突いた。

「……アクセサリーの指紋状況はどうでした?」

「それは、秋美さんの指紋だけだったですね。血液反応などももちろんなく、まったく普通の状態でした」

「指紋は拭き取られたりしていないのですね?」

「ええ、まったく。……ただもう一人、別人のものと思われる指紋が、ごく小さく、ペンダントから検出されていましたね。本当に小さな部分にすぎず、二つの特徴点が一致していただけでしたので、記録には残されていません。同一人と確定するには、十以上のポイントで一致しなければなりませんのでね。恐らく、アリシアさんの指紋であろう、と見なされました」

「妻の?」意外そうに驚いてから、しかしすぐに、厚司は表情をほどいた。「ああ、でもそれは当然だね。妻と娘は、アクセサリーを共有しているんだ。よく、貸したり借りたりしているよ。服も、サイズが合えば貸し借りしたろうね」

「……すると、当然、個々のアクセサリーの置き場所も知っているはずだ。——そうか、それだ」美希風の声は高まっていた。「平泉刑事。戻されていたアクセサリーは、いつもの場所に置かれていたのでしょうか？　奇妙な点はなかった？」

いささか想定外の質問だったらしく、平泉刑事は慎重に記憶を検めるように間を取った。

「正しい場所だったはずですよ。秋美さんは、なんの不審も違和感も感じていない様子でした。いつもどおりの置き方だったのでしょう。それに……」

その言葉の先を渡すかのように、刑事は厚司に視線を送った。

「そうだ、アリシアも」と、厚司は当時を思い出しつつ、「なんの問題も感じていない様子だったな。おかしな点があるのに二人とも気づかず、揃って口にも出さないということはないだろう」

「アクセサリーの置き場所を正確に知っているのは、秋美さん当人とアリシアさんだけで間違いないでしょうか？」

美希風には意気込む様子があり、それが厚司を不安にさせたようだった。それでも、

「それは間違いないだろう」と答えていく。「間違いないさ。葵でも、秋美の部屋には入ったことがないはずだ。生もな。駒生くんも、当然そうだ。……ああ、もちろんと言うのも変だが、装身具類のことなんか、私もさっぱり判らないよ。安一さんとて同様だ」

厚司と平泉刑事は、それがどうしたんだ？　と問いかける視線で美希風を突き刺すが、当人はすでに別の着想を追っていた。

「肖像画を燃やした理由――」その閃きを追っていた。犯人像が、その閃きを招いたのだ。「なるほど」

美希風は、素早く体の向きを切り替え、焦げ跡があったという地面に視線を据えた。厚司と平泉刑事も同じようにするが、無論、そこにあるのはへんてつもない岩にすぎなかった。

「だから額縁も……」切れ切れに、言葉が漏れてくる。「それで消火できたんだ――でもだから、それは消された」

一気にそこまで推論の道をたどってから、美希風はようやく二人に目をやった。

「犯人には、秋美さんに大怪我を負わせる意図なんてなかったんです。本当の動機——。転落死トリックの、微妙に不可解な点ともそこで結びつく」

厚司と平泉刑事は、身震いさえしたろうか。

起こるはずのないことが起こったのかもしれない、という予感によって。

記憶の門が揺り動かされるまでの時間は、後——。

過去の幕間

朝とも昼ともつかない温《ぬる》い空気がわだかまる中、小塚原安一は上体をひねって布団から右腕をのばした。タバコを咥《くわ》え、火を点ける。

カーテンの隙間からはぼんやりとした陽射しが入り、すぐ右側に寝ている女の肩と胸元の肌を乳白色に照らしていた。

女の口調もぼんやりとしているが、辛辣《しんらつ》さは隠しようもない。

「寝タバコで火事を起こして死ねばいいのに」

苦笑した小塚原は、鼻から紫煙《しえん》を吐いた。

「あの娘の件を考えれば、時局を得た毒舌なのか？　触れるのを憚《はばか》られる話題の最たるもののようでもあるけどな」

滝沢邸のパティオで瀕死の重傷を負った秋美が、程なく自分の放火の罪を認めたのは数ヶ月前だ。

「未だ謎のままだが、まさか秋美が、あの男たちのために自分から服を脱いだとは誰も——」

「なんて言い方するの！」女は上体を跳ね起こし、ブランケットを胸元に引きあげた。「品のない恥知らずなあなたにはふさわしい物言いだけど」

髪を掻きあげて小塚原をにらむ目には、嫌悪があった。

慣れたものという態度で、小塚原は意にも介さず、

「事実だろう。事実の一端だ。それをあんたも目の当たりにしたはず。まさか、そこまでの事態になるとは予想もしていなかったんだよな」

小塚原はタバコの煙を長く吐き、

「殺しちまったと思い込んでいたあんたには、今さら言うまでもないが、俺の証言は有利に役立ったはずだ。助かった、と思ったろう？　それも事実さ。俺はあんたを助けたんだよ。助けたかったんだ」

「人の弱みを握っておこうとする、汚い打算でしょう」

「やめてくれ、って」小塚原は、心底残念そうだった。「打算や計算で素早く結果まで見通して、警察に嘘までつくと思うのか？　咄嗟《とっさ》に、あんたの不利になりそうだと思ったことを口にしなかったんだ」

今度は、小塚原はずる賢《がしこ》そうに笑った。「まあ、偽証じゃないよな。一部を伝えてないだけだ。誰も訊いてこなかったんだし」

「……ものは言いようね」

深く一服すると、小塚原はタバコを灰皿で揉み消した。

「金をせびったんだから、恐喝としか思えないよな。まあ、そう思ったろうけど……。俺はこういう奴だ、楽できそうだったらなにかと融通はしてもらったりする。でもこれは、身内としての甘えなんだ。……俺はあんたに前から気があった。だからあの時、ちょっと見境なくあんたをかばったんだ。……これは愛なんだよ。この間行った白浜《しらはま》は楽しかったろう？」

答えはなかった。

「そのうち、あんたにも俺の誠意が判るさ」

11

これは、いい方向へ向かう緊張感なのかしら、と、判断のつきかねる秋美はブランケットの端を意味なく整えた。起こした背中は、ベッドで支えられている。

病室に集まっている人数は、七人にもなる。

窓のある左側、すぐ近くにいる母は、二の腕あたりをさすってくれている。その横に立つのは、義父。そして義兄。四人めは葵さん。

ベッドの右側には龍平さんがいて、後は……二人の刑事さん。平泉刑事と奥山刑事だ。仏頂面の奥山刑事は、平泉さん相手にぶちぶち言っていた。「時間の無駄だけは許せませんからね」とか、「県警さんのそばで相手しているべきでしょうよ」とか。

平泉刑事は相変わらずクールだけれど、他の人たちは一様に固い表情だった。そして、なにを待てばいいのかつかみ切れていないような、困惑の色も濃い。

時刻はもうすぐ三時半だ。

右手の足元にあるドアがあいた。入って来たのは、南美希風さんとエリザベス・キッドリッジさん。キッドリッジさんのハーブティーのような色の目には厳粛な光があって、それは南さんも同じで、ただ、こんなに人が集まっているとは思わなかったというように、少し驚いた表情もあった。

なんだかこの空気だと、悪い病気を告げられる時のようにも思えてしまう。

「南さん」母がさっそく切り出した。「去年の事件も含めて、改めていろいろと話を訊かれましたが、重大な進展に伴ってそうなさったとか？」

「そうなのです」と応じたのは、平泉刑事だった。「この場で、犯人を指摘できるかもしれません」

短く幾つかの声が漏れ、ざわっと空気が揺れた。わたしの口も半分あいていた。

「それは——」葵さんの声は、喉から躓《つまず》きながら出てきているみたいだった。「この場に犯人がいるという意味なんですか？」

これにも平泉刑事が答えた。

「その覚悟も必要でしょう。その覚悟に向けて、南さんの話を聞いてみては？」

沈黙の視線が集まる中——わたしには、覚悟がどうとかと意識する間もなかった——緊張しているらしい南さんは、ゆっくりと言葉を選ぶように、

「何人かには、改めて細かくお尋ねしたことに答えていただき、ありがとうございました。事実確認もしました。ヒガンテスの一つ、〝海の女神鳥〟という女性の座像が見当たらなくなっているというのは確かなようです」

初耳だったので驚いた。あの像は、来年も使うはず。あんな大きな物が消えてしまったのだろうか？

「どなたか、お心当たりのある方はおられませんか？」

南さんの問いかけに応じる人はいなかった。南さんはヒガンテスの件にはそれ以上触れず、皆を見回して次にはこう尋ねた。

「確認し忘れていたのですが、厚司さんがかなりのタバコ嫌いというのは、皆さんご存じでしょうか？知らない方はおられますか？」

よく知られていると口々に言い、場をほぐすためか、龍平さんが「葉巻を喫《す》って格好つけている姿を見せつけることもできないんですよ」と、笑い気味に言う。生さんも「あの安葉巻のにおいはみんな嫌いですよ」と、混ぜっ返した。

「タバコがどうとか、そんなことがなんの関係があるんだ」と、苛立ちの声を奥山刑事があげるけれど、

「関係を知りたいのなら、もう少し黙っていて」と平泉刑事が制した。

「では、次に」と話を進める南さんは、わたしと母に目を向けてきた。「秋美さんが記憶を失う前に身に付けていたブレスレットとペンダントは、事件後、化粧台のいつもの位置に戻っていたのでしたね。秋美さんとアリシアさんのお二人がそれを認めている」

退院して部屋に戻った時、今までとまったく変わらず、アクセサリーを見たり選んだりできた。変だと感じることはなにもなかったのだ。

「お二人に、もう一つ確認することがありました」と、南さん。「紛失しているアクセサリーなどもないですね？」

見当たらなくなっている物はなかったし、そう答えて母に目を向けると、母も同意して頷いた。

さて、と、南さんは呼吸を整えた。

「ここからが本題です。最終結論を知っているのは、私とキッドリッジさん、そして平泉刑事の三人だけです」

そこで少し、南さんは間を取った。

「以下の事実を知った時には驚いたのですが、玄関ホールで濡れて見つかった秋美さんの衣服には、いかなる血痕もなかったというのです。血液反応すらないのです。頭部からの出血時にそもそも背中に血痕が飛び散るはずだということを措《お》くとしても、後頭部を中心に血に塗《まみ》れている人から、頭から引き抜くタイプのワンピースを脱がして、血痕がまるで付かないなどということがあるでしょうか。絶対にないですよ。まあ、このような脱ぎ方ならば可能かもしれません。頭からビニール袋でもかぶせるのですね。しかし、そんなご丁寧なことが行なわれたと信じられますか、寸刻を争っている犯罪の場で。さらに血液反応に関しては注目点があります。重傷を負って意識を失った秋美さんは当然、地面に倒れました。また、衣服を奪われる時も地面を転がされるような格好になったでしょう。衣服すべてが雨でぐっしょりと濡れていたのですから、最も遅くとも服を脱がせる頃には雨が降っていたのは疑い得ません。そして服を脱がせている間、頭部から流れる血は、雨と混じって周囲を流れているのです。薄まっているとはいえこうした血液が衣服に触れれば、血液反応が検出されるのですよ。それがまったくないということが有り得るでしょうか？　これもまた、絶対にないと言えるでしょう」

「確かにな」と、キッドリッジさんが相槌を打った。

「どう考えても、事件の流血時、秋美さんがあのワンピースを着ていたとは思えません」

思い描いていた事件の根底がひっくり返るようだった。ある程度察していた人もいるみたいだけれど、呆然となったり反応にまごつく人が多くて、わたしも、えっとなってしまっていた。あの服を着ていなかったなんて、そんなことが……？

「あのワンピースは、すると、流血事件の前には身にまとっていなかったことになります」と、南さんはとんでもない想定を語り続ける。「では、秋美さんが自ら脱いで、後《のち》の流血の事態の時に血には塗れない岩の上にでも、服を丁寧に畳んで置いていたのか。これも、検討無用の常識外れでしょう。仮に、生さんが彼女に造形用のヌードモデルを要求したとしても、昼日中のあのような場所で一般的な女性が応じるかどうかは、考えるまでもないと思いますが」

生さんは、誰かに押されたかのようにビクッと後ろにさがり、ちょっと赤面して、否定の思いを一生懸命こめて手を左右に振っていた。

さすがに、ヌードモデルはなぁ。

「論理的に考えても否定されるでしょう」南さんは、念を入れるように言った。「秋美さんの記憶がないのは、流血の事態前では三十分ほどのものです。この短時間で説得して、あの環境で服を脱ぐことに同意させるなんて、思いも寄りませんね。それに生さんはその時間帯、アリシアさんと一緒に部屋の模様替えに終始していました」

「そ、そうですよ」ホッとしたように生さんは言った。

「説得の必要などなかったのかもしれないだろう」と、横目で窺うように発言したのは奥山刑事だ。

「日頃から、そうした関係にあったのかもしれない。セミヌードぐらいには抵抗がないほど馴れ合っているんだ」

「それはどうでしょう」

と、間髪入れずに南さんが反論しなければ、両親が食ってかかりそうだった。わたしと生さんも、そうしたかもしれない。

「生さんに限らず、誰にしろですが、そのような関係を持つ者がいたと仮定しましょうか。自分が裸で倒れていて、その事件の捜査は難航し、家族が悩まされていることを、意識を取り戻した後の秋美さんは知っていました。そして日を置かずに、放火という重い罪まで一切合切を告白している。ならばこの時に、屋外でも衣服を脱げるほど馴れ合っている者がいるならば、隠し立てすることもなく口に出していたでしょうね……身を清め直すような、あの懺悔《ざんげ》の時に」

奥山刑事は口を閉ざし、わたしが「そんな相手は絶対にいません、性別を問わず」と告げると、母は、当たり前でしょうといった目つきになり、そんな仮説を出した南さんまで少しにらむようにした。

そんな視線に気づいているのかいないのか、

「まとめれば、被害者である秋美さんが協力的に衣服を脱いだはずがないということです」

と、ちょっと間をあけて皆を見回してから、南さんは平静に続けている。

「であれば残る説は、犯罪であれば自然なことですが、争いのうちに脱がされたというものになります。衣服は奪われ、血で汚れない場所に置かれていた。しかし、不可解なことに、これもなさそうなのです。まず、濡れていた靴が、男女の別を問わず一足もなかったという事実があります。無論、二階テラスに生さんが戻したサンダル、外出から戻って来た葵さんと、小塚原さんの靴は別ですが。秋美さんが履いて出た靴が見当たらないということです。この説明探しは後に回すとして、科学的な事実として、秋美さんが履いたと思える靴はないのです。

捜査上、このような仮説はあったようです。小塚原さんが秋美さんを抱えて行ったというものです。そこで仮説の一つですが、意識のない状態で運ばれた秋美さんが、そのまま衣服を脱がされたということがあるでしょうか？　この仮説では犯人は、屋敷からさほど離れてもいない場所で服を脱がせた後、いきなり、意識のない秋美さんの頭部を問答無用で岩にぶつけたことになりますが、このような蛮行は、狂気すら当てはまらない慮外の話でしょう。意識のない秋美さんを運んだとしても、あの場で意識を取り戻したからこそ、流血の重傷に至る争いが起こったのは明らかです。

そしてこの時、現場で秋美さんは、ソックスを穿いた状態か素足だったことになります。でも、ソックスを穿いた状態で争ってはいません。ソックスに、汚れがまるでないのです。これは平泉刑事に確認していただきました。争っている時にソックスに付いた土汚れは、雨に打たれた程度では消えませんよね。しっかり洗わなければ。ソックスには、土汚れが一切なかったのです。と同時に、秋美さんの足の裏にも傷が一切ありませんでした。岩もある固い地面の上で多少なりとも争ったのであれば、これも有り得ないことです。仮に、刃物などで脅されて脱がざるを得なかったとしても、まったく無抵抗というのは考えにくいことです。ソックスも足裏も汚れないほど突っ立っているはずがないし、本能的な拒否反応で抗《あらが》えば、露《あら》わになっていく肌に引っ掻き傷の一つでもつくでしょう。なにもないのです。これは、服が少しも破れておらず、ボタンの一つも飛んでいない事実でも裏付けられるのではないでしょうか。つまり、争いがなくてもあっても、流血の前に服が脱がされていたこともまたない、ということになります」

なぜか奥山刑事は不興げな顔だった。

「もっと判りやすく言えば、流血の事態の前でも、あのワンピースを秋美さんは着ていなかったということです」

龍平さんが小刻みに、首を横に振っている。

「いやいや、全然判りやすくないでしょう。事件の前にも着ていないって、秋美ちゃんは素っ裸であのパティオの休憩場所まで行ったとでも言うんですか」

「あのワンピースは着ていないと言ったのです。流血時、秋美さんはもちろん、服を着ていました。証拠は、背中にも一切傷がないことです。後頭部を相当に激しく岩場に叩きつけられたのですから、なにも着ていなければ背中も無傷では済みませんよ。しっかりした服を着ていたはずです。結論を言えば、秋美さんは着替えていたのですよ、別の服に」

わたしの頭の中同様、辺りはしーんとなった。誰よりも早く、南さんが口をひらいている。

「この想定は、事件直前の秋美さん自身の言葉による、その感情からも導き出されます。予備室の模様替えを始めたばかりのアリシアさんと生さんの所に顔を出した秋美さんは、このように言ってはしゃいでいた。二人いるから手伝わなくていいわよね、といった意味に続けて、『わたしはしっかりおめかしして龍平さんを驚かせてやるわ』と」

……そのセリフを言ったことは覚えていないけれど、それより前のことはぼんやりと記憶にあった。突然やって来ることになった龍平さん。心が高揚していた。南さんの言ったとおり、どうしようもなくはしゃいでいた。……でも、そこから先の記憶がない。

南さんが訊いてくる。

「秋美さん。どのようなおめかしで駒生さんを迎えようとしていたのか、少しは覚えていますか?」

首を横に振るしかない。なにをしようとしていたんだろう……。

「秋美さん。おしゃれな服に着替えて出迎えようとしたと考えても、不思議はありませんよね?」

それを一番やりそうだった。頷き、わたしを知る人たちはほとんどみんな、同じ意見のようだった。

……わたしは着替えていたのか。どの服だろう？

「駒生さんへの秋美さんの気持ちが論点に出てきたところで、肖像画のほうにも目を向けてみましょう」淀みなく、南さんは続ける。「事件のあった場所の地面、その岩の上の焦げ跡から推測して、そこで肖像画が燃やされたらしいのはかなり確かでしょう。全体は四角い枠組みであるようだし、大きさも一致する。……よろしいでしょうか？」

——ドキッとした。南さんは皆の了解を得たというより、誰かに問いかけているみたいだった。そしてそれは、今までもそうだったのだ。間《ま》の取り方もそうだった。取るべき姿勢を、南さんは犯人に問い質している。本当に、この部屋に真犯人はいるらしい……！

「私は」と、南さんは言う。「犯人は、秋美さんの目の前で、あの肖像画に火を点けたのだと考えます。それを目にしたら、秋美さん、あなたはどうしますか？」

「——えっ？　そ、それは消そうとするでしょうね。消さなくちゃ」

「当然そうでしょうね。お義兄《にい》さんが力を注いで描きあげた駒生龍平さんの絵ですからね。あなたにとってはどちらも大事な人だ。咄嗟に消そうとする。で、あの場ではどうやって？」

「え……」

「雨はまだ降っていません。水はない。消火器も」そこまで言って、南さんはお義父《とう》さんに目をやった。「厚司さんならどうしますか？」

思案するように左右に動いたお義父さんの目が、自分の体を見下ろした。そして、ジャケットの胸元をつかむ。

「これだ。上着を脱いで叩きつける。できれば、燃えている物を包んでしまう」

「そうでしょう。人は大抵そうする。でも、秋美さん。ワンピースでは、それは無理ですね。さすがに、火を叩き消すために服を脱ごうとまではしない」

南さんは窓の外に目を向けて、それからまたみんなに向き直った。

「秋美さん。あなたはあの時まだ、炎恐怖症を装っていましたね？　前夜の火祭りはどうしていたのです？」

「……外に出ないようにしていました」

恥ずかしい——。身を守るために計算しなければならない演技。あんなことを一生続けるつもりだったのか……。

「犯人は試したのだと思います。秋美さんが本当に炎恐怖症なのかどうかを。そのためには、炎恐怖症の人が明らかに怯えるほどの、勢いのある、ある程度の規模の炎が必要です。だから、額縁なのです。肖像画を焼きたいのならば、キャンバスだけで充分でしょう」

ああっ、と息を漏らすようにして、多くの視線が交錯する。キッドリッジさんは、注目に値する見解を自分が口にしたかのように、どうだ、と言わんばかりの視線を病室に巡らせた。

「小さなサイズではなく、立派な額縁だったとか」南さんは言う。「バカにならない重さのはずです。でも、それが必要だったのです。キャンバスではさほど保《も》たずに燃え尽き、崩れてしまう。一方、堂々たる額縁は大きく炎を立ちのぼらせ、相当の時間燃え続けるでしょう。犯人は、肖像画を秋美さんの目にはっきりと焼きつけ、それから火を放った……、それが一番効果的だろうと私は考えます。犯人が手を離した額縁入りの肖像画は地面に倒れる。キャンバスは額縁におさまっているので、地面と接するのは額縁部分だけ。それで、四角く縁取られた焦げ跡が残った。肖像画を包んで、炎は燃え盛る……」

……炎。……目を閉じていた。今までも記憶の断片の中で、夢の残りのように、炎が目の前に迫ってくる時があった。それは当然、放火の現場での罪と恐れの記憶だと思っていた。でも……。今も、まぶたの裏を火の熱さが焼きそうだけれど、この炎は——？

「大丈夫、秋美？」

腕を揺すってくれたのは母で、わたしは目をあけた。

すぐに声をかけてくれたのは、平泉刑事だった。

「無理に思い出そうとしなくてよろしいですからね。イメージを加筆して、記憶の偽装につながりかねない」

「記憶の復元の操作にも、そうした危険が潜むかもしれないということなんですね……」葵さんが、ひっそりと言う。「それに、記憶が戻らないことも……」

言葉の途中で額《ひたい》に手を当てていた南さんが、それを外すと、現われた目には物憂《ものう》さと決然とした色とが半々にこもっていて……でも、どうしてそれが、哀しそうなんだろう。

「それを期待してあなたが口をつぐみ続けているとは思いたくないのですがね、葵さん」

すんなりとその意味が浸透しないほど、空気は硬くなっていた。


葵さんへと視線を動かすこともできず、南さんの声を聞いていた。

「小塚原安一さんへの罠が成功してしまったからといって、それで身を護《まも》れると思っているとも思えませんが。計画自体がそれを語っていますね？　あなたの迷いは、告白の機運がご自身の中にもあったからのはず……。もう、その時では？」

葵さんはなにも言わない。……わたしは……この部屋のみんなは、葵さんの口から言葉が出てくるのを望んでいるだろうか？　どんな言葉であっても恐ろしい気がする。

「なんだ？」奥山刑事は、明確な言葉を望んでいるようだ。平泉刑事がキッと視線を飛ばしたけれど、奥山刑事は気づきもせず、「えっ、南さん。その滝沢葵が犯人であろうと言うなら、理由を説明してもらおう。話の先はなんだ？」

南さんはじっと葵さんを見つめていたけれど、フッと息を抜くと瞬きをした。

「質問には答えていただけるでしょうね、葵さん？　これは、他の皆さんの記憶をたどっても判ることですから。あの日の午後、皆さんに和服の着付け指導をする予定でしたね。皆さん用の着物は、ご自分のお店から持って来ていたのですね？」

「……そう」

虚ろな葵さんの声の後、南さんはわたしの目を捉えた。

「犯人と対峙《たいじ》し、燃える肖像画を眼前にしていた時、秋美さん、あなたは着物を――和服を着ていたのですよ」

ふっ、と額《ひたい》が広がったような気がした。瞬く記憶――。すぐに自分の体を見下ろしていた。白い襟《えり》元《もと》、長く垂れる袖《そで》、帯、ごく薄い水色の地《じ》に紫色かピンク色の模様――。その映像は一瞬で掻き消えて、見えているのは病院のパジャマでしかなく……。

わたしは南美希風さんに目をやった。ぼんやりとした意識がそこで焦点を結ぶように。

12

葵は、自分に向けられた次の南美希風の指摘――指弾には、胸を突かれるものを感じた。

「葵さん」こらえ切れない、痛みを伴うような苛立ちが、彼に言わせているようだった。「ここで決着をつけなければ、明日には秋美さんの記憶の門をひらくことになるかもしれないのですよ。あなたは、あの犯行時の二人の姿を、その記憶の中に永遠に凍りつかせるおつもりですか？　秋美さんは一生それを刻みつけていくしかない……」

ぐずぐずと口を閉ざしていたのはなぜだろう。罪からどうしても逃れたいという願望ではないはずだ……。南の――南氏の言ったことに近いが、告白というより小塚原共々《ともども》倒れて自嘲《じちょう》していいような気持ち。それは疑いなくあった。罰への恐れは、それほど頭に浮かばない。それでも自分の行為を明かせずにいたのは……、これは……恥辱、か。いつの間にかそうなっていた自分の姿への、目を背けたくなる羞恥だ。自嘲という言葉すら飾りであるほど、自分は醜さを恥じている。人としての愚かしく弱い恥部を、誰が見せたいというのか——。

見知らぬものを呆然と見ているような兄の視線を、焼けるように感じる。その視線が、スッと流れ、解明役の青年へと向けられた。

「南さん。ど、どういうことなんだ？　本当に、葵が……？」

キッドリッジさんが、「彼女は、秋美さんが放火犯なのかどうか、それを知りたい衝動に駆られていただけなんだよな、美希風くん？」と言ってからようやく、南氏は話を再開した。

「秋美さんが、『わたしはしっかりおめかしして龍平さんを驚かせてやるわ』と口にした時の、『驚かせてやるわ』に込められていたのは、外国から帰国した駒生さんを、初めての和服で迎えられるのならという思いだったのでしょう。頭部を殴打した時、秋美さんは着替えていたと推理しましたが、それは同時に疑問も呼びますね。どの服に着替えていたのか？　アクセサリー同様、秋美さんの衣服にもなんの異常もなかったはずです。濡れてもいない、血痕もない、紛失した物もない。犯行時、被害者が着ていた服はなんだったのか？　……日頃の服ではないのです。持ち込まれていた和服がそれに相当します。その和服に着替えたかった彼女はすぐに、調理場にいる葵さんの所へ向かった。駒生さんが滝沢邸に到着するまでにはまだ時間がありましたが、もう昼食が始まる時刻です。それが終われば、装いが間に合うかどうか判らない。着付けは初めてでしたから、どれくらい時間が必要かも計算できないでしょうからね。一方の、葵さんの対応と思惑もここで探りましょう」

南氏は、少し息を吐《つ》いた。

「彼女は、秋美さんが実は放火犯ではないかとずっと懸念していたのでしょうね。そしてこれは想像ですが、前夜の火祭りの時のなんらかの様子から、決定的な疑いを持ったのではないでしょうか。そのような時、正体を知りたいと思っていた相手から、じっくりと二人だけになれる時間の提案を受けたのです。葵さんは、今すぐ着付けを始めることにした。事情は、秋美さんと似ていました。昼食が終わってしまえば程なく駒生さんがやって来る。すでに家をあげて歓待ムードですし、駒生さんが来れば秋美さんはべったりと一緒に過ごすのが目に見えている。二人切りでデリケートな話をする時間は限られていたのです。和室は小塚原さん用でしたから、着付けは、葵さんにあてがわれていた、何着かの和服が運び込まれていた部屋で行なわれたでしょう。十一時十分頃のことです。それから十数分が、着付けの時間だった。そして葵さんはこの間に、秋美さんには放火犯の疑いが濃厚だと探り当てたのです。少なくとも、葵さんはそう信じたのです」

「自分たちをだまし続けた放火魔が、身内にいる、とだな」

キッドリッジさんがそう言うと、うつむき加減になった秋美ちゃんが瞳を閉じた。アリシアさんの息は荒く、兄は目元に手を当てた。

「葵さんは、その決定的な証拠を皆に見せつけたかった。自分でも確証がほしかった。それが、肖像画を使った炎の儀式です。ここで重要なのは、葵さんは殺人未遂などの重大犯罪を犯す気などなかったことです。だから、滝沢家の面々がすぐそばにいるあのような場所で、時間を縫うようにして果敢に動いたのです。むしろ、全員にとって重大な事実が判明するはずだから、すぐに呼び集めて証拠を見せられる時と場所を選んだと言えますね」

「ああ……」と生くんが、納得しつつ呻《うめ》くような息を漏らした。

その様《さま》は、あの時の自分に似ていると葵は思った。秋美ちゃんは炎恐怖症ではないと、ほとんど確信した時に。

おかしいと思ったのは、南氏の想像どおり、前夜の巨大人形火祭りの時だった。二階の廊下を偶然通りかかり、窓から火祭りを眺めている秋美ちゃんを見かけた。その時、大きく風が揺らぎ、炎の柱が窓のほうまで流れてきそうになった。秋美ちゃんは反射的に身を反らしたけれど、その時――顔は笑っていたのだ。

恐ろしい疑惑だった。燃える我が家、〝森の中パレス〟の外で奇妙な様子の彼女と出会ってから、か細い糸としてずっと内心にあった疑い……。炎恐怖症なんて、本当に……？

放火と無関係ならば、そのような手の込んだ嘘を築きあげるだろうか。カウンセラーにも裏の顔で押し通し、何週間もの間――！

二階での目撃体験の後、詐病の疑いは軽率には口に出せなかったけれど、着付けの時間になると黙ってもいられなかった。浮かれている彼女の隙を突くようにして、探りを入れていった。火祭りにからめて、いろいろな炎の話になるように仕向けていった。そして気がついた。注意深く聞くと、火に対する嫌悪や恐怖は、口調や選ばれる語彙の中にないのだった。時折、取って付けたように最後に怖がっているような言葉を添えるのだ。それだけだった。本当の怯えは彼女の中にはない。

意外なほどに、怒りや憤りがわきあがって仕方がなかった。我が家に火を放った犯人。その娘が、大人たちをうまくだましてほくそ笑み続けている。こちらは同情も寄せていたのに、なんという卑劣。裁かれて当然の娘に、易々《やすやす》と欺《あざむ》かれ続けていた屈辱――。

確かに、炎恐怖症のはずがないという確証が得られれば、兄たち皆に知らせなければならないとの義憤はあった。身内に放火魔がいたという事実は家庭内争議の深刻な課題だ。でもあの時、即座に体を動かしていたのは、制御できないほどの、復讐心と言っていい憤怒だった。だから――

「だから葵さんは、正義の鉄槌《てっつい》を下すための証拠固めを遅延させてはならないとばかりに、大胆に行動した。秋美さんに声をかけてから、自分は一足先に肖像画とオイルを持って裏の休憩場所に行き、準備を整えた。その後で秋美さんはパティオへの道をたどったのです」

「えっ」と、駒生さんが声を発した。ある点に思い至ったとばかりに。「その姿を、小塚原さんが窓から見ていたのですよね。じゃあ……、つまり、あの人は、和服姿の秋美ちゃんを見ていたってことにならないか？」

そうだ、という幾つかの声が、戸惑いの気配と共に飛び交った。

「そこなのですよ」南氏は言った。「事態を混迷させた決定的な要因は。小塚原さんは、秋美さんが和服を着ていたということを証言しなかったのです。どんな服を着ていましたか、と問われもしなかったでしょうしね」

「でも、なぜ⁉」「どうして？」と、疑問の声がわき起こっている。

「意図的にそうしなかったということ？　なぜ？」

とアリシアが真正面から尋ねるのに答えて、

「決定的に不利になる人のことを考えたのでしょうね」

南氏がそう告げた時、

「恣意《しい》的すぎないかしら」と反論が口から出ていた。腐臭を放つほどの自己欺瞞《ぎまん》の息と共に。「額縁が燃やされたのはずっと前かもしれないのに、秋美ちゃんを試すために目の前であれに火が点けられたとか、彼女が和服を着ていたとか、って。南さんの臆測がそうだからって、小塚原さんが偽証をしたと決めつけていいのかしら。あの人は普段どおりの秋美ちゃんを見ていただけで、南さんの推論のほうが間違いである可能性も均等にあるでしょう」

「和服着用から始まるこの推論には、皆さんにも納得していただけるであろうゼロポイントがあります」そう、南氏は応じた。落ち着いた響きのある声で。「私の推論のスタートポイントです。そこへ遡《さかのぼ》る過程でもあります、今は」

「それに、葵さん……」駒生さんが、じっと見てきている。「薄い血液反応もまったくないワンピースからのロジックで、秋美ちゃんが、いつもとは違う服に着替えていたのは確からしいと思えるけどね。つまりその時点で、小塚原さんの供述は疑わしくなってるってことだ」

当の秋美ちゃんが、自分の運命を知りたがるかのように、南氏に声を向ける。

「あの場所へわたしが行って、それからどうなったのですか、南さん？」

「……犯人と、支えられて地面に立っている肖像画が出迎えました。時刻は十一時半すぎ。あなたが事態をはっきりと理解する前に、意表を突いて肖像画には火を点けられたのでしょう。あなたは驚き、慌て、必死になった。燃え盛っていく炎を消す手段は一つだけ。服でバタバタと叩き消すのです。あなたはそれをやった。なぜ判るか？　それが行なわれなければ、その後の惨劇が起こるはずがないからです。あなたは炎に立ち向かった。それで、炎恐怖症という厚い嘘で塗り固めてきた放火犯という正体を現わすことになったのです。だから、犯人の激情が爆発して凶事が生まれた」

消防車のサイレンと無慈悲な猛火の音と共に、記憶が押し寄せる。尋常ではない、抜け殻の気配で火事を望見していた滝沢秋美の姿が消えてから、身を翻してアパートへと駆けた。アパートの前の何人かの人影は、身を寄せ合い、あるいは恐怖にすくみあがっていて、消し炭のように黒く、幽体の幻のように揺れていた。それでも彼女らは、悲鳴にも似た必死の声で教えてくれる。残りの住人の安否は確認したよ、と。あの夫婦は旅行中、あの人はまだ職場にいた、と。

うんうんと頷いて聞きながら、意味の半分はつかむ間もなく虚空に消えていた。

「消防署には電話したよ」という声が、多少なりとも現実の感覚を取り戻させた。情報を聞き集めると、建物の一階左手、水原先生の部屋付近から火の手はあがったようで、すでに中央にある外階段を越えて炎は広がっている。右端の一階にある自分の店舗、二階の住まい。火の手はそこにも迫っていた。ようやく軌道に乗り始めた店。苦労を共にした古くからの道具たち。店にも住まいにも、娘時代からの思い出が積み重なっている。

もう一度、誰も取り残されたりしていないのですね、と確認した直後だ。新たな恐怖が体を貫いた。

「マーコ！」

愛犬の姿を、誰も見ていないという。それも当然……。鍵の掛かった二階の部屋に閉じ込められている。猛り狂う炎の熱気とその轟音にひるんでいた体は、切り裂くような声を発して飛び出して行く。その体を周りの全員が止めた。

マーコ！　マーコ！　との絶叫、近寄るなんて、死ぬ気なの！　という口々の叫び、そして大きくなる消防車のサイレンの音がからまり合いながら辺りに響き渡り……。

悲しみさえ些事《さじ》とするような、熱い瓦礫《がれき》がしばらくの日々を覆う。


「秋美さん。あなたは帯を解いたでしょうが、これでは太い鞭《むち》を振るうようなもので、消火の役には立たない」

今度はあの罪の日の記憶を浚《さら》うかのように、南氏の声は流れている。

「やはり着物を脱いだのです。それで炎を叩《はた》き飛ばし、押し包もうとした。額縁と肖像画は八割がた焼けていたそうですが、すべて焼けなかったのは秋美さんが消火に努め、そして恐らく消し止めたからです」

「そしてわたしは、浅ましい仮面をずっとかぶっていたことを露呈した……」

秋美ちゃんの細い声は、少し震えている。

短く頷き、南氏は、

「放火犯に欺《あざむ》かれていたと確信した犯人は、大切なものを奪われた時以上に激高した……のではないでしょうか」

あの瞬間、なにを叫んでいたか、はっきりとは記憶していない。「マーコを焼き殺したのね！」「どこまでも莫迦《ばか》にして！」――。彼女につかみかかる自分の目は、血走っていたろうか。口からはそれこそ、火を噴いていたかもしれない。

「……ここで、極めて基本的な事実を確認しましょう」

と、南氏は丁寧に言葉を続ける。

「いま話した出来事は、すべて、雨が降る前に起こっていたということです。額縁に火を巡らせる？オイルを使おうと、雨の中でできることではありません。降りだした時はスコールのような雨だったそうですね。これではそもそも火を使おうなどとは思いません。ところが、額縁は、地面の岩に熱の痕跡を残すほどあの場で燃え続けていた。さらに、焼け焦げだらけの着物が見つかったとしたら……。ここで私は、イメージに勝手な演出を加えます。怒りを吐き尽くし、秋美さんを殺してしまったと思い込んで虚脱していた犯人に雨が降りかかり、これで我に返ったのではないか、と」

降りだした雨が顔にかかっても、秋美ちゃんは目蓋《まぶた》さえ震わせなかった……。

「糾弾者のはずだった自分が殺人者に成り果てていた。自衛の意識と怯えで、犯人は首をのばして屋敷に注意を向けた。その時です、二階のテラスに姿を現わした生さんが外階段へと駆けて行くのが見えた。続けて、一階の準備室の窓にも人影が見えた。雨を通しても、かろうじてタバコの火は見え、喫《す》っているのは小塚原さんだと判った。これで、四人がどういう動きの中にいるか、犯人には見通せた。まず、生さんとアリシアさんが予備室の模様替えをしているのは、犯人も知っていたか充分に推定できた。今までは一緒にいた二人も、ここからはバラバラの行動になる。少なくとも、アリバイを証言してくれる相手がいない時間が生じる。そして、準備室のほう。小塚原さんがタバコを喫っているのだから、タバコ嫌いの厚司さんが同じ部屋にいるはずがない。それに例年であれば、関係者たちへの報告やお礼が済んでいる時刻だ。さらに、着付け指導の主役である犯人は、厚司さんが和服用に髭をカットすることも耳に入れていたでしょう。彼が洗面所に一人でこもることも予測が立つ。つまり……。

雨が降りだしてからは残りの四人にもアリバイ証明がむずかしくなるけれど、降雨前には全員にほぼアリバイがあると、犯人は知ったのです。雨が降る前に長時間のアリバイがないのは自分だけです。だから、犯行の大部分が降雨前であった痕跡は消さなければなりません。着物の状態は、それがアリバイを崩して自分の不利に働くであろうから持ち去られたのです。脱いでいる着物が焼け焦げて発見されれば、その使用法は類推されやすい。なにかの火を払ったのだと類推されれば、それは肖像画と結びつく。するとそれは、先ほど言った、犯行のほとんどが降雨前だったと推定させるのです。だから当然、額縁と肖像画も持ち去られました。これらはまた、犯人の動機を示唆しかねない品ですからね。さらにまた、被害者の衣服に関しては、着物を持ち去るだけでは済みませんでした。秋美さんは和装である。きっちりと着物を着せられるのはたった一人です。それは、犯行前に被害者と長時間過ごし、最後まで一緒だった人物を特定します。従って犯人は、和装の痕跡は一切残せませんでした。被害者の服装が犯人の素性を明かしてしまうために、残りの衣服も持ち去られたのですね。長襦袢《ながじゅばん》などが剝ぎ取られます。肌着も和装のタイプだったのでしょう。そして、足袋《たび》も草履《ぞうり》も持ち去られたのです」

誰かが迫力あるタクトを振ったかのような沈黙が訪れ、少ししてからどこかぼんやりとしたアリシアが、「その後は、どう動いたの？」と、確かめたいように尋ね、生は、「完全にアリバイがないわけでもないように……」と呟いていた。

「葵さんは、着物を頭からかぶって雨ガッパのようにし、秋美さんの和装を解いていったはずです」そう、南氏は語っていく。「現場に来る直前、十一時二十五分頃に、小島という老人に電話していますが、これはアリバイ工作ではなく、本来自分がやらなければならなかったことだからです。そろそろ電話を入れなければならなかった。だから、肖像画を外すなどの作業をしている合間に役目を果たした。事件後、警察に問われた時には、すでに車で出発して車内で電話したと偽ったのだと思いますよ。

犯行時の話に戻りますが、額縁と肖像画を長襦袢などで包《くる》んで持った葵さんは、額縁類は火祭りの灰の中に放り込んだ。犯人としてはもちろん、灰もろとも消えてほしかったのです。和服のほうは、自分の車のトランクに隠したのだと思いますよ。それから葵さんは自分の部屋へ戻り、脱いであった秋美さんの衣服を集め、玄関の軒下ででも雨で濡らしてから玄関ホールに投げ入れておいたのです。そして車で出発した。戻って来てからは、駐車場から玄関まで雨の下を歩きますから、体が多少濡れていても不自然ではなかったわけです。……アリバイに関して言えば、まずは、十一時四十分すぎに小島老人から入った電話がありますね。犯行現場で屋敷の人たちの動きに目を配っている時に、小島さんから電話が入ったことをスマートフォンは表示する。応答がなかったと証言されては不審を買うかもしれないので出てみると、キャンセルという内容だった。これは好都合でした。今から出発しても落ち合う場所へは時間どおりにはとても行き着けないわけですが、それでかまわなくなったのです。それでも取りあえず車を出すのは順当な手立てでした。焦げ跡のある着物を投棄する場所も見つけられるかもしれないですし。そしてたまたま、廃棄物処理業者と行き会ったわけですが、葵さんが車で往復したのは十分足らずのはずですから、案内した距離など短いものだと思いますよ。後は、調理場ですか。秋美さんの着付けをしていたので調理場の片付けはできていないでしょうが、これは、秋美さんが救急車で運ばれ、それにアリシアさんが同乗して行くなど、事件後の混乱している時に時間を盗みながら片付ければ形は整ったでしょう」

それからふと思い出したように、

「そうでした。アクセサリーの件です」と、南氏は口調を改めた。「秋美さんが身に付けていたペンダントとブレスレットは、なぜいつもと同じ状態で化粧台にあったのでしょうか?」

……なるほど、それがゼロポイントだ。他の人たちは判っているかどうか……。

「これらのアクセサリーには、ごく小さくアリシアさんのらしい指紋があった以外は、かすれて消えた形跡もなく、きれいな状態で秋美さんの指紋だけがあったそうです。血液反応含め、変わった点は一切ない状態でした。ちなみに、指紋採取が行なわれたのは、初動捜査が行なわれた当日の午後のことです。さて、アクセサリーをいつもの場所に戻せるアリシアさんが犯人でしょうか？　しかしそんなはずはありません。アクセサリーも、ワンピースなどの衣服同様、雨に濡れていたはずです。そんな状態のまま保管場所に戻す人はいませんね。現実として、鑑識が調べる時にもアクセサリーは濡れてなどいませんでした。犯人は、それらの品を拭かなければならないということです。しかしそれでは指紋がすべて消えてしまう」

　キッドリッジさんが言った。「芸大事件の時とは違い、拭き取った後に秋美さんの手に握らせて指紋を上書きするというのも無理、ということだな？」

「極めて面倒でしょうね。秋美さんの指は、雨の中にあるからです。通常であれば、アクセサリーは永遠に濡れ続けますし、指紋の上書きなどできません。傘を差し掛け、あるいは雨の当たらない場所まで移動させ、指を拭き——、いやいや、どうしてこんな煩雑なことをあの火急の状況下でしなければならないのです？　他の衣類と一緒に、濡れたアクセサリーも放り出しておけばいいことでしょう。そもそもどうして、アクセサリーだけを元の場所に戻さなければならないのです？　アリシアさんがそんなことをしたなら、大変な苦労をして自分の容疑を目立たせただけです。これで、シンプルに解答が残ります。つまり、雨が降る前に、秋美さんが自分の手であれらのアクセサリーを戻したということです。しかし、ではどうして、おめかししようとしていた秋美さんは、他のアクセサリーを身に付けなかったのか？　和服を着る時の王道としてのマナーでは、過剰なアクセサリーは御法度ですよね、葵さん？　容認されるのは、ピアスか控えめなイヤリング程度ですか。あとは、髪飾り。秋美さんから、和服を着せてほしいと頼まれた葵さんは、アクセサリーを外して来るように秋美さんに言ったのですね。髪飾りに関連して、髪形のことにも触れておきましょうか。和服用に、簡単に髪形が変えられていたとしても、頭部に複数の重傷を負うような暴力の中では崩れてしまっていたでしょうし、葵さんはいくらでも掻き乱してしまうことができました」

退路はすっかり断たれた、といった心境。見事なものね……。

「小塚原叔父さんは、着物姿を見ていたのに……？」

生が、困惑に多少なりともショックも交えて小声を漏らし、奥山刑事は、

「やはりあの男がくせ者だったんだ」と毒づく。

南氏は言った。

「小塚原さんは事件の大筋を覚《さと》ったのでしょうね。衣服がすべて別の場所に移動されているという奇っ怪な状況。そして、目撃した、被害者の和服姿。葵さんが犯人ではないかと推定できたのです、恐らく。そして、和服姿のことを黙っていれば葵さんが目をつけられることもないと考えた。……補足的なことですが、一つ思ったことがあります。小塚原さんは、急な雨の中、秋美さんがパティオから戻って来ているかどうかが気になったと話していますね。これは、和服姿を見ていたからの心理ではないでしょうか。着物が雨に濡れたら大変だ。また、着物では、バタバタと駆け戻って来ることもむずかしそう。そうしたイメージが膨らんできて、無視できない気がかりとなり、パティオへ足を運んでみることにした」

「なるほどなあ」

とキッドリッジさんが呟いた後、アリシアが、

「でも、着物のことを黙っていたなんて、小塚原さんはなぜそんな……」そう言って目を向けてきた。

「口をつぐんでやるからと、強請《ゆすり》でもしてきたの？」そこで、ハッとなる。「だから昨夜、とうとう彼を殺し……」

肯定すべきなのか。するべきなのだろう。そうやって罪を認める……。誰が見ても、事件の骨格はそうだろう。世の底辺に潜んでいればいい背徳的でいびつな関係性を、誰かが理解してくれようとするだ

ろうか……。

なぜかしら視線は、南氏を中央に置いた。彼は、軽く握った指の関節を唇に触れさせ、静かに左右に動かしていた。思索だけに集中している。

黙っているのが、罪を否定しようとしているあがきと思われたくなく、とにかく口を動かした。

「小塚原が証言でぼかしたのは、秋美ちゃんを見た時刻についてもなの。雨の降る少し前、という言い方をしていたけれど、実際は、十分近く前ね。事件のほとんどが雨の中での出来事だと思われたほうが、わたしが少しでも有利になると思ったらしいわ……」

「あなたは、小塚原さんに対して、明確な殺意を持っていたわけではありませんね」

南氏のその一言は、身を震わせた。胸中で、ドン！ と音がした。罪ある者として冷えて縮まっていた体が、温かな血と脈動を得て背を大きくのばした。

「今の説明の中にもありました」南氏の言葉が……「小塚原さんはあなたをかばっていた、というニュアンスの強さ。あなたもそれを全否定しなかった。これまでずっと脅され、搾り尽くされていたような、切羽詰まった憎悪があなたにはない。それは、断崖に小塚原さんを導いた手段にも表われていた……」

キッドリッジさんが言った。「美希風くん。君は言っていたな、事後従犯のイメージに近い、と」

「ああ……」声が出ていた。目が一瞬閉じる。「そうかもしれません。罪を隠し合い、罪人同士が牢獄で密会している」

「密会……」

「そうよ、兄さん。強いて恐喝と呼べそうな行為は、最初の頃に二、三度あったぐらいで……。あの男はまるで、わたしと付き合っているかのようだった。行楽地へ誘い、小旅行を計画し……」

「ご機嫌を取っておいたほうが、お金をせびりやすいからじゃないの？」アリシアの指摘の声は鋭く響く。

「それもそうね。でも、あの男は……それを、愛と言っていたわ」

南氏が言う。

「あなたは、それを試したのですね」

……そう。「ええ、そうですね」

奥山刑事が面倒くさそうに質す。「とにかく、殺したんだな？　それは認めるな？」

「はい。――あっ、でも、ヴィラの件は、なにも承知していません。わたしがなにかしたわけではないのです」視線を南氏に向けた。「あの不可解さは、解き明かしているのですね？」

「ああ……」彼の表情が少しほぐれた。「あの時、ヒガンテスの一体、〝海の女神鳥〟が歩いていたんですよ」

13

南氏が、あの像のことを、聞き手にもう一度思い出させた。腕は翼になっている、白衣の女性の座像。高さは四メートルほど。羽ばたかせる仕掛けも人気だった。

「軽量化されているヒガンテスは多く、これも、一人で引いて移動させることができた。女性一人でもですね？」

南氏に問いの眼差しを向けられ、頷いた。そして、込みあげそうになる自嘲を呑み込む。一人でできる、といっても、あの重さを長い距離動かすのは苦行ではあった。地獄で科せられる苦行。誰かが目にすれば、まさに、愚者が負うにふさわしい苦役と見えただろう。

「〝海の女神鳥〟は、〝壺入り江〟の絶壁に向かって引かれていたのですよ。時刻は、十一時の少しすぎ。この時まさに、秋美さんの病的昏倒が起こった。そして思い描くべきは、キッドリッジさんが言った、距離とサイズの問題です。鏡に人影となって映るためには、常識的なサイズの人間は距離的にヴィラの内側にいなければならない。ですが、人体の何倍もある人物像ならば、ヴィラの外にいても問題ないのです。鏡に映ったのは、岬へと進んでいた〝海の女神鳥〟だったのですよ」

あの時に、そんなことが……！　直観的にそれを受け入れていたけれど、細部まで具体的に理解できているとは言いがたく、それはほとんどの人が同じようで、様子からするとキッドリッジさんもこの事件の真相は聞かされていないらしい。誰もが声も出せずに南氏の話を聞いている。

「斜めにあいたワードローブの戸に備えられていた鏡は、西向きの短い通路をほぼ真っ直ぐ映し出します。通路の突き当たりには、桟のない大きなはめ殺しの窓がありますね。この窓を通せば、緩い下り傾斜の敷地のすぐ外に、岬へつながる道が見えます。そしてここには外灯《くけい》も立っている。その明かりの中に、〝海の女神鳥〟が浮かびあがったのです。座像の胸から上が窓の矩形に切り取られて見え、それを鏡が反射した」

キッドリッジさん、と、南氏が呼びかけた。

「目撃した人影には、いささか奇妙な点があったでしょう？　秋美さんとは反対側の右側に顔を向けているように見えた。これは、ヒガンテスの進行方向で、そちらに顔が向いていたからです」

「……そうか。そして、倒れる秋美さんの体に弾かれた鏡が反動で戻ってくる時には、その勢いの速さがあってヒガンテスの像ははっきりとは見えなかった」

「それもあるでしょうが、移動していたヒガンテスがすでに、鏡で映せる範囲を出ていたから見えなかったのだと思いますよ」

「窓の枠から――」そこまで言ったところで、キッドリッジさんの顔にはハッとした驚きの色が過《よぎ》った。

「待てよ、すると、ヴィラへと駆けつけていたわたしたちは、間に生け垣を挟んで、巨大人形とすれ違っていたのか！」

南氏の顔は、また少しほぐれていた。

「そうなんですよ。そうだったんです。私たちは生け垣の近くにいましたから、あの三メートルほどの障壁の向こうは、かなり上までが完全な死角だったんです。それにあの時間帯は風があり、森のざわめきで多少の物音は掻き消されていましたからね。さらに私たちは、ヴィラの中の変事に神経を奪われて走っていましたから」

キッドリッジさんは、頭の中でその光景を思い描いているようだった。わたしも改めて、そんなことが起こっていたのだという事実を嚙み締めた。

「〝海の女神鳥〟は、断崖の突端まで運ばれました」わたしは目顔で説明をまかせた。「そして犯人はこのヒガンテスを崖から押し出し、落下させた。垂直な崖ですから、途中で岩壁と衝突して大きく破損するということはない。もちろん、海面に落下した時に多少は壊れるでしょうが、人としての形をある程度保《たも》っていればそれでよかったのです。細い翼は、遠目では人の腕と大差ありませんからね」

これがなにを目標とした画策なのか、すっかり理解している聞き手はいないようだった。

「道を引き返した犯人、葵さんは、部屋から出て来たふうを装って、あの人垣に紛れたのです。そして、不可解な傷害事件が起こっていることに驚いたでしょう。葵さんは、警察が来る事態には頭を抱えたはずです。それでも、可能性を探りながら計画を進めるしかなかった。もう、賽《さい》は振られていたからです。防水加工が施されているヒガンテスとはいえ、海に浸《つ》かっていて原形を保てるのは、一時間か一時間半といったところなのでしょうね」

「……わたしは、制作者さんたちにそれとなく訊いて、おおよそそれぐらいの時間だろうと知りました」

「警察は幸い、早く引きあげていった。そして真夜中すぎ、あなたは小塚原さんが寝入っているのを確認して部屋にそっと入った。用意しておいた、偽装した遺書でもある書き置きを枕元に置き、零時半にアラームが鳴るようにスマホをセットした」

「パスワードを設定するような男ではないのでね。設定しても単純なものに違いなく、解除は簡単だと踏んでいました」

「あの呼出状のトリックは秀逸だったな」キッドリッジさんが評する。「日本語として、呼出状と書き置きの違いはなんなのだ？」

「まあ、文字どおり、書いて置くちょっとした文面が書き置きですね」南氏が答えた。「置き手紙であって、内容は様々でしょう。呼び出すことだけが目的ではない。そう……」南氏の表情に、徐々に賛嘆とも見える色が濃くなっていく。「書き置きには、遺書の意味もあります。あれはまさに、秀逸な一枚ですね。小塚原さんの偽装遺書としての姿を現わす前、あれは葵さんの遺書でもあったのです」

場が少しざわつく。最後に聞こえたのは、「どういうこと？」という秋美ちゃんの小さな声だ。

「葵さん」南氏が言う。「手書きの文面は、わたしは自ら命を絶つ、というものだったのですよね？」

ここが告白の時か、と思った。聞きたい者もいないだろうけれど、心情を吐露する時だ。

小塚原と醜い関係を続けながら、自分は滅びていけばいいとも思っていた。自分はもう、腐っていた。秋美ちゃんを襲った時というよりも、生きていると知ってからが特にそうだ。彼女が生死の境をさまよった数日間、自分は疑いなく、彼女の生還を望んでいたろうか……！　生きることを祈ったのか。記憶がないと知れば、口をつぐんだ。いつか来るであろう突然の破滅を恐れながら、自分より悪と思える男をそばに置いて被害者を装った。

恥と罪の意識に溺れかけ、醜い関係に疲れ果て、自分を肯定できる将来もないと悲観し始めた。滝沢葵と小塚原安一は、どちらかか、あるいは両方が腐れ倒れるべき境遇にきている。

「わたしは、わたしがまず腐れ倒れると書いたのです。この書き置きを見た時にはもう、〝壺入り江〟に身を投じているでしょう、と」

病室は静かだったので、南氏の軽い咳払いもよく聞こえた。

「生さんが、部屋から出て来る小塚原さんを目にしましたね。小塚原さんは、血の気の薄い肌の色をして、恐怖に不意を突かれたかのような表情だった。生さんが聞き取った『あの莫迦……』という言葉は正確だったのでしょう。小塚原さんは、葵さんに言ったのですね。身投げなんて莫迦な真似をしやがって、と」


また一時《いっとき》の静寂を経て、南氏の声が流れる。

「小塚原さんはあなたの遺書を握りつぶし、ポケットに突っ込むと岬へ向かった。両者の秘められた関係性から言って、小塚原さんがこの時、誰かを叩き起こして一緒に岬に向かうということは絶対に考えられません。彼は一人で岬へ急ぐ。一体である二重の遺書を落としたことにも気づかず、酔いが許す限りの急ぎ足で……。そう、言うまでもなく雨も重要な要素ですね。間もなく雨が降りそうだという雲行きを見て、葵さんはヒガンテスを動かし始めたわけです。屋敷の前を通りすぎるあたりから雨が徐々に降り始めた。それから本降りになり、葵さんが往復した靴跡も、崖の上での動きのすべての痕跡も洗い流された。小塚原さんを起こす時刻の前の、どこかの時点で雨が降ればよかったのです。しかし降らなかった場合は？　小塚原さんが歩いた後に降った場合は？　……ここに、この犯罪の動機としての特性が出ると思いますが、それは後でまとめて話します」

「小塚原安一の急ぎ足は、では……」キッドリッジさんの思考は、そこに焦点を結んでいたようだ。

「身投げという悲劇が起こっているのかどうかを知らなければならなかったからだな。葵さんの身を案じたのか……？」

「案じたのです」南氏の口調は確たるものだ。「身投げなどできず、崖の上にまだ葵さんがいることを願ってさえいたと思いますよ。しかし、葵さんの姿はそこにはなかった。小塚原さんは絶壁の下を覗く。

すると海面に葵さんが浮いていた。小塚原さんは躊躇しなかったと思います。まだ助けられるかもしれないと、海に飛び込んだのです」

キッドリッジさんが、首を傾げつつ南氏を見やった。

「今の話はもう少し詳しく説明してくれるんだろうな」

「もちろんです。あなたが言った、距離とサイズの問題を、ここでは犯人が意図的に使ったということです。雲が空を覆い、月も星明かりもなく、あの辺りはほぼ真っ暗でした。しかし、海面に浮かぶ白い人影はかろうじて目に映った。どれぐらいの距離として？　あの時の、本来の海面の高さでは、距離は二十メートルほどでしょう。浮かぶ人の姿などは小さく見えるだけだ。目のくらむ高低差です。しかし、女人像〝海の女神鳥〟はその距離を大幅に縮めました」

あっと言う声、息を呑む気配が幾つか感じられた。

「人体の何倍も大きいのですからね。すぐそこにいると見える。海面までの距離はさほどではないと感じ取るしかない。干満時刻などの冷静な判断などできるはずもない小塚原安一さんは、葵さんのそばにいくためにダイブしたのです。……実際の海面は、葵さんがヒガンテスを投じた一時間半前よりはさらに下がって、海底が露出しそうなほどの浅さでした」

その結果を、南氏は言わなかった。わたしは目を閉じた。

「思い返していただければ、あの日の葵さんの服装は、白いロングブラウスの裾を黒いスラックスの外に出していましたね。下半身は見えず、ブラウスの白い裾は揺れる動きを効果的に見せる。葵さんは、〝海の女神鳥〟と見誤る条件を整えた服装をしていたのです」

凍りつくほど呆気に取られていて、誰も口をひらかない。

「平泉刑事にお願いして、崖下の海底を調べる潜水チームを手配してもらっています。ヒガンテスの車輪部分の枠組みが発見されるのではないでしょうか。犯人を特定する要件をここで申せば、犯人はヒガンテスをヴィラの密室事件が起こった時に動かしていたはずで、あの時にアリバイがないのは、小塚原さんを除いては滝沢葵さんだけだと聞いています」

目をあけた。兄の痛切な表情は見ていられないほどだった。

まだ誰も口をきかないので、南氏は説明を足していく。

「海の様子も確認しておきましょうか。干潮に転じている時の〝壺入り江〟は、独立した海域ですから波も立たず、穏やかです。だから〝海の女神鳥〟も、落下した場所からほとんど動かなかったでしょう。零時半を一時間もすぎると〝堤防〟を越えて海水が入ってくるそうで、もう原形も留めていなかったでしょう白い女人像は、海水の動きに掻き乱されて完全に細かく散っていく。入り江と外海がつながってからは、太平洋へと流れ出てもいくでしょう。小塚原さんの遺体も同じように……」

病室自体が深く息を吐《つ》いたようで、そんな中、兄が声を搾り出した。

「明確な殺意があったわけではないというようなことも……？」

「それは疑い得ないと思いますよ。だって、計画自体がもう、身を守る術《すべ》において無頓着ではないですか。アリバイ工作をしなかったというのもそうですが、ヒガンテスを一体、拝借したのですよ。紛失には誰もがすぐに気づく。岬での謎の転落死と結びつける者も出ますよ。それに、あの巨大人形の移動自体がリスクの極みです。倉庫から屋敷の前を回って岬へと進む。誰かに見られても不思議ではない。さらに先ほど言いました、雨の問題。降らないのか。都合のよくない時に降ってしまわないか。……想像ですが、自分の靴跡が残っていたとしても、葵さんは小塚原さんを誘い出したと思います。靴跡の意味などに気づかずに、彼は断崖に進むだろうと思えるから。そしてなにより――、この計画でなにより不確かなのは、小塚原さんが断崖から飛び込むか否かです。葵さんの想像の域の過半数では、あの人は飛び込まないだろうと、虚ろに予測していたのでしょう」

考え込むようにしながら、駒生さんが言った。

「愛があれば落ちる死の罠か……」

「葵さんにとっては、飛び込みは起きないという未来のほうが現実的だった。起きない条件は、以下のように複数あった。ヒガンテスの移動を誰かに見られてしまう。崖から見下ろした小塚原さんが、浮いているのは人ではないと察してしまう。あるいは……、すべての誘いの計画がうまくいったけれど、彼は腑抜けたままで葵さんを助けに行ったりしない。


それらのどのケースにしても、葵さんは小塚原さんとの関係を清算し、遠因であった秋美さん襲撃に関して告白するつもりだったのではないでしょうか。偽装遺書に使った詩集の副題が象徴的です。『死を超えた絶え間ない愛』。葵さんの投身自殺に遭遇しても動こうとしなかった小塚原さんに、葵さんは、『死を超える愛の飛び込みなど、しもしなかったじゃないの』と、嘲笑しながら告げるつもりだったのではないでしょうか」

一礼しそうだった。


目が合うと、こちらの思いを酌み取るかのように、

「葵さん。あなたは一年前は炎で試し、今回は水で試したのですね」

「……たまたまそうなっただけです。そこまで意識したわけではありません」


次に聞こえてきた平泉刑事の、「殺意がなかった、とは言わないわよね」という声は冷ややかだった。

「はい。そうなってもいいように、計画も練りましたから」


重ねて問われる。

「小塚原安一との秘められたやり取りは、どのような連絡手段で?」

「途中からわたしが提案して、プリペイド式ケータイを使いました。あの男のが壊れて、次の機種を探しているところだったのです」

「なるほど。その意味でも、今が決行の時期だったわけね」

自由な時間は少ないと思い、秋美ちゃんに目を向けた。解明の時間が始まってから初めて……いえ、もしかすると彼女が去年病室で目覚めてから初めて、真正面から瞳を見つめることができた気もした。

「秋美ちゃん、ごめんなさい。あなたを責める資格なんて、わたしにはなかったのよ。あなたは当時、学校生活を暗黒に塗りつぶされるような絶望を長く味わっていたんだもの。見えていたものも見えなくなる、追い詰められた未成年者だった……。わたしは、放火犯に違いないあなたから確証を得たいと思い詰めた時、それを試す材料として最適なのがあの肖像画だと気がついた。その瞬間からもう、肖像画は燃やす踏み絵だった。視野が針の穴のように小さくなって、他は目に入らなくなる……。生さんの大事な作品だという躊躇《ためらい》を失っていたのよ、いい大人のわたしがね。

今回もそう……。皆さんが何週間もかけて作りあげたヒガンテスを……この先にも続くはずだった楽しみを、自分勝手な思惑で海に投げ込んだの。わたしは元々、腐れていって当然の人間だったのよ」

「違います」と、秋美ちゃんが一言一言、声を出していく。「一番悪いのはわたしです。わたしが、放火なんていうとんでもない悪事を働いたから、すべてが……。今さらですけど、昨夜の火祭りの火を……供養《くよう》の送り火だと思って、マーコが好きだったたっていうクリームチーズを火の中に入れて……」

本当にごめんなさい、と彼女は涙声で言った。


アリシアと厚司以外は、滝沢秋美の病室をひとまず出ることになった。

エリザベスの少し前方に、平泉刑事と奥山刑事に挟まれて滝沢葵がいた。エリザベスの視野の中で、ふと、影を踏むようにして廊下を進む葵の姿に、高台から眺める海の景色が重なった。彼女はこれから先の人生、どのような感慨を持って〝スペイン岬〟からの海を見つめるだろうか。

そして、秋美の記憶についての危惧も頭に浮かんでくる。

「秋美ちゃんの記憶、いつかふっと甦ってしまうこともあるかもしれないな」

横で駒生が言った。

「イメージで準備ができている。耐える力ができているさ」

前方で、密《ひそ》かに興奮している奥山刑事が、

「本当に、ホシをあげられるとは！」

とスマートフォンを取り出したが、手をのばして平泉刑事が止める。

「報告はわたしがしますので」

「雑事はこっちでやりますって」

ごちゃごちゃと揉めて、最終的には平泉刑事が自供犯人確保を伝える役になったようだ。

振り返ると、廊下の端のベンチに座る南美希風の姿が見えた。

決して不快そうではなかったが、それでも、疲労感に力を奪われているかのような様子だ。

灰を残して燃えた炎の断片を眺めているような目でもある。

そろそろ十六時だ。

エピローグ

列車の時刻を確かめた南美希風とエリザベス・キッドリッジは、荷物をまとめて滝沢邸の玄関口に出ていた。

駅まで車で送ってくれるという厚司だけではなく、アリシア、生、駒生龍平らも靴を履いて出て来た。

「いい弁護士をお願いよ」アリシアが夫に注文をつける。「人情派とかいう弁護士」

いるのかどうか不明だが、厚司は、まかせろと言うように頷いた。美希風たちを送り届けた足で、彼は葵につける弁護士を探しに行くのだ。

「南さん」駐車場へと歩きながら、厚司は、遠い昔の感謝を伝えるかのような声質だった。「あなたは、物言えぬ安一さんの名誉も救ったよ。秋美を欲望の牙にかけようとした犯人が自殺した、との筋書きを覆したからね」

生は、こそっと残念そうに、「恐喝犯みたいなところは露見したけど……」

「それは事実だからな」

厚司が表情を押し殺して言った。

「ささて」駒生が、にんまりと口角をあげる。「平泉刑事は、ここまできてドクター高橋に中止を知らせるのを、喜んでいるのか、気まずく思っているのか。急ぎの手配のあれこれで、バタバタしていたけどさ」

「ポーカーフェイスで安堵していますよ、きっと」美希風は言った。

車のドアレバーにのばした手を、厚司は止めた。

「改めて、ありがとう、南さん。……仕方ないから、あなたを連れて来てくれたエリザベスにも感謝しておこうかな」

苦笑の刃を交わして、二人はドアをあけて乗り込んだ。

「キッドリッジさん」筋肉質の上体を屈めて、駒生が声をかける。「空港まで見送りに行きますよ。僕があなたの、日本での最後の思い出になる」

ドアを閉め、隣に座った美希風に、エリザベスは首を振りながら言った。

「あてにはならんな」

事実、そのとおりだった。翌日のこと、名古屋駅で新幹線に乗り換える時、不慣れな駅でもないのに駒生龍平は反対路線に乗ったあげく、エリザベスの出発にはぎりぎりで間に合わなかったのだ。

空港での見送り役は美希風一人だったが、スマホ画面越しに、滝沢ファミリーが笑顔で別れを告げた。

ともあれこうして、エリザベス・キッドリッジの、日本を中心に巡った長期休暇は終わりを迎えた。

長かったのか、短かったのか、濃すぎたのか……。

今度いつ会えるかも判らない友人との思い出を、美希風は、味わい返しながら記憶の中に一つ一つ畳んでいった。


思わぬ訃報が南美希風のもとにもたらされるのは、もう少し先の話である。

或るニッポン樫《かし》鳥《どり》の謎

1

木陰に雪が残る北海道の三月末、森の細道を歩いている南美希風《みなみみきかぜ》に、

「あれっ、南さん？」と声がかかった。

ジャージ姿の中学一年生、山崎将汰《やまざきしょうた》だ。

「おう」と、美希風は立ち止まって声を返した。「お久しぶり」

大きな笑みに若干の戸惑いを滲《にじ》ませて、ランニングを始めようとしていたという将汰は寄って来た。

「今日はなにしに？　家《うち》に用じゃないですよね？」

「小鳥遊《たかなし》邸の庭まで行くつもりでね」

「……事件のことですか？　なにか起こりました？」

「いやいや、問題はなしだ。確認できそうなことがあってね。誰にも見つけられなかった花、ハクチョウソウがあったろう？　この一帯には存在していないとも言われていた」

「ええ」

「あれが咲いていたという証拠を持っている人が見つかってね。落ち合うことにしたんだ」

「へえ！　でも、どうして急に見つかったんです？　ＳＮＳで呼びかけていたんですか？　この近くでハクチョウソウを見かけた人はいませんか、とか？」

「いや、当たりをつけて問い合わせてみたんだよ」

「当たりをつける……？」将汰は、心底不思議そうだった。「どうやって？　なにに当たりをつけたんです？」

「咲いている場所に関しては、実は、磯貝《いそがい》弁護士と久我沼《くがぬま》刑事には、こういうことではないかなという話は伝えておいたんだ。その想像の確証が得られたってことさ。雪が解けて、実際の地面を見ながら確かめるのもいいだろうと思ってね」

将汰は、困惑しきりといった顔だった。事件当時も含め、関係者は地面など何度も見て回っているのだ。どこにも、その花は咲いていなかったはず……。

だが少年は、あれこれ尋ねるのをやめたようだ。

「僕も一緒に行っていいですか？」

「もちろん、どうぞ」

目を輝かせた将汰と歩き始めながら、美希風は、「お父さんはお元気かな？」と、尋ねた。

「元気ですよ」そう明るく答えてから、将汰は、「キッドリッジさんと連絡は取ってるんですか？」と訊いてきた。

「あれ以来、二、三回の電話以外では話をする機会もなかったけど、元気でいるのは間違いないだろう」

あれ以来——。去年の十一月初旬だ、事件が起こったのは。

二つの不可能事案が発生した。密室殺人事件と、姿のない者が通りすぎたような出来事が……。

隠棲《いんせい》していたような一組の男女と、詩と花と、カゴの中の命と——。

ずいぶんと特異で忘れがたい事件から、四ヶ月以上の時が経とうとしている。

今、美希風と少年の頭上には、雲一つない水色の空。朧《おぼろ》すぎる薄片《はくへん》のような半月だけが浮いている。

2

十一月の嵐――。戸外の荒々しいその音にも掻《か》き消されず、隣の部屋から変な調子のエリザベス・キッドリッジの声が聞こえてきた時、美希風は、山崎家の書斎を使わせてもらっていた。主《あるじ》の山崎雄三《ゆうぞう》は、仕事柄もあって当然ながらかなりの読書家だ。壁を埋める書棚いっぱいに本がある。

詩の選集を見せてもらっていた美希風の手が、萩原朔太郎《はぎわらさくたろう》の作品を前にして止まった。二編選ばれているのだが、タイトルでまず目を引かれる。最初の一編は、もろに『殺人事件』。

とほい空でぴすとるが鳴る。
またぴすとるが鳴る。
ああ私の探偵は玻璃の衣裳をきて、
こひびとの窓からしのびこむ、
床は晶玉、
ゆびとゆびとのあひだから、
まつさをの血がながれてゐる、
かなしい女の屍体のうへで、
つめたいきりぎりすが鳴いてゐる。

しもつき上旬《はじめ》のある朝、
探偵は玻璃の衣裳をきて、

街の十字巷路《よつつじ》を曲つた。
十字巷路に秋のふんすゐ、
はやひとり探偵はうれひをかんず。

みよ、遠いさびしい大理石の歩道を、
曲者《くせもの》はいつさんにすべつてゆく。

二編めのタイトルは、『干からびた犯罪』だ。

どこから犯人は逃走した?
ああ、いく年もいく年もまへから、
ここに倒れた椅子がある、
ここに兇器がある、
ここに屍体がある、
ここに血がある、
さうして青ざめた五月の高窓にも、
おもひにしづんだ探偵のくらい顔と、
さびしい女の髪の毛とがふるへて居る。

明白なミステリー調の詩が選ばれたのだろう。〈ぴすとるが鳴る〉という一、二行の断片は見た覚えもあったが、美希風は恥ずかしながら今回初めて詩の全体像を知った。

きりぎりすが鳴く、と記されれば、横溝正史《よこみぞせいし》の『獄門島』にも登場する有名な芭蕉《ばしょう》の句、〈むざんやな甲《かぶと》の下のきりぎりす〉もすぐに思い浮かぶし、まさに詩美的でミステリアスなシーンにふさわしいと感じられる。これも日本に特徴的な情緒感覚なのかもしれないが。

二編めに描かれているのは密室犯罪であろうかと、美希風の想像力は刺激された。それも、迷宮入りしている事件か……? 詩の中にはっきりと、〈兇器〉や被害者としての〈屍体〉が書かれるとは。江戸川乱歩《えどがわらんぽ》に賛辞の手紙を送ったともされるミステリー好き、萩原朔太郎だからこその作品なのだろう。もっとも背景には、宗教を研究し人生の辛酸もなめた萩原の、負い目や罪の意識、寂寥感《せきりょうかん》が横たわっているのに違いないが。

そんなことを思っている時、エリザベスの、「わたしの言葉だ」という声が聞こえてきたのだ。誰かに言い聞かせているようだが、一本調子の……。

顔をあげると、斜め向かいに座っていた山崎雄三の姿が視野に入った。彼にもエリザベスの声は聞こえていたらしく、ちょっと考え込む様子も見せたが、すぐに思い当たることがあったようで、ははあ、という表情になる。

年齢は四十五歳で、小太り。顔の肉付きは柔らかく、小さなメガネをかけ、禿頭《とくとう》で、〝和尚《おしょう》〟と呼ばれているが、僧侶ではない。中高年向けの小説創作講座の講師を長くやっているうちに、先生が和尚に変わっていったのだ。同人誌の発行人でもあり、短い小説や詩を投稿してもいる。生業は私大の講師で、日本文学を担当し、宗教的文化財の研究家でもあった。

彼と美希風は、一年と二ヶ月ほど前に一緒に仕事をした縁があった。仲間でありライバルでもある中堅カメラマンたちと、札幌で四人展をひらいた時のことだ。それぞれの写真に短歌や俳句を添えるという趣向を凝らすことになり、美希風作品に詩を提供したのが山崎雄三だった。

そして今日、美希風は、エリザベス・キッドリッジと駒生《こまき》龍平《りゅうへい》と連れ立って近くの景勝地に来ていた。九月末に長期休暇を終えてエリザベスは帰国していたが、一月《ひとつき》ほどして駒生龍平がアメリカを訪れたという。二、三日過ごすうちに、再来日する旅行プランを二人で立てたらしい。今度は短期だが、北海道の要所を巡るのだ。

札幌中心部からは車で一時間少々、JRで四十分ほどのここは自然豊かな観光地として知られ、近くには、〝青い湖〟と名付けられた、コバルトブルーの神秘的な湖がある。水かさが増えた時には、水中から何本もの白樺《しらかば》が生えているようにも見えて幻想的だ。美希風もプロカメラマンになりたての頃、何度も訪れたものだ。

しかし今日は天候に恵まれなかった。豪雨になり、場所によっては雷も、という予報ではあったが、この一帯に集中するかのように幾つもの雷が炸裂した。避難場所に走っていると、車が停《と》まり、「南さんでは?」と、山崎雄三が顔を出したのだ。

そうして、山崎の自宅に転がり込ませてもらうことになっていた。

十一月三日、日曜。午後の二時のことだ。

もう一度かすかに、「わたしの言葉だ」と聞こえてきた時、雄三は、「鳥に話しているんでしょう」と言った。「見に行ってみましょうか?」

興味をもって美希風は頷《うなず》き、二人は席を立った。

隣の部屋では案の定、三人は鳥カゴ用のスタンドを囲んでいた。エリザベスと駒生龍平、そして、雄三の一人息子・将汰の三人だ。シンプルだがしゃれたデザインの黒い鳥カゴの中には、一羽の鳥。

パステルで描いたような鳥だ、と美希風は感じた。ボディは砂色で、やや灰色が混ざっているようにも見え、尾羽《おばね》には黒や水色も見える。頭は橙《だいだい》色がかった茶色と黒。

「樫鳥《カケス》です」

全員に聞こえる声で雄三が言った。

「もの真似が得意なんだな」エリザベスが、そう応じた。「先ほど、『おはよう』と言った」

「個人差は当然あるみたいですが——」

「個鳥《こちょう》差だよ」と、将汰が口を挟んだ。

「まあ、幼鳥のうちは、よく覚えるようです」

「それで、言葉を教えようとしてるんですか、キッドリッジさん?」

美希風の問いに、エリザベスは答えた。

「人の言葉を繰り返すだけでは、賢くても機械のようだ。自分の言葉を発してほしくてね。意思表示のような単語があれば格好がつき始めるかもしれないし、自発的なセリフを誘導するきっかけにさえなるかもしれない」

「でも……」将汰が遠慮がちに言った。「鳥が、意思を持ったような言葉をしゃべり始めたら、怖いかも……」

「同感だ」と、美希風。

「それに」と口をひらいたのは、駒生龍平だ。「荒天に怯《おび》えていて、集中力がないから、今は覚えないでしょう」

彼は雨に濡れた頭もざっと拭《ぬぐ》った程度で、黒髪は、つんつんと奔放に跳ねている。

将汰少年がやったのだろう、鳥カゴの窓に近い半分には、カケスの視界を塞《ふさ》ぐように布が掛けられていた。

窓ガラスに雨は激しく打ちつけており、遠くで青白く雷光が光った。

美希風は、四人展の時に山崎雄三に添えてもらった詩のことを思い出した。美希風が写したのは、雨上がりのやや暗い空を背景にした、一羽の少しやせたカラスだ。留《と》まっている電線からは水滴が垂れ、一滴はまさに落下しているところである。シャッタースピードは1600分の1秒。

この作品に〝和尚〟は、美希風のミステリー好き、そして捜査活動に協力することもあるのを知っていて、次の詩を添えてくれた。

　弾丸は光持《も》て、生命の軽さと重さを伝える。


「この鳥の名前は？」

と、エリザベスが尋ねていた。今日の彼女は、ジーンズ素材のサロペットを身につけていて、童女めいた奇妙な可愛らしさがある。

「名前は付けていないようです。カケスと呼んでいるみたいですよ」

曖昧《あいまい》な返答になったために説明の要を感じたのだろう、雄三は続けた。

「この鳥、預かりものなのです」

「預かる……。ああ、飼い主さんは旅行にでも出られているんですね？」

美希風が言うと、山崎親子の間に微妙な空気が流れた。父親は咳払いでもするような仕草を見せ、短髪が爽やかで瞳が黒々と大きい少年は、気を利かせるかのように部屋の外へ向かった。

その少年に駒生が、「じゃあ、少しの間、チャオ」と声を送る。

「実は……」まだ少しためらいの気配も残しながら、雄三は口をひらく。「このカケスの飼い主は、警察の取り調べを受けていまして。任意同行に応じてから帰宅した後に、『長く帰れなくなるかもしれないから預かってくれないか』と頼まれたんですよ。……今日、彼はとうとう留置されました。逮捕されたってことでしょうね」

「なんの罪で？」エリザベスが端的に訊く。

「殺人です。でもきっと、無実ですよ。殺人なんて、金輪際《こんりんざい》有り得ない」

雄三は美希風に顔を向けた。

「容疑者というのは、種村海太郎《たねむらかいたろう》さんのことです」

「――あの方《かた》⁉」

今度はエリザベスが美希風に視線を向けた。

「知り合いかい？」

「有名人なんですよ。少なくとも北海道ではね。詩人です。報道されていました。同居人の死に不審点があり、事情を訊かれている、と。――山崎さん、種村さんはこの近くにお住まいだったのですか？」

「歩いて十分ほどの所です」

空気が緊張感を帯びたところで、雄三は、ふと力を抜いたように言った。

「お話ししましょうか」

彼は恐らく、少しでも早く容疑者にとって有利な点が見つかるように、美希風が具眼《ぐがん》の士《し》であることを期待したのだろう。


一服する席が応接間に設けられ、四人は丸テーブルを囲んでいた。用意されたドーナツの種類は、ストロベリーコーティングや、抹茶&チョコレートなど……。

「日本のドーナツのバリエーションはすごいな」と賛嘆するエリザベスは、もぐもぐと食べている。

彼女はアメリカの法医学者で検死官だという素性も明かされ、山崎雄三は意を強くした様子だった。

美希風と雄三が他の二人を相手にまず話したのは、種村海太郎というのがどのような人物か、ということだ。

種村海太郎というのは本名だ。富山県生まれの七十四歳。やせ型で、かなりの長身である。生まれながらにして膝の関節が弱く、満足に走ることが困難で、子供の頃から歩き方が年寄りじみていた。育った昭和の時代、友人は少なく、仲間はずれやからかいといったいじめは度を越していたと察せられる。彼は多彩な能力を示した。十代で福祉活動市民グループを旗揚げし、二十代では社会労働団体を指導した。その後《のち》、様々な職業を経験し、六十歳の時に妻が病没すると、「どこで野垂れ死にしてもいいように」と、詩人を目指したという。大学時代から、プロは志向せずとも詩作は続けていたらしい。

現在は、全道に購読層を持つ大手の新聞に大きなコラム欄を持ち、各方面から、詩、エッセー、提言文などの寄稿を求められている。詩集の刊行は、二年に一度ほどのペースだった。作風は、清濁《せいだく》併《あわ》せ呑《の》んだことによる鈍痛をこらえているような詩編ももちろん見受けられるけれど、全体的には広い世代に受け入れられる、心にしみじみと響くものが多かった。

彼を知る者の第一印象は、ほとんどすべて〈寡黙〉だろう。口の重い人物だ。

「その種村さんがこの地で、小鳥遊京子《きようこ》さんと同居するようになったのが去年の春ですね」山崎雄三は懐古調だった。「小鳥遊さんは、あの当時で……四十九歳だったかな。二人はそれ以前から深く親交があったようです。小鳥遊さんのご両親は資産家で、この少し奥に地所を抱えていました」

この一帯は原生林が広がり、山崎家も住宅街からは遠く離れてポツンと建っている。さらに奥に進むと小鳥遊邸が現われる。

「かなり昔に、小鳥遊家から土地を借りて、キリスト教信者だと称する一家が家を建てたのですよ。修道院に似せた造りです。でもやがてその一家も散り散りになり、その空《あ》いた家を小鳥遊京子さんのご両親が入手して、しばらくは貸家としていました。ご両親が亡くなってすべてを引き継いだのを機に、賃貸契約を打ち切り、去年の四月末に京子さんと種村さんが住むこととなったのです」

「亡くなったのは、その小鳥遊京子さんですね」やや低く、美希風は言った。「警察は、殺人と断定しましたか?」

「そのようです。弁護士さんが話してくれました」

「どのような現場だったのでしょう？　種村さんが疑われることになった理由は？」

「……まず、小鳥遊京子さんの死因は、手で首を絞められたことによる窒息です。自宅のベッドの中で発見されました。そしてその部屋は密室状態で、種村さんしか出入りできないはずなのです。加えて、利害関係ですね。種村さんも小鳥遊さんも世間とは没交渉と言っていい暮らしぶりでした。密接なつながりがあるのはお互いだけ、といった関係ですね。それを証明するかのように、小鳥遊さんが遺書を残していることが判明していて、家、家財一式、土地もすべて種村海太郎さんに遺《のこ》すとなっていたそうです。この遺書の存在は、種村さんも承知していたのだとか」

「二人はどのような関係なのです？」コーヒーを口へ運びつつ、駒生が尋ねた。「結婚はしていないようですね？」

雄三は頷《うなず》き、

「ですが、単純に内縁などとは呼びたくない関係性でしたよ。ごくごく稀《まれ》にですが、二人が並んで森を散歩している姿を見かけたことがありますが、その光景を見ただけでこちらも幸福になるような雰囲気でした。まあ、なんと言いますか……彼らそのものが詩の世界にいるかのようでした。噂の一つには、あの二人は生き別れになっていた兄妹《きょうだい》ではないか、というのもありましたよ」雄三はここで、世俗の苦みを飲み干そうとするかのように、コーヒーカップに口をつけた。「ですが一般的感覚のみで言えば、歳の離れた恋人同士と捉えるのが普通なんでしょうね。ただ、実態を下世話に想像すればいいというものでもないでしょう。本当のところは、二人にしか判らない。保護し合う、隠れ住むだけの男女だったのかもしれない……」

隠れ住むという表現が、美希風の気を引いた。

「小鳥遊京子さんも、厭世《えんせい》的な人物だったのですか？」

「種村さんは人付き合いが煩《わずら》わしいようですが、彼女の場合は、病気によってやむを得ず、という事情がありました。四十歳をすぎてから、化学物質過敏症を発症してしまったのだそうです」

同情的に慨嘆《がいたん》して、ああっ、と思った美希風の横で、エリザベスは、

「ああ……」と声に出していた。指先をペーパーで拭う。「症状が重いと、大変に辛い病だな。しかしなかなか、その深刻さを理解してもらえない」

雄三は大きく頷き、

「化学物質が溢れているこの地上で、それに触れるとアレルギー的な不調が生じるというのですからたまらんでしょう。想像するのも辛いです。排気ガスなどは論外ですが、制汗剤、消臭スプレー類、彼女の場合は化粧品もほとんど駄目というのですから、お化粧もできないわけです。化繊の布も皮膚に発疹《ほっしん》ができてしまうとか。着る物も制限されてしまうわけです。食べ物も同様です。目のかゆみ、充血、喉に物が詰まる感じ、吐き気、息苦しさ、心拍の乱れ。全身に様々な症状が出てしまうのですね。

しかも、この診断がなかなかつかなかったとか。何軒か病院を回っても、医者は、異常は特にありません、やら、精神的なものでしょうやらと言うばかり。医者がそうなのですから、キッドリッジさんがおっしゃったとおり、周囲にも無理解が蔓延《はびこ》る。体が怠けているんだ、と責め、気合いが足りないなどと非科学的な評価を下す。診断がついてからもさして変わらなかったようです。そして症状は重くなった。社会生活がむずかしくなり、追い詰められ、忍耐も限界に達して、化学物質から隔たりを持てる場所に身を潜めるしかなくなった……ということのようですね」

「それは大変だ」と、駒生も同情する。

「もともと健康には恵まれておらず、いかにも病身といった印象の、やせ細った人でしたよ」

「そういえば……」美希風の記憶は、今さらながら鮮明になった。「種村さんのエッセーや詩に、匿名でしたけど同居している女性のことが時々出てきていましたね。そう……慈しむ感じで、時には笑いや

創作のきっかけをもらい、環境や雑ぱくな人の世への憤りの窓口にもなっていたような……」

〝和尚〟は呟《つぶや》くように言った。

「二人ながら薄氷を踏みつつ暮らしていたのかもしれませんが、それでも、彼らは二人という単位で幸せだったのではないでしょうかね」

「そう聞けば、その両者間で殺人など起こりそうもないがな」エリザベスは、顔の前で両手の指を組み合わせた。「しかし、人がいれば影が生じる。表に発する表現はいくらでも取り繕えるのは言うまでもないことなのだから、感性清明《せいめい》な詩人が、俗悪なる欲の塊を秘めた悪巧《わるだく》みを進めていたとしてもなんら驚くには当たらないだろう」

ええ、と認めた後、雄三は立ちあがり、いろいろな種村海太郎の作品、そしてタブレットなどをエリザベスの前に黙って並べた。

席に戻った雄三に、美希風は、

「事件の様相は細かく判りますか？」と尋ねた。

二日前、十一月一日のことです、と、山崎雄三は話し始めた。

その日、種村海太郎は町中《まちなか》の病院で定期検査を受けていた。血圧やコレステロール値が高めのためだ。診察を終え、病院内の食堂で昼食を食べている。ここまでは確認でき、間違いはない。

種村の証言によれば、家に帰り着いたのは十三時頃だ。ただ、すぐに家に入ったわけではない。詩作に思いを巡らし、森を一時間ほど散策していたという。家に戻り、小鳥遊京子の寝室へ行き、彼女が息絶えているのを発見する。病死と思ったと証言している。彼女は布団をきちんとかけ、争った様子は見られなかった。種村は、ショックでしばらく動けなかった。ようやく自失から回復していくと、彼女と約束していた送別の儀式を始めた。まず、遺体に純白に輝くドレスを着せてあげることだ。生前着ることができなかった素材の服を着て棺に入りたいというのが小鳥遊京子の願いだった。なるべく長く着させて、と。

「ああ……」小さく声を漏らしてまつげを伏せたエリザベスは、同性として理解し、心を突かれ、感じ入るところがあるようだった。

種村はそれから詩作に集中しようとしたという。それも、彼女との約束だった。自分の死というただ一度の体験を、生涯一度の詩に昇華してほしい、と、小鳥遊京子は言い残していた。

種村は一時間半ほどはそうしていたといい、医師に連絡を取ったのが十六時近くになっていた。呼ばれた女医の松江郁《まつえいく》は、一年半前までは夫と共に小鳥遊邸を借家としていた身であり、そうした縁があって、種村と小鳥遊京子の健康管理も少数回ではあるが引き受けていた。

その松江郁が異変に気づく。ベッドに横たわっていた小鳥遊京子の遺体は、ハイネックのエレガントなドレスを身につけていたが、襟《えり》を動かして首を見てみると、ごく薄くではあるが圧迫痕が認められたのだ。慎重に検《あらた》めれば検めるほど、手で絞めた痕《あと》としか思えなくなってくる。そのため、警察への通報を決意したという。

警察の検死によっても、扼殺《やくさつ》の疑いが濃厚と判断された。

「解剖しての調べで、それは明らかになったようですね」

山崎雄三は、そう話を締めくくった。

「常識に照らしても」駒生が感想めいて言った。「亡くなっているのに気づいてから医者への通報まで二時間もかけてしまったというのは、首をひねられてもしかたないでしょうね」

禿頭をさする雄三は、渋い面持ちになった。

「警察は、二時間どころか三時間の遅れだと考えているみたいですよ。種村さんの話は嘘で、森の中の散策などせず、午後一時には家に入っていたと臆測しているんです。小鳥遊さんの死亡推定時刻は午前十一時から午後の一時まで。一時に帰宅していたのなら、種村さんにも犯行は可能だということになります。それから医師を呼ぶまでの三時間、種村さんは犯行の後始末をしていたと疑っているんですよ」

判らないではないという顔をして、駒生は、

「あえてもう一点、種村さんに不利な疑問をあげれば、ドレスに着替えさせている時、首の不自然な圧迫痕に気づかなかったのか、という点が……」

「そのへんは、弁護士さん側の医師は言っています。首を絞める時にさほど力を入れなかったのなら、内出血としての圧迫痕はくっきりとは現われないことがあるし、発現まで時間がかかるのも知られている、と」

美希風に視線を投げかけられ、エリザベスは頷いた。

「被害者の抵抗力が弱い時には起こり得ることだな。ほら、安堂朱海《あんどうあけみ》さんの窒息死の時にもこれは論点だったろう、美希風くん」

ギリシア人の血を引く大富豪一家で起こった事件だった。老女は病死と考えられていたが窒息の所見が見受けられ、その後《のち》は、身動き取れない病身ゆえの、うつぶせになったための事故死、自ら敷き布団に顔を埋めた自殺などまでが検討された。無論、殺人説も。

「あのケースでも、死の様相は明確にしづらかった。枕を押しつけた他殺にしても、ごく軽い力で済むから、圧迫痕などが明確にならないのだ」

記憶と共に了解の思いを懐《いだ》く美希風だったが、同時に彼の胸はある悲痛さに貫かれた。あの事件の中での出来事が、エリザベスから伝えられていた悲報を思い出させたからだ。

彼女の父親、ロナルド・キッドリッジが亡くなったという。

一年少々前から、彼は余命宣告を受ける死病に取り憑かれていて、エリザベスの日本旅行はそれを背景にした行動だったのだ。ロナルドは国内を巡り、最後に会っておきたい者たちと旧交を温めたりして過ごしていたという。身動きがままならなくなってからは、エリザベスがその役を担《にな》った。ロナルドの

知人は日本にけっこう多く、東京での世界法医学交流シンポジウムの話があったエリザベスはそれを機縁として、長期旅行を計画したわけだ。

安堂家の事件の時、エリザベスは、老夫婦の面倒をみていた家政婦から、老齢で食が細い者にも食べやすい料理を熱心に聞き出していた。あれは、病床にいる父親にも役立つかもしれないとの思いからだったようだ。

ロナルドは引退して山小屋でのんびり過ごしていると聞かされていたが、実際は入院の身であったのだ。〝スペイン岬〟の旧友、滝沢厚司《たきざわあつし》との間でエリザベスが連絡を密に取らなくなった去年の一時期は、ちょうど、父親の大病を巡るこの混乱と重なっていたらしい。

思い返せば、日本を旅している間、父親の容態を窺《うかが》えるエリザベスの言動は節々に見られていた。琵琶湖畔《びわこはん》の、別荘兼研究所で、医大の教授である久納準次郎《くのうじゅんじろう》にロナルドの貴重な専門書を何冊も譲り渡したのも、引退によって必要ではなくなったからというよりも、形見分けの意味合いが多分に含まれていたようであった。

そして、美希風が撮影した写真も、ロナルドのもとに頻繁《ひんぱん》に送られていたらしい。ロナルドの知人、旧友たちの、今の姿、表情がそうして伝えられた。また、日本の様々な美景も、病床での慰めになればと送られていたという。

エリザベスが帰国して半月ほどで、ロナルドは息を引き取ったとのことだ。

エリザベスは、病人食である手料理を、父親に食べさせることができたであろうか……。

失意から立ち直ろうとしている時分に、駒生龍平がふらりとやって来たという。傷心に手当がほしかった時期に付け入られたようなタイミングだと、エリザベスは苦笑していた。

訃報は各所に伝えたが、駒生との日本観光旅行で北海道へ出向くことが決まったので、美希風と姉の美貴子《みきこ》には対面で伝えることにしたという。そうして今日の早いうちに、この残念な訃報は美希風に知らされていた。

……父を喪《うしな》うこと。母を喪うこと。もたらされる訃報は、自分のそうした哀しく重大な記憶も否応《いやおう》なく呼び起こしてしまう。美希風と姉は、独り立ちにはまだまだ早い年齢の時に、両親を相次いで亡くしている。両親から見れば、まだ幼い我が子たちだったろう。

淡い記憶、鮮烈な記憶……、思い出は無数だ。

息子の大手術の後、涙をこらえながら笑顔を作ろうとしていた母。「なに食べたい？　なんでもいいんだって。なんでも、好きなのを言って」

「旅行はいいよな」と、心臓に負担をかけない外出プランをよく練ってくれた父。父が亡くなった後、驚くほどたくさんの旅行ガイド本が見つかった。数多くの付箋《ふせん》と、メモ書き。近くの病院の情報であったり、サプライズ計画であったり……。「美希風は、こういうのを喜ぶからな！」といった、書き手のその時の気持ちが筆致となって残っていた……。

病弱な息子と、その姉を遺して逝《い》く。どれほど心配で、無念だったか……。

足りなかった命数《めいすう》から溢《あふ》れ出る思いを、姉は託された。

やせっぽちの弟の体を腕で抱え込み、辛辣《しんらつ》な世をにらみ返すような目をしている姉の姿が目に浮かぶ。もっとも、互いに成長してからの姉の姿を思い返せば、美希風は苦笑を禁じ得ない。美貴子は、口やかましく、干渉がすぎる母親であり、時には見当違いなほどに馬力を発揮する父親でもあった。

3

将汰少年と歩く道の傍ら、湿った黒土には、フキノトウが芽吹き始めている。三月の風にはまだ冷たさがあるが、森に深く入ってしまえば木々の密生がそれから守ってくれる。

将汰の足取りは軽かった。

「南さんはあの事件の時、種村先生を救ってくれました。恩人ですよね」

彼は種村海太郎のことを〈先生〉と呼ぶことが多い。

「恩人か……」

美希風が呟くと、少年はなにかを思い出す表情になった。

「そういえば、キッドリッジさんは南さんの恩人の娘さんだとか、ちらっと聞きましたけど。どんな恩人さんだったんですか？」

美希風は、心臓移植のことを話し始めたが、実は、将汰を初めて見た瞬間に、ある少年の面影が重なったのを思い返していた。

同年齢の友人だったレイジ。十回ほど顔を合わせただけの同志だった。彼も、美希風少年と同じように心臓の重い病だった。大きな病院内で互いの容態を話したりしながら、「またね」と言って別れていた。そしてある日、大人たちが涙ながらに話している声が耳に侵入してきた。レイジくんは力尽きて、亡くなってしまった、と。

悔しく、そして恐ろしい喪失。自分の目の前のすぐそこにもやはり、絶対的な虚無が口をあけているのだと実感させられた恐怖。底の見えない悲しみ。

しかし自分はたまたま、数多くの恵みによってその淵《ふち》を越え、今の生《せい》も与えられている。美希風は、ここから先を将汰少年に話した。多くの人の真摯《しんし》なかかわりで自分は人生を延長させてもらったが、その人たちの象徴である一人が、移植手術を成功させてくれたロナルド・キッドリッジ医師なのだと。

「それにもう一つ。僕の心臓は、あの種村さんの事件の間に、完全に自分のものになったと感じさせてくれたんだよ。なんと言うか……、臓器である心臓が、この人間の心にもなってくれたという感じだね」

少年は当然、判らないという顔をしているので、美希風は丁寧に説明を加えた。

「心臓のドキドキって、体を使ったために起こることもあるし、感情が起因となって起こることもあるだろう？　気になっている女の子に突然出会った時のドキドキなんかだ。でも僕の心臓は、情感部分では生き生きしたリズムをほとんど刻まなかった。除神経心《じょしんけいしん》と言うようだけどね。胸が弾むような気持ちのつながりは交わせない、他人行儀な臓器だったわけだ。でもこれが徐々に回復していって、その時期が、キッドリッジさんと旅をしていた時と重なるんだ」

最初にはっきりと意識したのは、芸術大学の学生たちと遭遇した、首切り磔《はりつけ》事件の時だった。知らせに来た学生の顔色を見ただけで緊急事態を予感したが、その予感だけで、心臓は恐怖で締めあげられるように拍動し、不安感でひやりとした。あそこまで明らかな鼓動と気持ちの連動は、移植後初めて感じた。

その後《ご》、そうした一体感を味わう機会は増え、無論、エリザベスとは無縁の日常でも起こっていったが、彼女と一緒の時に限っても……、在名古屋《なごや》米国領事館の事件に巻き込まれる直前の、撮影できた一枚の写真に思いのほか感じた胸震えるほどの幸福な達成感、そしてそれを外国人女性のエリザベスと共有できたことに熱い感動を覚えたあの時など……。あの事件で、エリザベスが行方不明となった時の不安感も痛烈だった。滝沢邸で火祭りを体験している時の、心臓も熱を帯びる躍動感も——。

他にも様々、心臓が昔のように、感情に根を張ったと思える実感が急増していった。

「その集大成みたいなのが、種村さんの事件だったよ。様々な詩情の背景にあるものに感動したり、謎が生まれた動機などに心が揺れたりすることを、ことごとく心臓が受け止めた。……移植患者として、諦《あきら》めも半分ある様子見《ようすみ》の時期を越えられた気がしていたんだ」

「そうだったんですね……」

「だから、エリザベス・キッドリッジさんも恩人の一人みたいに感じてしまってね。移植の後遺症が日常的な完璧さに近付く時期の、彼女も象徴だよ」

――なんという父娘《おやこ》だろう。

美希風は、そう感じてならない。娘――様々な刺激的な体験に引っ張り回してくれたエリザベスは、父親がやり残したことを全《まっと》うするために現われたかのようである。あの二人がいたから、南美希風の心臓はここまで回復したとも言える。ここでは美希風は合理性を捨てて、自ら信じられるものだけを信じる心持ちになっていた。

「だから、救えるんですね」

「……なんだって?」

「駒生龍平さんが言ってました。南さんが人を救えるのは、救われた人だからだ、って」

「いや、救うだなんて――。えっ、なに?」

将汰は面白そうに笑っている。

「南さんはそう言うだろうって、これも駒生さんは言ってました」

「予言されたか。……でも本当に、僕など微力で……」

「本当に微力と感じているなら、それは世界を救おうというような意識があるからで、それは驕《おご》りだ、とも言ってました。身の回りで救いを求めている人の中からたった一人でも救えたら、それは天下の偉業だ、って。……駒生さんは、救えなかった辛い思いを何度も味わってるみたいでした。具体的には言いませんでしたけど、子供時代の、友達の川での遭難とか、世界の危険な場所でのこととか……」

複雑な胸中を、美希風は手探りした。

「救うことも、救えないことも、一人の身では負えないことに感じるけど……。種村海太郎さんなら、こういったことをどう表現するのかな」

ふふっ、と、信頼を込めて将汰少年は微笑んだ。

「種村先生なら、あの時みたいにそっと笑って――あっ、またこの言い方をしちゃった」

あの事件の捜査が進む中で、将汰少年がこの供述を後悔し続けていたのを美希風はよく覚えている。種村海太郎を警察に疑わせる一つの要素となってしまった供述。刑事にいろいろと尋ねられるうちに、将汰は、垣間見た光景をこう語ったのだ。

玄関前で朝日を背にしていた種村先生は、そっと笑っていて……。

事件が発覚した日の翌朝だ。種村海太郎の様子が気になったこととわずかな好奇心から、将汰少年は朝靄《あさもや》の中、足をのばしてみた。するとその時に、すでに小鳥遊邸の外にいた種村海太郎がそのような表情をかすかに浮かべたという。将汰少年には気がついていなかった。……ぎこちないのだが、心から振り絞るような、形容しがたい表情だったという。

警察は種村海太郎のこの行動を、怪しいものとしか受け取らなかった。真に大切な人を喪《うしな》った直後であれば、なんにしろ笑みなど浮かべられるものではないとの判断だ。そっと漏れたその表情は、計画を成功させた者のほくそ笑みだったとしても不思議ではない。

「そんなつもりは全然なかったのに、先生の不利になっちゃって……」

将汰が口に出した不利という言葉から、美希風は、ドーナツとコーヒーを囲んでいた山崎家での四人の話し合いを鮮明に思い出した。

被害者、小鳥遊京子の首に残っていた圧迫痕の薄さが、容疑者にとって不利かどうかをエリザベスが口にしていた。

「不利でも、有利でもあるな。種村海太郎が無実なら、首の皮膚の下に異変など見えていなかったので、ドレスに着替えさせても病死であることを疑わなかった、と見ることができる。しかし一方、殺人犯だとしても、理屈は通る。遺体に工作している間、圧迫痕などなかったから、病死という申し立てに異議は生じないだろうと高《たか》をくくっていた」

鳥の羽ばたきが時々パタパタと聞こえてくる部屋で、こうして推論が闘わされていったが、密室犯罪らしいという点に関しては状況がはっきりとは判らなかった。それが明瞭になったのは、磯貝春男《はるお》弁護士が夕刻になって合流してからだった。

なにかと地味ながら、地道な仕事ぶりに定評のある五十歳になったばかりのこの弁護士は、種村海太郎が被疑者となるかもしれないとの情報を得た出版社が急ぎ手配したものだった。社の法律相談に的確な対応をしてくれる力量を見込んで種村海太郎に紹介し、彼が了承したという経緯である。

美希風は、山崎雄三のたっての願いで、磯貝弁護士と面談することになり、それまではエリザベスたちも含めて山崎の家で過ごさせてもらった。

親族が誰一人いない種村海太郎は、差し入れや弁護活動への協力など、留置中に外で動いてくれる世話役として山崎雄三に一助を願い、雄三はこれを引き受けていたのだ。小鳥遊邸の鍵は弁護士が持っていたが、立ち入る時は雄三も同行するようにと求められたりもしている。

磯貝弁護士は、美希風が半民間のポジションで北海道警察に協力していることも承知しており、謎を解決するブレーンとして参加してもらうかどうか、依頼人に尋ねてみるということになった。

こうして当時、美希風は密室殺人の現場に近付きつつあった。

横を歩いていた将汰が、二、三歩前に進み、心なしか声を弾ませた。

「もうすぐ、先生の家が見えますね」

4

美希風が初めて小鳥遊邸の前に立ったのは、事件発生の三日後、十一月四日の午前中のことだった。

前日の嵐はきれいにすぎ去り、雲の少ない空の下、

「気温も低くなくて助かりますな」と、磯貝弁護士は言った。

山崎家で落ち合い、雄三も交えて情報交換してから二人で歩いて来たところだ。

車が一台停まっており、それに乗って来たらしい先客が邸宅前に一人いた。ゆっくり首を巡らすと、重ったるく鋭い視線を向けてきた。薄手の黒いコートを着た、四十の坂を越えていると思われるやせ型の男だ。

「これはどうも、久我沼刑事。ご足労願うことになりましたか。係長さんに話を通しまして……」

肩に掛けたカバンを揺すりあげながら磯貝は愛想よく言うが、相手は不興げに鼻を鳴らし、

「無論、その係長の指示だ。マスコミ連中がいないのは幸いだな」

美希風のことは弁護士事務所の助手とでも思っているのか、注意も向けず、南向きの建物の正面に刑事はまた視線を戻した。

小鳥遊邸を眺めて、「なるほど、修道院っぽくはありますね」との感想を美希風は口にした。

ややくすんでいるレンガ壁で、窓はどれもが概《おおむ》ね、上部が半円形のハーフサークル窓。一階、二階にはその大きな窓がそれぞれ二つ並び、中央部分だけにそびえている三階にあるのもハーフサークル窓だ。一階の二つの窓の間には丸窓があしらわれていて、これも宗教的西洋建築物を思わせる。

「上がアーチ型になっている窓があるのは、正面だけなんですけどね」と教えてくれたのは磯貝弁護士だ。

西側の一階では建物が前方へのび、そこが玄関だった。その庇《ひさし》の上の三角形の壁面にも、小さな屋根裏部屋のものらしい丸窓が見えている。建物の東側、すぐ前には、通常の物置よりも大きな建造物があり、書庫とのことだった。さらにその前にはガレージが横たわっている。もっとも、小鳥遊京子も種村海太郎も車は所持していないので、中は空《から》だそうだ。

ちなみに、エリザベスと駒生はすでに観光客として旅を再開している。父親を喪った大きな喪失感と

小鳥遊邸全景図
上面図
N
書庫
ガレージ

悲嘆が、この旅で少しでも癒されることを願うが、そこは駒生に期待するしかない。この事件に進展があれば、細大漏らさず知らせてほしいと、美希風は二人に頼まれていた。

進展をもたらすかもしれない情報に満ちているであろう殺人事件の現場が、眼前に姿を見せている。

「こちらが南美希風さんです。依頼人も同意してくれて、協力者になってくれています」

紹介を受けて、美希風は、帽子を持ちあげて一礼した。

「ああ、係長から聞いている。南ね。送致も済む前にずいぶんと——」ふと言葉を途切らせると、久我沼は、記憶の中で引っかかりを覚えたようで、「南美希風……。ああ、常識離れした謎に手こずりそうな時には招聘《しょうへい》することもあるって噂の……。それで係長も……」

どうやら、上級職の言うことも半分聞き流していたようだ。

「実際に存在したのか」久我沼は、美希風をチラリと見やった。「密室などの不可能事犯には有用な助言をするとか。……なるほど、種村海太郎が犯人でないならば、今回のケースも密室だな。ご苦労なことだ。でも、南さん、あんたどっちの味方なんだ?」

美希風は答えず、磯貝弁護士が言葉を返した。

「山崎雄三さんの代わりに、この方《かた》の立会のもと、邸内を見て回ってもよいと依頼人に許可をもらっています」

「まあいいさ。さっさと済まそう。弁護士さん、あんたも鍵を持ってるんだろうし、暗証番号も聞いているんだろう?」

磯貝弁護士が玄関の錠を解き、三人は邸内へと踏み入った。

植物と、詩が書き記された無数の紙片。それが、現場であるその部屋の強烈な第一印象だった。

一階の、南東の角部屋である。正面の、南向きの大きなハーフサークル窓を通ってくる、程よく和らいだ陽の光が室内を満たす。屋外の正面から見た時の、右側の窓である。狭い廊下を挟んだ左側はリビングの窓であるらしい。

ここは、小鳥遊京子の私室兼寝室である。

ドアのすぐ左側には、小さな机と空気清浄機。右側手前の角には、クローゼットや鏡台がまとめて置かれている。窓際のほうでは壁に寄せて、きれいな、寝心地よさそうなベッドがあった。白い木製で、ヘッドボードには透かし模様が入り、布団はふかふかだ。傍らには白い椅子。

このベッドで女性が一人亡くなった——殺されたことに気持ちを集中すれば愛惜の思いで神経が冷えるが、実際のところ、部屋全体の雰囲気には抗《こう》しがたいほどの穏やかさが奇妙に満ちていた。住人は常にそれを感じていたに違いない。

まずなにより早く目を奪うのは、年季のある木材の壁一面を埋める紙片だろう。窓があってスペースが狭い南の壁面以外の三面が、様々な質や大きさの紙で覆われている。画鋲《がびょう》やピンで留《と》められているのだ。その一枚一枚に、種村海太郎直筆の詩が書かれていた。

「圧倒されますけど……、なぜか安心できて、心が静かになる雰囲気でもある」

一種の伝説を目《ま》の当たりにした美希風の感想だ。

ここにある詩で公表されたものは数えるほどしかない。ほとんどが、小鳥遊京子との間で交わされた個人的な情趣の結晶だ。

「当初二人は、ここをサンルームのようにするつもりだったようです」磯貝弁護士が物静かに言った。「外へ出られるドアもあるので。でもすぐに、陽の光の感じを小鳥遊さんが気に入った。それからここは、彼女の私室になったそうですよ。……まあ、体調が慢性的に良くなかった彼女にとっては病室と呼べるものでもあったようですが」

それが一年半近く前で、種村海太郎が書いた個人的な詩を、二人はこの壁に貼るようになっていった。

一枚一枚、詩の書簡といえるものは増え続け、部屋の奥から順番に、壁が埋まっていく。万年筆で書かれたものが多く、日付が書かれたものもあり、ある所では紙が重なり、ある紙片ではインクの色が違う。長い時間が流れ、思いが折り重なり、ここに降り積もっている。

こうした室内の写真は、三枚ほどだけ外部に紹介されていた。

「まあさっそく、密室にかかわる話をしようじゃないか。ちゃんとその目で見てくれよ、南さん」

そう無造作に言って、久我沼刑事は後ろを振り返った。彼らが通って来たドアがある。前の部屋に通じるもので、そこは詩人の仕事部屋だった。小鳥遊京子の容態をいつでも見守れるように、常に両者の距離は近かったようだ。仕事部屋は、人を寄せつけない老詩人にとっての聖域であり、また、彼と小鳥遊京子を守るための精神安定上の防壁でもあり、そこから廊下に出るドアにはオートロック式の錠前が備わっている。無論、中からはドアレバーを回せばあくが、外からあけるのには暗証番号の打ち込みが必要になる。

久我沼刑事が言う。

「事件当日、被疑者の言によれば、十四時頃に帰宅した時、玄関は戸締まりされたままだったし、仕事部屋のロックも普通に掛かっており、ドア周辺にもなんの異常もなかったそうだ。そして、何時間も離れて声も聞いていなかったのですぐにこの部屋に入って、小鳥遊京子の様子を見たという。何度声をかけても反応がないのでぐっすり眠っているのかと思ったが、肌に触ってみると異変を感じた。慌てて脈を取ったりして、息をしていないことに気がついたという話だな」

反転させた体を窓に向けた刑事は、歩み寄って行く。

「侵入経路が、どこかにあるか？　窓はどうか。これは被疑者も認めているが、窓の錠も当時掛かっていた。そしてご覧のとおり、この窓は、出入りできる状態にはない」

窓枠は、白い硬質樹脂製だ。多少おしゃれなデザインのクレセント錠が掛かっている。

あけてみていいか許可をもらい、美希風は上体を前方にのばして錠に触れた。しっかりと掛かっていて、動かすには多少力が必要だ。

「この窓、引き戸タイプなんですね」

横に滑らせてあける窓だ。一般的に多くの窓がこの手だが、ハーフサークル窓だと押しひらくイメージが美希風にはあった。

「このタイプの窓だから、こうして鉢植えを置けるわけですね」

窓の前には、壁に密着して横に細長く、天然木材でできた台がのびている。そこに前後二列で幾つもの鉢植えが並んでいるのだ。だから、体を前傾させて腕をのばさないと、錠には届かない。外に押しあける窓ならば、途中で腕が届かなくなる。閉める時も大変だ。内側にひらく観音開きタイプでも、鉢植えが邪魔になって、あけることはできないだろう。

外観は凝《こ》ったハーフサークル窓であるが、開閉の仕方は極めて実用的な窓だから、このような物の配置ができる。

窓の上部の半円形部分は、はめ殺しとなっていた。ワインレッド色のカーテンは、矩形《くけい》の窓部分だけを覆う造りだ。

鉢植えは他にも、左側の壁際を占めるフラワースタンドに多数並び、どれもが豊かに緑の葉を茂らせている。白く、黄色く、色とりどりの花が咲き、鉢によっては、細い蔦《つた》が長い巻き毛のように繊細《せんさい》に垂れさがっている。

見ていて気持ちよく、適度な湿度も保たれて肌に心地いい空間とも感じられた。

だが今は、犯罪現場としての構造を検討しなければならないので、美希風も、

「確かに、出入り口とは考えにくいですね」

と、先ほどの、「この窓は、出入りできる状態にはない」という久我沼刑事の見方に同意する。

「外からなんらかのトリックで解錠して窓をあけても、草花を踏みにじって入って来るしかない。鉢植えをずらすスペースもありませんからね。密集している。サボテンまでありますね。まさか、窓枠からジャンプして鉢植えの台を飛び越え、室内に着地するなんて方法は、犯罪者は採《と》らないでしょう。小鳥遊さんが眠っていたとしても、さすがに目覚めて騒ぎになる。見たところ……」

美希風は、枕元に目をやった。

「すぐ手が届く所にスマートフォンが置かれていますしね」

他に、小さな鐘《ベル》もさがっていた。隣室や近くにいる同居人に、呼びかけの合図を送るのには便利だろう。

「他の方法としては……」美希風は、想像力を飛躍させた。「鉢を一つずつ窓の外に持ち出す手があるかな。台の上に通り道を作って侵入。犯行後、鉢植えをすべて室内に戻してから窓を閉めて施錠。鉢植えをすっかり元に戻して、前室、種村さんの仕事部屋を抜けて立ち去る。……玄関ドアの施錠はどうしたのか?」

その疑問を、美希風は刑事にぶつけた。

「久我沼さん。玄関の錠に、こじあけたりした形跡はあったのですか?」

「そうした形跡は皆無。ちゃちな錠じゃないんだ。精巧でガードが堅い。鍵もディンプル錠で、合鍵はまず無理だ」

「こうした錠前類は、山崎さん経由で小鳥遊さんたちに伝えられた品なんですよ」と、磯貝弁護士は美希風に伝えた。「山崎雄三さんの弟さんがこうした商品を扱っていて、商売に協力するつもりで小鳥遊さんに紹介すると、導入してくれたという経緯らしいです」

「山崎さんがね……」

「この前の部屋のオートロック錠も、その時の乗りで、一種のしゃれか、気持ちの上でのまじないのようなつもりで設置することになったんですね」

「錠前の堅牢さは確かだ」ぴしゃりと久我沼刑事は告げる。「玄関錠の鍵は二つで、被疑者が所持している物と、もう一つは被害者が持っていた物で、そこの抽斗《ひきだし》に入っていた」

ベッドの足元にある、マホガニー製の小さなチェストを刑事は指差していた。

「屋敷中の窓などもすべて錠がおろされていて、犯人の逃走経路はないということなんでしょう？

……そうでしょうね」しかしここで思いついたことを、美希風は口にした。「種村さんは病院に行ったのでしたね。検査の時に服を脱いでいたということはありませんか？　その間、玄関の鍵は盗み取られ、犯人が利用していた」

「それもないな」刑事は、捜査済みといった余裕の顔色だった。「簡単な血圧測定と問診だけで、服は脱いでいない。待ち時間や、調剤に時間がかかったということのようだ。――付け加えれば、仕事部屋の錠の暗証番号を誰かに教えたなんてこともないと、被疑者は言っている」

「それにしても、南さん」残念そうに、ちょっと気兼ねがちに、磯貝弁護士が言う。「鉢植えを幾つも外に出すというやり口は、さすがにないのじゃないでしょうか。現実的ではない気がします」

「時間を空費しないように、手間のかかる推理は証拠に基づいて否定してやるよ」久我沼刑事は、調子良さそうな口振りだった。「その陳列用の板は、さほど丈夫な物ではない。人間が乗れば折れるそうだ。と聞けば、今度は補強して足場作り、か？　誰も納得しないこじつけの空想では、反証にならないぞ。もう一つ加えれば、クレセント錠には種村海太郎の指紋だけが鮮明に付着していたしな」

決定打を楽しむかのように東の壁に向かった久我沼刑事は、

「この部屋の、最後の出入り口はここだ」と、ドアの前に立った。

美希風の目が、ハッと光を帯びた。

「これか！　そうか、これなんですね……。実に珍しい！　こんな〝施錠〟は初めて見ました」

ドアの前には、背の高い樹脂製の鉢に植えられた蔓《つる》植物が育っている。

「クレマチスの一種だそうですよ」と、磯貝弁護士が注釈を入れた。

多年草。今は咲いていないが、年に何度か白い小さな花をひらかせるという。細い三本の支柱に絡《から》みついてのび、葉を茂らせている。支柱の頭頂部より少し上にドアレバーがあるのだが、その辺りに蔓が巻きついているのだ。

ドアレバーが左側にあるドアは、外開きである。レバーの回転軸である中心部につまみがあり、横にすると施錠状態だ。今はもちろんその位置につまみはある。さらにこのドアには、補助錠として閂《かんぬき》も備わっていた。スライド錠だ。閂としての細長い長方形のボルトを右側にスライドさせればロックは外れる。

クレマチスの蔓は、レバーやスライド錠を格好の足場として、左右や上にのびようとしていた。レバーには、蔓から細く枝分かれする葉柄《ようへい》が喜んで二度も三度も巻きつき、スライド錠のボルトが外れるのを邪魔するかのような位置にも葉が茂っている。ドア枠から外れた左サイドでは、葉柄はフラワースタンドの支柱にも何度もしっかりと巻きついていた。

「被疑者の供述を待つまでもないことだったが、もう何ヶ月も使われていないドアなんだよ」久我沼刑事が言った。「南さん。さっきの思い当たることがあるような食いつきからすると、あんたもあの写真を見ているんだな？」

「ええ。この室内が写されている、数少ない写真の中の一枚ですね。三ヶ月ほど前に写されたものでした」

この言葉の間に、磯貝弁護士はカバンからタブレットを取り出し、操作し始めていた。

「これですね」

磯貝が言い、画面には大きく画像が映し出されている。

出入り口ドアから左側にカメラが向けられているアングルだ。新聞社に依頼されて種村が撮影したものだった。八月十一日の山の日にちなみ、山や植物についての写真つきのコラム記事を求められたためだ。フラワースタンドに並ぶたくさんの鉢植えが写真の広い面を占めている。それだけだと動きがなくて味気ないからか、水をやろうとしている女性——まず間違いなく小鳥遊京子——の背中が半分写っていた。そして、フラワースタンドの右側にはドアも写り込み、その下にはクレマチスの鉢も見えている。蔓がちょうど、ドアレバーなどに絡まり始めたところだ。

「この一、二週間前に、種村さんはエッセーでも書いていますね」美希風は言った。「加賀《かが》の千代女《ちよじょ》さんの俳句、〈朝顔やつるべとられてもらひ水〉を紹介して、自分の家でもドアの取っ手を取られつつある、と。このドアは必要ないから、蔓植物に明け渡して好きにさせてやろう、と書いておられました」

三ヶ月間、クレマチスは生長し続けたわけだが、ドアレバーより高い場所には絡まることはできないから、先端部の剪定《せんてい》などの手入れはしているということだ。

「植物で作られている密室といった感じですが……」窓に目をやってから美希風は、室内を見回した。「なんと言いますか、そもそも、植物たちに護られている部屋ということになりますか、ここは」

磯貝弁護士がスムーズに頷く。

「小鳥遊京子さんの害にならない物が厳選されて、大事に集められた空間でしょうね。身だしなみ用の品も、画鋲も、インクも、過敏症を誘発しない素材だからここにある。植物を育てる時には、防虫剤や栄養剤、肥料など、化学物質が含まれた品を必要とすることが多いですが、それらを使わなくても育てることができる花が持ち込まれて、育っているわけです。……小鳥遊さんは言っていたそうです。ここは、化学物質の飛散に怯えることなく散歩できるガーデンだ、と」

彼の話を聞きながら、美希風は、たまたま近くにあった紙片の詩を読んでいた。東の壁の、ドアより窓側の壁面には、やはり三、四十枚の紙片が貼られている。その一枚——。

やがて世界は輪廻《りんね》の外。
万物のサイクルに戻れぬモノを生み出す力は
霊長の誉《ほま》れか？　証《あかし》か？　恵か？
縄縒《よ》る両手で
子や孫を抱く微笑ましさよ。

こうした詩の横には、自分は、塩分をうるさく減らされることへの怨ずる文章を書く怨文爺《えんぶんじじい》だといった苦笑を誘うものや、朝日はたまらない美しさで時間を削り取っていく、などといった、美と哀《あい》を重ねるような内容が様々に……。

話を続ける磯貝弁護士は、タブレットの角《かど》を机の横に向けていた。

「あそこに、鳥カゴ用のスタンドが立っていたそうです。小鳥遊さんは幸い、鳥にアレルギーを発症することはなく、囀《さえず》りで耳を楽しませることもできた」

「小鳥遊京子は自分のことをニワシドリと言っていたんじゃないか、弁護士さん？」

刑事の言葉に、「ニワシドリ？」と聞き返す美希風に、磯貝弁護士は話しかけた。

「小鳥遊さんは名字に鳥の漢字が入っていますからね。カケスの幼鳥が落ちているのを今年の初夏に見つけた時には、縁だと思ったそうです。どうやら、伐採用の高所作業車にぶつかって怪我を負ったらしい。野鳥の専門家とも相談して、怪我が治るまでと、飼い始めたそうです。なんの症状も出ることなく育てられた」

「話を逸らすなよ、弁護士さん」久我沼刑事が冷ややかに言う。「小鳥遊京子が自分をニワシドリと称していた理由、どうやら、あんたも知っているってことだな」

「……依頼人が話してはくれました」

「こっちは裏付けも取ってある。被害者の中学時代の担任教師に聴取してな。口は重たかったが、話してくれた。小鳥遊京子は少女時代、クレプトマニアだった」

「クレプ……」頭の中で美希風は、その意味を見つけた。「それはたしか、盗癖のことでは？」

「窃盗症だな」刑事は言った。「どうしてもその品が欲しいわけじゃないし、金《かね》に換えるような利益目的でもない。ただ、物を盗みたくて仕方がなくなるのさ。もっぱら万引きをやめられなくなる。依存症と言える、精神的な病《やまい》だな。そうそう、それで、ニワシドリだ。この鳥は高級住宅みたいな見事な巣を作るそうだが、その巣材に変わった物を集める。その中にはとにかく青い色をした品なんてのもあり、この場合、人の物を拾い集めたり盗んだりもする。

さっき、クレプトマニアだった、と過去形で言ったが、精神的な難治性の疾患だから、外科的に病根を消すような完治があるもんじゃない。アルコール依存症と同じだな。自分の意思でコントロールして克服することになる。たった一杯の酒が、何年もの克服期間を元の木阿弥《もくあみ》に変えてしまうことは有り得るさ。小鳥遊京子も、気を抜けばいつか不意に窃盗をしてしまうのでは、という怯えは持ち続けていただろう」

「そうでしょうな……」と、磯貝弁護士は呟く。

「そこへもってきて、化学物質過敏症の発症だ。社会と交わる生活に困難を感じたのも判らないではない。もう離れてしまおうと、自らを隔離した……。しかしその心理に乗じた奴がいる。種村海太郎だ。小鳥遊には、習慣的に窃盗を犯してしまった罪の意識があったから、それをうまく利用すれば監禁状態にも甘んじさせることができた」

「監禁――」思わず美希風は、鋭く声を発していた。

「考えてもみろ！」久我沼刑事は、怒声のように声を張った。「この部屋に入った者は、種村以外は一人もいないんだぞ。誰一人、この部屋での小鳥遊京子の姿を見た者はいないんだ。今のところ、見つかっていない。そんなことが考えられるか？　種村海太郎は、どうしても仕事で人に会わなければならない時には、しぶしぶ町へ出かけて行く。この家へ誰かを招いたことは一度もない。唯一と言っていい近所付き合いをしている山崎家の者も、ごく稀に家へ通されるが、玄関での立ち話で終わるそうだ。そんなの異常だろうが！」

刑事は両腕を振り回した。

「この部屋はなんだ！　愛の詩で埋まり、花が咲き、小鳥の声がした？　まるで砂糖漬けのメルヘンだが、こんなの現実ではなく、対外的な作り物だ。被疑者が偽装しているんだよ」

「ちょっと落ち着いてください」磯貝弁護士が慌て気味に制した。「異常、などと言いすぎでしょう。小鳥遊さんの病気を考え、二人で決めた鉄則だとしても無理はない。さっきの写真、見たでしょう。小鳥遊さんはこの部屋で鉢植えに水をやって――」

「写真など、その一時《いっとき》だけポーズを指示して撮れば済む。監禁場所から移動させてな」

「監禁場所⁉」

ほぼ異口同音に驚く二人を前に、刑事は冷笑含みで、

「監禁部屋の当たりもついている。ここは、偽装に満ちた空疎なスタジオだ」

「偽装……って、この無数の詩の用紙もですか？」磯貝弁護士がタブレットを操作する。「壁を埋めていくこれらの紙片と、小鳥遊さんの姿は時間経過を伴って……」

弁護士は、写真を呼び出していた。これも、よく知られた写真だった。新生活の始まりとして、珍しくSNSにアップされたものだ。今とは違うベッドに上半身を起こして微笑んでいる小鳥遊京子。ベッドの足元の壁に、紙片は貼られ始めていて、二十枚ほどが見えている。

ああ、これな、という目つきで画面の写真を見ている久我沼刑事は、「他にも写真や動画がもう少し

あるんだろう」と作業を促す口調だ。

　次に磯貝弁護士がひらいた写真は、二枚続きのものだった。椅子に座って一枚の紙を味読している様子の小鳥遊京子。背景として見えている壁の半分以上は紙片で埋まっている。続きの写真では、満足そうな表情の小鳥遊が、読んでいた紙片を壁に留めるシーンである。「壁が詩集のようになって素敵だ！」「続きを知らせて！」といったファンからの声が強かったので、種村海太郎が三月の初旬に投稿したものだった。

　タブレットに最後に呼び出されたのは動画だ。「壁の詩のどれかは読めないの？」というファンたちの声に応えたもの。「同居人が、サービスしてあげなさい、と言うので」ということで、前室側へのドアを中央にした壁の両側が映っている。壁を埋めている紙片が風で揺れている〝詩的〟なシーンから、アップへと転じる。ズームされて、いよいよ文字が読める、となった瞬間にピントがボケるという、いじわる悪戯《いたずら》映像だった。これは四ヶ月半ほど前のもの。

「あまりにもうまく出来てるじゃないか」久我沼刑事の否定的な態度に揺るぎはない。「そういった写真や映像が、この部屋で撮られたという根拠はないぜ」

「え？」と、磯貝弁護士は画面に目をやる。

「ドアは、この家の中の物はほとんどみんな同じだ。この部屋のドアとは限らない。他の写真からも、ここで撮られたという確証は得られない」

「……それは、詩の用紙が埋めていた壁は、別の部屋のものだということですね？」と、美希風は刑事に確認した。

「当初は種村も、殺意を持った長期計画など企図していなかったのだろう。ただ、軟禁は始めていたがな。それで、小鳥遊に自分は囚人だという意識を懐《いだ》かせないための演出も必要だと彼は考え、詩のギフトを装ったものなどを始めたのさ。すると、たまたま投稿してしまった写真が予想外の反響を生み、不自然さが目立ってはまずいので時々は披露しなければならなくなった。しかしこれも、長期的な演出として効果的だと思って利用していたのだろうな。それに、詩の内容などいくらでも体裁を整えられるが、それを証明するかのように、この窓からハクチョウソウなど見えないじゃないか」

――ハクチョウソウ。

この刑事は意外と細部まで気を配っている、と美希風は感じると同時に、エリザベスたちといた山崎家の応接間での記憶を思い出していた。

語学力のあるエリザベスもさすがに、日本語を読むことまではできなかったので、〝和尚〟が見せた種村海太郎の作例は、駒生龍平が読みあげたりしてやっていた。その中に、タブレット内の読みあげ機能を使って紹介された詩があった。

朝露に光るハクチョウソウと
滴《しずく》垂れる窓の内にて見る我らとの
温暖差という幸福度の違い。

エリザベスは、こう感想を言った。「さっきの詩の中の花は比喩《ひゆ》だそうだが、このハクチョウソウは、見えている実物の花に違いないな」と。

こうした感想は広範な読者に共通するものだ。白蝶草と書かれる時もあるが、ハクチョウソウは種村海太郎の詩やエッセーに何度も登場する。実際にその花を見て、触れて創られた作品であることが伝わってくるし、自分たち二人をこの花に仮託している気配もあった。

描かれているハクチョウソウは、もちろん白色で、雄しべが長い品種だろうとも広く言われている。

美希風は、広い窓から外を眺めてみた。

車寄せもある、平坦な小さめの前庭があり、通りの向こうには、種村海太郎によって〝メメント森《もり》〟と名付けられた原生林が広がっている。正面には、白い幹が美しいプラタナスが三本。左側では、樹齢百五十年ほどもありそうな樫《かし》の古木が目立つ。それらの先にはブナの木々が奥深く重なっている。だがどこにも、花は見当たらない。

「部下の巡査部長が気がついたのさ」久我沼刑事は、窓に背を向けている。「種村作品のファンらしい。若い連中がその辺を見て回ったが、それらしい花など一輪もない。被疑者も口を閉ざしている。やはり、詩はこの部屋で創られたのではないし、貼り巡らされていた壁もここじゃない。我々は、被疑者がなぜ、医者に通報するまで三時間も要したのか――」

「依頼人は二時間と申し立て続けています」

「その理由もつかんでいるし、最初の写真に写っているベッドがどこに置かれているかも知っている。そう、監禁部屋だ。そこへ行ってみようじゃないか」

5

種村の仕事部屋に足を踏み入れたところで、ハッとした気配で磯貝弁護士が足を止めた。

「その監禁部屋というのは、依頼人が壁の塗り替えをしたという部屋のことですか？」

「ああ……」

「取り調べで何度も尋ねられたのを奇異に感じていたようでした」

弁護士が考え込む様子になったところで、美希風にも尋ねるべき内容ができた。

「久我沼刑事。種村さん以外に、小鳥遊さんの私室に入った者はいないとのことでしたが、往診していたという女医さんはどうなのです？」

「松江郁さんな。往診と言うほどの回数じゃない。平均すれば二ヶ月に一度程度だろう。――そこを見てみろ」

壁際には、簡素な寝椅子が置かれていた。仕事に疲れて一息つきたい時には便利だろう。部屋の隅には目立たぬように、介護用品や医療キットがまとめられているのも美希風の目に留まった。

「女医が来た時には、その寝椅子に座ったり横になったりして、小鳥遊京子は診察されていたってことだ」

「……しかし今回、遺体を確認したのは寝室のベッドの上なんでしょうね？」

「ああ。種村海太郎も、さすがに遺体を動かすのはまずいから、寝室に女医を入れた。入れざるを得なかった。だから急遽、時間のかかる偽装工作が必要になったのさ」

言葉の間、美希風は室内を見回していた。どっしりとした黒檀《こくたん》の書き物机には風格があり、書棚にはいかにも高価そうな資料や詩集が詰まっている。

その視線に気づいたようで、久我沼刑事はいまいましそうに、

「時々寄稿したり、二、三年に一度詩集を出す程度で、こんな生活の基盤が確保できるわけはない。小鳥遊京子は資産家だった。不動産からの不労所得が充分あり、山林を売って大金を得ることもあった。そうした女を、様々な暗示にかけて洗脳し、種村海太郎は正式な遺言状を書かせることに成功したのさ。すべてを自分に遺《のこ》させた。それで用済みになった女を静かに消し、被疑者は達成のほくそ笑みを浮かべたというわけだ」

「山崎将汰くんから聞きましたよ、種村さんが人知れず漏らした微笑のことは。でも、その微笑をほくそ笑みと断じるのは早計では。種村さんは、長時間の任意同行を求められて、自分が疑われているのも承知していたでしょう。犯罪者であったとしたら、満足できる状況ではないと思いますが」

「細部は取るに足りん。疑われても逃げ切れて成功するという自信から微笑したのかもしれない。そも

そも、疑われていて、同居していた女が死んだばかりでもあるのに、涙も流さないのはまだしも、微笑むか？　それよりも、怪しさに関してはもっと重要な、丸ごと証拠という部屋を見たくないか」

　勇む調子の刑事を、弁護士の言葉が止めた。

「ちょっとお待ちを。実は今回、このお宅に来るに当たって、この部屋でしてもらいたいことがあると依頼人に頼まれているのですよ。もしかすると、捜査状況に及ぼす――」

「後だ、後」シャットアウトするかのように腕を振って、刑事は出口へ体を向けた。

　いささか憮然となった磯貝弁護士も、仕方なく、美希風と共に久我沼刑事の後に従った。

　案内されたのは、一階の北東角の部屋だった。すっかりガランとして、キャスター付きのパイプベッドが右の壁に寄せられているだけだ。

　小鳥遊邸は、さほど奥行きがなく、この部屋の左手、西側には、二階へ通じる階段を挟んでゲストルームがあり、その向こうに、調理場や浴室があるようだった。

　北向きに腰高窓があるこの部屋は、小鳥遊京子の私室より少し手狭といった面積だ。

「どれから説明するか……」言いつつ、久我沼刑事は奥へと歩を進めた。「この窓の外の格子《こうし》。しゃれたデザインをしているが、窓全体を覆って固定されている」

　美希風も近くで観察した。よくあるサッシ窓は引き戸で、外には錬鉄《れんてつ》製と思われる縦格子。蔦《つた》模様の格子は窓の上まで届いている。

「その窓から外へは出られないということだ」その事実を指摘してから、刑事はドアへと視線を移した。

「あの外の、錠の様子は見たな、弁護士さん、南さん？」

　見逃せるものではなかった。あの錠の造りだけは、さすがに異常と言える。

　ドアレバーの近くには、太いU字形の金具が取り付けられているのだ。ドア枠に取り付けられている受け金も頑丈そうな金属製の土台で、受け金を通してからU字形部分に南京錠でも掛ければ、まさにここは監禁部屋となるだろう。

　眉をひそめながら二人が頷くのを待って、刑事は言った。

「そのベッドは、最初の頃の写真にあったベッドだな。室内から見たドアは、被害者の私室の物と大差なく、距離を取った写真では見分けなどつかない。そして、水色に塗料が塗られているこの壁。これこそ、犯人――被疑者・種村海太郎が苦心した証拠隠滅の跡さ」

　ペンキ塗りが証拠隠滅とどう結びつくのか尋ねようとした直前に、答えは美希風にも判った。

「この塗料膜の下には、無数のピンの跡があるという推測なんですね？」

「そうでなければ、こんな作業を年寄りが急いでやるわけがない。明日の朝早くから、塗料の下を慎重に露出させてみるつもりだ」

　いささか慌て気味に、久我沼と美希風の顔を交互に見て、磯貝弁護士は説明した。

「依頼人は、ペンキを塗ったことは認めていますよ。たしか……、自然系植物性塗料とかいう、健康を重視した植物由来の塗料を使ったとのことでした。ドアの外の、厳重な錠前も、ここに住むことになった時にはすでにああなっていたということでしたよ。それに、刑事さん、今おっしゃった、急いで塗った、などという偏《かたよ》った印象をどうして――」

　磯貝弁護士の反論を、久我沼刑事は遮《さえぎ》った。

「捜査本部の大筋の見立てはこうだ。時機と見て、小鳥遊京子殺害を実行しようとした被疑者は、下準備にかかる。被害者の意識操作に役立て、外部にも知られてしまっている、壁を埋め尽くす紙片にまずは手を加える。貼る場所がなくなってきたなどと称して、紙片を、夢の私室のほうへと移し替えていったのさ。二百数十枚。慌てることなく、日数をかければさしたる家事労働ではない。年月経過によるインクの退色、日光による紙片の日焼け具合もあるから、部屋の奥にある紙片は、次の部屋でも奥へと、慎重に再現をした。

こうしていよいよ、殺害決行日だ。被疑者にすれば、病死と診断されて終わることを期待していた。しかし他殺を疑われた場合にも備える必要はある。そこで、決行には病院への定期検診日を選んだ。二、三時間留守にしている間に賊が入ったと信じさせようという魂胆だな。被疑者は病院から帰って来ると、被害者を監禁場所から出して演出終了の部屋へ移し、殺害。午後一時頃のことだ。ここから、ご苦労なことにペンキ塗りが始まる。まあその前に、家具類の移動もあったろう。ここにも小さなタンスぐらいあったろうし、食事もこの部屋でしていたならテーブルもあったろう。カーテンなど、そうした物を別室に移動し、それから壁面の塗り込め開始だ。こうしたペンキ塗りは、被害者がいる時にはできないからな。いくら植物由来の塗料だといっても、化学物質過敏症の人間にまったくなんの異常も発症させないというのは無理だろう。そんな危険性のある物質を部屋に充満させる理由など立たないわけだ。そのために、被害者がこの部屋を使わなくなってからの塗装になった」

判るな？　という顔を作ってから、久我沼刑事はドアに近い左側の壁を顎で示した。

「そこの塗りは雑だろう？　遺体が発見された私室では、その壁の前はフラワースタンドで占められているから紙片は貼られていない。ここでも、貼られていなかったのさ。だから、塗料で埋めるピンの跡もないわけだ。ふん。被疑者は、自失しつつ心痛も抱え、一時間半ほどかけて詩を作ったと供述して、その詩を提出しているが、そんなものは二、三分でできたかもしれんし、以前から書いてあったものかもしれん。なんの裏付けにもならんよ。奴は丸々三時間ほどもかけて、速乾性の塗料で計画犯罪の仕上げをしていたのさ」

「三、四時間で乾く塗料ですね？」と美希風は確認口調で訊いた。

「三、四時間ではない。犯罪の疑いが生じ、家宅捜索令状を取って邸内を調べだし、この部屋を発見したのは翌日の午後になってからだ。丸一日、乾き切る時間があった」

磯貝弁護士は、刑事が満足げに話を締めくくるのを待っていたようだ。自身、冷静になる間をあける

かのように息を吐《つ》き、

「依頼人は、きちんと、齟齬《そご》なく説明しているはずですよ。ペンキ塗りをしたのは十日ほど前のことと言っていました。体を動かす必要もあるからです。この部屋は確かに、どうにも陰気くさかったそうでしてね。壁の色を明るくすることにしたそうです。三日ほどかけた最終日、左側の壁を塗り終えようとしている頃に、小鳥遊京子さんからスマホで、気分が優れなくなってきたと連絡があった。換気にも気をつけての作業だったけれど、なんらかの化学物質が小鳥遊さんの私室まで侵入したのかと、その影響を懸念した。それで壁塗り作業は終わりにした。そういう経緯だったと、依頼人は伝えてあるはずです。

　また、その日から小鳥遊さんは体調が優れなくなったため、依頼人は女医さんに往診を依頼し、事件の前日に松江さんはやって来た。壁塗りのことを依頼人から聞き、塗料をごく微量持って来させて調べたそうです。小鳥遊さんの体調不良との因果関係は認められなかったとか」

「小鳥遊京子には、病名がつくほどの目立った異変は見当たらなかった」変わって久我沼刑事が論じる。「時々起こる気分的な不調と体力低下で、危うい容態ではなかったと女医は診断している。だから、被疑者から同居人が急死したと知らされた時に、違和感を感じたわけだ」

「小鳥遊さんが重い容態でないことは、依頼人も承知していました。だから、病院へも出かけた。小鳥遊さんの死が思いもかけないものであったのは、依頼人も同じです。……考えすぎでしょう、久我沼刑事。ベッドだって、新しいのを使うようになったので、古いのをここへ運んだだけでしょうよ」

「密室状況というのも考えすぎか？　事実だぞ。偽装工作が質量共に多かったせいで被疑者はミスしたのさ。さすがに時間がかかりすぎると焦り、疲れ切って、すべての仕事を終えたとうっかりしたんだな。自分以外の賊が出入りしたルートを作っておくことを失念した」

　近隣の山崎雄三たちや種村海太郎のファンらの表現によれば、この邸宅は、居住する二人にとっての繭《まゆ》であり、巣であり、空中庭園的なシェルターということになるが、ここを、鳥カゴどころか牢獄と断じたい動きもあるようだ。

久我沼刑事が主張する仮説が事実である可能性も低くはない――と、美希風も思う。しかし、刑事の発言からは、感性的な忌避感が響いてきて気になる。ある男女が二人だけで創りあげた、感性の場、共有する理想の詩的空間、独自の神話を、頭から否定し去るのも公平ではなく、狭量ではないかと感じる。

ともあれ、警察の主張をやや有利にしているのは、密室の存在か……。

「ところで、刑事さん」美希風は、まず言ってみた。「ここの窓からは、ハクチョウソウは見えるんですか？」

「見えない。そんなもの、どこにもないのさ。この裏庭の先では、小鳥遊京子から土地を借りて畑を作っている男が二人いる。まあ、植物の専門家と言えるだろう。その二人が、この辺りでそんな花は見たことがないと話している。詩など、空疎な妄想と変わりない。あることないこと、都合のいいように言葉を着飾らせているだけだ」

大股で部屋の外へ出たところで、久我沼刑事は足を止めた。

「言い忘れたが、この異様な錠前金具は、松江郁が夫と共に入居した時にはすでにあったそうだ。この家を建てた家族が、なんの目的でか備え付けたのかもしれないな。それを、種村海太郎は利用した」

「ちょっと思ったのですが」美希風は、頭に浮かんだことを口にした。「松江医師は、この家の以前の居住者ですね？　ですと、玄関などの鍵をまだ持っているなどの可能性が……？」

「ないね。さっきその弁護士さんが言ったろう。被害者たちが住むようになってから厳重な最新式の錠に替えたのだ。無論、以前の鍵は返させたそうだし、スペアを持っていたとしてもなんの役にも立たん。玄関も裏口も、錠前は新品に替わっている」

「そうですか……。久我沼刑事、現場の私室には誰も入ったことがないということでしたが、あの新しい大きなベッドを運んだ業者はどうでしょう？」

「メーカーは突き止めたが、配送業者のところでたどる線は消えた。なにしろ人の出入りが激しい業種で、一年ほども前のデータは意味をなさない。それに、あのベッドは組み立て式だ。種村たちは在宅時には玄関に施錠しないそうだし、そんな玄関の中までは運ばせて、後は、小鳥遊京子と種村海太郎で組み立てたのだろう」

「なるほど、そうですね」

もう一度密室現場を見ておくために美紀風は先頭を歩き始めたが、そこで磯貝弁護士が久我沼刑事に声をかけた。

「被害者のスマホの通話内容など、弁護側も知りたいのですがね、久我沼さん」

「あきれるほど数少ない通話履歴があるだけだ。事件に関係するものはない」

「監禁されている、とSOSを発信しているものがありましたか？」

「外部への通信は、すべて管理できるさ」

暗証番号錠を解錠して種村の仕事部屋を抜けると、三人は小鳥遊京子の私室まで進んだ。

最後の久我沼刑事が勢いよくドアを閉めると、詩を認《したた》められた近くの紙が空気の流れで何枚か揺れた。

その瞬間から短い時間で、美希風の中には事態を動かす発想が育っていった。

一つ息を吐き、美希風は言った。

「久我沼刑事。先ほどの部屋の塗料の下を鑑定してみるというのは、おやめになったほうがいいと思いますよ。徒労でしょうし、指示した人が恥をかく」

「なんだと」刑事の目が尖《とが》る。

「警察の見方でも、小鳥遊京子さんはこの紙片に囲まれた環境で過ごしていたという点は認めるのですよね？　その部屋が、ここか、あの監禁部屋と想像される場所かの違いですね？」

「……そう言っていいだろう」

「詩の紙片で覆われていた壁が、ここ以外の家のものだったという可能性は、基本的に否定ですね？」

「そこまで飛躍する必要はないだろう。細かなすべての事実に反している」

「この邸内だけに限るのであれば、紙片が満たすことができる部屋はここだけです。あの監禁部屋であるはずがない」

「ひとつおり見ただけでなにが判る」鋭い目には、蔑視の色も浮かびそうだった。

「久我沼刑事がおっしゃった、紙やインクの経年劣化が教えてくれます。ここは、南向き、監禁部屋は北向き。太陽光線の量も質も強さも違う。さらに、窓の形状。ここの窓は、監禁部屋より一回り大きいだけではなく、アーチ部分もありますから、縦長なのです。その分、陽の光は部屋の奥まで届く。ドアのある奥の壁まで届きます」

指摘する美希風の視線に引き寄せられるように、刑事と弁護士は振り返っていた。

「専門家が鑑定すれば、はっきりと差が出ると思いますよ。それぞれの壁に貼られている紙の、陽の光による劣化がどれほどのものか。北向きの窓では、ここでのような劣化は起こらない。紙の経年劣化など、微妙すぎて論拠にならないとおっしゃいますか？」

「いや、それはだな……」久我沼刑事の返答には間があいた。眉間に皺《しわ》が刻まれて、「ここの日光量などに、反論としてはあまり期待しないほうがいいぞ。後ろ暗い環境だからな、カーテンが日常的に引かれていたかもしれない」

「多くの植物が、立派に育っていますよ」

刑事の応答が立ち止まったところで、磯貝弁護士がすかさず告げる。

「北や東や西ではなく、南向きの窓のある部屋に長年あった紙片であることは、鑑定可能の範囲かもしれませんね。弁護側としては、鑑定人を探してもいい」

「南向きの窓がある部屋など、この家にも幾つもある。ここ以外にも四つはあるな。さっきも言ったが、そのどれ一つ、見たわけでもあるまいし」

刑事のこの反論は、北向きの監禁部屋に固執するのは不利と考えた結果と思えた。

「検討すべきは四つですね」美希風は言う。「まず、三階の中央部に一つ。ずいぶんと小さな部屋と思えますが」

「……鐘楼《しょうろう》をイメージした構造部分らしく、鐘楼部屋とか呼んでいた。もちろん、鐘などないが。確かに狭く、半ば物置として利用されている空間だ」

「壁の面積が小さすぎて、これら二百数十枚の紙片を貼っておくのは無理でしょうし、南向き以外の窓があるのかどうかもお訊きしたいところですね」

「他の窓……。東と西に、小さいのがあったな」

「でしたら、この部屋とは窓の構造がまったく違う」

「構造……」

「窓の位置関係で、当然、室内での日照環境は変わります。この部屋は南に大きな窓があるだけで、他に窓はない。この観点から、二階にある二つのハーフサークル窓も検討してみましょう。それぞれの窓は、部屋に備わっているのですね？　部屋から外を見る窓ですね？」

「そうだ」

「この上にある部屋には、東側にも窓がありませんか？　その西側にある部屋には西側に？」

「……あるな」

磯貝弁護士がすぐに、「ここは窓の配置がまったく違うということになる」と、納得の色濃く言った。

「たまたま、東西の窓があってよかったな」久我沼刑事は、容易に認めようとはしない皮肉めいた声を美希風にぶつける。「なければ、この部屋と同じ日照環境で、あんたの分析も立ち往生するところだ」

「同じではありません」

「なに？」

「この上にある二階の窓は、陽の光を一日中、室内に通すはずです。なににも妨げられることなく陽を受ける。そうですよね？」

「晴れていれば、当たり前だ」

「しかし、この部屋の場合は違います。見てください――」

美希風はハーフサークル窓に近付き、前景を見回すように求めた。

「すぐ外の東側には、そこそこ大きな書庫が建っていますね。その前方にはガレージ。この窓からは、午前中の早い時間の陽射しは入りません。ところが、ここの西隣のリビングと、その上の二階の窓はどうでしょう。その二ヶ所での日照環境は、こことは逆ですよ。すぐ西側に、玄関棟が張り出しているからです。つまり、午前中の陽射しは滞りなく入りますが、午後になれば日陰になります。二階も、玄関棟の三角屋根によって日陰になるのです。つまり、以上の二つの部屋と、ここでは、西と東の壁に長年貼られている紙の劣化はまったく逆になるのです。――逆になるから、貼り替える時、知能犯は計算して左右反対の壁に貼ったのでしょうか？　まさか！」

いささか饒舌《じょうぜつ》な美希風の舌鋒《ぜっぽう》と、左右に交錯する腕の素早い動きにつられるように、聞き手の二人は右左へと小刻みに顔を動かした。

「東側の壁は、広くフラワースタンドに占められていますから、窓際の一部に紙片はあるだけです。この場所のそれを西側のと入れ替える？　そんなことをすれば、全体的な劣化のグラデーションに境界線が生じます。畳の日焼け具合と一緒ですね。一部を他とすり替えては自然さなど保てない。この壁の紙片の面には、そのような不自然さはまったくありません。——そもそも、リビングや二階の部屋は、監禁部屋としてふさわしいのですか、久我沼刑事？　最近、壁を塗り替えられているのですか？　壁紙が貼られているとしたら、それを剝がしてピンの跡を探しますか？」

美希風は、椅子に掛けたい気分になりながら、ゆっくりと言った。

「もはや、動かしがたい推定ですよ、久我沼刑事。この部屋のみに、これらの膨大な紙片は存在できるのです、この並びを変えることなく。とするならば、小鳥遊京子さんも、ずっとこの心地よい部屋で過ごしていたということです。監禁などされていたわけではない」

表情の緊張を緩めた磯貝弁護士が、口を閉ざしている久我沼に伺いを立てた。

「久我沼刑事。窓をあけていいですかね？　このお宅の空気の入れ換えも、依頼人に頼まれているのですよ。鉢植えへの水やりもね」

久我沼は無言だったが、弁護士は、錠を外して窓をあけた。流れ込んだ風に、何十という紙片がさらさらと音を立てて揺れた。

久我沼刑事が、口ごもりつつ小さく言っている。

「心地よかろうが、軟禁状態にはできる……。この部屋を外から閉ざし、捜査班到着前にそれを隠蔽《いんぺい》する工作のほうが簡便だ……」

基本方針も放擲《ほうてき》して、それでもなんとか種村海太郎の長期的な犯意を示唆しようとし始めているが、磯貝弁護士はかまわずに発言した。

「依頼人からの頼まれごとで、最重要のものが残っているのですがね、久我沼刑事。先ほど言いかけたものです。捜査内容に大きく影響するかもしれないのですが。警察に渡すようにと言われています」

「なにっ？」刑事の目が現実的な焦点を結ぶ。

「小鳥遊京子さんから、『わたしが死んだら開封して』と言って渡された封書があるそうです。依頼人は、小鳥遊さんの死後、それに目を通しました」

美希風もグッと興味を引かれた。

「聞いてないぞ」と、久我沼刑事の声は太い。

「私にも、ようやく話してくれましたからね」かすかに苦笑を漏らす磯貝弁護士は、種村の仕事部屋へと足を進める。「二言《ふたこと》めには、『二人だけの問題だ』で、口が重い。それでもこれ以上は多くの人たちに迷惑を及ぼすと判断したようで、教えてくれました」

三人が部屋に入ると、弁護士は机に指を向けた。

「右袖《みぎそで》の一番下の抽斗《ひきだし》。硯《すずり》の下、だそうです。疑われているようだから家捜しされるかもしれず、触れさせたくないので隠した、とのことでした」

臨場用の手袋をした久我沼刑事が抽斗をあける。書道道具の下から、白い封筒が引っ張り出された。

表書きとして手書きで一行、種村海太郎様へ、とある。

「……確かに、被害者の筆跡だな」久我沼刑事が認めた。

中には縦書きの便箋が一枚。短い文章が書かれていた。


感謝にたえない日々をありがとう。

これを読まれている時、わたしの細い命の火は消えていますね。この先の、貴方の日々へのお願いです。わたしは貴方のように詩文を創り出せませんから、貴方も好きで一緒に見た、アメリカ開拓時代のあのドラマの中の言葉を使わせてもらいます。

わたしのことを思い出すならば、微笑みと共に。それができないのでしたら、いっそ忘れてください。

京子

遺された独りの老詩人は、亡き者の遺志に懸命に応えようとしていたようだ……。

6

「僕が口にしてしまった場違いみたいな微笑のことも、小鳥遊京子さんの書き置きが見つかって一応納得、だったみたいで、ホッとしましたよ」

将汰少年は、当時を思い出して表情をほぐしていた。しかしその顔色にも、二歩と進まないうちに翳《かげ》りが生じた。

「でも、小鳥遊さんの文章が出てきたことで、心証……って言うんですか、それが多少は良くなったみたいですけど、種村先生への容疑はほとんど変わりませんでしたよね」

「捜査本部は、基本方針を大転換したけどね」美希風は口にする。「監禁していたという計画性は手放したんだ。そもそも、怪しい部屋を見つけたことで、刑事さんたちは監禁という筋立てに囚われすぎていたと思うよ。それで、そこからは離れた。小鳥遊さんは快適な環境で暮らしていたけれど、良好な関係にいた男女でも突発的に殺人は起こるものだ、という見方に変わったわけだね。種村さんは感情的になって小鳥遊さんの首を一瞬絞めてしまい、彼女の体力がなかったばかりに重大な結果になった、という筋書きだ」

「うわ……」

「なにしろ、密室という条件が彼らの疑いを支持する。第三者は侵入できないから、種村海太郎さんしか犯人はいない」

「やっぱり、密室を崩した南さんが先生を救ってくれたってことですね」少年の声は少し弾んでいく。「小鳥遊さんも、死んじゃってるのに遺した文章で種村先生を救ったし、その後《あと》には命を救いさえした……！」

その出来事を思い返している美希風に、将汰少年はクルッと顔を向けた。

「南さん。あんな密室トリック、どうやって思いついたんですか？」

「閃《ひらめ》きだから伝えづらいけどね……。取っかかりとしては、その密室の特徴に注目してみるというのがあるよ」

二人が歩く道の先、右側に、小鳥遊邸が見えてきた。まだ、旧小鳥遊邸と呼ぶのは早いだろう。今は、種村海太郎が一人で住んでいる。飼われていたカケスは、札幌市の積雪がゼロと告知された日に、カゴから放たれて森へと還《かえ》っていったそうだ。

邸宅の裏手側に、美希風は遠く視線を飛ばした。

そこが、閃きを得た場所だった。そして、農家の二人の男に出会った場所でもある。あの二人の話は、事件全体を見渡す意味でも大いに役立った。密室の謎が解け、真犯人の正体にも迫れたという確信を得られたのも、あの時だった。

事件発生の四日後、小鳥遊京子が遺した封書を入手した翌日の午前《ひるまえ》だった。

美希風は、〝メメント森〟の一隅《いちぐう》で草の上に腰をおろし、帽子を目深にかぶってブナの幹に背を凭《もた》れていた。

「ちょっと……」

遠くから男の声がし、恐る恐る足音が近付いてきた。

帽子をかぶり直した美希風は、身を起こした。

二人の男が寄って来ていて、年配者のほうが、「ああ、よかった」と顔をほころばせた。「余計な心配をしてしまってね。あまりにも気配がなかった」

「眠っているというより、まるで……」

若いほうはそこで言葉を切った。取り繕うように年配者のほうが、

「自然と同化するにも程があるよ」

尻から草を払いながら立ちあがった美希風は、「苔《こけ》と一体になった夢を見ていましたよ」と、軽口を叩いた。そんな夢は見ていなかったが、深く眠っていたのは確かだった。

今は亡き者たちと、夢で会っていた気もする。

少年時代、夜眠りに就《つ》く時、もう目覚めないかもしれないという恐怖と折り合いをつける必要があったからか、美希風は多少変わった意識を身につけていた。眠りは死の一部だ、というものだ。そして、死の世界のほうが、生の世界より遥かに広大で、そこが根本原理に満ちている高次元精神世界だ。だから、時に眠りは、真理の一端や革新的な発想にアクセスする。

そして美希風は今も、謎を解くパターンの一つに触れていた。

「ご心配をおかけしました」

美希風のその言葉の後、三人は互いを紹介した。

土も付いている作業着風の服装である二人の男は、五十歳前後のほうが藤原《ふじわら》、三十代半ばのほうが立《た》野《の》と名乗った。この辺りで畑仕事をしているという。

「山崎さんのお知り合いで、弁護士さんに協力してるんですか、南さん！」知ると、藤原は喜色を弾けさせ、懇願調になる。「あの詩人の先生を、早く自由にしてあげてくださいよ。あの二人の間で殺意なんて、生まれるはずがないですからね」

「あの二人のことを、よくご存じですか？」

藤原と立野は、自分たちの背景も含め、種村たちとの関係の始まりをこもごもに語った。

二人は専業農家ではないらしい。藤原は小さなペンションも経営しており、立野は野菜直売場のバイトなどをしている。時々は藤原の妻も手伝うが、藤原と立野が二人で小鳥遊家から一ヘクタールほどの土地を借りたのは五年半前だ。畑地からさらに北へ向かい、小鳥遊家の土地を越えた所に、二人それぞれの住居はあるらしい。

「無料《ただ》同然で貸してもらっているからね」藤原は言う。「奥さん――じゃなかった、小鳥遊さんは、化学物質的なものへのアレルギーがひどいらしくてね。もちろんこっちも、無農薬の有機農法だ。時々、採《と》れたて野菜のお裾分けをさせてもらっていたんだよ」

小鳥遊京子と種村海太郎が越してきた時、屋外で挨拶をしたという。その後は二ヶ月ほどした時に、小鳥遊の私室の窓越しに言葉を交わしたという。

「それ以外では……」藤原は森の木々へと視線を向け、「散歩している姿を見かけたね」と言って腕をぐるりと動かした。「木が少なくて歩きやすい場所が、ちょうどサークル状にあるから散歩コースにしていたよ」

「そう」と、立野も周りを見回した。「畑も囲んで一周できるコースだよ」

「二人一緒の散歩を見かけたのは、ごく稀だ。こっちが来ている時刻といつもかち合うわけじゃないだろうしね。種村さんは、その何倍も散策していたよ。時には変わった所でボ～っとして、ああいう時に創作しているんだろうね」

「あの二人の散歩姿、絵になったよなぁ」立野は、気持ちを和ませるらしい記憶に目を細めている。「おしゃべりがほとんどなくて、物静かだけど、そばにいる気持ちだけで充分、みたいな……」

「木漏《こも》れ日の中にいたら、一幅《いっぷく》の絵画だ。うちは、奥さんと散歩してもあそこまでにはなれない」

藤原は、ははっと笑ったが、散歩コースに目をやった立野は表情を曇らせた。

「比べたら、松江さんの旦那はひどかった。あの人は、誰と比べても顰蹙《ひんしゅく》ものだけど」

「ああ、あの人な……」藤原も鼻に皺を寄せた。

「そうか」美希風は言った。「お二人は、松江夫妻の暮らしぶりも見ているんでしたね」

「ほぼ五年前ですか、あの夫婦が引っ越して来たのは」藤原は、数十メートル先で裏手を見せる小鳥遊邸を眺めやって回顧口調だ。「旦那のほうは、最初から嫌な印象でしたよ。まるでこっちが彼らの土地を荒らしているかのような視線でにらみつけてきて、監視するかのようにうろつくんですからね。――いや、亡くなってる人のことを悪くは言いたくないですけどね」

「良くは言えないよ、あの男に限っては」遠慮なく言って、立野は天然の散歩コースへ視線を巡らせた。「あの散歩道だって、あの男は、なにが気に入らないのか唾を吐き捨てながら歩くんですからね。しかめっ面で、不機嫌そうな足取りで。……それに、俺、見たんですよ」

「なにを?」と、食いつき気味に訊いたのは藤原だった。

　立野はちょっと声をひそめ、

「たまたま、あのお宅の表側を通っている時ですよ。玄関ドアがいきなりあいたんでびっくりしたんです。奥さんが走り出て来るところだったんですね。ところが、すぐ後ろに旦那がいた。そしたら、奥さんの髪の毛を引っつかんで中へ引きずり倒したんです。ドアはすぐに閉まったけど、中から乱暴な音と悲鳴が聞こえてきた……」

「もろにDVかよ」藤原は舌打ちするように、「その気配はあったけどな。あの男、なんて言ったたっけ……?」

「みさお、だったよ、たしか。美しいに、佐賀県の佐、それに夫だ。美佐夫」

「俺もちらっとは見た。怒鳴り声のようなのが聞こえて、旦那が奥さんを車に小突くようにして乗せていた。……あの二人も揃って森を歩くことがあったけど、奥さんは、引っ込み思案なペットの犬みたいな散歩風景だったたな」

「奥さん、ホッとしたんじゃないかな。旦那が急死して」そんなことも、立野は言う。「動脈瘤破裂ってやつで、ぱったり逝《い》っちゃったんですよ、美佐夫さん」

話を聞きながらまとめたところによると、松江夫妻のここでの歴史はこのようなことになるようだ。共に四十になったところといった年齢の美佐夫と郁。結婚して半年ほどで今の小鳥遊邸に入居した。三年と少々、ここで暮らし、去年の春先、小鳥遊京子と種村が移ってくることになったので賃貸契約は解除となった。松江夫妻は、近くの町のアパートに転居となる。その秋口に、美佐夫は帰らぬ人となった。

「奥さんは、お医者さんとして、たまあに小鳥遊さんの所に来てたけど、それ以外でもここへ足を向けていますよ。旦那の趣味の場所があるのも関係あるのか……」言って、藤原は木々の先を指差した。

「あの小屋ですけどね」

幹と幹の隙間から、古びたモルタル製の小屋が見えている。

「趣味の小屋ですか?」

「いや、元々は、あのお宅を建てた一家の道具小屋だったんだと思いますよ」美希風の問いに、藤原が答えた。「その一家は、小さな規模ですが野菜やら花やらを育てていたようなので。主に農具を仕舞う物置小屋だったんでしょう」

その先は、立野が説明した。

「でも、その一家はみんなこの家を離れた。しばらくは空き家に空き小屋だったわけですけど、そのうち、猛烈な台風やら地震やらのせいで、小屋は半壊状態になったんですよね。それを、後《のち》に越して来た美佐夫さんが、許可を得たのかどうか知らないけどある程度直して、使い始めたんです」

「デコイってのを作ってたんですよ。町に引っ越してからも、時々、旦那は小屋を使っていて、小鳥遊さんは黙認してましたよ」

「バード・カービングって、旦那は言ってましたね」と、立野が補足する。

「木の彫刻で、鳥の形にするやつですね」美希風は、その作業小屋が気になりだした。「見させてもらっていいですよね」

「かまわんでしょう」藤原は鷹揚《おうよう》だ。「半分は廃屋です。松江さんの所有物ってわけでもない」

二人も一緒について来るので、美希風は、ハクチョウソウを見たことはないんですね、と訊いてみた。

二人とも、ないと答え、

「スズランや福寿草《ふくじゅそう》は咲きますけどね」と、藤原。「そもそも、ハクチョウソウとは珍しい。誰かが植えたのでない限り、遠くから鳥が種子を運んで来て、それが根付いたってことでしょうけど……」

作業小屋は、一部が完全に壊れていて、その壁一面を、パネルや張り合わせた板で覆ってあった。壁の亀裂が、素人の左官工事で塞がれているのも見える。動かせそうもない壁の大きな破片や太い木材は、小屋の傍らに放置されてあり、雑草で埋もれつつあった。

なんとか壊れずに残っていたドアは、ノブを回せば簡単にあいた。覗き込んでから、薄暗い内部に美希風は入らせてもらった。一部屋だけの空間だ。

畑仕事や除雪作業に使う道具が雑然と詰め込まれている。埃《ほこり》っぽかったが、南に面した窓に向けられている机の上はさっぱりしていた。

藤原もそれに気づいたのだろう、「奥さんが時折、掃除していたんだろうなぁ」と口にした。

机の上には、大小の鴨《かも》、そしてサンショウウオの立体的な木彫りがあった。

「森の中のこうした環境で彫るのが、美佐夫さんの性に合っていたってことか」立野が察するように言った。

カービングナイフや彫刻刀といった道具類は、放置しておくと安全性にもかかわるということだろう、見当たらなかった。突き当たりの、東に面した裏口のドアレバーの下には錠が取り付けられていたようだが、今ではそれも、もげて姿を消している。

外へと引き返しながら、藤原はしみじみと、

「ここへ来れば、松江さんは亡き旦那のことを偲《しの》べたのか……」

外へ出ると、彼はさらにふと、言葉を足した。

「美佐夫さんのことを、さっきは言いすぎたかもしれません。松江の奥さんが彼を見る目には、怒りや憎悪といったものはほとんどなかったように思います。それなりにやはり、夫婦愛ってのがあったんでしょうね……」

森から畑地に抜けたところで、立野が困惑したように言った。

「でも、この事件……、小鳥遊さんが殺害されたってことが、そもそも信じられないよ。あんな人を、どんな理由で殺すっていうの？　悪意の対象になるわけないよね……」

まったくだ、といった様子で藤原は頷く。

藤原と立野は、事件解決に役立ちそうなことはなにも見聞きしてないですけど、と、残念そうに恐縮し、頑張ってくださいね、と言い置くと離れて行った。

役立つことを、美希風は得ていた。ある方法論の説明だけではすんなり納得されるか危ぶまれるが、一定の傍証は得られたと感じられた。そのため、磯貝弁護士にすぐに連絡を取った。


午後へと時計の針は回り、被害者の私室には、美希風の他に、弁護士と刑事がいた。

三人が視線を向けているのは、東の壁にある、本来なら外へ出られるドアだ。スライド錠などに、クレマチスが蔓《つる》を絡《から》めている。

「犯人は、ここを出入りした、だと？」久我沼刑事は、半信半疑どころか、大いに疑って呆れる口調だった。

弁護士も、納得しがたく不安そうだった。

「いいか」刑事は声高に言い募った。「この蔓植物——クレマチスか？　これはもう蜘蛛《くも》の巣同然だ。ドアの長期的な不動性を物語っている。被疑者も言っていた、ここがドアなんて認識はとっくになく、ずっと壁だった、と」

「そう、それですよ、久我沼刑事」美希風はテンポ良く受けた。「その認識を利用されたんです。犯人に心理操作された。通常の錠前のように、きちんと機能しているのかどうか、厳密に思考することを怠《おこた》ったのです、我々は」

「機能……？」

刑事も弁護士も、同じような言葉で問い返していた。

「この蔓は、ドアレバーや錠のボルトを本当に固定しているでしょうか？　昨日、水をやりながら目に留まっていた情報を、つらつら検討してみて、もしやと思ったのです。……蔓を外してみますよ」

美希風はまず、ドアレバーに手をのばした。葉柄は二度、巻きつき、蔓は一度絡んでから上へのびていく。

「バネみたいなものですからね、ほら……、蔓はけっこうのばすことができて動かせるし、細い葉柄は気をつける必要があるけれど……」

美希風の指先は慎重に、巻きついている箇所を逆に回していく。

「ほら、外れましたよ。逆に回せばいいのですから、当然です」

見せられても、その先の解釈に戸惑って二人が黙している間に、美希風は続けた。

「これでドアレバーは、なんの支障もなく動かせますね。そしてスライド錠ですが、これは固定すらされていません」

スライド錠の左右に、葉が一枚ずつ茂っている。一枚の陰にあるボルトをつまんで、美希風は、それを解錠する方向、右側へと動かした。ボルトの尻である先端は、葉と蔓を押して姿を見せ、解錠状態となった。

「フラワースタンドの支柱への巻きつきも、同様に逆回転させれば解《ほど》けますね。ドアレバーを含め、そうした何重もの絡みつきがイメージを固定させ、葉で隠されているだけに等しいスライド錠まで、可動性の検《あらた》めはさほど重要ではないと思わされてしまう」

言い終わると美希風は、つまみを回して解錠したドアを外へと押しあけた。

「いや、待て待て」久我沼刑事は、慌て気味に口走る。「そう簡単には済まない。幾つか……いま思いつくだけでも、二つは疑問がある。室内にいればそうした操作が可能だとしても、犯人は外から入れまい。それにだ、二、三ヶ月前――いや、蔓がドアレバーなどに絡みついてからの長い間、蔓はどれも一様に、偶然にも、ドアの開閉には無関係の育ち方をしていたというのか？　住人二人はそれに気づいていなかったと？」

「犯行前までは、蔓はドアを封印状態にしていたかもしれません。本当にあけることはできなかった。しかし現状、蔓はすべて、ダミーの封印状態に貢献している。そしてこれは、偶然こうなっているとは考えがたい。どうでしょう？」

「確かに……」磯貝弁護士は、意外性におどおどするような目をしている。「葉がちょうど、スライド錠を心理的にも隠すような生え方をしているとは……」

美希風は、論証を次に進めた。

「犯人はあらかじめ、室内からスライド錠を動かし、ドア錠のつまみも回し、あけておいたのです。これは短時間で済みます。そして決行の時を迎える。種村海太郎さんはほとんど常に小鳥遊京子さんのそばにいますから、彼が二、三時間は間違いなく家をあける通院時を犯人は選択するしかなかった。犯人はドアをそっとあける。蔓、または葉柄《ようへい》は何本か、音もなく切れる」

「なにっ⁉」と、刑事は思わず声をあげ、弁護士も、「えっ……」と声を詰まらせると、いま聞いた意味を追おうとしている。

「蔓類は切れたはずです」美希風は言う。「それは仕方がなく、犯人はその前提から偽装工作を作りあげている。私たちがいま見ているこの鉢植えは、犯人が育て、作りあげたダミーなのです。……一朝一夕の計画ではありません」

静寂の中、美希風はすぐに言葉を足した。

「かといって、気が長すぎる計画でもありません。ここで育っていた本物のクレマチスと同程度の生長をしているクレマチスを、購入なりすればいいのです。当然、同じ植木鉢も入手する。そして、ここのドアレバーやスライド錠、フラワースタンドの支柱などとそっくりなセットを作って蔓を這《は》わせていく」

「なん……だと?」久我沼刑事は愕然《がくぜん》とするばかりだ。

「そうしなければ、蔓の再現はできませんからね。トリックの持つ宿命の一つとして、それが見破られた時、実行できる人物が特定されてしまうという自己破滅的な欠点があります。このケースでもそうでした。久我沼刑事。この後、近くの小屋まで行ってみてください」

美希風はそうして、松江美佐夫がカービングの作業小屋としていた場所の説明をした。

「あの小屋の中で、ダミーである第二のクレマチスの鉢植えを育てていたのは、松江郁さんですよ」

なにか言いかけた刑事の口はそのまま凍りついたので、美希風は先を続けた。

「根拠はあり、痕跡も残っていました。ずいぶんと古いままの小屋で、表のドアはノブでしたが、裏口は比較的新しいドアレバーに替わっていました。そして、そのすぐ下には、ドア面に付ける錠がもぎ取られた跡が残っていました。ここのスライド錠と大差ない品が取り付けられていたのではないでしょうか。また、窓の配置も同じです。南向きの窓があり、ドアは東の壁にあります。そこで松江郁さんはクレマチスを育て、ドアレバーなどに絡むように葉柄を誘引し、葉のカットを含め、ここの鉢植えと似るように剪定をしていたのですね」

「彼女も……」磯貝弁護士は、どうにかついていこうとする口振りで、「ドアの開閉部分が、蔓草に封じられていることを当然知っていて……？」

「知る機会は、私たちより多いでしょうね。エッセーを読んだり写真を見たりする以上に、小鳥遊さんや種村さんと何度も言葉を交わしてきたのですから。そして思いついたのでしょう。化学物質さえ遮断し、種村海太郎さんや植物に護られているこの部屋に、気づかれずに出入りする方法を。――そうそう、久我沼刑事、磯貝さんに調べてもらったのですが、松江郁さんにアリバイはないみたいです」

　ハッとなると磯貝弁護士は、記憶を鮮明にするように瞬きし、

「事件当日、松江郁さんは午前九時半に自宅アパートを出ています。ここまで車でほんの十分。目立たぬように近場の駐車場に停《と》めて歩いて来ても、合計で三十分もあれば足りますね。昼の時間帯のアリバイはなく、次に姿を確認されるのは、午後二時四十分頃。友人二人と会食だったのですが、珍しく十分ほど遅刻して来たそうです」

　美希風自身、情報を再確認するように、

「それと、今回教えてもらったのですが、松江郁さんは女医さんといっても、病院に勤務しているわけではないのですね」

　弁護士が応える。

「結婚する時に、病院勤めを辞めているのです。亭主と死別後、再就職しようと病院を何軒か回ったが果たせず、今は医療相談サイトを開設しています。小鳥遊京子さんを往診した時も処方箋は書かず、市販の薬や漢方薬を勧めていたそうです」

「医療相談サイト……」美希風はそこを繰り返した。「つまり、タブレットがあれば、比較的どこへでも移動できる仕事なのではないでしょうか。というより、そこは自由が利くように、松江郁さんは設定

したでしょう。そうして、この地所を訪れやすくしたのです。ダミー鉢植えの手入れと同時に、本物のほうの蔓の生育具合、見た印象を確認するためでもありますね。小鳥遊さんと種村さんが散歩している時など、隙を突いてその窓から――」

と、美希風はハーフサークル窓を指差した。

「覗けば、この鉢植えは見えます。いえ、小鳥遊さんが在室している時に、堂々と窓越しに話し込んでもいいでしょう。そうやって観察する。小鳥遊さんがいない時ならば、スマートフォンのカメラ機能を使い、拡大撮影してもいい。照らし合わせるデータはこうして手に入ります。……植物の黙々とした繁殖の永遠性に人が抗し得るのは、その執念……、恩讐とまでは言えないのは、動機が明瞭とは言えないからです。ただ、このような基本的な想像はできるのではないでしょうか。松江郁さんは、小鳥遊京子さんの命を奪って排除したかっただけではなく、その罪を種村海太郎さんにかぶせて二人を追い払えれば、この一帯やこの家屋を自分のものにできるかもしれない、との妄想や妄執を懐《いだ》いていた、と」

久我沼刑事が、呻《うめ》くような声を漏らした。

「南さん……」磯貝弁護士は、呻き声を抑えるように、「あなたの執念も、すごいですな」

「いや」久我沼刑事は、態勢を立て直す口調になった。「今のところはそれらしい推論だ。だが、すべてを聞いてはいない。松江郁に、本当に犯行が可能か？」

「できると思いますよ。まず、事件前日の動きを見てみます。松江さんは往診にやって来た。この時、彼女は種村さんに、検査のために塗料を少量持って来るように言いつけますね。この時に、彼女は小鳥遊さんの私室へ入ったのでしょう。小鳥遊さんには、室内の空気を採取するとか、空気清浄機のチェックをするなどと理由を聞かせて。体調不良の小鳥遊さんには、ぼんやりとした意識しかなかったのでしょう。もしかするとすでに、彼女には強い鎮静剤を与えていたのかもしれませんし。松江さんはこの入室時に、スライド錠を動かし、つまみも回し、ドアを解錠しておいたのです。この時から翌日の犯行時まで、スライド錠などがあいていることに、住人の二人が気づく恐れはまずありませんでした。彼らにとって、ここは壁だからです。目を留めることはない。錠のボルトの二、三センチの移動など、意識されることはまずないのです。葉で隠されていますしね。しかし、窓の錠は、そうはいかない。解錠に気づかれる懸念はありますし、なにより、侵入ルートの確保が困難ですから、狙いの対象からは外れるでしょう。

それに、小鳥遊さんは体調不良でベッドから離れることはほとんどなく、種村さんは、小鳥遊さんの様子を見に何度か訪れるだけでしょうから、ドアに注意が向くタイミングはないと言えます。また、錠を外したこの時に、松江さんは、ここのクレマチスや植木鉢と、自分のそれとの間に大きな差がないかを確認できます。準備を整え、そして、当日の正午すぎぐらいでしょうか、彼女はこのドアの外にやって来る。そしてドアをあけ、室内に侵入。恐らく、朝服《の》むようにと小鳥遊さんに渡してある薬は、睡眠を誘発するものなのだと思いますよ。抵抗されることなどまずなく、犯行は遂行された。この後で、鉢植えの交換です。処分する鉢を抱えて、松江さんは隣の仕事場を抜けて廊下へ出る」

「その後は？」勢い込んで、久我沼刑事が問い質《ただ》す。「帰宅した時、玄関ドアはきちんと施錠されていたと種村海太郎は言っている。そしてどの窓も、内部から閉じられていた。邸内から抜け出せないではないか」

「ですので、種村さんが帰宅するのを待ったのです」

「――――」

「帰宅した種村さんの動線は、ほぼ確実に判ります。なにを措いても小鳥遊さんの様子見でしょう。それが中心だ。その予測のもと、松江さんは安心して、玄関の間《ま》周辺で潜んでいたはずです。またさらに、小鳥遊さんの死を知った後の種村さんの反応も、まず判ります。小鳥遊さんの周辺に犯罪の痕跡はない。種村さんは、彼女は病死したと判断する。そうであれば、種村海太郎という人物は、大慌てで騒ぎ回る人ではない。むしろこの場合、ショックで半ば自失し、彼我《ひが》の送別に身を置くような時間に沈潜する。だから、在宅時に種村さんは玄関の施錠をしないことを知っていた松江郁さんはその玄関から抜け出し、余裕を持って現場から遠ざかることができたでしょう。ただし、計画には齟齬《そご》も生じた。帰宅する前に、種村さんが一時間も森を散策したことです。予定より大幅に遅い狂いですから、この時ばかりは松江さんも気を揉んだことでしょう。どうしようかと、冷や汗を流しながら対処に悩んでいた。待ちに待つと、種村さんが帰宅しましたが、計算外の遅れとなったため、友人たちとの会食にも間に合わなかったのではないでしょうか」

刑事と弁護士には言葉もなく、美希風は最後の推論を語った。

「私はここまで、オリジナルに似せたダミーの鉢植えと言ってきましたが、これは、見分けがつきにくいほどそっくりに仕立てるという意味ではありません。植物はそこまで都合よくいかないでしょうしね。一目見て違和感に気づくというほどの差がなければいいのです。なぜなら、オリジナルとダミーを見比べる人は、まずいないからです」

「そうか……？」久我沼刑事が小さく訊く。

「そうです。ダミーの置かれているこの部屋に入って来るのは、捜査関係者以外では種村海太郎さんだけです。そして種村さんは、小鳥遊さんの急死と直面しているのです。何十とある鉢植えを見て回りますか？　心理や行動の自然さから言ってそれは有り得ない、とするのが一般的な推認でしょう。そして松江郁さんの計画では、種村さんは重要容疑者として連行されるのですからね。ダミーのクレマチスはむしろ、捜査陣に密閉のイメージを懐かせることを念頭に剪定されたでしょう」

久我沼刑事は黙って顔をしかめている。

「やがてクレマチスは枯れ、物証は消え去る」

幾ばくかの間をあけ、磯貝弁護士が言った。

「久我沼刑事。善処は早くしたほうがいいでしょう。検事さんに送致した後で誤認逮捕が発覚すれば、その責は重くなりますよ」

7

「でも、あの動機には驚いたなあ」

邸宅の前で足を止めると、将汰少年は言った。

「あんな理由で、松江さん……」

少年の横に立ち、美希凪も追想する。

夫との思い出の場所に新たな記憶が上書きされ、夫が存在したことが消されていくことに、松江郁は耐えられなかったのだ。彼女ら夫妻の結婚生活のほとんどである三年間は、小鳥遊邸とその周辺にあった。彼女は確かに、夫・美佐夫に虐《しいた》げられていた。暴力さえ頻繁に受けていた。……しかしその生活は程なく、彼女にとっては受け入れられる日常の、そして他のなにでも得られない麻薬を味わうような関係性になっていった。自分を相手にした時だけ彼が流させる加虐の血は、甘い蜜であり、改悛《かいしゅん》者のように謝罪に崩れる姿には極限の母性が求められた。それらは、自分だけが感じ取れる、彼との強烈な絆だった。

こうした関係性を美希凪から伝え聞いたエリザベスは、共依存として珍しくないものだな、と論じた。依存症である人物に必要とされることに自己の存在価値を見いだす関係性だ。松江美佐夫は暴力衝動への依存性があると言え、妻の郁は、犠牲者役、賢い隠蔽役、感情の昇華役などに依存することで関係を互いに維持している。自己が喪失しており、相手役が必要だ。

依存相手である夫が急死した後、松江郁は、小鳥遊邸とその周辺に夫の面影を求めた。森の中に自然に出来ていた散歩コースを歩く彼の姿は、容易に再現できた。しかしそこを、小鳥遊京子と種村海太郎が歩き始めたのだ。睦《むつ》まじい空気は、無茶で支配的だった夫の残像を消していく。そこでは、松江郁は必要とされない。

医師として招かれた邸内でもそうだ。肉体も精神も軋《きし》み合いながらぶつかった場所の隅々を、新たな一組の男女が、穏やかでいて平凡な光景へと描き変えていく。心を満たすための大事な場所を、不快に塗り替えられていくことには恐怖に似た苛立ちを覚え、それは強迫観念となって時に爆発した。出て行け！　失せろ！　と。

美希風は想像するが、松江郁の心には、自分たちの病的な依存関係を直視しないためのとんでもない抑圧がかかっていたのだろう。だから意識の表面には決して出てこないが、控えめながら平和そうな小鳥遊と種村の姿が照射する真実を恐怖した。比べれば、自分たちの取っ組み合いなど最悪だった。耐えて生きてきた自分の役割が否定される。それを認めては駄目だ。この二人を認めては駄目だ。

死んで存在しない者は、記憶の濃度においては存在する生者には太刀打ちできない。消されていく一方だ。これ以上消させない。ここにある世界に触れるな。

「判らないなあ……」将汰少年は、顎《あご》をつまんで考え込む。「大事な記憶や美しい思い出の詰まった場所で、ひどいことをされ続けたら我慢できなくなると思う。うきうきで行けた場所だったのに、胸が悪くなることばっかりされて近付きたくもなくなるようにされたら、その相手を押《お》っ放《ぽ》り出したくなるとも思う。……でも、松江郁さんがこの辺りで思い出す記憶って、乱暴な旦那さんのことでしょう？」

「そこは、人それぞれなんじゃないのかな。絶対消したくない、不快にされたくない時空があるなら、松江郁さんの場合は、たまたまそれを、白黒反転しただけとも想像できる」

「そうですか……。そうかもな」

ただ、松江郁の場合、その先には異常性がある。そう美希風は認識する。押っ放り出したくなる怒りを、殺意と化して実行するのは、やはり常人ではない。これも美希風の想像だが、松江郁が何ヶ所かの病院に職を求めながら雇用とならなかったのは、面接官たちが、松江郁の奥にある歪《ゆが》みを察したからではないだろうか。

これは邪推かな、と思える想像がもう一つあった。引っ越した後も、この小鳥遊邸周辺に美佐夫は時々足を運んでいた。その理由の一端に、小鳥遊京子の姿を見る、言葉を交わしてみたいという俗でふしだらな目的がある、と、松江郁は疑ってもいたのではないか……。

警察が監禁部屋と見たあの部屋にあったU字形の厳重な錠前は、以前の一家が残していったものだが、これを美佐夫が利用しないはずがなかった。折檻《せっかん》の一つとして妻を閉じ込め、やがては囚人を支配する看守の嗜虐《しぎゃく》性に酔い始める。鳥カゴどころか、本物の牢獄だ。

犯行の前日、松江郁は種村から知らされた。あの部屋まで水色に塗り替えられているという。殺意は決定的になった。また、医師として知り得ることもあった。小鳥遊京子は病弱と言えるが、生命を直接脅《おびや》かす病名がある容態ではない。だから、寿命を待っているわけにはいかず、急ぐ必要があったのだ。

これらが、自供を基にした、推測できる動機のすべてだ。

「生きている人たちより、死んでいる人を優先したってことですよね。やっぱりひどいと思うけど……」

そこまで言うと、将汰少年は、声音をあえて明るくしていった。

「でも、小鳥遊京子さんは違う！　死んじゃってるのに、生きている人を救ったんだ。そうですよね？」

「そうだね」

「まさに、ハクチョウソウの精だ！　ざまあみろ！　犯人に負けない力が小鳥遊さんにはあったんだ！　種村先生を救いたかった執念だ！」

「確かにね」

声はけっこう大きくなったけれど、遠くから小鳥の囀《さえず》りがするばかりで、邸宅からは人の気配もしない。在宅しているはずだが、いかにも種村海太郎らしい。

かつては樫の古木が立ち、今は更地になっている場所に目をやる将汰の声は、今度は少し沈む調子だ。

「せっかく南さんが救ってあげたのに、種村先生が自分で命を絶とうとするなんて、めっちゃショックだったけど……」

「一時《いっとき》の、気の迷いさ」

「うん……。はい。あの時先生が言ったハクチョウソウのこと……、今日、謎が解けるんですね？」

「そのはずだよ」

この事件で残った、それが最後の謎だ。エリザベスは、種村海太郎のような億劫《おっくう》そうな物腰、口数少ない人柄をすんなりとは理解できないようだったが、彼の口から詳細な説明は期待できないのだろうということは受け入れていた。「だったら、美希風くん。君が直接解けばいい」と、彼女は電話で言った。

「それが君らしいしな」

犯罪とは無関係だ。身近にいた者にとっての、不思議さを残す出来事だった。その出来事の当事者、目撃者として将汰少年が話してくれた時、彼は、スペクタクルでしたよ、との表現を使った。

種村海太郎が釈放された二日後のことだ。記録的な強風がようやくおさまった午後。西日が山の頂《いただき》にかかる頃に、山崎雄三は周辺の見回りに出ることにした。ワゴン車がひっくり返り、電柱が倒れるほどの被害が出ていたので、山林に問題が発生していないか確認したほうがいいと思ったのだ。まずは種村先生の家を見に行くというので、将汰もついて行くことにした。

邸宅が見えてくる直前に、親子は愕然《がくぜん》となって足を止めた。巨大な木が、倒れかかって斜めになっている。それは、音もなく倒れていくところだった。すぐに、滅多に耳にしない轟音《ごうおん》が響いてくる。

「あああ……っ！」

将汰は、悲鳴めいた声を張りあげていた。

幾つもの根がねじ切れ、折れる音。太い柱が折れたかのような破裂音だ。無数の葉で覆われている多数の太い枝が、空気を押しつぶすかのように重く唸《うな》っている。

巨木は、北向きに倒れていく。それは、今は種村が住んでいる邸宅のある方向だ。

――家がつぶれる！

将汰は両手で顔を挟んで硬直していた。雄三は、口も目もひらきっぱなしだ。

轟音と共に、巨木は地面に叩きつけられた。枝が、ガレージなどをかすめたようだが、家屋に被害はなさそうだった。

轟音を森が吸収して静寂が戻ってきた頃、青ざめた親子はどちらからともなく口をひらいた。

「種村さんは……？」

――無事なのか？　木の下にはいなかったろうな？

怖々《こわごわ》と足を進めていくと、驚いたことに種村海太郎の姿が見えた。倒れた巨木の向こう、玄関前に、立っている彼の姿があった。倒木に走り寄り、雄三が声をかけた。

「無事なんですね？　怪我はありませんか？」

これに種村が答えたのは、倒木と家屋の間を覗き込んで被害を確かめてからだった。

「ああ、問題ないよ」

大人が三人がかりでなければ腕を回せない太い幹を挟み、親子と種村は言葉をやり取りした。

「残念だが……」種村の、しわがれて低い声は静かだった。「かなりの老木だったからな」

その後の面《おもて》に訪れた形容しがたい表情に、将汰少年は尋ねずにはいられなかった。

「どうかしましたか、種村先生？」

「……ん？」しばらく、彼自身の中で嚙み締め、発酵させるべき思いがあったようだ。「京子さんの声を聞いたよ」

親子は、えっ？　という表情を返せるだけだ。

「少し前……」種村の視線は、邸宅の鐘楼部屋と名付けられている三階の窓に向けられた。「私はあそこにいたのだがね」

細やかなデザインである鉄格子の向こうの窓は、内側に大きくひらかれている。

「京子さんの後を追ってもいいか、という気に浸《ひた》りつつあった」

「えっ⁉」

驚く親子は異口同音で、将汰の体はフラリと前へ傾くようだった。

「ところがだ、人世《じんせい》より残酷さが劣る地獄を夢想し始めていると、私の背中に誰かが石をぶつけたのだ。ハッとした。何者かが、窓の外から石を投げ込んだのだな」

雄三と将汰は、瞬きしかできずに耳を傾けていた。

「すぐに窓の外を見たが、誰もいない。いなかった……。しかし、京子さんはいたのだな。それが判った」

種村海太郎は、玄関口に体を向けた。

「外に出て来たところで、樫の古木の終焉《しゅうえん》だ……。見事に生き切った最期だ。私は、腑抜けたことをするところだったな。それを、京子さんは教えてくれた。諫《いさ》めた。ハクチョウソウの彼女に、無様な姿は見せられない」

軽く手先を振り、種村海太郎は戸口に向かった。

「いや、心配するな。京子さんの片割れとして生き切ってみせるさ。……ありがとう。君たちも気をつけてな」

山崎親子は、しばらく呆然としているしかなかった。よく理解ができなかった……なにが老詩人を救ったのか。

「あの時、なにが起こってたんでしょう?」将汰少年は、美希風を見あげてくる。「種村先生は、一から十まで幻想を語ったんでしょうか?」

美希風は、邸宅の正面に近付いた。

「まず、投げ込まれた石のことから考えよう」

見あげる鐘楼部屋の窓はあいていた。

「あの窓の中に、小石を投げ込めるかどうかを検証してみる」

美希風はポケットから、金紙で包まれた五つの丸い物を取り出した。

「……お菓子?」

「チョコレートボールだ。ホワイトデーのお返しをいっぱいしないといけなかったんだけど、少しは余ってね」

将汰少年は、疑わしいという目をしている。

「これなら、壁に当たっても傷つかない。部屋に入っても贈り物さ。試すことは、種村さんの許可を取っている」

本当に投げていいのかどうか、さらに疑わしそうになったが、美希風が、「野球部でも、全員にコントロールがあるわけじゃないだろうけどね」と挑発すると、将汰は五つのチョコレートをサッと取った。

一発めは、窓の近くの壁に当たって跳ね返った。

「枠も捉えられないなら、話にならないな」

将汰は顔をしかめて集中力を増し、二発めを投げた。これは、鉄格子に弾き返された。三発めは、格子の外枠に当たった。

四発めが、また格子で阻《はば》まれた時、二人の後ろから興味深そうな男の声がかかった。

「なにをしてるんです?」

美希風は振り返り、新来の人物に滑らかに言った。

「いえ、私は止めたんですけどね、この野球少年がどうしても腕試しがしたいというので……」

男に、ちょっとお待ちを、といった手振りを見せてから、美希風は将汰に向き直った。

「どう、将汰くん? 判った?」

「ええ、判りましたとも! 南さんはヒキョウ者で、小学生ですね!」

プリプリしている少年には委細《いさい》かまわず、美希風は説明口調になる。

「狙って投げたって、格子を通り抜けることはまずないんだよ。誰かが、都合いいタイミングでそんなことができたとは思えない」

「えっ、でも……」

将汰少年の気持ちが少し平らになったところで、美希風は男への挨拶《あいさつ》に移る。

「お待たせしてすみません。私が南美希風です。わざわざのご足労、ありがとうございます。山崎くん――あっ、そのチョコレートは持って帰っていいよ、こちらは造園や土木の会社の方《かた》だ」

「友杉《ともすぎ》と言います」

男は将汰少年に名乗った。派手な黄色のジャンパーを着た三十代後半の男で、顔の肉は薄いが健康的な肌つやをしている。

「友杉さん。今の実験は、あの時の出来事に関係することなんですよ」

「大変興味深い仮説を伺ったので、自分の目で確認したくもなりますよ」

将汰少年がグッと割り込む。

「どんな仮説なんですか？」

「うん、こんな感じだ」美希風は応じた。「倒れてしまった老木が主役になる。将汰くんもお父さんも、傾いた木を見た瞬間、音もなく倒れているという印象を持った。でも、木は一度の動きで倒れたのではなく、最初は斜めになるまで倒れ、そこで止まっていたのかもしれない。証拠というわけじゃないけど、将汰くんが視界に入れてから先、倒木はもの凄い音を立てて倒れていったんだろ？」

「……そうでした」

「それまでは無音だったとは考えにくい。そこまで傾いたのはもっと前の出来事だったと想像してもいいわけだ」

「そうか……。でも、それでどうなります？」

三人は歩いて、樫の巨木が立っていた場所に来ていた。ぽっかりとあいている地面には、まだ草も育っていない。改めて見ると広い空間で、テニスコートの半分以上もあるだろうか。

美希風は振り返って言った。

「種村さんがあの鐘楼部屋にいて自死の迷いを懐いていた時、ここの老木は半分倒れかかっていたのだろうね。だが、ピタッと止まっていたわけではない。倒れつつあり、丈夫な根も折れ曲がり、土から弾け出ようとしていた」

ここで美希風は、将汰少年の目に視線を合わせた。

「木が倒れる瞬間を見た時、根の部分は、ちょっとした噴火のように土を巻きあげなかったかい？」

「ええ、はい、すごかったですよ、そういえば」

「倒れつつあった時もそうだった。弾けた根が、土や石を弾き飛ばしたのさ。四散した石の一つは、大きな弧を描いて……そして、家の三階まで飛んでいったとしたら？」

その軌道を追うように、友杉が大きく視線を動かした。

同じようにした将汰はすぐに、声を弾ませた。

「オーバーヘッドキックですね！」

「最適の喩《たと》えだ」美希風は笑顔になった。

老木が倒れていく方向に、小石は飛んでいったことになる。

「それが偶然、三階のあの窓から飛び込んだ……」

「そういうことだと思うよ、将汰くん。人間が意図してもなかなか実行できない現象だとしたら、とんでもない偶然が起こったと解釈してもいいはずだ。なにしろ、すぐに外を見た種村さんは、誰の姿も見なかったと言っているんだしね。むしろ、人の介在しない偶然性が合理的な解答とも言える。……私は領事館の事件で、もっと奇跡的な偶然も体験しているよ」

将汰少年は、倒れた巨木を目蓋《まぶた》に思い浮かべるような表情をしてから、

「……じゃあ、京子さんの声を聞いた、というのは？」

「それは比喩で、小鳥遊さんからのメッセージを意識した、という意味だろう。不可思議な石が自分を我に返らせてくれた意味と、直後にハクチョウソウを見たことによる連想の所産だ」

「ハクチョウソウ……！　本当に見たんですね？」

「その証拠を、友杉さんが見せてくれるよ」

将汰少年の輝く目に見つめられながら、友杉はスマートフォンを取り出した。

「説明していなかったけど」と、微笑しながら言う。「私は、あの倒木を撤去する作業をした一員なんだよ。その作業中に、ちょっと珍しいものが目に留まった。気持ちを引かれたから、写真に撮ったんだ。

——あっ、そうだ。その前にもう一つ説明しなきゃな」

そうですね、といった風情で頷く美希風。

「あの老木の幹には、大きな裂け目ができていて、中には洞《うろ》もあった」

友杉の説明に、「知っています」と将汰は頷き返した。

「人間の身長より上辺《あた》りから、縦長のラグビーボールのような形に二メートルほど裂けていて、それでもそうやって、十年も二十年も生きてきた木だよ。そして、洞の中にも風雪《ふうせつ》は押し寄せて、土埃《つちぼこり》が入る。落ち葉が積もって、腐葉土にもなる。そこに種が落ちれば、樹洞《じゅどう》の中に、苔《こけ》以外の新しい植物が育つことはあるんだ。適度な陽の光があればね。特に珍しいことではない」

「陽射しはあったんですね」と、将汰少年。「あの洞は、南向きにありました」

「そう。そして……」友杉は、操作したスマートフォンの画面を、美希風と将汰に見せた。「倒木の洞の中に、私はこれを見たわけです。樹洞の中の土は、かなりひっくり返った状態ですけど」

土をかぶって半分埋まってしまっているけれど……。白い花が……。

「これが……」目を凝らし、将汰少年は息を吞んでいる。

「ハクチョウソウです」

誰もがしばらく、身動きもせずにいた。

まず口をひらいたのは、美希風だ。

「種村海太郎さんは、洞の中のその花を知っていたんだ。身長もあるしね、散策の途中で裂け目の中を覗き込んで目にした。ちょうど、ハクチョウソウが開花している時季でもあったわけだ。目立たずに咲いているその花のことを、種村さんは小鳥遊さんにも話した。二人だけのシンボルを、あの人たちは共有した。育つように、手を添えたかもしれない。邸宅からは、洞は反対側にあるから見えないけれど、樹皮と幹を通したイマジネーションの視野には入れることができた」

「それならば、枯れることのない花ですね」と、友杉が感慨も滲ませて言った。

「確かに。それで、将汰くん。ここの老木が倒れる時、種村さんは初めて、窓からハクチョウソウを直接目にすることになったんだよ。邸宅に向かって斜めに倒れている古木。洞は上を向いている。三階の窓からはその中が覗けたんだ」

「ああ……!!」

「それが、小鳥遊京子さんからのメッセージだ」

美希風は、脳内に映像を巡らす。

種村海太郎は、埃くさい鐘楼部屋の中にいる。樫の古木は大きく傾《かし》いでおり、それはもしかすると、自分と京子の家をつぶすかもしれない。……もう、この園《その》の終焉の時か。

自分は、あの幹の下に行くべきか。ここで首を吊って、異形の鐘となるべきか……。

その時だ。何かが鋭く背中に触れた。「誰だ⁉」身を起こし、振り返る中、小石がゴロンと床で転がった。「誰だ?」窓へと進む。地には誰もいない。ただ――

古木はさらに傾いており、根が土を払うように揺れている。あれが……?

起こったことを半ば察する老詩人の目には、それが映り込んできた。見える！　お前は姿を見せたのか。石を愚か者に投げつけた。それが君の意思か――。

では、幹の下には行かず、そばに身を寄せて別れを告げるか。そうして種村海太郎は、鐘楼部屋からおりて行った。

友杉が、古木が生えていた場所や、小鳥遊京子が住んでいた邸宅を眺め渡しながら、

「そういう意味のあった花なんですね」と、呟くように口にした。

「想像がもう一つあるんですよ」

と言ったのは美希風だ。

「将汰くん。見てごらんよ。この邸宅の、正面から見た全体像。中央に聳《そび》える三階部分、左側からは玄関のある棟が突き出してきている。右側手前には、書庫と横向きのガレージ。こうした構造は、前庭を抱え込んでいるようでもある。そしてそれは、洞だよ。巨大な幹の中にある洞を形作ってもいる。その

中に、南を向く小鳥遊さんの私室がある。陽の光が差し込んでくる、洞の中の一隅だ。だからそこには、ハクチョウソウが咲いているんじゃないかな」

止まっていた息を、将汰は大きく吐き出した。

「すごい……‼　そうだったのかぁ」

ドンと一度、地面の上で跳んだが、少しすると、懸念の色を声音に滲ませた。

「……木が倒れた時、家まで壊していたら、どっちも終わりだったってことかな。シンクロしすぎだったね。……家が護られて、良かった」

護られて、と聞いて、美希風はふと思った。小鳥遊邸の東と西で張り出し、小さな庭を抱えているのは、腕《かいな》でもあるのではないか――。

美希風は、背後から包み込むように回される腕を意識した。父、母、姉……、他にも様々、支えてくれた保護者たち……。

友杉が、「森の宿命ですよ」と言っていた。「倒れた木の上から新しい森が始まります」

屍《しかばね》を超えるように、根を張り、蔓を伸ばして……。

最後のエピローグ

種村海太郎には声をかけず、三人はその場を離れた。

美希風は思う。あの邸内にはもう、空《から》になっている鳥カゴだけがあるのかもしれないが、その無からもなにかを摑《つか》み出すのが詩人なのだろう。

友杉は近くに停めてあった車で挨拶を残して去り、「お母さんと話す時間なので」という将汰少年とも途中で別れた。

山崎将汰の母親は三年半前に他界しているが、現代は様々なモバイルツールに亡き者の姿が残る。スマートフォンの中だけでさえ、数知れない写真があり、動画が存在する。数々の映像を集めてライブラリーを作り、しかも、ＡＩを応用すれば、残されている音声から故人の声を再生し、新たな対話も交わせるようになっている。

将汰少年は、実態は存在しないけれど日々育っていく母親と、そうしてコミュニケーションを取っている。

美希風は伏し目がちに、か弱く微笑した。存在しなくても命を救った女性の姿を寓意《ぐうい》的にだが明確にできて、少年は、安堵し、そうした在《あ》り方の確信を得、亡き者との絆を未来へとのばしたのではないのか。是非はともかく、彼にとっては今後の思考の糧《かて》となる経験だったのかもしれない。死者は生者に優先しないか。救われる、とはなにか……。その幅の広さ、多様性、美希風もそうだが多くの人が把握し切れないだろう。

美希風は両親に恵まれ、彼らに救われたが、二人を寿命から救うことは適《かな》わなかった。

今日、美希風の検《あらた》めに立ち会えた間《ま》の良さは、少年の成長を促す何者かの導きだろうか。

存在せぬものでも命を救う、というのであれば、美希風がすぐに実感するのは体内にある心臓のことだ。

――死して死なないことを選び得た者が、死の境界を問いかけている。

同時にやはり、ロナルド・キッドリッジとエリザベスのことも意識に急浮上する。

――なんという父娘《おやこ》だろう。

その思いがまた新たになる。

しかし、感銘に大きな意味づけをしてしまっているその思いは、美希風が一方的に懐いているものに違いない。外科医ロナルドにとっては、美希風への手術は何十とある成功例の一つにすぎないのだ。執刀した日本人患者はただ一人だけらしいので、そうした意味では記憶に残り、気にかけていてくれたのかもしれないが。

エリザベスにしても、美希風の除神経心を治そうとして来日したわけではない。具体的に対処法を実行していたのとも違う。

たまたまであろう。だが、運命的に大事な時に、あの父親と娘がいてくれたのだという事実に、美希風は勝手に軽視できないものを感じている。

それはつまり、ロナルドとエリザベスは、美希風にとっての偶像になったということだ。

小鳥遊京子と種村海太郎は、お互いにそうであったのだろう。

松江郁にとっては、夫がそうであったのかもしれない。

しかしなぜか、美希風は、両親に偶像性は感じない。身近すぎるからか……？　偶像を超えている存在なのだろうか。

もう少しで、森を抜ける。

存在ということを考えるのであれば、ドナーのものであった心臓はどうなのか。

今までそれは、美希風の情緒とは同期しない、思索的で老齢な猫のようにそっぽを向いている他人行儀な臓器であった。そうして、他者であることをある意味主張していた。だがそれも消え、完全に自分のものになってくれたと美希風は感じる。

それは、どなたかであったドナーの存在が消えたということであろうか？

吸収され、一体化し、日々さらに消えてゆくのか……。

そして思うのは、このドナーは、心臓以外の多くの臓器を移植希望にしていたのであろうということだ。腎臓が、肺が、角膜が。それらが多くの者の健康を再生し、その者たちは世界中で生《せい》を満喫している。自分が死んでいようが、非存在となろうが、それが実現されてさえいればいいのだ。

それが、このドナー、この方のひたすらの希望であるのかもしれない。

樹林の上のほうから、少し調子外れの声が聞こえてきた。

わたしの言葉だ

微笑した美希風は、でしたら、と、ロナルドや両親にも思いを馳せながら胸中で応じた。

思い出すならば、微笑みと共に。

初出

或るチャイナ橙の謎　「ジャーロ」82号（2022年5月）
或るスペイン岬の謎　書下ろし
或るニッポン樫鳥の謎　書下ろし

※この作品はフィクションであり、実在の人物、団体、事件とは一切関係がありません。

引用出典

〈言語の文法的性が話者の思考に影響する？〉

www.crimsonjapan.co.jp/blog/grammatical_gender_influence/

〈フランシスコ・デ・ケベドによる＋10の最も有名なソネット〉

www.actualidadliteratura.com>6-sonetos-mas-famosos-quevedo

NBCドラマ版
『大草原の小さな家』

柄刀一（つかとう・はじめ）

1959年北海道生まれ。

1994年、鮎川哲也編『本格推理3』に「密室の矢」が初掲載。

1998年、『3000年の密室』で長編デビュー。

著書に『ifの迷宮』『密室キングダム』『密室の神話』『ミダスの河』『流星のソード』などがあり、今作は『或るエジプト十字架の謎』『或るギリシア棺の謎』『或るアメリカ銃の謎』から続く〝国名シリーズ〟の完結作である。

或《あ》るスペイン岬《みさき》の謎《なぞ》

2023年8月30日　初版1刷発行

◎著者　柄《つか》刀《とう》一《はじめ》
◎発行者　三宅貴久
◎発行所　株式会社 光文社
〒112-8011　東京都文京区音羽1-16-6
電話　編集部　03-5395-8254
書籍販売部　03-5395-8116
業務部　03-5395-8125
URL　光文社 https://www.kobunsha.com/
◎組版　萩原印刷
◎印刷所　堀内印刷
◎製本所　ナショナル製本

ISBN978-4-334-10020-9

第1弾！

或るエジプト十字架の謎

トランクルームの密室。白い粉が舞い散る殺人現場。足跡なき泥濘の逃亡者。磔にされた首なし死体――。南美希風が不可能犯罪に挑む！

【収録作品】或るローマ帽子の謎／或るフランス白粉の謎／或るオランダ靴の謎／或るエジプト十字架の謎

第2弾！

或るギリシア棺の謎

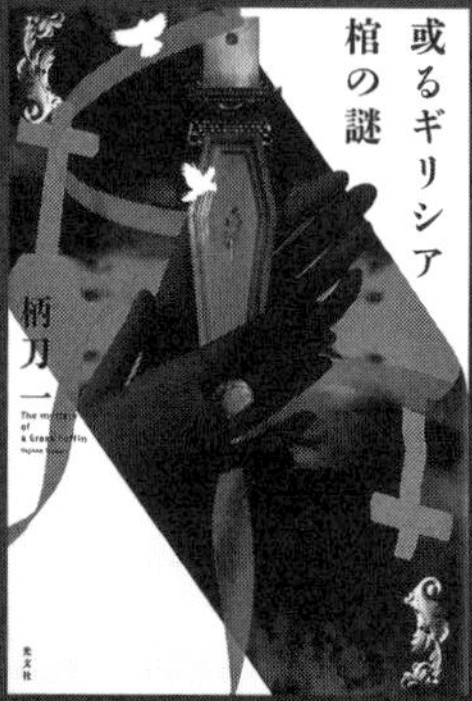

南美希風とエリザベス・キッドリッジにとって縁の深い篤志家の訃報。自殺あるいは他殺の疑いが浮上する。いったい誰が何のために？　奇妙な因習、複雑な人間関係、そして未解決の悲劇の存在……圧巻の論理的推理で辿り着いた真相とは？　シリーズ唯一の長編。

第3弾！

或るアメリカ銃の謎

愛知県のアメリカ領事私邸で起きた謎だらけの射殺事件、琵琶湖のクローズドサークルで発生した二ヶ所同時の殺人事件。かつてない危機に、南美希風の感情が溢れる。

【収録作品】或るアメリカ銃の謎／或るシャム双子の謎

――柄刀一版〝国名シリーズ〟、ついに完結！――

光文社